W9-DDJ-071

Doris Dörrie

Bin ich schön?

Erzählungen

Diogenes

Umschlagillustration:
Henri Matisse,
›Jeune femme en blanc, fond rouge‹, 1946
Copyright © Succession H. Matisse,
ProLitteris, Zürich, 1993

Für Helge

Alle Rechte vorbehalten
Copyright © 1994
Diogenes Verlag AG Zürich
20/95/8/4
ISBN 3 257 06000 9

Inhalt

Gutes Karma aus Zschopau

Lena, Charlottes zweijährige Tochter, kroch Eugenia aus Turin sofort auf den Schoß. Vielleicht lag das mehr an Eugenias mit Glitzersteinchen besetztem Pullover als an Eugenia selbst, einer müden, mausgrauen, etwa fünfzigjährigen Frau. Sie sah sich blitzschnell in Charlottes Küche aus Nirostastahl um und lächelte matt.

Schöne Küche, murmelte sie, sehr schöne Küche.

Oh, Sie brauchen sie nicht zu putzen, es ist mir wichtig, daß Sie mit dem Kind an die Luft gehen, mit Lena spielen ... sagte Charlotte.

Ich mache alles, sagte Eugenia, kochen, putzen, alles. – Bitte. Ich bin geschieden. Ich mache alles. Bitte.

Lena patschte Eugenia mit ihrer kleinen Hand ins Gesicht.

Ich rufe Sie an, sagte Charlotte. Eugenia nickte stumm.

Dorota aus Warschau brachte ihren dreijährigen Sohn mit, der ständig seine Rotznase an ihrem Rock abwischte. Charlotte bot Dorota ein Tempotaschentuch an, das sie achselzuckend entgegennahm und in ihre Handtasche steckte. Dorota hatte lange rote Haare, kräftige, zupackend wirkende Hände und roch nach Schweiß. Lena ging nach wenigen Minuten auf sie zu, nahm sie an der Hand und führte sie aufs Klo, wo sie Dorota vormachte, wie sie ganz allein in ihren Topf, der wie ein Volkswagen geformt war, pinkeln konnte.

Ihren Kaffee trank Dorota mit fünf Teelöffeln Zucker. Charlotte hatte unwillkürlich mitgezählt. Müssen Sie denn arbeiten? fragte Dorota und befühlte mit einer Hand die Gardinen.

Oh... ich... ich *will* wieder arbeiten, ich unterrichte am Goethe-Institut... stotterte Charlotte. Dorota sah sie ruhig an. Ihr Sohn schniefte.

Anita aus Zschopau war sehr jung, höchstens einundzwanzig, und auf eine sehr altmodische Weise hübsch. Ihre ungeschminkte Haut schimmerte perlmuttweiß, und in ihren dunkelbraunen Haaren trug sie eine brave schwarze Schleife. Lena starrte Anita aus sicherer Entfernung an und machte keinerlei Anstalten, auf sie zuzugehen. Während des Gesprächs sah Anita auf ihre Schuhe. Graue Halbschuhe aus Kunststoff. An den Schuhen erkennt man sie immer noch, dachte Charlotte. Kein Mensch im Westen trägt solche Schuhe. Anitas Schuhe rührten sie.

Wer? fragte Lena streng und deutete mit dem Zeigefinger auf Anita.

Das ist Anita, sagte Charlotte, sie wird vielleicht auf dich aufpassen, wenn ich arbeite.

Mama arbeitet, Lena weint, sagte Lena und fing an zu weinen.

Deine Mama kommt ja wieder, sagte Anita leise in ihrem weichen Sächsisch, das ist nicht weiter schlimm, sie kommt ja wieder.

Charlotte fiel auf, daß sie nie zuvor in ihrem Leben einen jungen Menschen hatte sächsisch sprechen hören. Früher sprachen im Westen nur alte Tanten und aus der DDR ausgereiste Rentner sächsisch.

Sie sei erst seit zwei Wochen in München, erzählte Anita mit leiser Stimme, und wohne bei einer Kusine ihrer Mutter, aber dort könne sie nicht lange bleiben, und wenn sie nicht bald Arbeit fände, müsse sie zurück.

Zum Abschied gab Anita Charlotte eine kleine dünne Hand, und weil sie sich so zerbrechlich anfühlte, küßte Charlotte Anita spontan auf beide Wangen. Ich weiß noch nicht einmal, wo Zschopau liegt, sagte Charlotte, ist das nicht schrecklich? Ich war nie drüben. Das ist für mich immer noch wie ein weißer Fleck auf der Landkarte. Ich kann mir einfach nicht merken, wo die Städte liegen, welche Flüsse dort fließen, wie die Berge heißen. Jedes Land in Südamerika, jeder Staat in den USA ist mir vertrauter als Ostdeutschland ... Charlotte kicherte.

Anita sah sie mit sanften Kuhaugen an und wartete. Es entstand eine kleine Pause. Ich rufe dich an, sagte Charlotte.

Vielen Dank, Frau Finck, antwortete Anita förmlich.

Bitte, nenn mich Charlotte, sagte Charlotte und berührte Anita am Arm, ich fühle mich sonst so furchtbar alt.

Anita sah sie ausdruckslos an, wandte sich dann ab und ging. Im Weggehen hob sie die Hand und nahm die Schleife aus ihrem Haar.

Hat sie ein gutes Karma? fragte Robert am Telefon. Es war zehn Uhr in Los Angeles. Ein Mädchen in rosa Uniform hatte ihm das Telefon an den Swimming-pool gebracht.

Weißt du, wo Zschopau liegt? fragte Charlotte.

Klingt nach Zone und verpesteter Luft, sagte Robert.

Du bist furchtbar, sagte Charlotte.

Laß Lena entscheiden, wer sie verderben soll.

Sie hat die Polin gleich aufs Klo gezerrt und ihr vorgemacht, wie sie pinkeln kann.

Wenn das kein Zeichen ist ... sagte Robert und lachte.

Dorota hat mich angesehen, als dächte sie, ›diese reiche Kuh‹ ...

Wer ist Dorota?

Die Polin. Du hörst mir nicht zu. Bist du allein?

Ich bin am Pool. Ich sehe den Marlboromann. Die Polizei fährt vorbei, hörst du die Sirene?

Charlotte hörte entfernt den Ton einer Polizeisirene wie aus einem Fernsehfilm. Sie nahm einen weißen Plüschaffen von Lena in die Hand und hielt ihn sich an die Wange. Sie schwiegen. Es zischte in der Leitung.

Ich möchte einen Babysitter, der mich verehrt, nicht stört und immer verfügbar ist, sagte sie.

Dann nimm die Sklavin, diese Eugenia, schlug Robert vor.

Sie würde mir auf die Nerven gehen.

Sie ist Italienerin, sie liebt Kinder.

Du nimmst die ganze Angelegenheit nicht ernst, sagte Charlotte. Wann kommst du wieder? Ihr Mann fehlte ihr nicht. Im Gegenteil, das Leben kam ihr leichter, unbeschwerter vor ohne ihn.

Ich vermisse dich, sagte sie, und auch das stimmte.

Welche ist die Billigste? fragte er.

Anita, sagte Charlotte, sie hat keine Ahnung.

Dann nimm Anita.

Du bist ein widerlicher Kapitalist.

Ich vermisse dich auch, sagte er.

Charlotte betrachtete ihre Tochter im Schlaf. Mein armes Kind, flüsterte sie, deine egoistische Mutter will wieder arbeiten.

In der Küche schenkte sie sich ein Glas Rotwein ein, setzte sich an den Küchentisch, nahm ihren Ehering ab und umwickelte ihn mit einem Faden. Sie hielt das Pendel über den Tisch und pendelte die Babysitter aus: Eugenia gegen Dorota, da gewann Dorota. Anita schlug Eugenia, Dorota wiederum Anita. Das Pendel hatte sich für Dorota entschieden.

Nein, dachte Charlotte trotzig, ich nehme Anita. Anita aus der Zone. Der ehemaligen DDR. Ostdeutschland. Anita mit den Plastikschuhen. Sie braucht Hilfe. Sie hat nichts. Sie hat sich aufgemacht aus dem grauen, düsteren Zschopau (sahen so nicht alle Städte im Osten aus?) in das glitzernde München, und jetzt liegt es an mir, ob sie Hoffnung schöpfen kann oder enttäuscht sich vielleicht sogar die früheren Verhältnisse zurückwünscht. Charlotte wurde fröhlich. Sie fühlte sich wichtig. Sie legte eine Platte auf und rauchte den Rest eines alten Joints.

Karma, sagte sie laut vor sich hin, gutes Karma aus Zschopau. Sie lachte.

Anita kam am ersten Tag gleich eine halbe Stunde zu spät. Charlotte war außer sich, bemühte sich jedoch, Lena ihre Nervosität nicht spüren zu lassen. Lena befahl ihr, ein

Schwein zu malen. Ich hätte Eugenia nehmen sollen, dachte Charlotte wütend und malte ein Schwein, die wäre jetzt hier. Sozialistischer Schlendrian! Zum hundertsten Mal ging sie zum Fenster und sah jetzt Anita mit fliegenden Haaren über die Straße auf das Haus zurennen. Obwohl es ein eisiger Wintertag war, trug Anita nur eine dünne, spinatgrüne Strickjacke. Typisch, diese Farbe! dachte Charlotte.

Mit rotglühendem Gesicht kam Anita die Treppe hochgehechtet, sie habe die U-Bahn-Station nicht gefunden, keuchte sie, und da sei sie von der Briennerstraße aus gelaufen. So weit? fragte Charlotte ungläubig.

Sind Sie mir böse? flüsterte Anita.

Du sollst mich doch nicht siezen, sagte Charlotte.

Während Charlottes Schüler, Deutschlehrer aus China, ihre Eindrücke von Deutschland beschrieben, überlegte Charlotte, was Anita jetzt wohl gerade mit Lena anstellte. Wußte sie, wie man den Playmobilmännchen die Haare auf- und absetzt, kannte sie Kaspar Mütze, Tiger oder Bär? Sie hätte sie vorspielen lassen sollen, wie vorsingen oder vorsprechen. Woher wollte sie wissen, ob Anita nicht Szenen stalinistischen Terrors mit Lena inszenierte, Jugendweihe oder Militärparade spielte, Lena erzählte, Gott existiere nicht, und ihr Zucker zu essen gab?

Deutschland erinnert mich an ein Theaterstück, das ich in China einmal gesehen habe, sagte ein großer, sehr gut aussehender Chinese, Herr Zhou, ich weiß leider nicht mehr, wie es hieß. Zwei Menschen saßen die ganze Zeit unter einem Baum und machten sich sinnlose, quälende Gedanken...

Warten auf Godot, sagte Charlotte, es ist ein englisches Stück.

Lena sah glücklich aus.

Was habt ihr gemacht zusammen? fragte Charlotte Anita. Anita zuckte die Achseln.

Quats macht, sagte Lena.

Ah, ihr habt Quatsch gemacht, wiederholte Charlotte und nickte Anita lächelnd zu. Sie lächelte nicht zurück, sah auf die Uhr.

Kann ich gehen? fragte sie.

Charlotte nahm einen alten, aber noch sehr schönen Mantel aus dem Schrank. Du bist zu dünn angezogen, sagte sie zu Anita und legte ihr den Mantel in den Arm. Wenn du ihn nicht mehr brauchst, gibst du ihn mir zurück. Es sollte nicht aussehen wie ein Almosen.

Anita schien sich zu freuen. Sie fuhr mit der Hand über den Stoff. Es war ein echter Kaschmirmantel.

Das ist ein Herrenmantel, sagte Anita.

Ich trage fast nur Herrenmode, sagte Charlotte, sie ist meistens schicker.

Anita sah sie nachdenklich an. Na, dann danke, sagte sie, kann ich jetzt gehen?

Tschüß, sagte Lena.

Ich freue mich, daß ihr beide so gut miteinander auskommt. Charlotte legte Anita die Hand auf den Arm.

Kein Problem, erwiderte Anita und blieb so lange bewegungslos stehen, bis Charlotte ihre Hand von ihrem Arm nahm.

Charlotte brachte Anita bei, wie man die Geschirrspülmaschine ein- und ausräumte, den Anrufbeantworter einschaltet, die Zentralheizung regelt, wie man Gemüse vitaminschonend kocht und daß man Naturkosmetik am besten im Kühlschrank aufbewahrt. Sie erklärte ihr die Grundzüge einer angstfreien Erziehung, das Faxgerät und warum Lena nicht fernsehen durfte. Sie war sich nicht sicher, ob Anita begriff, was sie sagte, denn sie sah sie meist nur ausdruckslos an.

In der ersten Woche ließ sie zwei Teller fallen, in der zweiten ging der Fernseher kaputt. Sie habe ihn ganz bestimmt nur während Lenas Mittagsschlaf eingeschaltet, gestand sie mit leiser Stimme, und plötzlich sei er nicht mehr gegangen. Plötzlich, wiederholte Charlotte scharf. Anita hob den Blick und sah sie ruhig an.

Ja, plötzlich, sagte sie und zog ihre billige spinatgrüne Strickjacke glatt.

Charlotte schenkte ihr einen indigoblauen Angorapullover, den sie selbst nicht mehr anzog, weil sie ihre Garderobe auf Brauntöne umgestellt hatte, und als sie feststellte, daß sie dieselbe Schuhgröße hatten, gleich eine ganze Tasche voller Schuhe. Vernünftige feste Schuhe und ein Paar Goldpumps.

Gefällt es dir bei uns? fragte sie Anita.

Ja, sagte Lena. Sie ritt auf Anitas Knien.

Der Himmel hat eine andere Farbe, sagte Anita.

Das ist der bayerische Himmel, sagte Charlotte, und bei uns, gefällt es dir bei uns?

Klo, sagte Lena und nahm Anita bei der Hand.

Charlotte blieb in der Küche zurück. Sie holte sich aus

einem Versteck in einer Suppenschüssel ein Stück Schokolade. Sie hörte Lena und Anita im Wohnzimmer miteinander reden. Sie konnte aus der Entfernung nicht unterscheiden, wer wer war. Sie klangen wie Erwachsene. Wie Fremde.

Nachts um vier wachte Lena schluchzend auf und schrie: Nita! Nita!

Anita kommt ja gleich, sagte Charlotte, sie stand schwindelig vor Müdigkeit vor Lenas Bett und beugte sich zu ihrer Tochter herab. Du mußt nur noch ein bißchen schlafen, dann kommt sie.

Lena sah sie zweifelnd an. Ihr kleiner Brustkorb hob und senkte sich. Nita, flüsterte Lena und sah an Charlotte vorbei in die Dunkelheit.

Charlotte rief Robert an. Er zog sich gerade um zum Abendessen.

Sie läßt sich auch nur noch von Anita den Po abputzen, sagte Charlotte.

Was willst du? fragte Robert, einen Babysitter, den dein Kind liebt, oder einen Babysitter, den dein Kind haßt?

Sie soll sie nicht mehr lieben als mich, sagte Charlotte und versuchte zu lachen. Mit wem gehst du essen?

Mit vier langweiligen Männern in schwarzen Anzügen.

Aha.

Ich bin schon spät dran, sagte Robert, schlaf schön.

Ja, sagte Charlotte.

Sie lud Herrn Zhou, den schönen Chinesen, zu sich nach Haus zum Kaffee ein.

Herr Zhou schien sie falsch verstanden zu haben. Er kam mit einem Rucksack voller Lebensmittel, einem Wok und diversen chinesischen Kochutensilien.

Wo ist die Küche? fragte er. Wie heißen Ihre Kinder?

Das ist nicht meine Tochter, das ist der Babysitter, sie heißt Anita, und das ist Lena, aber Sie müssen doch nicht für uns kochen, bitte, Herr Zhou, ich wollte Sie einladen zum Kaffeetrinken, eine deutsche Sitte, Kaffeeklatsch . . .

Mögen Sie kein chinesisches Essen?

O doch, natürlich, sagte Charlotte.

Herr Zhou kochte eineinhalb Stunden und aß dann nicht mit.

Charlotte tauschte die Stäbchen neben Anitas Schälchen gegen eine Gabel aus, um Anita nicht in Verlegenheit zu bringen.

Herr Zhou beobachtete Charlotte, Lena und Anita beim Essen und tat ihnen sofort, wenn ihre Teller leer waren, eine neue Köstlichkeit auf. Auf eine Yin-Mahlzeit folgt eine Yang-Mahlzeit, erklärte er.

Guten Appetit, rief Lena und nahm Herrn Zhou bei der Hand. Später griff sie in den Reis und streute ihn auf Charlottes Kopf.

Anita gab Lena einen Klaps auf die Finger. Mit dem Essen spielt man nicht, sagte sie streng. Herr Zhou nickte und servierte zum Abschluß eine Suppe.

Er packte seinen Wok wieder ein. Sie lächeln sehr schön, sagte er zum Abschied zu Charlotte. Als Charlotte in die Küche zurückkam, lächelte sie immer noch.

Er ist in dich verliebt, sagte Anita.

Wie bitte? lachte Charlotte.

Er hat dich keinen Augenblick aus den Augen gelassen. Anita pickte mit Charlottes Stäbchen geschickt die verstreuten Reiskörner von der Tischdecke.

Du machst dich lustig über mich, sagte Charlotte. Anita sah sie mit klaren Augen an und schüttelte langsam den Kopf.

Zusammen brachten sie Lena ins Bett. Sie bestand darauf, mit beiden ihr Nachtgebet zu sprechen. Lieber Gott, mach mich fromm, daß ich in den Himmel komm, flüsterte Anita. Sie kann mit Stäbchen essen und beten, dachte Charlotte, sie sagt mir nicht die Wahrheit.

Anita zog ihre Strickjacke an. Den blauen Angorapullover oder den Kaschmirmantel hatte sie noch kein einziges Mal getragen.

Bleib noch einen Moment, sagte Charlotte und legte ihr die Hand auf die Schulter, ich meine, wenn du Lust hast...

Anita betrachtete Charlottes Hand auf ihrer Schulter, dann zog sie ihre Strickjacke wieder aus.

Charlotte gab Anita ein Glas Wein.

Erzähl mir was von dir, sagte Charlotte. Hast du einen Freund?

Er heißt Mirko und kommt aus Jugoslawien, antwortete Anita gehorsam.

Der Arme, sagte Charlotte.

Warum?

Dieser schreckliche Krieg, dieser Haß, diese Grausamkeiten, die sie aneinander begehen, sagte Charlotte. Was ist er, Serbe, Kroate?

Anita zuckte die Schultern.

Du fragst ihn noch nicht einmal, woher er kommt?

Nein, sagte Anita, er fragt mich ja auch nicht.

Sie war vor drei Wochen zu ihm in sein winziges Apartment gezogen. Er war Kellner in einem Szene-Lokal. Anita holte ihn dort jede Nacht um drei Uhr ab. Sonst baggern ihn noch diese dünnen Wessi-Weiber an, sagte sie zu Charlotte.

Was macht ihr so zusammen? fragte Charlotte. Anita sah sie verständnislos an. Ich meine, wenn ihr nicht gerade im Bett liegt, fügte Charlotte grinsend hinzu.

Nichts, sagte Anita.

Aber irgend etwas müßt ihr doch zusammen machen...

Anita schwieg.

Manchmal gehen wir mit Lena in den Zoo, sagte sie schließlich.

Ach, Lena kennt ihn? fragte Charlotte erstaunt.

Wir sehen uns Videos an. Ohne Lena, meine ich, sagte Anita und trank ihr Glas aus. Charlotte schenkte ihr nach.

Und welche Filme?

Gestern haben wir *Gesichter des Todes* gesehen. Das war so ein Dokumentarfilm, den hat Mirko von einem Freund ausgeliehen. Da sieht man, wie jemand gehenkt wird, und einer wird geköpft in Afrika oder so, und irgendwo in China, in Tibet, glaube ich, war das, da nehmen sie deine Leiche, wenn du tot bist, und zerhacken sie mit einem großen Beil, und die Einzelteile werfen sie dann den Geiern vor. Mitten durchgehackt haben sie diese Frau, die Rippen konnte man sehen, und es klang genau wie beim Metzger, wenn er ein Kotelett abhaut, dann die Beine ab, die Arme, und der Kopf, der wollte gar nicht so richtig abgehen, da mußten sie mehrmals draufhauen, und dann hat man gesehen, wie sie den Kopf ganz weit über die Wiese geworfen haben, und gleich sind die Geier gekommen und haben sich draufgesetzt und in die Augen gepickt... das sah ganz komisch aus, als wäre der Mensch in die Erde eingegraben, und nur der Kopf sieht raus, und auf dem Kopf dieser riesige Vogel... Anita verstummte. Wenn man sich vorstellt, daß man das selber ist, sagte Anita leise. Charlotte legte den Arm um sie.

Sie traf Anita mit Mirko ein paar Tage später zufällig in der Stadt. Fast hätte sie Anita nicht erkannt, sie trug Charlottes Goldpumps zu einem schwarzen Lackmini, ihre Haare waren auftoupiert, ihre Augen hatte sie schwarz umrandet, den Mund blutrot geschminkt, die Fingernägel silbern lackiert. Jetzt sieht sie aus wie alle, dachte Charlotte enttäuscht, schade, der verdammte Westen, ihre ganze altmodische Schönheit zum Teufel.

Das ist meine Freundin Charlotte, erklärte Anita stolz. Mirko nickte knapp. Er war klein und hatte eine bläulich verfrorene Gesichtsfarbe. Er trug Charlottes Kaschmirmantel.

Mirko Quats macht, sagte Lena in der Badewanne unvermittelt zu Charlotte.

Was hat er denn gemacht? fragte Charlotte vorsichtig.

Lena lächelte selig. Bumbumbumbum, rief sie und richtete die Dusche auf Charlotte wie ein Gewehr.

Charlotte verbot Anita, Mirko mitzubringen, wenn sie

auf Lena aufpassen sollte. Ich glaube, daß es Lena verwirrt, wenn ihr zusammen seid, sagte sie zu Anita, besonders jetzt, wo ihr Vater verreist ist.

Anita sah sie ausdruckslos aus schwarz gemalten Eulenaugen an. Seit ihrem zufälligen Aufeinandertreffen in der Stadt war sie jetzt immer geschminkt.

Und bitte spiel nicht Krieg mit ihr, fuhr Charlotte fort, ich mag das nicht. Und fütter sie mittags nicht mit Hamburgern, ich habe die Plastikschachtel im Müll gesehen. Gesunde Ernährung ist Erziehungssache.

Ich hasse gesunde Ernährung, sagte Anita langsam.

Du weißt doch gar nicht, was das ist, du bist doch dein ganzes Leben falsch ernährt worden! rief Charlotte wütend.

Nach einer kleinen Pause sagte sie leise: Entschuldige. Das war gemein von mir. Bitte entschuldige.

Anita zuckte die Schultern.

Ich bin sehr froh, daß ich dich gefunden habe, sagte Charlotte, wirklich sehr froh. Sie umarmte Anita, dabei kam es ihr so vor, als weiche Anita leicht vor ihr zurück, aber sicher war sie sich nicht.

Die chinesischen Schüler planten eine dreitägige Reise zu den Königsschlössern und baten Charlotte, mit ihnen zu kommen. Herr Zhou nahm ihre Hand. Bitte, sagte er, ohne Sie werden wir nicht lächeln.

Ich zahle dir hundert Mark am Tag als Pauschale, sagte Charlotte zu Anita, zuzüglich Essensgeld für Lena und dich. Einverstanden?

Anita lächelte und nickte. Dann sagte sie: Ich muß aber

erst Mirko fragen ... er schläft nicht gern allein. Sie wischte sich die Haare aus dem Gesicht. Ihren altmodischen Haarreif trug sie schon lange nicht mehr.

Charlotte wandte sich ab und sah aus dem Fenster. Herr Zhou, dachte sie. Eine Nacht mit Herrn Zhou?

Mirko kann hier übernachten, sagte Charlotte, ich möchte nur nicht, daß Lena anfängt zu glauben, ihr wärt ihre Eltern. Verstehst du? Ich möchte nicht, daß Mirko ihre männliche Bezugsperson wird.

Männliche Bezugsperson, wiederholte Anita. Was macht dein Mann in Amerika?

Oh, sagte Charlotte leichthin, er arbeitet.

Anita sah sie aufmerksam an, als erwarte sie weitere Auskünfte. Nach einer Weile fügte Charlotte hinzu: Wir brauchen Ferien voneinander. Wir möchten auch mal wieder einzeln sein, nicht immer nur ein Paar. Das kannst du wahrscheinlich nicht verstehen ...

Hm, sagte Anita, wie man's macht, macht man's falsch, was? Sie sahen sich an.

Könnte man so sagen, seufzte Charlotte. Sie lächelten beide. So ein junges Huhn versteht mich, dachte Charlotte verblüfft.

Die Nacht vor ihrer Abreise konnte Charlotte nicht schlafen. Zum ersten Mal seit Lenas Geburt würde sie wieder allein sein. Sie würde denken können, lesen, allein aufs Klo gehen, in Ruhe essen, flirten, schlafen. Sie schrieb alle Notrufnummern säuberlich auf einen Zettel und verfaßte einen Katalog mit sämtlichen Ermahnungen, die ihr einfielen: Lena keine Erdnüsse geben! Waschmittel wegschließen!

Pfannen auf dem Herd mit dem Stiel nach innen drehen! Beim Baden Lena nie allein lassen!

Anita kam am Morgen pünktlich um halb sieben, eine kleine Plastiktasche über der Schulter. Sie sah ungewöhnlich blaß aus. Es gäbe noch etwas zu besprechen, sagte sie so leise, daß Charlotte sie nicht gleich verstand. Einhundert Mark am Tag ist zu wenig, fuhr sie fort und starrte auf Charlottes Goldpumps an ihren Füßen, ich habe mich erkundigt.

Ein einziges Wort blinkte vor Charlottes Augen auf wie eine rote Neonschrift: UNDANKBAR. UNDANKBAR. UNDANKBAR. Aha, sagte Charlotte kühl, wieviel?

Dreihundert, sagte Anita, ohne sie anzusehen, am Tag.

Sie schwiegen. Charlottes Gesicht glühte vor Wut.

Ich bekomme ja auch keine Arbeitslosenversicherung, keine Lohnsteuerversicherung und keine Rentenversicherung, flüsterte Anita und sah weiter auf ihre goldenen Schuhspitzen.

Diese Wörter hat ihr Mirko eingebleut, dachte Charlotte, dieses kleine Aas, will mich erpressen!

Mit leiser, enttäuschter Stimme sagte Charlotte zu Anita, während sie ihr leicht über den Kopf strich: Hast du wirklich das Gefühl, ich behandele dich unfair? Ich?

Anita fing unvermittelt an zu heulen. Ihr billiges Maskara lief ihr in breiten schwarzen Strömen über die Backen.

Ich kann so schlecht über Geld reden, schniefte sie.

Charlotte gab ihr ein Taschentuch. Anita legte den Kopf auf den Tisch und heulte um so mehr. Charlotte betrachtete sie mit untergeschlagenen Armen. Du Ratte, dachte sie. Du miese, kleine Ratte. Und ich habe geglaubt, ich müßte dir auf die Beine helfen.

In zwanzig Minuten geht mein Zug, sagte sie.

Anita legte die Stirn auf das blaue Wachstuch. Ihr Rücken zuckte.

Charlotte schwieg eisern.

Schließlich zog Anita ihr Portemonnaie aus der Tasche und holte, ohne hinzusehen, ein Foto heraus. Sie legte das Foto auf den Tisch neben sich. Charlotte ging um den Tisch herum und nahm das Foto in die Hand. Anita, mit blond gefärbten Haaren und riesigen Ohrringen, hielt einen dikken Säugling in einem lila Strampelanzug auf dem Arm. Neben ihr stand ein blasser, ebenso blonder Mann, dessen Gesicht nicht mehr zu erkennen war, so zerknickt war das Foto. Anita drückte ihren Kopf gegen Charlottes Bauch und schlang ihre Arme um ihre Hüften. Nach einer Weile hob sie das Gesicht und sah Charlotte an. Ihre Augen waren trocken.

Zweihundert, flüsterte Anita.

Hundertfünfzig, sagte Charlotte.

Trinidad

Liebe Kathy,
stell Dir vor, jetzt bin ich im Jodelland gelandet, wo dicke blonde Männer mit roten Backen tatsächlich am hellichten Tag Lederhosen tragen, Frauen im Dirndl auf dem Fahrrad herumsausen, Kühe auf der Straße herumrennen wie andernorts Hunde und die Fliegen direkt von der Kuhscheiße auf deinem Kuchen landen.

Solange wir in der Stadt waren, war es noch erträglich. Das kleine Ungeheuer ging bis drei Uhr in den Kindergarten. Ich mußte sie abholen, mit ihr auf den Spielplatz gehen, wo lauter gehirnamputierte, aber teuflisch schicke, schlanke Mütter Frauenzeitschriften lesen und, ohne aufzublicken, brüllen: Stefanie, schmeiß nicht mit Sand! Hau nicht den Sascha! Lauf nicht vor die Schaukel! Und wenn ihre Erpel auf die Schnauze zu fallen drohen, wollen sie auf keinen Fall, daß man sie vielleicht vor dem Tod oder schweren Verletzungen bewahrt. Anfangs bin ich immer aufgesprungen und hingerannt, aber die Mütter sahen mich nur beleidigt an und sagten: Danke, aber das muß das Kind schon selbst in den Griff bekommen, es stärkt seine Selbständigkeit. Was? Ein Loch im Kopf? Du kannst dir nicht vorstellen, wie deprimierend es ist, diesen Frauen dabei zuzusehen, wie sie sich, ihre Kinder und ihr Leben hassen.

Neulich saß ich neben einer Frau mit goldenen Turnschuhen und trainiertem braungebrannten Körperchen im weißen Stretchkleid, die überhaupt nicht aussah wie eine Mutter –, aber das scheint hier der allgemeine Ehrgeiz zu sein – ihr Erpel war noch winzig, saß im Sand und fraß Steine, was seine Mutter nicht weiter kümmerte. Sie sagte zu ihrer Freundin: Dieses Kind nimmt mir alles, was ich einmal war. Ich bin niemand mehr. Alles, was ich war – futsch. Und dann fing sie auch noch an zu heulen.

Du willst wissen, wie ich Deutschland finde? Keine Ahnung. Alle sprechen die Sprache meiner Mutter, anfangs bin ich manchmal richtig zusammengezuckt, weil ich dachte, meine Mutter ist wieder da und spricht mit mir. Es ist wie ein pawlowscher Reflex, ich möchte auf den Schoß und meine Milchflasche haben. Manchmal fing ich unvermutet an zu flennen. Inzwischen habe ich mich dran gewöhnt.

Ich hoffe, Du putzt ihren Grabstein, wie Du es mir versprochen hast. Und nicht einfach so husch, husch, sondern schön gründlich, wie ich es Dir gezeigt habe. Es stimmt, was sie immer gesagt hat: Deutschland ist sauber. Und soooo weiß. Ich komme mir manchmal vor wie eine Fliege in der Milch. Und so sehen mich manche auch an. Angeekelt. Schmutz. Bäh.

Ansonsten verstehen die Deutschen sich darauf, sich das Leben gründlich zu vermiesen. Die Geschäfte sind fast immer geschlossen, die Waschmaschinen brauchen drei Jahre, bis sie fertig sind, die Kühlschränke sind winzig, es passen etwa fünf Eiswürfel rein, und die nimmt man offensichtlich nur an hohen Feiertagen, ansonsten trinkt man das Cola warm, das deutsche Klopapier ist so hart wie Schmirgel-

papier, daß man sich einen wunden Hintern holt. Das erklärt auch, warum alle so mißmutig wirken und wenig lachen.

Aber: es gibt einen genauen Fahrplan für die U-Bahn mit Minutenangabe, und tatsächlich kommen die Züge auch auf die Sekunde genau an.

Alle schweigen. Es ist überall mucksmäuschenstill. In der U-Bahn sah ich ein Schild, man solle seinen Walkman leiser stellen, um den Nachbarn nicht zu stören. Stell Dir mal so ein Schild bei uns in New York vor!

Und kein Mensch hat Geld. Sie steigen aus ihren fetten Mercedessen, wohnen in riesigen Apartments, tragen teure Designerklamotten, aber mit wem du auch sprichst – sie behaupten alle steif und fest, sie hätten überhaupt kein Geld, als schämten sie sich.

Ungewöhnliche Gemeinheiten habe ich noch nicht erlebt. Sie reden mit mir wie mit einem Vollidioten, weil sie sich nicht vorstellen können, daß ich deutsch kann. An der Kasse vom Supermarkt nimmt mir die Kassiererin das Geld aus der Hand, weil sie mich für zu blöd hält, es selbst abzuzählen, viele brüllen, als sei ich taub, naja. In der Straßenbahn hat mir eine alte Frau von hinten in die Haare gefaßt – es ist ein bißchen so wie in diesen alten Expeditionsfilmen: Eingeborene sehen zum erstenmal weißen Mann, nur umgedreht, und für Gott hält mich hier eher niemand.

Wirklich nervig ist eigentlich nur Charlotte, die mir dauernd erzählt, sie fände schwarze Haut so viel schööööner als weiße, ehrlich, so viel ästhetischer, und die mich behandelt, als wäre ich krank, oder behindert, als müsse man besonders vorsichtig mit mir umgehen. Aus purer Bosheit, weil sie mir damit so auf den Wecker ging, habe ich ihr erzählt, ich sei Moslemin. Das war ziemlich unklug, denn seitdem fragt sie mich über den Koran aus und hält Vorträge, wie weise und zivilisiert es sei, auf Schweinefleisch und Alkohol zu verzichten.

Zu fressen gibt es in ihrem Haushalt fast nichts, sie kocht nach irgendwelchen komplizierten Yin-Yang-Rezepten, das Kind bekommt nur Sojamilch und Reiswaffeln mit Gomasin oder so ähnlich – das schmeckt wie Pappkarton mit Klebstoff. Also gehe ich mit Lena heimlich zu McDonald's, was für sie der Himmel auf Erden zu sein scheint – sie hat nämlich noch nie in ihrem Leben Fleisch gegessen! Ich habe sie mit Schwüren dazu verdonnert, ihrer Mutter kein Sterbenswörtchen davon zu verraten, aber Charlotte bemängelt, daß neuerdings die Scheiße ihres Kindes anders stinkt, und sie kann sich überhaupt nicht erklären warum. Sie selbst wirkt trotz all ihrer gesunden Ernährung blaß, nervös und immer ein wenig deprimiert, obwohl ich beim besten Willen keinen Grund dafür entdecken kann. Sie seufzt sehr viel, ich nenne sie deshalb ›die Seufzerbrücke‹, das ist diese Brücke zum Knast in Venedig.

Es gibt ein Foto von meinen Eltern auf ihrer Hochzeitsreise, wie sie auf dieser Brücke stehen, zwei Gesichtslose, denn das Gesicht meines Vaters ist so dunkel, daß man es nicht erkennt, und ihres ist so weiß, daß es aussieht wie ausgebrannt. Ein paar Monate später gab's genug für sie zu seufzen, da war er schon über alle Berge, vielleicht war es ein Fehler, sich mit ihm auf diese Brücke zu stellen.

Ohne jede Warnung fing also Charlotte, die Seufzerbrücke, eines Tages an, die Koffer zu packen, und zwei Stun-

den später fand ich mich in einem zweihundert Jahre alten Bauernhaus wieder ohne Kühlschrank, ohne Fernseher, ohne Heizung, aber mit Kuhscheiße vor der Tür.

Das Haus gehört ihnen, und sie finden es wahrscheinlich schrecklich urig und natürlich, ihre Lebensmittel in einer lauwarmen Speisekammer aufzubewahren, sich den Hintern abzufrieren, wenn es regnet, mit zehntausend Insekten kämpfen zu müssen, die man natürlich nicht einfach besprühen darf, damit man seine Ruhe hat, weil jede Mücke Natur *ist und deshalb fast so heilig wie eine Kuh in Indien. Sie scheinen den Ehrgeiz zu haben, es sich mit all ihrem Geld so unbequem wie möglich zu machen. Hurra, hier werden wir sechs Wochen lang bleiben!*

Jetzt habe ich Lena den ganzen Tag am Hals, soll mit ihr basteln und spielen – aber bitte mit natürlichen Materialien! Wir könnten ja Aschenbecher aus Kuhscheiße formen, wie wäre es damit? Natürlich raucht hier niemand – daß ich Nichtraucherin bin, war ja auch Bedingung für den Job. Nach allem hat sie mich gelöchert in ihren endlosen Briefen, nur nach meiner Hautfarbe hat sie mich nie gefragt. Den Moment, als ich aus dem Flughafen kam und auf diese dünne blonde Frau zuging mit dem Schild ›Jeannie Bowles‹ in der Hand, den hätte ich gern auf Video. Den könnte ich glatt einschicken zu der Sendung ›Der komischste Moment Ihres Lebens‹.

Die Barbiepuppe, die ich dem Erpel für teures Geld mitgebracht hatte, wurde sofort eingezogen, denn Plastikspielzeug ist bei den Eltern so verpönt wie bei den Moslems Schweinefleisch. Das Kind heulte den ganzen Nachmittag, und Charlotte erklärte mir mit hochrotem Kopf, sie halte

Barbiepuppen für ein falsches weibliches Vorbild, ich solle es ihr bitte, bitte nicht übelnehmen. Für alles entschuldigt sie sich.

Kurz darauf aß ich nichtsahnend einen Oreo-Keks aus meinem Vorrat, der jetzt leider ziemlich zur Neige geht (dabei rationiere ich schon so eisern, als befände ich mich im Krieg!), sie sah das, schloß sofort die Tür vor Lena, so daß wir uns allein im Zimmer befanden, und flüsterte mir beschwörend zu, ich soll Lena niemals Zucker geben oder Schokolade, denn davon würde sie high wie von einer Droge. Hm. Sie kennt wohl wenig wirkliche Drogen. Sie versucht, locker und hip zu erscheinen, ist aber pingeliger, als meine Mutter jemals war. Nichts kann ich ihr recht machen. Fege ich die Küche, fegt sie hinterher. Mache ich die Betten, streicht sie gleich noch einmal die Laken glatt. Decke ich den Tisch, rückt sie das Besteck gerade. Schickt sie mich zum Brotholen, bemängelt sie, daß es das falsche Brot ist. Ziemlich neurotisch, wenn Du mich fragst. Kein Wunder, daß ihr Alter ständig auf Reisen ist.

Seit wir hier im Lederhosenparadies sind, ist er allerdings wieder da, er heißt Robert, sieht nicht übel aus und fällt nicht weiter unangenehm auf. Er spielt sogar manchmal Musik, Steel, die er aus Trinidad mitgebracht hat, gar nicht mal so schlecht, aber Charlotte verläßt dann immer sofort das Zimmer.

Ich muß Schluß machen, ich hör sie keifen, ich solle Milch holen gehen. Direkt von der Kuh beim Bauern nebenan, ob Du es glaubst oder nicht. Wie im Mittelalter. Aber die Bauern haben eine Satellitenschüssel neben der Scheune stehen, vielleicht frage ich sie mal, ob ich bei ihnen ein bißchen fern-

sehen darf. Ja, ich komme ja schon! Mein Gott, diese Frau macht mich noch krank mit ihrer Hektik.

Alles Liebe, Deine Jeannie.

Sie steht nicht auf. Sie steht einfach nicht auf. Sie behauptet, sie habe keinen Wecker. Ich könnte ihr einen kaufen, aber ich will mich nicht zur Idiotin machen. Es ist ihr verdammter Job, auf mein Kind aufzupassen! Einmal nur, ein einziges Mal nur möchte auch ich ausschlafen dürfen! Warum darf ich nicht? Warum immer nur Robert? Wutschnaubend stehe ich im Flur vor Jeannies Zimmer, Lena an der Hand, aber ich werde sie nicht wecken, nein. Ich will nicht die verbitterte Alte sein, die sie mit falscher Fröhlichkeit aus ihrem süßen, juvenilen Tiefschlaf reißt. Ich will nicht sein wie meine eigene Mutter.

Geh in ihr Zimmer, und weck sie, fordere ich Lena auf. Sie schüttelt den Kopf.

Ich traue mich nicht, flüstert sie.

Wir gehen barfuß zusammen die warme Holztreppe hinunter, dann über den kalten Steinfußboden hinaus in den Garten, es riecht nach Kühen, nach Heu, nach Blumen. In der Sonne ist es schon heiß, obwohl es noch so früh ist. Im Nachthemd sitzen wir auf der Gartenbank hinter der riesigen Satellitenschüssel unserer Nachbarn, der Freisingers, den Bauern von nebenan. Sie haben einen neunjährigen verstockt wirkenden Sohn, Frau Freisinger ist noch jung, bestimmt vier, fünf Jahre jünger als ich, aber ihre Haut sieht aus wie ein alter Lederhandschuh. Sie ackern den ganzen Tag, um dann mit dem Geld, was sie so mühsam verdienen, ihren wunderschönen alten Hof mit Glasbausteinen und

Alufenstern zu verschandeln. Die Satellitenschüssel und eine betonierte Terrasse haben sie sich erst kürzlich zugelegt und dafür kaltlächelnd ihren alten Kräutergarten geopfert. Kein einziges Mal habe ich sie bisher auf dieser Terrasse sitzen sehen, denn sie arbeiten ja den ganzen Tag. Pünktlich um halb sechs Uhr früh springt die Melkmaschine an, und abends laden sie immer noch Heu ab, wenn es bereits dunkel ist. Wenn sie mich im Garten sitzen sehen, lächeln sie mir zu in einer Mischung aus Amüsement und leichter Verachtung, und ich schäme mich meines luxuriösen, nutzlosen Lebens. Vielleicht hassen sie uns.

Lena drückt mir ihre Puppe in die Hand. Spiel! befiehlt sie. Ich mag nicht spielen. Ich eigne mich nicht zum Spielen, ich möchte Ergebnisse sehen.

Spiel, wiederholt Lena und sieht mich mitleidig an. Sie weiß, daß ich es nicht kann.

Oh, bitte, Lena, flehe ich, laß mich noch ein bißchen in Ruhe.

Warum?

Ich schließe die Augen. Ich werde mir Mühe geben, dieser Tag wird schön werden, ein wunderschöner Sommertag in der Erinnerung aller, o ja.

Drei Stunden später poltert Jeannie die Treppe hinunter. Lena und ich haben dreimal *Peter und der Wolf* angehört, wir haben zweimal Hochzeit gespielt, geschaukelt, Sandkuchen und Blumenpizzas gebacken, wir haben Bilder gemalt und einen ganzen Zoo aus Knetgummi geformt, wir haben frisches Vollkornbrot geholt, Honig und Butter. Drei lange Stunden haben wir uns verkniffen, davon zu essen, alle sollen zusammen an einem Tisch frühstücken, so sollte es doch sein, wenigstens in den Ferien, obwohl der Mann von den Frauen der Karibik träumt und das Kind von seinen Freunden in der Stadt.

Jeannie kommt in lila Radlerhosen und einem goldenen Lurex-BH in die Küche gestolpert. Ihr dunkles Fleisch quillt üppig hervor, ihren Mut möchte ich haben, wie kann man nur so selbstbewußt sein?

Sie wirft im Vorbeigehen ihre verbrauchten Walkmanbatterien in den Abfalleimer für Kunststoffe und Folien und läßt sich auf den ersten besten Stuhl fallen. Diese verdammten geilen Katzen, seufzt sie, die ganze Nacht. Sie macht sie nach, jault in den höchsten Tönen. Lena kichert. Kein Auge habe zugetan, jammert Jeannie.

Ihr Deutsch hat einen leichten, undefinierbaren Akzent und macht mich nervös. Ich fange innerlich an zu beben, als sei ich schnell gelaufen.

Es ist heiß, stöhnt sie.

Ja, sage ich und klaube ihre Batterien aus dem Abfalleimer.

Geiler Bikini, sagt Lena.

Ich höre, wie Robert ins Badezimmer geht.

Laß uns den Tisch decken, sage ich zu Jeannie.

Sie steht ächzend auf und holt drei Teller aus dem Schrank.

Wir sind doch vier, lache ich und möchte schreien. Sie denkt nicht von hier bis an die Wand. Alles muß ich erklären, alles vormachen, alles sagen. Da mache ich es lieber selbst. Wenn sie die Betten macht, zieht sie nicht die Laken glatt, wenn sie den Tisch abwischt, vergißt sie regelmäßig die obere Ecke, für die man sich ein wenig strecken müßte, lasse ich sie staubsaugen, vergißt sie, unter dem Sofa zu saugen. Und wenn ich es ihr dann sage, fühle ich mich wie eine alte, spießige Ziege, die nur meckert.

Sie holt einen vierten Teller, knallt ihn auf den Tisch, setzt sich wieder.

Wie wär's mit Messern, frage ich in scherzhaftem Ton.

Wieder steht sie schwerfällig auf, geht zur Schublade, holt ein Messer heraus – ein einziges Messer! –, legt das Messer neben ihren Teller und setzt sich hin.

Ich warte, sage nichts. Jeannie nimmt sich eine Scheibe Brot und beschmiert sie seelenruhig mit Butter. Überrascht höre ich mich kreischen, spüre, wie sich mein Gesicht verkrampft, wie ich häßlich und verkniffen aussehe. Interessiert betrachten mich Jeannie und Lena, als säßen sie im Zirkus. Und da trabe ich auch schon in die Arena, Robert sitzt auf meinen Schultern, er liest die Zeitung, Lena steht in einem rosa Tütü in meiner Handfläche und lächelt albern in die Runde, die fette Jeannie sitzt auf meinem Kopf und tritt mir zum Takt der Musik aus ihrem Walkman die Hakken ins Kreuz. Ich drehe Runde um Runde, meine Knie zittern, meine Muskeln schmerzen, in Strömen läuft mir der Schweiß herunter, keiner darf mir herunterfallen, keiner. Das Publikum applaudiert müde, da geht der Vorhang hinter mir auf, und eine andere Frau kommt in die Arena galoppiert, sie trägt vier Kinder auf ihren Hüften, ihren Ehemann und seine Geliebte auf den Schultern, ihre alte Mutter im Nachthemd auf dem Kopf, zwei Hunde machen Männchen auf ihren Handflächen, und zu allem Überfluß hat sie auch noch eine knackige Figur, ein strahlendes Lächeln und wache Augen. Das Publikum tobt, beschämt trabe ich hinaus, was will ich hier überhaupt mit meinem erbärmlichen Akt? Ein Beispiel sollte ich mir nehmen.

Ich erwarte doch wirklich nicht viel, wirklich nicht! schreie ich. Hast du noch nie in deinem Leben einen Tisch gedeckt? Muß ich denn alles selber machen? Siehst du denn nicht, was getan werden muß? Bist du blind? Ich kann nicht mehr! Ich kann auch mal nicht mehr!

Ich fange an zu heulen. Lena streckt die Hand nach mir aus. Jeannie steht wortlos auf und holt drei weitere Messer.

Lena bekommt doch kein Messer, wie oft soll ich das noch sagen? schluchze ich.

Jeannie legt ein Messer wieder in die Schublade.

Entschuldige, sage ich zu Lena.

Was ist? fragt sie.

Ich weiß nicht, sage ich, gleich ist es wieder vorbei. Sie sieht mich besorgt an, ich stehe auf und laufe aus der Küche zum Bücherregal im Wohnzimmer, dort steht ein Buch mit Visualisierungsübungen gegen Angst und Depressionen, das habe ich meiner Schwester geklaut, als ich sie vor einer Woche besucht habe, kurz nachdem Robert aus Trinidad zurückgekehrt war und im Wohnzimmer anfing zu tanzen wie ein Verrückter.

Davon erzählte ich meiner Schwester nichts. Wir hassen uns, aber unser Haß fühlt sich an wie die ganz normale Liebe in einer Familie, und wenn ich sie länger nicht sehe, werde ich unruhig.

Oh, là là, sagte meine Schwester, als sie Jeannie sah, todschick, ein schwarzes Kindermädchen.

Sie spricht deutsch, erwiderte ich.

Hey, prima, sagte meine Schwester und ergriff Jeannies Hand, dann kannst du ja wenigstens in der Zeitung nachlesen, was dir in diesem Scheißland irgendwann passieren wird. Irgendwo hinten im Lokalteil: FARBIGE AMERIKANERIN VON SKINHEADS ...

Afroamerikanerin, korrigierte Jeannie.

Hast du gar keine Angst? fragte meine Schwester.

Nö, murmelte Jeannie und sah sich in der chaotischen Wohnung meiner einundvierzigjährigen Schwester um, die immer noch aussieht wie eine Studentenbude. Lena darf dort an die Wände malen und mit Schuhen auf dem stets ungemachten Bett herumspringen, meiner Schwester ist alles egal. Auf dem Stuhl, auf den ich mich setzen wollte, lag unter Schichten von Unterwäsche und verfärbten T-Shirts dieses Buch.

Hat sie gewußt, daß du Afroamerikanerin bist? fragte meine Schwester Jeannie und deutete mit dem Kopf in meine Richtung.

Nö, sagte Jeannie und grinste.

Meine Schwester lachte schallend.

Worüber lacht ihr? fragte Lena streng.

Über deine Mutter, sagte meine Schwester, wir lachen nur über deine Mutter, und da kicherte auch Lena.

Im Inhaltsverzeichnis finde ich *Lebensangst*, schlage mit zitternden Fingern das Kapitel auf, lese: *die Mumie*. Stellen Sie sich vor, Sie seien gestorben, werden einbalsamiert und mit Bandagen umwickelt, bis kein Zentimeter Ihrer Haut mehr zu sehen ist. Sie werden in einen Sarg gelegt, in eine dunkle Höhle geschoben. Jetzt richten Sie sich auf, lösen Ihre Bandagen, eine nach der anderen, Sie werfen sie hinter sich, steigen aus dem Sarg und gehen hinaus aus der Höhle ins Freie. Dort scheint die Sonne, der Himmel ist blau, Sie haben keine Angst mehr.

Musik erklingt. Eine zwölfköpfige Steelband spielt in der Küche. Lena kreischt vor Vergnügen. Guten Morgen, kleine Schnecke, höre ich Robert sagen, und dann: guten Morgen, wunderbare Jeannie!

Wissen Robert und Charlotte wirklich nicht, daß ich in meinem Dachkämmerchen jedes Wort genau verstehen kann, das sie in ihrem Schlafzimmer sprechen? Es dringt durch den Kamin wie durch einen Lautsprecher direkt an mein Ohr. Hier ist ein Dialog von gestern nacht, den ich aus purer Langweile mitgeschrieben habe.

Er: Wofür willst du dich rächen, hm?

Sie: Bist du so naiv?

Er: Jetzt komm schon . . .

Sie: Mach den Test, dann reden wir weiter.

Er: Das ist doch lächerlich.

Sie: Meinst du, ich weiß nicht, warum du dauernd diese Musik hörst, warum du von Trinidad schwärmst, als sei es das Paradies auf Erden?

Er: Es ist das Paradies auf Erden.

Sie: Ach, Scheiße. Und faß mich nicht an.

Er: Heißt das, du verlangst von mir. . .

Sie: Genau.

Er: Du bist doch verrückt.

Sie: Ach ja?

Er: Woher nimmst du das?

Sie: Ich sehe es dir an.

Er: Gut. Ich war glücklich da. Ja.

Sie: Ohne uns.

Er: Ja.

Sie: Warum?

Er: Die Menschen sind anders.

Sie: Die Frauen, meinst du.

Er: Auch die Frauen.

Sie: Wie?

Er: Das willst du doch gar nicht wissen.

Sie: Doch.

Er: Wenn ich es dir sage, drehst du durch, das weiß ich doch.

Sie: Tue ich nicht.

Er: Tust du doch.

Sie: Sag es mir.

Er: Was?

Sie: Was so toll ist an den Frauen in Trinidad.

Er: O Gott.

Sie: Was?

Er: Sie führen keine Gespräche wie dieses.

Sie: Weiter.

Er: Sie sind lockerer.

Sie: Und?

Er: Freier.

Sie: Toll. Und weiter?

Er: Sie leben einfach.

Sie: O ja, die tollen, lockeren Frauen der Karibik. Sie wiegen sich in den Hüften, hören den ganzen Tag nur

Musik und lieben das Leben. Sag mal, wie blöd bist du eigentlich?

Er: Du hast mich gefragt.

Sie: Meinst du, ich möchte so sein, wie ich jetzt bin?

Er: Ich weiß nicht, wovon du sprichst.

Sie: Ich würde mich auch lieber in den Hüften wiegen, das kann ich dir sagen. Aber zufällig habe ich ein Kind und einen Beruf, und ich bin müde, verdammt müde. Zu müde, um die Hüften zu schwingen!

Er: Ja, ich weiß.

Sie: Was soll das heißen?

Er: Ich weiß, daß du es schwer hast.

Sie: Wie du das sagst! Du bist ein richtiges Arschloch.

(Er schweigt.)

Sie: Für dich hat sich doch nichts geändert durch das Kind, gar nichts. Du fährst weiterhin in der Weltgeschichte rum, machst, was du willst, und darüber hinaus hast du eine Familie. Prima.

Er: Was willst du?

(Die Seufzerbrücke seufzt.)

Sie: Warum verbringst du nie mehr Zeit mit mir?

Er: Weil du müde bist. Weil du schlecht gelaunt bist. Weil du deine Ruhe haben willst.

Sie: Wenn ich den ganzen Tag mit dem Kind unterwegs war...

Er: Du hast doch immer einen Babysitter gehabt.

Sie: Den ich organisieren muß. Wie ich alles organisieren muß. Wieso habe ich ein Problem, wenn ich arbeiten gehen will, und du nicht?

Er: Ich verstehe nicht, was du meinst.

Sie: Genau das ist das Problem. Selbst wenn wir vögeln wollten – was wir ja nicht tun –, selbst wenn, müßte ich es ORGANISIEREN.

Er: Das ist das Problem. Daß du alles organisieren willst.

Sie: Ich verstehe. Ich bin an allem schuld. – War's wenigstens schön?

Er macht eine spannende Pause.

Er: Ich weigere mich, so zu reden.

Sie: Du mußt einen Aids-Test machen, das ist dir doch hoffentlich klar.

Er: Das ist doch absurd.

Sie: Wieso?

Er: Weil da nichts war.

Sie: Ich glaube dir nicht.

Er: Das ist dein Problem.

Sie: Nein, deins. Denn ohne Test . . .

Er: Hast du denn gar kein Vertrauen zu mir? (Sie schweigt.) Wenn ich da irgendwas gehabt hätte, nur mal hypothetisch, dann hätte ich doch aufgepaßt.

Sie: Ich habe es gewußt.

(Pause.)

Er: Es tut mir leid . . .

Sie: Ich hasse dich.

Er: Es tut mir leid.

Sie: Warum? Erklär mir, warum!

Er: Ich weiß es nicht.

Sie: Erklär es mir!

(Sie heult, schlägt ihn, glaube ich, an dieser Stelle, auf jeden Fall klatscht es mehrmals, aber vielleicht erlegt sie

auch nur ein paar Fliegen, du glaubst nicht, wieviel Fliegen es hier gibt!)

Sie: (schreit) Warum?

Er: Ich habe gerade versucht, es dir zu erklären.

(Sie schluchzt.)

Er: Ich habe mich dort lebendig gefühlt.

Sie: O Gott.

Es geht die Tür, ich höre Schritte auf der Treppe, sie geht wohl ins Wohnzimmer und schläft auf der Couch. Ende. Musik. Reklame.

Ist das nicht wunderbar? Fast so schön wie Fernsehen.

Es ist ein wunderschöner Tag, der Himmel klar, eine leichte Brise geht, die Vögel zwitschern, das Au-pair-Mädchen schläft, Mutter und Kind machen Obst ein, Vater mäht den Rasen. Es könnte ein wunderschöner Tag sein. Robert sitzt auf seinem brandneuen Rasenmäher und fährt Achten um Jeannie, die mit geschlossenen Augen in ihrem goldenen Bikini im Liegestuhl liegt. Sie hat ein Bein aufgestellt, ein schmaler Streifen Gold bedeckt notdürftig ihre Scham. Breit und gemütlich liegt ihr dicker Leib da. Weißer Speck ist ekelhaft, schwarzer dagegen irgendwie schön. Einen kurzen Augenblick lang verstehe ich, wie man sich sehnlichst wünschen kann, sich auf dieses Fleisch zu werfen, es zu walken, zu kneten, zu unterwerfen, in ihm zu versinken.

Lena und ich halten beim Johannisbeerenpflücken inne, wir starren Jeannie und Robert an. Wie lächerlich er aussieht, wie ein Affe auf dem Schleifstein hockt er auf dem Mäher, sein weißer, behaarter Bauch hängt über den Gürtel seiner Bermudas, seine Basketballmütze hat er mit dem

Schirm nach hinten aufgesetzt, weil er hip sein möchte, jung, lebendig. Wie sehr ich ihn in diesem Augenblick dafür hasse. Prügeln könnte ich ihn, windelweich schlagen, seinen erbärmlichen Körper grün und blau hauen.

Lena legt die Finger auf die Lippen, leise schleichen wir um Jeannie herum auf die andere Seite zu den schwarzen Johannisbeeren, wir alle bewegen uns um sie herum, als sei sie das Zentrum und wir die Satelliten.

Keiner in der Familie mag Johannisbeeren, aber ich pflücke sie, wasche sie, koche Saft, Gelee, mache Kuchen, ich bekomme einen steifen Rücken und rote Finger wie in Blut getaucht, ich hasse diese Arbeit, und in ein paar Monaten werde ich die meisten Gläser Gelee wegwerfen, weil sie verschimmelt sind, aber ich tue es, weil es so schrecklich sinnlos und traurig wäre, wenn die Büsche ihre Früchte nur deshalb trügen, um sie vergammeln zu lassen. Ich schwitze, meine Haare kleben an meiner Stirn, meine Achseln sind feucht, mein Fleisch hängt schwer und träge an meinen Knochen, meine Arme sind von dicken roten Quaddeln übersäht.

Zu meinen Füßen kriechen fette braune Nacktschnecken aus dem feuchten Gebüsch. Lena holt den Salzstreuer und streut Salz über sie. Fasziniert sieht sie zu, wie sich die Schnecken vor ihren Augen auflösen in einen schleimigen, bräunlichen Brei. Ich höre ein leises, kaum vernehmbares Zischen.

Laß das, Lena.

Papa macht es auch.

Ja, ich weiß. Robert ist der Meinung, dies sei die ökologisch vertretbarste Lösung, Schnecken umzubringen.

Grausam, aber ökologisch vertretbar. Ich habe gesagt, du sollst es lassen.

Ich reiße ihr den Salzstreuer aus der Hand, sie fängt an zu brüllen. Jeannie richtet sich auf und gähnt.

Wer hat die Zitronen auf den Kompost geworfen? brüllt Robert aus der Entfernung.

Das war Jeannie, heult Lena.

Robert sitzt vom Rasenmäher ab wie von einem Pferd und kommt auf Jeannie zu.

Komm mal mit, sagt er zu ihr, ich erkläre dir mal was.

Seufzend steht Jeannie auf und folgt ihm mit wiegenden Hüften zum Kompost. Er faßt sie am Oberarm, beugt sich mit ihr über den Kompost. Jeannie wirft den Kopf in den Nacken und lacht laut auf. Lena vergißt ihr Gebrüll und läuft zu den beiden. Robert gestikuliert mit beiden Händen, lächelt. Ich sehe, wie er den Bauch einzieht, das Gewicht auf das eine Bein verlegt, sich aufbläst wie ein Frosch.

Ich schließe die Augen. Ich bin tot, da liege ich, hübsch, jung, nackt und dünn. Zwei Frauen, die aussehen wie Kaufhauskosmetikerinnen, umwickeln meinen Körper mit Bandagen, so fest, daß ich kaum noch Luft bekomme, ich fange an zu keuchen, dann fällt mir ein, daß ich ja keine Luft mehr brauche, weil ich schon gestorben bin, ich höre also auf zu keuchen, die beiden Frauen unterhalten sich über Laser-Lifting, sie binden mir die Augen zu, die Ohren, ich höre sie nur noch undeutlich. Das Ganze für noch nicht mal fünftausend Mark, und du siehst aus wie neu, verstehe ich noch, dann ist es still. Steif und stumm liege ich da. Ich weiß nicht, ob ich die Energie habe, mich aufzurichten und meine Bandagen abzunehmen. Eigentlich ist es ganz nett so. Dunkel, still und friedlich.

Es klingelt an der Haustür. Widerstrebend öffne ich die Augen erst beim dritten Mal.

Jeannie, Lena und Robert sehen mich erwartungsvoll an. Mit der Schale voller Johannisbeeren im Arm gehe ich durch den Flur zur Tür.

Zwei junge Männer mit ernsthaften, blassen Gesichtern stehen da, der eine trägt seine Haare in einem Pferdeschwanz, der andere hat eine Bandana um den Kopf gebunden, beide haben symmetrisch genau angebrachte Schnitte in ihren Jeans, durch die ich ihre knochigen Knie sehen kann.

Sie halten mir ein rotes Flugblatt entgegen: »Aktion gegen Haß«.

Bitte bringen Sie Luftballons mit, sagt der mit dem Pferdeschwanz, wir lassen Luftballons steigen gegen den Haß!

Prima Idee, lächele ich charmant, und strecke die Hand nach ihnen aus, bitte, bitte, laßt mich nicht allein mit meinem Mann und meinem Babysitter, aber da gehen sie schon weiter zu den Freisingers.

Möchten Sie vielleicht einen Kaffee? rufe ich mit angstvoller Stimme, oder Johannisbeerkompott? Oder beides?

Sie setzen sich stumm an den großen Eßtisch in der Küche, ich weiß, sie betrachten meinen Hintern unter dem dünnen Sommerkleid, ich spüre, wie sich meine Pobacken bewegen, mit wiegenden Hüften gehe ich zur Kaffeemaschine, zurück zum Filter, ich hole Filterpapier, dann den Kaffee, gehe zur Spüle, lasse Wasser in den Kessel laufen, gehe zum Herd. Auf und ab und auf und ab. Jeden

Handgriff erledige ich mit größtmöglicher Konzentration. Nur die Gegenwart gilt. Ich strecke den Busen raus und wiege, wiege, wiege meine Hüften. Im Flur höre ich Robert. Er erklärt Jeannie das duale Abfallkonzept.

Und jetzt die Stichfrage, sagt er, in welchen Abfalleimer gehört Pergamentpapier?

Gelber Wertstoffsack, antwortet Jeannie gelangweilt.

Falsch, triumphiert Robert. Falsch, wiederholt Lena.

Graue Tonne, graue Tonne, singt Robert.

Hintereinander marschieren sie in die Küche, Robert hört auf zu singen.

Wer ist denn das? ruft Lena empört.

Die beiden Jungen stehen auf und starren Jeannie an. Äh, sagt der eine. Wir, murmelt der andere, wir...

Sie lassen Luftballons steigen gegen den Haß, erkläre ich.

Ach so, sagt Robert und reibt sich seinen nackten, haarigen Bauch.

Lena rührt in ihrer Kompottschale, bis die sauren Johannisbeeren die Milch flockig werden lassen. Sie verzieht das Gesicht. Muß ich das essen? fragt sie. Jeannie nickt. Nein, muß ich nicht, brüllt Lena.

Ich habe geglaubt, in den letzten zwanzig Jahren sei dieses Land doch ganz nett liberal geworden, sagt Robert.

Pustekuchen, sagt der mit der Bandana um den Kopf.

Tja, seufzt Robert.

Muß ich das aufessen? fragt Lena Robert.

Nein, sagt Robert. Ich glaube, ich möchte hier nicht mehr leben. Ich glaube, ich kann hier bald nicht mehr leben, in diesem Land.

Ich schaufle sieben rote Beeren auf meinen Löffel. Wo

würdest du denn lieber leben? frage ich nett und freundlich. Auf Trinidad vielleicht?

Jeannie sieht auf.

Warum nicht? sagt Robert langsam, warum eigentlich nicht?

Mein Mann, erkläre ich, war gerade auf Trinidad, und es hat ihm dort anscheinend sehr gut gefallen.

Hätten Sie vielleicht ein bißchen Zucker? fragt der Junge mit dem Pferdeschwanz.

Nein, sagt Jeannie, Zucker gibt es hier nicht. Zucker ist Gift. Es führt zu einem Stimmungshoch mit anschließender Depression.

Die beiden Jungen sehen sie verblüfft an. Jeannie grinst.

Trinidad hat meinem Mann ausnehmend gut gefallen, wiederhole ich störrisch.

Warum? fragt der Junge mit der Bandana, ohne den Blick von Jeannie zu wenden.

Robert nimmt Lenas Kompottschale und ißt ihre Johannisbeeren auf. Er vermeidet meinen Blick. Auf dem Hinflug nach Trinidad, sagt er, saß eine etwa vierzigjährige Amerikanerin neben mir. Sie trug eine weiße Bluse und einen Hosenanzug, hohe Schuhe, ihre Haare waren perfekt frisiert, ihre Nägel lackiert – sie sah aus wie eine Barbiepuppe, perfekt gestylt und völlig steril. Plastik, alles Plastik.

Barbiepuppen sind blöd, sagt Lena.

Robert nickt ihr zustimmend zu, während er weiterredet. Diese Frau habe ihm erzählt, daß sie auf Trinidad geboren sei, ihre Eltern seien in die USA ausgewandert, als sie noch ein Kind war, und als sie in Port of Spain landeten, fragte sie Robert, ob er mit ihr ein Taxi teilen wolle, es sei sündhaft teuer. Er willigte ein und wurde Zeuge einer wundersamen Verwandlung. Kaum betrat diese Frau den Boden ihrer Heimat, wurde aus der perfekt gepflegten, steifen Barbiepuppe ein lebendiges, kicherndes, zu lauter Unsinn aufgelegtes Wesen. Sie tauschte mit dem Taxifahrer leicht anzügliche Witze aus, fing laut an zu singen, hielt ihren Kopf aus dem Fenster, daß ihre Frisur zerstört wurde und die Haare im Wind nur so flatterten. Der Taxifahrer holte eine Flasche Rum unter dem Sitz hervor, die teilten sie sich, dann beschlossen die beiden, Robert den Urwald zu zeigen ... naja ..., Robert räuspert sich, es endete damit, daß ich drei Tage mit den beiden unterwegs war. Er verstummt.

Und? fragt Jeannie. Die beiden Jungen wenden die Köpfe von Robert zu ihr und schnell wieder zurück.

Oh, nichts weiter, sagt Robert leichthin, ich wollte damit nur sagen, daß ...

War die Frau schwarz oder weiß? fragt Jeannie.

Hellbraun, antwortet Robert blöde grinsend.

Also schwarz, sagt Jeannie kühl. Schweigen. Alle außer Jeannie senken den Blick.

Wenn man in die Sonne geht und sich nicht einschmiert, dann wird man ganz häßlich braun, erklärt Lena den beiden Jungen.

Ich wollte damit nur sagen, daß das Leben anderswo menschlicher ist, offener, spontaner, sagt Robert entschlossen, wir sind hier doch alle verhaltensgestört. Voller Haß und Neid, tausend Regeln für alles und jedes ...

Der Junge mit dem Pferdeschwanz beginnt, unruhig auf seinem Stuhl herumzurutschen, schließlich gibt er dem anderen ein Zeichen.

Wir wollen Sie nicht länger aufhalten, sagt er und steht auf. Der Junge mit der Bandana kann den Blick nicht von Jeannie wenden, bis zum letzten Schritt an der Tür kostet er ihn aus.

Also, es wäre toll, wenn Sie alle zusammen ... sagt er in Jeannies Richtung.

Natürlich, fällt ihm Robert ins Wort, natürlich kommen wir, gar keine Frage, gegen Ausländerhaß muß man doch etwas tun.

Robert ist abgehauen und hat das Auto mitgenommen.

An einem dieser tödlichen, verregneten Nachmittage, an denen ich fast aus der Haut fahren könnte vor Langeweile, lag ich mit Lena auf dem Teppich und spielte mit ihrem handgeschnitzten, ungiftig bemalten, hundertprozentigen Ökospielzeug, als Robert plötzlich wie angestochen aus der Scheune schrie. Wir stürzten alle hinzu, weil es klang, als habe er sich mindestens die Hand abgesägt. Er stand vor den Holzscheiten und deutete mit zitternder Hand auf einen Schuhkarton, der halb unter dem Holz versteckt war. Was ist denn das? brüllte er. Charlotte und ich beugten uns vor, ich war schon drauf gefaßt, irgendein ekliges, halbangeknabbertes, totes Tier zu erblicken – aber was war's? Eine Kiste voller Müll. Ein leerer Plastikbehälter von McDonald's, ein Barbiepuppenbein, drei Kaugummikugeln, vier Stück Würfelzucker, zwei alte Filzstifte, ein winziges Stück goldener Lurexstoff, der mir irgendwie bekannt vorkam – (das kleine Ungeheuer hat tatsächlich ein Stück aus meinem Bikini rausgeschnitten!) –, ein Trolli mit giftgrünen Haaren und ein Plastikdinosaurier.

Lena brach in Tränen aus und lief heulend zurück ins Haus, ihr Vater rannte mit ihrer Schatzkiste im Arm hinter ihr her und führte sich auf, als habe das Kind ein widerliches Verbrechen begangen. Er schrie und tobte, faselte von Luftverschmutzung durch Plastikherstellung, vom Treibhauseffekt, Kernenergie, der allgemeinen Verwüstung der Erde und der Verarmung der Dritten Welt, bis Charlotte ihm die heulende Lena schließlich entriß und ihn ein verlogenes Arschloch nannte.

Daraufhin rannte er ins Schlafzimmer und kam wenige Minuten später mit einer Reisetasche in der Hand die Treppe runtergepoltert. Charlotte stellte sich ihm in den Weg, jetzt heulte auch sie, er schob sie einfach zur Seite wie eine Schiebetür, rannte aus dem Haus, sprang ins Auto und ließ den Motor an. Charlotte warf sich dramatisch vor das Auto, aber er setzte zurück und fuhr rückwärts mit quietschenden Reifen davon.

Im selben Augenblick kam die Bäuerin von nebenan auf ihrem Trecker vorbei und grüßte die am Boden liegende und heulende Charlotte, als sei das das Normalste von der Welt.

Ich mußte Charlotte in den Arm nehmen, weil sie sich einfach an meine Brust warf und wir beide umgefallen wären, wenn ich nicht meine Arme um sie gelegt hätte. Sie faßt sich an wie ein Bücherregal, eckig und hart. Was mache ich denn falsch? schluchzte sie.

Ich wollte ihr schon vorschlagen, mal so richtig radikal zu werden, und eine Zitrone auf den Kompost zu werfen oder ein Wiener Würstchen zu essen, statt dessen hörte ich mir, wie eine alte Großmutter, stumm nickend den ganzen Jammer ihrer Ehe an bis morgens früh um zwei. Irgendwie machte es mich traurig, daß man anscheinend nicht glücklicher wird, je älter man wird, ich konnte nicht einschlafen, und als ich dann Charlotte im Schlafzimmer durch den Kamin vor sich hinschluchzen hörte, fing ich tatsächlich auch noch an zu flennen. So heulten wir im Duett, und ich fing an, immer kleiner zu werden, ich schrumpfte förmlich in meinem Bett, bis ich meine Mutter in der Küche weinen hörte, wie sie es so oft getan hat, weil sie sich nach Deutschland sehnte und einsam und unglücklich war in Amerika, und ich lag auf der alten Couch nebenan und konnte nichts, nichts, nichts für sie tun, ich war nur ein kleines Mädchen und sah ihr noch nicht einmal ähnlich.

Ich liege auf dem Bauch auf einem Handtuch. Kindergeschrei und Wasserplanschen umbranden mich, nackte Füße gehen um mich herum, Kinderfüße, dicke Füße, sehnige Füße, alte Füße, Schwimmtiere werden an mir vorbeigezogen, Eiscreme tropft ins Gras, Babys kriechen heulend herum und werden von ihren Müttern wieder eingefangen. Mein Handtuch riecht nach Sonnenöl und altem, verschüttetem Cola, die Sonne brennt mir auf den Rücken, als stünde jemand mit einem Schweißbrenner hinter mir, um mich aufzulösen, einzuschmelzen. Meine Haut schreit um Hilfe, aber ich werde ihr nicht zu Hilfe kommen, ich möchte verbrennen, in der Hitze verpuffen, nicht mehr da sein, für nichts mehr zuständig sein, weg sein, weg sein, zusammenschnurren möchte ich zu einem klitzekleinen Häutchen, ein Kind wird es auf den Befehl seiner Mutter aufheben, um es wegzuwerfen – in welchen

Abfall gehört das Häutchen? Die Mutter hält mich in der Hand, dreht mich hin und her, graue Tonne, sagt sie schließlich, Restmüll.

Charlotte sieht aus wie ein gekochter Hummer. Sie, die andauernd über das Ozonloch redet und krebserzeugende UV-Strahlen! Am Abend fing sie an mit den Zähnen zu klappern, als hätte sie Schüttelfrost, kurz darauf mußte sie sich übergeben, sie ging hinauf in ihr Schlafzimmer und ließ sich nicht mehr blicken. Ich aß mit Lena allein zu Abend, wir sprachen wenig, sie seufzte ein wenig, schon ganz wie ihre Mutter. Nimm die Ellenbogen vom Tisch, sagte sie zu mir, und spiel nicht mit deinem Essen.

Als ich dann selbst zu Bett gehen wollte und an Charlottes Schlafzimmertür vorbeikam, rief Charlotte mich mit schwachem Stimmchen, wie ein Kind. Splitterfasernackt lag sie im Bett, ihre Haut rot wie Johannisbeerkompott, nur ihr Po und ihr Busen milchweiß, wie Teile, die zu einem anderen Menschen gehörten.

Hilfe, wimmerte sie, ich verbrenne. Dicke Tränen liefen ihr über das rotglühende Gesicht.

Ich bestreute sie mit Babypuder, so wie man Puderzucker auf einen Kuchen streut, bis sie aussah wie ein großer Zukkerkringel. Sie wirkte so empfindlich und verletzlich, ihre Haut seltsam weich und jung, als habe sie noch überhaupt nichts erlebt und sei aus Versehen in die Sonne geraten wie in Feindesland. Sie tat mir unendlich leid. Niemals, so kam es mir vor, wird sie lernen, das Leben zu ertragen. Ihre Haut ist nicht dafür gemacht.

Ich holte den Fön aus dem Badezimmer, stellte ihn auf

kalt und richtete den kühlen Wind auf ihren Körper, ließ ihn vom Kopf langsam über ihre runden Kleinmädchenbrüste über ihren flachen Bauch blasen, über ihre nicht vorhandenen Hüften, die dünnen Beine entlang bis zu ihren knochigen Füßen und zurück. Wie oft ich mir früher einen solchen Körper erträumt habe! Dünn, weiß, makellos, wie aus einer Zeitschrift.

Stundenlang fuhr ich mit dem Wind über Charlottes Körper hinweg wie über einen Golfrasen, etwas sehr Empfindliches und Luxuriöses, für das man Eintritt bezahlen muß, und ich war froh, nicht so zu sein wie sie.

Ich habe von dir geträumt, sagte ich zu ihr, aber das stimmte gar nicht. Ich habe geträumt, daß du mir die Haare abgeschnitten hast und mit meinen Haaren haben wir eine Stoffpuppe für Lena gestopft. Du siehst sowieso viel besser aus ohne Haare, hast du zu mir gesagt, wirklich.

Lena mochte die Puppe nicht, sie piekt, sagte sie, wenn wir tot sind, kommen wir dann auch auf den Kompost?

Das ist ja ein furchtbarer Traum, stöhnte Charlotte, und ich lachte und föhnte, föhnte, föhnte.

Es sind nur etwa fünfzehn Menschen gekommen, verloren stehen sie auf dem Marktplatz herum, ich kenne keinen von ihnen. Die meisten sind junge Familien in den Sommerferien, die sich von der Aktion irgendeine Art von Unterhaltung für ihre Kinder an einem trüben Sonntag erhoffen, ein paar Jugendliche, ein alter Mann, der neugierig stehengeblieben ist. Sie alle starren Jeannie an wie eine Erscheinung. Sie trägt einen feuerroten Turban, eine verspiegelte Sonnenbrille, ein giftgrünes Leibchen, das ihr nur bis knapp unter den Busen reicht und einen orangeroten Minirock der einen guten Meter über ihren dicken Knien endet.

An den Füßen trägt sie ihre neuen schweren Springerstiefel, die sie vor wenigen Tagen auf einem Flohmarkt im nächsten Dorf erworben hat, obwohl ich ihr erklärt habe, daß nur Skinheads und Neonazis diese Schuhe tragen. Sie nennt sie lachend ihre Nazi-Boots und putzt sie hingebungsvoll jeden Tag.

Der Junge mit der Bandana, die er diesmal wie ein kleines Kopftuch auf dem Kopf trägt, kommt auf uns zugelaufen und führt uns zu einem kleinen Stand mit Flugblättern und einer Gasflasche, mit der er unsere mitgebrachten Luftballons aufbläst. Er drückt uns ein paar Postkarten mit der Luftansicht unseres Dorfes in die Hand und fordert uns auf, ein paar Zeilen gegen den Haß zu formulieren. Die Luftballons werden eure Botschaften ins ganze Land tragen, erklärt er begeistert und verschlingt dabei Jeannie mit seinen Blicken. Ich sehe seinen doppelt gespiegelten kleinen Kopf mit dem Kopftuch in ihrer Sonnenbrille. Jeannie zieht die Augenbrauen hoch und richtet sich auf. Ich sehe, wie ein leichtes und höchst empfindliches Gefühl zwischen den beiden aufsteigt wie eine schillernde, wacklige Luftblase, und Neid schießt durch meinen Körper.

Jeder kritzelt also etwas auf seine Postkarte, Lena malt eine Prinzessin, ich schreibe hinter vorgehaltener Hand: Lieber Gott. Hilf mir. Ich weiß nicht, wie ich leben soll.

Wir binden die Postkarten an die Ballons, dann fordert uns der Junge mit dem Pferdeschwanz auf, uns in einem

Kreis an den Händen zu fassen und auf ein Zeichen hin die Ballons gleichzeitig fliegen zu lassen.

Mit gesenktem Blick und leicht peinlich berührt, bewegen wir uns aufeinander zu, die Kinder betrachten verwundert die schüchternen Erwachsenen, ein kleiner Junge ergreift Lenas Hand.

Ich streckte meine nach Jeannie aus, sie legt ihre kühle, schlaffe Hand hinein, es ist das zweite Mal seit ihrer Ankunft am Flughafen, daß ich ihre Hand halte.

Der Junge mit der Bandana hat dafür gesorgt, daß er direkt neben Jeannie steht, der Kreis schließt sich.

Der Junge mit dem Pferdeschwanz räuspert sich. Schüchtern murmelt er: Wir sind gegen Haß, gegen Haß gegen Ausländer, gegen Behinderte, gegen Benachteiligte. Wir sind gegen Haß, wiederholt er etwas lauter, und der Junge neben Jeannie wiederholt es, und dann sollen wir es wohl alle wiederholen, also murmeln wir ›wir sind gegen Haß‹ wie in einer seltsamen Beschwörungszeremonie, Jeannie kichert. Irritiert sieht der Junge mit dem Pferdeschwanz sie an. Jeannie lacht. Ist das blöd, sagt sie laut.

Einige in der Runde fangen verlegen an zu lächeln. Wir sind gegen Haß, trällert Jeannie und grinst, bis wir alle grinsen. Es entsteht eine Pause, in der keiner weiß, was er tun soll, schließlich rufen die beiden Jungen: Jetzt!, und wir lassen die Ballons los.

Zögernd trudeln sie nach oben, alle legen die Köpfe in den Nacken, ein kleines Kind heult ihnen hinterher, die Ballons gewinnen an Fahrt, entfernen sich jetzt schneller von uns. Ich behalte meinen im Auge, so lange ich kann, bis er wie eine bunte Stecknadel in den hellblauen Himmel gepiekst erscheint. Ein Arm legt sich schwer auf meine Schulter, ich fahre zusammen und verliere meinen Ballon aus den Augen. Jeannie steht dicht neben mir. Ich lehne mich an sie wie an eine Wand. Sie riecht nach Schweiß und Schminke. Okay, sagt sie, das war das. Und was machen wir jetzt?

Oben rechts die Sonne

Drei Dinge habe ich bisher in meinem Leben gestohlen: mit acht Jahren ein Paar rosa Barbie-Stöckelschuhe, mit achtzehn ein seltsames Kunstobjekt von meiner besten Freundin, mit dreiundzwanzig einen verheirateten Mann.

Die Stöckelschuhe stahl ich nicht für meine Puppe, denn ich besaß gar keine Barbie – meine Mutter fand Barbiepuppen geschmacklos, weil sie einen Busen hatten –, ich stahl die winzigkleinen rosa Stöckelschuhe für mich selbst. Ich versteckte sie unter meinem Kopfkissen und trug sie nachts, in meinen Träumen. Sie verwandelten mich in etwas wunderbar Geschmackloses, das meine Mutter, hätte sie mich so gesehen, in eine Salzsäule verwandelt hätte. Wie ordinär! hätte sie noch gerufen, wie ordinär!

Roter Lippenstift war ordinär, rosafarbener und oranger nicht, hohe Schuhe zu Hosen waren ordinär, Frauen, die auf der Straße rauchten, schwarze Unterwäsche trugen, mit Männern mitgingen, große Brüste unter engen Pullovern hatten.

Meine Mutter war flach und dünn wie ein Surfbrett und hielt ihre Figur für ›sportlich‹. Ich betete zu Gott, er möge mich nicht so enden lassen wie sie, und er erhörte mich. Er gab mir mit dreizehn innerhalb von nur wenigen Monaten zwei große, feste Kugeln, hinter denen ich von da an herging, so kam es mir vor. Bald gewöhnte ich mich daran, daß die Blicke der Männer nur noch flüchtig über mein Gesicht wanderten, um sich dann auf meinen Busen zu senken, dort zu verharren und leicht glasig zu werden. Manche fingen dabei sogar an, versonnen vor sich hinzulächeln, und hörten nicht mehr, was ich sagte.

Ich fand dieses Verhalten nicht etwa respektlos oder unangenehm – im Gegenteil, es befreite mich davon, den Männern in die Augen sehen zu müssen, denn dazu war ich zu schüchtern.

Mein Busen war das Mutigste an mir, ich betonte ihn mit knallengen Pullovern und freute mich über die mißbilligenden Blicke meiner Mutter am Frühstückstisch, die mir auf diese Weise jeden Morgen wieder bestätigten, daß er nicht nur das Mutigste, sondern auch das Beste an mir war.

Der verheiratete Mann verehrte und vergötterte meinen Busen allerdings auf eine Art und Weise, die ich schon fast lächerlich fand. Er bat mich in den seltsamsten Situationen, meine Bluse aufzuknöpfen – zu der Zeit trug ich aus ›politischen Gründen‹ nie einen BH –, um dann meinen Busen in einer Mischung aus Bewunderung und Ungläubigkeit anzustarren, als habe er so etwas noch nie zuvor gesehen.

Vielleicht hatte es damit zu tun, daß seine Frau fünfundvierzig war, ein Alter, das mir fast biblisch vorkam, jenseits von Gut und Böse. Wenn ich den verheirateten Mann betrachtete, wie er meinen Busen anstarrte, konnte ich mir nicht vorstellen, daß er tatsächlich mit einer so uralten Frau zusammenlebte, denn er war erst Anfang Dreißig und wirkte meist wie Ende Zwanzig, außer früh am Morgen, da konnte ich Linien auf seiner Stirn sehen, die im Lauf des Tages verschwanden; oft lag ich neben ihm, wenn er noch schlief, und studierte diese zarten Anzeichen von Verfall, diese drei kleinen Falten, die ihn so sterblich machten und so unendlich begehrenswert. Um so viel begehrenswerter als die Männer in meinem Alter, die unsterblich und unverletzlich waren wie ich selbst.

Er hatte zwei kleine Kinder, einen Jungen von vier und ein Mädchen, das sechs Jahre alt war. Manchmal brachte er sie mit, wenn wir uns an den Nachmittagen trafen. Sie glotzten mich an wie kleine Fische und sagten keinen Ton.

Seine Frau, so erzählte er mir, habe Kinder gewollt. Sie ruinieren dein Liebesleben, das sagte er auch.

Einmal nahm er mich mit zu sich nach Hause, die Frau und die Kinder waren verreist, er wohnte in einem schäbigen Einfamilienhaus, was mich erstaunte, denn er selbst war Immobilienmakler.

Überall lag Kinderspielzeug herum, die Möbel waren alt und zerschlissen, die Wände bekritzelt, der Teppichboden voller Flecken, die Küche zugestellt mit nicht abgewaschenem Geschirr, Lebensmitteln und Krimskrams. Am Kühlschrank hingen mehrere Kinderzeichnungen, alle gleich, oben rechts die Sonne, unten das Gras.

Das Schlafzimmer zeigte er mir nicht.

Der Ehemann setzte sich im Wohnzimmer auf die kaputte Couch und hob die Hände. Verstehst du? fragte er mich. Verstehst du?

Drei Wochen nachdem wir uns kennengelernt hatten, zog er zu Hause aus.

Nicht deinetwegen, sagte er, ganz bestimmt nicht deinetwegen.

Er zog zu einem Freund, einem italienischen Antiquitätenhändler. Dort besuchte ich ihn am zweiten Abend und blieb. Alles, was ich brauchte, hatte ich vorsichtshalber in einer Plastiktüte mitgebracht: Unterwäsche, zwei T-Shirts, mein zweites Paar Jeans, etwas Make-up, meine Kontaktlinsen und das kleine Kunstobjekt, das ich meiner besten Freundin gestohlen hatte.

Es war ein Flügel aus hellblauer Seide, den sie selbst gemacht hatte. Er hatte in ihrem Zimmer genau über ihrem Bett gehangen. Niemand sonst, den ich kannte, bastelte freiwillig Dinge, um sie sich dann übers Bett zu hängen. Niemand war ihr ähnlich. Sie trug die seltsamsten Kleider, aber niemals sah sie seltsam oder verkleidet aus, sondern immer elegant, oder zumindest interessant. Sie hatte Stil. Darüber hinaus war sie selbstbewußt, kontaktfreudig, gleichzeitig jedoch eine Einzelgängerin, die nie zu einer Clique gehörte, nie das tat, was alle taten. Stundenlang durchstreifte sie nach der Schule das Stadtviertel und suchte nach verwendbarem Material für ihre Skulpturen. Aus alten Plastikkanistern machte sie riesige Ketten für unsichtbare gigantische Göttinnen, aus einem großen Ast, den sie über mehrere Kilometer mit nach Hause schleifte, schnitzte sie einen gewaltigen Frauenschenkel, auf einem Parkplatz fand sie einen getigerten Fellüberzug für eine Nackenstütze, den sie den ganzen Winter über wie eine russische Pelzmütze auf dem Kopf trug.

Sie war alles, was ich gern sein wollte.

Den kleinen blauen Flügel klaute ich, als sie gerade in der Küche war, um mir ein Honigbrot zu schmieren. Ich stopfte ihn in meine Unterhose und preßte den ganzen Nachmittag über meine Arme auf den Bauch, aus Angst, sie könne ihn entdecken. Aber sie sagte kein Wort. Ich fand nie heraus, ob sie den Flügel überhaupt je vermißte und ob sie wußte, daß ich ihn gestohlen hatte.

Bald darauf machten wir Abitur, wir zogen in andere Städte, um zu studieren, versprachen uns, zu schreiben, in Kontakt zu bleiben.

Ich schrieb ihr nie, sie schickte mir einmal eine Postkarte mit ihrer Telefonnummer, ruf doch mal an, stand drauf, sonst nichts.

Überall wo ich wohnte, hängte ich den Flügel über mein Bett, und jedesmal wieder schwor ich mir, sie endlich anzurufen, zu hören, wie berühmt sie geworden war, denn daß sie inzwischen eine große Künstlerin sein mußte, dessen war ich mir absolut sicher.

In der ersten Nacht, die ich mit dem verheirateten Mann in seinem neuen Zimmer verbrachte, stieg ich, nachdem er mit mir geschlafen hatte, auf einen Stuhl und hängte den Flügel auf. Er lag unter mir, die Hände hinter dem Kopf verschränkt, sein Körper nackt und golden im schwachen Licht der Kerze, nie hatte ich einen schöneren Mann gesehen. Er fragte mich, ob ich den Flügel gemacht hätte, ich nickte nur, sagte nichts, und ich sah an seinem Blick, daß er mich für kreativ, wild und wundervoll hielt, und je weniger ich sprach, um so wunderbarer würde unsere Liebe sein, das wußte ich in diesem Augenblick auch.

Am nächsten Morgen, als ich allein unter dem Flügel lag und er sich in seiner langweiligen Welt der Immobilien befand, rief mich seine Frau an.

Du hast mir meinen Mann gestohlen, sagte sie, ich will mit dir sprechen.

Wir trafen uns in einem modischen Naturkostcafé, wo die Bedienungen aussahen wie die Gäste und wo man nicht rauchen durfte. Ich kam mit Absicht zu spät, ich wollte, daß sie warten mußte, sich alt und fehl am Platz vorkam. In einer Hofeinfahrt rauchte ich drei Zigaretten, bevor ich hineinging.

Ich wußte sofort, wer sie war, obwohl sie aus der Ferne überraschend jung aussah. Sie trug ein weißes Strickkleid und einen hellblauen Schal, der zu ihren großen wäßrigen Augen paßte. Diese Augen kannte ich bereits. Ihre Kinder hatten die gleichen.

Setz dich, sagte sie, und ich ärgerte mich, daß sie mich duzte, möchtest du etwas trinken?

Nein, danke, antwortete ich, obwohl ich mich heftig nach einem Cappucino sehnte, geben Sie sich keine Mühe.

Na dann, sagte sie und nippte an ihrem Kaffee, macht's Spaß mit meinem Mann?

Ich schwieg. Er stöhnt und schreit ›o Gott, o Gott‹, jede Nacht schlafe ich mindestens dreimal mit Ihrem Mann, das wollte ich ihr sagen.

Was findest du so toll an ihm?

Ich bin verrückt nach Ihrem Mann, weil ich mag, wie seine Hände auf dem Lenkrad aussehen, weil er meinen Busen liebt, weil er glaubt, daß ich eine Künstlerin bin, weil er meine Spaghetti-Sauce mag, das wollte ich ihr sagen.

Er ist ein verheirateter Mann, sagte sie, ein Ehemann, ist dir das eigentlich klar?

Das Wort Ehemann klang in meinen Ohren nicht anders als Geschäftsmann, Lebkuchenmann, Weihnachtsmann – na und? Dann war er eben ein Ehemann.

Am Anfang, begann sie von neuem, am Anfang ist er sehr charmant, er becirct dich mit seinen romantischen Ideen und seinen Techniken im Bett... Sie verstummte und rührte in ihrer Tasse.

Ich sah die Falten um ihre Augen, die trockene Haut auf ihren Wangen, ihren verwitterten Hals. Jemand hat mir mal erzählt, daß man nach dem Wechseljahren austrocknet wie eine Pflaume, äußerlich und innerlich.

Aber dann, sagte sie, wenn es Alltag wird, wenn die Liebe nicht mehr leicht ist, sondern schwer, wenn Charme allein nicht mehr reicht, dann wird er grausam.

Was meinen Sie damit? fragte ich so gleichgültig wie möglich.

Das wirst du schon sehen, sagte sie, stand auf und ging.

Ihr Hinterteil in dem engen weißen Strickkleid schwang wie eine Glocke hin und her. Cellulitis, dachte ich, zwei Kinder.

Die Bedienung, ein braungebranntes Mädchen in knallengen Shorts, trat an meinen Tisch und zückte ihren Block. Hatte deine Mutter einen Kaffee oder einen Cappucino? fragte sie mich.

Der Ehemann blieb ziemlich lange charmant, er schien mich sogar mehr zu lieben als ich ihn, keine Sekunde wollte er ohne mich sein. Ich war geschmeichelt, ging nicht mehr studieren und blieb im Bett, weil es sonst nichts zu tun gab.

Wenn er zurückkam vom Häuserverkaufen, riß er sich noch in der Tür die Kleider vom Leib und kroch zu mir unter die Decke. Er nannte mich Zuckererbse, Schnitzelchen und mein kleiner Knödel, wir hatten den Himmel auf Erden.

Nach zwei Monaten brachte er seine Kinder mit. Sie saßen auf der Bettkante und hielten ihre Schlaftiere umklammert.

Sie kommen von jetzt an jedes zweite Wochenende, sagte der Ehemann, und die Hälfte aller Ferien.

Er hielt einen Schlafsack unter dem Arm. Der ist für dich, sagte er, du schläfst an diesen Tagen im Flur.

Als ich mich beklagte, sagte er, die Kinder haben das ältere Recht in meinem Bett.

Als ich weinte, sagte er, du bist erwachsen, hör auf damit.

Als ich ihn fragte, ob er mich noch liebe, sagte er: Sonst wärst du nicht hier.

Sein Freund, der Italiener, schüttelte jedesmal den Kopf, wenn er im Flur über mich steigen mußte, um ins Badezimmer zu gelangen. Warum läßt du das mit dir machen? fragte er.

Weil ich ihn liebe.

Er hob die Hände. Madonna, sagte er, dieses Arschloch, er ist ein verheirateter Mann.

Meine Mutter sagt, du hast unseren Papa gestohlen, sagte das Mädchen. Wir hassen dich, sagte der Junge.

Ich rief meine beste Freundin an, die ich immer noch

meine beste Freundin nannte, obwohl wir uns seit vier Jahren nicht mehr gesehen hatten.

Sie hörte die Kinder im Hintergrund und sagte: Was ist aus dir geworden? Eine Mama?

Nein, sagte ich und bewegte mit den Füßen den blauen Flügel über mir, ich habe mich nur in einen Mann mit Kindern verliebt, das ist alles.

Geschieden? fragte meine Freundin.

Noch nicht, sagte ich.

Und was machst du so? fragte sie.

Nichts, sagte ich, ich bin verliebt – ist das nicht genug?

Ich weiß nicht, sagte sie, ich hab da so meine Zweifel. Ich bin seit drei Jahren verheiratet, im Juli kriege ich ein Kind.

Herzlichen Glückwunsch, sagte ich.

Danke, sagte sie, vielen Dank. Manchmal möchte ich aus dem Fenster springen. Ich habe Angst.

Wovor?

Ich sehe uns in einem Auto sitzen, sagte sie, das Kind auf der Rückbank, schweigend fahren wir durch eine wunderschöne Landschaft, und jeder haßt jeden.

Wart's ab, sagte ich zu ihr, das wird alles prima.

Seine Frau behauptete, ich sei ein schlechter Einfluß für die Kinder und sie wolle nicht, daß ich anwesend sei, wenn die Kinder ihren Vater besuchten.

Willst du, daß ich gehe? fragte ich ihn, und er zuckte die Schultern und fragte die Kinder: Wollt ihr, daß sie geht?

Das Mädchen nickte, der Junge schüttelte den Kopf, also mochte ich den Jungen und haßte das Mädchen. Ich wußte, wie kindisch das war.

Eines Morgens wachte ich weinend auf, die Tränen flossen in breiten Strömen aus meinen Augen, ohne daß ich dabei irgend etwas fühlte, ich konnte sie nur nicht aufhalten.

Entschuldige, sagte ich, ich weiß auch nicht, was das soll.

Der Ehemann schüttelte den Kopf über mich, nach ein paar Tagen gab er mir die Adresse eines Arztes.

Der Arzt, ein freundlicher, älterer Mann, fragte mich nach meinen Beschwerden.

Keine, sagte ich, ich kann nur nicht mehr aufhören zu heulen.

Er verschrieb mir ein paar Pillen, auf der Packung stand: auch bei postnataler Depression und depressiven Zuständen im Klimakterium.

Die Pillen machten mich nur schläfrig, aber die Tränen hielten sie nicht auf. Wenn ich morgens die Augen aufschlug, flossen sie einfach heraus, wie aus einem Wasserhahn. Meine Lider waren dick geschwollen, ich bekam Bläschen an der Oberlippe, er küßte mich nicht mehr.

Deine Stimme klingt so komisch, sagte meine Mutter.

Heuschnupfen, sagte ich.

Blödsinn, sagte meine Mutter, ich höre doch, daß etwas nicht stimmt.

Was soll denn nicht stimmen?

Das werde ich dir nicht sagen, das mußt du selbst herausfinden, sagte sie.

Ich legte auf.

Die Psychotherapeutin war eine hübsche junge Frau mit langen, blonden Haaren und kirschrot geschminkten Lippen.

Beschreiben Sie in einem Bild, was Sie fühlen, sagte sie.

Ich sah eine Frau unter Wasser, tief unten, da wo es dunkel und schlammig ist. Luftblasen kamen aus ihrem Mund, über ihr, an der Wasseroberfläche, dort, wo die Sonne zittrige goldene Zacken durch das Wasser warf, schwammen ein Mann und zwei Kinder. Sie sahen nach unten, zu der Frau, und lachten.

Hm, sagte die Therapeutin und verzog ihren kirschroten Mund, haben Sie sich schon einmal überlegt, diesen Mann zu verlassen?

Ich stand auf und ging. Sie rief mir durch das Treppenhaus hinterher, es täte ihr leid, wenn sie etwas Falsches gesagt habe, ich sei erst ihre zweite Patientin.

Liebst du mich? fragte ich ihn mitten in der Nacht, am frühen Morgen, am Nachmittag.

Sonst wärst du nicht hier, sagte er.

Sonst wäre ich nicht hier, sonst wäre ich nicht hier.

Warum suchst du dir nicht einen Job? sagte er.

Also suchte ich mir einen Job und fand schließlich einen in einer Bäckerei. Ich hörte auf zu weinen und fing an zu essen. Croissants, Brioches, Baguettesemmeln, Amerikaner, Krapfen, Ausgezogene, Müslisemmeln, ›Seelen‹, so hießen dünne lange Semmeln mit Kümmel und Salz drauf, am liebsten aß ich die ›Seelen‹.

Er fuhr mit seinen Kindern in die Sommerferien, der Junge schickte mir eine Postkarte, auf die er oben rechts die Sonne und unten grünes Gras gemalt hatte. Das Mädchen hatte krakelig mitunterschrieben, vom Ehemann kein Wort.

Es war ein heißer Sommer, niemand aß viel Kuchen oder Brot. Lange Stunden verbrachte ich allein in der Bäckerei.

Einmal ging ich versuchsweise mit dem italienischen Antiquitätenhändler ins Bett, aber mittendrin mußte ich wieder weinen.

Sie kamen früher als geplant aus den Ferien zurück, weil dem Jungen nicht gut war. Er hatte sich jeden Morgen übergeben müssen und klagte über Schwindel.

Dem Jungen fehlt gar nichts, sagte der Ehemann am Telefon zu seiner Frau, er verkraftet die Trennung nicht so gut, das ist alles.

Er legte auf, diese alte Kuh, sagte er, an allem soll ich schuld sein, dann umarmte er mich, und er roch nach Meer und Strand. Er sah wunderbar aus, dunkelbraun gebrannt und schlank, und ich war weiß wie Weißbrot und fett geworden von all den ›Seelen‹ den ganzen Tag.

Der Junge freute sich, mich zu sehen. Er schob seine kleine, dicke, warme Hand in meine, zum allerersten Mal. Er schenkte mir ein Bild. Oben rechts die Sonne, unten das Gras, dazwischen eine Familie, Mann, Frau, zwei Kinder. Alle hatten schwarze Punkte im Kopf.

Was sind die schwarzen Punkte? fragte ich ihn.

Denen ist so schwindlig, sagte er.

Ich hängte das Bild übers Bett, gleich neben den Flügel, der Junge sah mir dabei zu.

Wenn man tot ist, kann man dann fliegen?

Klar, sagte ich, man hat dann ja sonst nichts zu tun.

An dem Tag, als der Ehemann geschieden werden sollte, wurde im Kopf des Jungen ein hühnereigroßer Tumor entdeckt.

Die Scheidung wurde aufgeschoben, der Mann kam weiterhin als Ehemann nach Haus, in der Hand einen Umschlag mit Röntgenaufnahmen.

Ich konnte nicht glauben, daß die kleine graue Wolke auf diesen Bildern das Gehirn des Jungen sein sollte, daß aus diesem undeutlichen Nebel seine klaren Fragen kamen und die Vorstellung, daß die Sonne rechts oben in der Ecke sitzt und das Gras als dicker grüner Strich untendrunter.

Sie brachten ihn in ein Krankenhaus in einer anderen Stadt, aber es gab nicht viel Hoffnung. Seine Eltern begleiteten ihn, Ehemann und Ehefrau. Sie wußten nicht, wohin mit der kleinen Schwester, also ließen sie sie bei mir.

Wir redeten nicht viel miteinander. Ich kochte ihr die Mahlzeiten, putzte ihr die Zähne und ließ sie soviel fernsehen, wie sie wollte. Sie hatte drei Barbiepuppen mitgebracht, die sie abwechselnd an- und auszog.

Nachts konnten wir beide nicht schlafen. Sie warf sich neben mir im Bett hin und her und wühlte den Kopf in das Kissen. Ich hatte Angst und fühlte mich, als hätte mir jemand einen Sack übergestülpt. Ich hätte gern ein Gelübde getan, aber mir fiel nichts ein, was ich Gott hätte anbieten können.

Erzähl mir eine Geschichte, sagte das Mädchen.

Als ich so alt war wie du, habe ich ein Paar Barbieschuhe geklaut, sagte ich, und es kam mir nicht mehr wahr vor, so lang war es her. Sie gehörten einem Mädchen in der Nachbarschaft, es trug Lackschuhe und Kleider mit Rüschen. Ihre Barbiepuppe wohnte in einem Haus mit Dusche und Fernseher. Mich interessierten nur Barbies Schuhe, winzige rosa Stöckelschuhe, kleiner als mein Fingernagel. Ich konnte an nichts anderes mehr denken als an diese Schuhe, und ich hatte die Vorstellung, wenn ich sie erst hätte, würde ich für immer glücklich sein.

Weiter, flüsterte das Mädchen.

Ich kann mich nicht mehr dran erinnern, wie ich sie geklaut habe. Eines Tages hatte ich sie, ich versteckte sie im Bezug von meinem Kissen. Wenn ich abends ins Bett ging, freute ich mich schon auf sie. Als erstes streckte ich die Hand aus und befühlte die beiden erbsengroßen Knubbel in meinem Kissen, ich rieb sie zwischen meinen Fingern, und so schlief ich ein. Ich nahm sie nie raus, ich hatte Angst, man würde mich sonst erwischen, es genügte mir, zu wissen, daß die beiden Knubbel die rosa Stöckelschuhe waren. Eines Tages bezog meine Mutter das Bett neu, und die Schuhe waren verschwunden. Ich heulte mir fast die Augen aus dem Kopf, und als meine Mutter mich fragte, was denn bloß los sei, log ich, ich heule, weil das Leben hart und beschissen ist. Daß ich das als kleines Mädchen gesagt habe, erzählt sie jedesmal wieder gern, und alle müssen dann immer furchtbar lachen.

Mein Bruder hat seinen kranken Kopf vom Lügen bekommen, sagte das Mädchen, das weiß ich genau.

Wir spielten mit den Barbiepuppen, als ihr Vater anrief. Sie nahm den Hörer ab und fing an zu lächeln. Da wußte ich, dem Jungen ging es gut.

Ich sah ihn nie wieder. Als sein Vater zurückkam, erzählte er nichts, sondern bat mich als erstes, mein Hemd auszuziehen. Er starrte meine Brüste an, aber sein Blick war unruhig und flackerte. Er schlief mit mir und fragte mich, was mit mir los sei, du fickst wie eine Krankenschwester, das sagte er.

Als er aus dem Haus ging, um Bier zu holen, packte ich meine Sachen. Ich nahm den Flügel ab, das Bild mit den Menschen mit den schwarzen Punkten im Kopf und verließ den Ehemann.

Neue Schuhe für Frau Hung

Wir stehen hinter der Gardine und rühren uns nicht. Leopold atmet schneller. Herr Hung klopft erst sacht, dann heftiger, er dreht sich um zu seiner Frau, zuckt die Schultern, dann versucht er es abermals.

Unser Auto haben wir um die Ecke geparkt, es würde uns sonst verraten. Leopold legt mir die Hand auf die Schulter.

Hui, das Kind, ruft etwas auf vietnamesisch, zeigt auf das Fenster, hinter dem wir stehen, und lacht. Frau Hung nimmt es auf den Arm, tritt näher ans Fenster heran und versucht hineinzusehen.

Wir halten den Atem an. Beweg dich nicht, flüstert Leopold.

Eine halbe Ewigkeit stehen wir so da, Frau Hung keine zwei Meter von uns entfernt. Ihre Züge wirken durch die filigrane Gardine weich und mädchenhaft, wie retuschiert. Schließlich wendet sie sich ab. Herr Hung sieht am Haus hoch, schüttelt den Kopf. Noch einmal tritt er an die Tür und klopft.

Wie hartnäckig sie sind, wie wenig sie glauben, was sie sehen. Endlich gibt er auf, geht zur Straße und schlägt den Weg zurück ins Dorf ein. Frau Hung folgt ihm, das Kind an der Hand. Sie trägt die neuen Schuhe.

Leopold atmet aus. Ich friere. Wolken sind aufgezogen,

das Zimmer ist mit einem Schlag dunkel geworden. Wir setzen uns an den großen Holztisch und essen schweigend. Ich möchte meine Hand nach Leopolds Hand ausstrecken, aber der Tisch ist zu breit, das weiß ich. Leopold schiebt nach wenigen Bissen seinen Teller von sich und zündet sich eine Zigarette an.

Wollen wir in die Stadt fahren? frage ich.

Ja, sagt er, fahren wir in die Stadt.

Wir packen, tragen den Abfall auf den Kompost, machen das Licht aus, schließen das Haus ab. Unser Haus. Wir haben es noch nicht lange. Was für ein Glücksfall, sagen unsere Freunde. Ein altes Bauernhaus im Alpenvorland, und so preisgünstig! Wie habt ihr das bloß gefunden? Das Haus wollte uns, sagt Leopold, wir hatten gar keine Wahl. Jetzt sind wir Hausbesitzer und Kapitalisten wie ihr.

Seit wir unser Haus haben, sind wir glücklichere Menschen. Wir kommen Freitag nachmittag mit vor Erschöpfung verkrampften Herzen aus der stinkenden, lärmenden Stadt, und kaum sind die grünen weichen Hügel in Sicht, die dunklen Wälder, der Kirchturm unseres Dorfes mit den Bergen dahinter, unsere Straße, unser Garten, unser Haus, beruhigen sich unsere Körper, unsere Herzen klopfen langsamer, unsere Seele singt.

Begeistert stehen wir vor den unter der Woche neu erblühten Blumen, saugen den Duft unseres ersten Rosenbuschs begierig ein wie eine Droge, streicheln das Gras.

Abends essen wir Schweinebraten mit Knödel im Dorfgasthaus, und es schmeckt uns sogar. Die Bauern vom Stammtisch begrüßen uns, als gehörten wir dazu. Im Nebenraum hören wir die Stimmen der Fremden. Die Pensionszimmer des Gasthofs sind seit einiger Zeit Unterkunft für Fremde, man erzählt uns von Jugoslawen, die Bierflaschen in den Teich werfen, von Afghanen und Afrikanern, die kein Mensch versteht, von Vietnamesen, die nichts essen wollen.

Die Armen, sagt Leopold, Fremde im Paradies.

Wir sehen sie, wie sie die Straße auf und ab wandern, ohne Ziel. Nachts bewegen sich ihre Schatten hinter den verschlossenen Gardinen des Gasthofs, einmal höre ich eine Frau weinen.

Dreimal geht die vietnamesische Familie mit dem kleinen Kind an unserem Gartenzaun vorbei, dreimal ruft der Mann ›guten Tag‹.

Wir sehen von unserer Zeitung auf und grüßen zurück. Ein dünner Mann und eine zierliche Frau, ein rundes Kind.

Beim vierten Mal bitten wir sie ins Haus. Der Mann lächelt, seine Frau nicht. Herr Hung, Frau Hung, Baby Hui, sagt der Mann.

Als wir durch das Dorf zur Hauptstraße fahren, sehen wir sie noch einmal. Im Gänsemarsch gehen sie hintereinander her, drei zierliche Gestalten mit pechschwarzen Köpfen, hinter ihnen leuchten weiß die Berge.

Ich wende mich ab, aber sie sehen gar nicht zu uns herüber. Erst als wir lang an ihnen vorbei sind, bemerke ich im Rückspiegel, wie Herr Hung plötzlich die Hand hebt und hinter uns herwinkt. Ich kann nicht unterscheiden, ob es ein drohendes oder ein freundliches Winken ist, denn da kommt schon die große Kurve, und unser Haus, das Dorf und Familie Hung liegen hinter uns.

Frau Hung hatte die neuen Schuhe an, sagt Leopold, hast du gesehen? Ich nicke. Leopold legt seine Hand auf meine am Steuer.

Das Leben mit dir ist mir das Wichtigste auf der Welt, sagt er.

Es war richtig, sage ich, es war richtig so. Mach dir keine Gedanken.

Sie hatte winzige Füße, die in abgetretenen ehemals goldenen Sandalen steckten. Ich holte ein Blatt Papier und bedeutete ihr, aus ihren alten Latschen zu schlüpfen und auf das Papier zu treten. Unsicher sah sie sich nach ihrem Mann um.

Neue Schuhe für Frau Hung, sagte ich, es wird bald kalt werden.

Herr Hung nickte. Winter, sagte er und schüttelte sich. Zu seiner Frau sagte er schnell etwas auf vietnamesisch, was nicht besonders freundlich klang, im Tonfall etwa so wie ›blöde Gans, jetzt stell dich nicht an‹, woraufhin Frau Hung zögernd ihren Fuß auf das Papier setzte und ich ihn mit einem dicken Filzer umfuhr. Als ich sie dabei am Hacken ein wenig berührte, zuckte sie zusammen. Ich richtete mich auf, sah ihre Hände zittern.

Stumm saßen sie eng nebeneinander auf der Couch und warteten, während Leopold Tassen ins Wohnzimmer trug und ich in der Küche Teebeutel ins heiße Wasser hängte. Als der Tee eine goldbraune Farbe angenommen hatte, nahm ich die Beutel heraus und warf sie weg. Ich wollte nicht, daß sie sähen, daß es kein guter Tee war. Wir sind sonst keine Teetrinker.

Frau Hung gab dem Kind löffelweise den schwarzen Tee zu trinken, es strampelte, wand sich von ihrem Schoß, wollte herumlaufen. Leise redete sie auf das Kind ein, versuchte es zurückzuhalten, das ist schon in Ordnung, sagte ich, lassen Sie es nur.

Herr Hung übersetzte, ohne seine Frau anzusehen. Er bot Leopold eine Zigarette an. Leopold, der nur ein Gelegenheitsraucher ist, lehnte ab, aber Herr Hung hielt ihm so lange lächelnd die Packung unter die Nase, bis er endlich zugriff. Rauchend lehnten sich die beiden Männer zurück und grinsten sich an.

Frau Hung ließ das Kind los. Es wanderte mit großen Schritten herum und bewunderte die mexikanischen Pappmachétiere auf dem Regal. Ich stellte sie ihm auf den Boden, die rote Kuh, den blauen Hirsch, die grüne Schlange, den gelben Hund. Huhuhhu! machte das Kind, was wahrscheinlich soviel hieß wie wuf-wuf. Frau Hung lächelte zum erstenmal. Sie sah älter aus als ihr Mann. Scharfe Linien gruben sich von der Nase zu den Mundwinkeln. Ihr Haar war stumpf, ihre Haut fahl. Sie wirkte mit einem Mal erschöpft. Sie deutete auf mich, dann auf das Kind, dann wieder auf mich.

Ich schüttelte den Kopf. Nein, sagte ich, wir haben keine Kinder.

Frau Hung machte ein mitleidiges Gesicht.

Unmöglich, ihr zu erklären, daß wir uns gegen Kinder entschieden haben, weil wir miteinander frei sein wollen. Wir schwiegen, lächelten, tranken Tee, bis die Kanne leer war, die Männer rauchten eine Zigarette nach der anderen. Ich wurde mir meines unentwegten Lächelns bewußt, und es wurde zur Anstrengung.

Ich ging zurück in die Küche, um erneut Wasser aufzusetzen.

Aus dem Wohnzimmer hörte ich Frau Hung mit einem Mal aufgeregt reden, dann weinte das Baby. Als ich zurückkam, prangten auf unserem weißen Sofa dunkelbraune Abdrücke seiner Patschhände. Unbemerkt von uns allen, hatte es ein Stück Schokolade gefunden. Leopold sah mich an und zog die Augenbrauen hoch. Wir hatten das Sofa erst vor kurzem erstanden, ein Designerstück, unser erstes teures Möbel und unser ganzer Stolz, was wir vor unseren Freunden nicht gern zugeben; sie leben schon lange mit teuren Möbeln.

Das macht gar nichts, sagte ich zu Herrn Hung, damit er es übersetzte, das macht doch nichts. Herr Hung schwieg, Frau Hung redete aufgeregt weiter auf den Kleinen ein, bis ich ihn auf den Arm nahm und ihm einen Keks anbot. Sein Weinen verstummte mit einem Schlag, erstaunt und ohne Angst sah er mich an. Ich roch seinen süßlichen Babygeruch, drückte ihn enger an mich, drehte mich mit ihm im Kreis.

Hui, rief ich lachend, Hui.

Er verzog keine Miene, betrachtete mich aufmerksam, dann plötzlich fing er aus der Tiefe seines Bauches an zu kichern, zu glucksen, schließlich zu gackern. Ich drehte mich, bis mir schwindlig wurde. Hui, rief ich, Hui. Frau Hung sah uns abwartend zu.

Was brauchen Sie? fragte Leopold Herrn Hung.

Herr Hung lächelte und nickte.

Gibt es irgend etwas, was Sie brauchen? Herr Hung nickte.

Wie können wir helfen?

Ja, sagte Herr Hung.

Brauchen Sie vielleicht etwas anzuziehen? Leopold gestikulierte. Herr Hung lächelte und nickte.

Ich riß die Schränke auf, froh, etwas zu tun zu haben. Zwei Jacketts von Leopold suchte ich aus, ein sehr teures Glencheck-Sakko, das ich nicht mochte, weil es Leopold spießig aussehen ließ, und ein älteres, was er sowieso nie mehr anzog. Für Frau Hung, die allerhöchstens Kleidergröße 36 trug, fand ich in meinem Kleiderschrank nichts außer einem bayerischen Schultertuch, das mir meine Mutter geschenkt hatte, weil sie der Überzeugung war, man müsse sich seiner jeweiligen Umgebung in jeder nur möglichen Weise anpassen.

Leopold zog die Augenbrauen hoch, als er das Glencheck-Sakko über meinem Arm sah. Er half Herrn Hung zuerst in das alte Jackett, Herr Hung aber ließ das Glencheck-Sakko nicht aus den Augen, schlüpfte nach wenigen Sekunden wieder eilig aus dem abgetragenen heraus, drückte es Leopold in die Hand und zog das Glencheck-Sakko über. Es war in den Schultern viel zu groß, aber Herr Hung strahlte, strich immer wieder über den Stoff, drehte sich stolz vor seiner Frau. Seine Freude war so rührend, daß auch Leopold zu lächeln begann, leichten Herzens verabschiedete er sich jetzt von seinem Sakko, und ich liebte ihn dafür.

Ich gab Frau Hung das Tuch und bedeutete ihr, da ich

leider so viel größer sei als sie, habe ich nichts anderes gefunden, sie nickte, wirkte aber bekümmert. Wir sahen zu Boden, da fiel mein Blick auf ihre winzigen Füße in den abgetretenen goldenen Sandalen, und der Wunsch, ihr sofort ein Paar hübsche, warme Schuhe zu kaufen, stieg so dringend in mir auf, als ginge es um mich selbst.

Ein Paar Schuhe für Frau Hung, rief ich und lief, um ein Stück Papier zu holen.

In dem billigen Discount-Schuhgeschäft im nächsten Städtchen, in dem ich selbst niemals Schuhe kaufen würde, das gebe ich zu, mißt die Verkäuferin kopfschüttelnd den Fußabdruck von Frau Hung aus.

Kindergröße 33, sagt sie ungnädig, es ist immer besser, die Kinder zum Schuhkauf mitzubringen.

Es soll eine Überraschung sein, sage ich, der Fuß gehört einer erwachsenen Frau, wo bitte ist die Damenschuhabteilung?

In Größe 33 gibt es keine Damenschuhe, erwidert die Verkäuferin ungerührt und zeigt auf das Regal mit den Kinderschuhen.

Ich habe die Wahl zwischen gefütterten Lackstiefelchen, bunten Turnschuhen und pelzbesetzten Stiefeln aus Lederimitat. Welche Schuhe würden Frau Hung am besten gefallen? Die Stiefel aus Lederimitat sind im Sonderangebot, die Lackstiefel am schicksten, aber fast dreißig Mark teurer. Lange schwanke ich hin und her, als ginge es tatsächlich um ein Paar Schuhe für mich, obwohl ich mich für mich selbst immer zugunsten des Teureren, Schöneren, Qualitätvolleren entscheide, auch wenn ich dabei Gewissensbisse empfinde. Aber wir verdienen beide gut als Redakteure beim Hörfunk, wir haben keine Kinder, wir wollen nicht ewig leben. Sie werden mit großer Wahrscheinlichkeit sowieso wieder ausgewiesen, denke ich, so leid mir das tut – und was macht Frau Hung mit gefütterten Lackstiefeln in Vietnam?

Im Auto kratze ich den roten Aufkleber ›Sonderangebot‹ vom Schuhkarton. Gebettet auf hellblauem Seidenpapier mit Mickey-Maus-Köpfen liegen die Stiefel aus Lederimitat da.

Als Kind hätte ich alles für so ein Paar Schuhe getan.

In welchem Kombinat ich arbeite, wollte Herr Hung wissen, lacht Leopold, er war fünf Jahre als Elektriker in der DDR.

Wir liegen im Bett, Leopold hat die Hände hinter dem Kopf verschränkt, seine Achselhöhlen verströmen einen leichten, nicht unangenehmen Schweißgeruch.

Wir könnten sie bei uns wohnen lassen, sage ich und weiß nicht, ob ich das ernst meine. Baby Hui ist so süß, findest du nicht?

Meine Hände stecken in den Stiefeln für Frau Hung.

Sehr hübsch, sagt Leopold, wirklich sehr hübsch.

Er muß husten. Noch eine Zigarette von Herrn Hung, und ich sterbe, sagt er. Er rollt sich zu mir, stupst mich mit seinem Kopf wie ein junger Hund, hu, bellt er wie Baby Hui, hu! Wir lachen beide, kichern wie Kinder.

Ich fuchtele mit den Schuhen. Herr Hung, Frau Hung, Baby Hui, imitiere ich Herrn Hung.

Was brauchen Sie? sagt Leopold.

Ich nicke.

Wie können wir Ihnen helfen?

Ich nicke.

Leopold will sich ausschütten vor Lachen. Puh, sagt er und läßt sich in die Kissen zurückfallen, sind wir gemein!

Wir kichern noch einmal, dann verstummen wir.

Seltsam, sagt Leopold, ich habe mich damals so engagiert gegen den Krieg in Vietnam, und jetzt habe ich keine Ahnung, was da los ist.

Ho-Ho-Ho Chi Minh, sage ich und wandere mit Frau Hungs klitzekleinen Winterstiefeln über Leopolds Körper, über seine Schultern um die Brustwarzen herum am Bauch herunter zu seinen Lenden.

Am nächsten Morgen klopfen sie schon, als wir noch im Schlafanzug beim Kaffee sitzen. Schnurstracks marschieren sie ins Wohnzimmer und setzen sich auf die Couch. Hui geht zur Keksdose im Regal und holt sich einen Keks heraus. Wir lächeln, alle gleich hilflos.

Ich fliehe in die Küche, um Tee zu kochen. Als ich die Teebeutel in die Teekanne hängen will, kommt Frau Hung herein, schüttelt den Kopf und nimmt mir die Kanne aus der Hand. Sie holt ein Plastikbeutelchen mit Teeblättern aus ihrer Tasche und schüttet den Inhalt in die Kanne.

Sanft schiebt sich mich zu Seite und brüht den Tee selbst auf. Sie bedeutet mir, mich ins Wohnzimmer zu setzen, sie winkt und lockt, bis ich verstehe. Sie möchte uns heute bedienen.

Leopold hält ein paar Fotos in der Hand. Fernseher, sagt Herr Hung stolz, großer Fernseher, Radio, Video, alles.

Leopold gibt mir das Foto. Es zeigt die Familie Hung mit Verwandten in einem Wohnzimmer vor einem High-Tech-Turm mit Fernseher, Videorekorder, Stereoanlage mit großen Boxen. Frau Hung trägt ein goldglänzendes Cocktailkleid, Herr Hung im schicken Anzug hält einen Säugling in einem spitzendurchwirkten, weißen Kleid auf dem Arm.

Baby Hui? frage ich. Herr Hung nickt und sieht Richtung Küche. Schnell zieht er ein anderes Foto aus dem Stapel und gibt es Leopold. Leopold nickt anerkennend, Herr Hung grinst.

Ich sehe Leopold über die Schulter. Eine junge, sehr hübsche Frau mit weichem Blick, rotretuschierten Lippen und einer Blume im Haar hält eine Gitarre im Arm und sieht sehnsuchtsvoll in die Ferne.

Frau Hung kommt mit meinem geerbten Silbertablett herein, Herr Hung nimmt Leopold schnell das Foto aus der Hand und steckt es wieder ein. Ich staune, daß Frau Hung das Tablett hinter den Töpfen und Pfannen gefunden hat, ich habe es schon ewig nicht mehr benutzt, es ist häßlich angelaufen, ich schäme mich.

Mit einem leichten Lächeln setzt Frau Hung vor jeden von uns eine Tasse und schenkt ein. Sie setzt sich und wartet. Erst als wir alle getrunken haben, trinkt auch sie. Der Tee schmeckt stark und bitter.

Ich hole die Schachtel mit den Schuhen. Für Hui habe ich einen Plastiktrecker mit Anhänger mitgebracht. Aufgeregt redet er vor sich hin und befühlt ihn vorsichtig, immer auf der Hut, als habe er Angst, von dem bunten Ding gebissen zu werden.

Frau Hung packt die Schuhe aus. Erwartungsvoll sehen

Leopold und ich ihr dabei zu. Um sie nicht zu Begeisterungsstürmen zu verpflichten, tue ich so, als spielte ich mit Hui. Prüfend betrachtet sie die Schuhe, dann stellt sie sie wortlos zurück in die Schachtel.

Herr Hung herrscht sie an, sie erwidert etwas leise, aber scharf. Leopold und ich wechseln einen Blick. Sie nimmt die Schuhe wieder aus der Schachtel und macht Anstalten, sie anzuziehen.

Die sind noch viel zu warm, sage ich, heute ist ein so schöner Tag...

Sie hält inne, sieht ihren Mann fragend an.

Wir wollten Ihnen ein bißchen die Umgebung zeigen, sagt Leopold. Das heißt, wenn Sie Lust haben.

Das war nicht abgesprochen, fragend sehe ich Leopold an, aber er weicht meinem Blick aus. Damit Sie wenigstens wissen, wo Sie überhaupt sind, sagt er zu Herrn Hung.

Herr Hung nickt. Frau Hung packt die Schuhe wieder ein.

Das Autoradio spielt etwas von Mozart. Hui schläft auf dem Schoß seiner Mutter, Herr Hung sieht aus dem Fenster in die bayerische Landschaft. Wer ist der nackte Mann an dem Kreuz? fragt er, als wir an einem Marterl vorbeifahren. Ich spüre Leopolds unterdrücktes Grinsen und lege ihm von hinten die Hand in den Nacken, fahre ihm leicht mit dem Finger den Hals hinauf bis unter den Haaransatz, so wie er es gern hat.

Der leuchtendgrüne Bergsee, umrahmt von feuergelben und sienaroten Bäumen vor weißen Gipfeln, macht auf die Hungs keinen besonderen Eindruck. Stumm, mit gesenktem Blicke wie muffelnde Kinder auf dem Sonntagsspaziergang, gehen sie hinter uns her, und genau wie Eltern es tun, brechen Leopold und ich immer wieder in begeisterte Rufe aus über die wunderbare Natur.

Ab und zu fährt Herr Hung in die Taschen seines Glencheck-Sakkos und holt Zigaretten heraus, bietet Leopold eine an, der sich jedesmal lange ziert, bevor er sie dann doch nimmt.

An einer flachen Stelle des Sees bleiben wir stehen, ich hebe ein paar Kiesel auf gebe sie Hui, damit er sie ins Wasser werfen kann. Er wendet sich mürrisch ab und läßt sie fallen.

Frau Hung sieht aufs Wasser. Ihr schmaler Brustkorb hebt und senkt sich, als würde sie seufzen. Als sie bemerkt, daß ich sie betrachte, tritt sie hinter ihren Mann.

Renken flitzen durch das kristallklare Wasser.

Schau mal, Hui, die Fische, sagt Leopold.

Hui fängt unvermittelt an zu heulen und versteckt sich hinter seiner Mutter.

Leopold und ich geben unseren Plan, einmal ganz um den See zu spazieren, wortlos auf und kehren mit den Hungs im nächsten Wirtshaus ein.

Herr Hung bestellt Kaffee und Kuchen für sich selbst, Tee für seine Frau. Möchte Ihre Frau nichts essen? frage ich ihn.

Langsam, immer wieder nach den richtigen Wörtern suchend, sagt er, seine Frau und Hui vertrügen das deutsche Essen überhaupt nicht. Sie hätten seit ihrer Ankunft vor zwei Wochen kaum etwas gegessen. Hui müsse alles wieder erbrechen, was er zu sich nähme. Es sei schlimm, ganz schlimm.

Frau Hung sitzt mit abwesendem Blick da, das Kind turnt auf ihr herum, sie wirkt abgespannt und unglücklich.

Herr Hung verstummt. Er steckt sich eine Zigarette an, diesmal ohne Leopold eine anzubieten. Mit der Zigarettenspitze malt er Kreise in den Aschenbecher.

Jetzt haben wir Freiheit, sagt Herr Hung, und sie ist unglücklich. Einen kurzen Moment lang sieht er aus, als wolle er in Tränen ausbrechen.

Um eine Minute nach sechs betreten wir das chinesische Restaurant in der nächsten Kreisstadt. Ein unfreundlicher Kellner mustert uns von oben bis unten und führt uns schließlich zu einem Tisch ganz hinten im Lokal, gleich neben den Toiletten.

Herr Hung betrachtet den Tisch, hebt die Augenbrauen, sagt etwas zum Kellner, kühl und schnell. Der Kellner erwidert etwas, aber Herr Hung scheint keinen Widerspruch zu dulden, mürrisch sammelt der Kellner die Speisekarten wieder ein, und jetzt werden wir an den größten Tisch im Restaurant geführt, eingerahmt von zwei großen Aquarien.

Erneut verteilt der Kellner die Speisekarten und entfernt sich beleidigt.

Ein dummer Mann, sagt Herr Hung verächtlich, ein Bauer. Selbstsicher lächelt er in die Runde. Auch Frau Hung wirkt plötzlich vollkommen verändert. Laut scherzt sie mit Hui, der an die Scheiben des Aquariums patscht und jetzt vor Aufregung über die Fische in den höchsten Tönen quietscht.

Leopold nimmt meine Hand und drückt sie. Wir sind stolz auf uns.

Herr Hung winkt den Kellner heran und bestellt, ohne die Speisekarte zu Rate zu ziehen, lang und umständlich, immer wieder unterbrochen von Frau Hung, die energisch den Kopf schüttelt und die Bestellung anscheinend immer wieder ändert. Der Kellner seufzt, ergeben schreibt er alles auf, antwortet auf die Fragen der Hungs kurzangebunden, unwirsch. Schließlich wendet er sich an uns und fragt in fast akzentfreiem Deutsch, was wir gerne hätten. Als ich den Mund öffne, winkt Frau Hung gebieterisch ab und faucht den Kellner auf vietnamesisch an. Schulterzuckend sammelt er die Speisekarten wieder ein.

Frau Hung sieht uns an und legt lächelnd den Finger auf die Lippen.

Überraschung, sagt Herr Hung.

Der Kellner kommt zurück, ein süffisantes Lächeln um die Lippen. Das hätte ich Ihnen gleich sagen können, der Koch lehnt es ab, Bestellungen anzunehmen, die nicht auf der Karte stehen.

Herr Hung sieht uns verständnislos an.

Hier werden keine Extrawürste gebraten, sagt der Kellner unnötig laut zu ihm. Nix da. Verstanden?

Er wendet sich wieder an uns. Ich kann Ihnen gern noch einmal die Speisekarte bringen, wenn Sie es wünschen.

Frau Hung fängt laut an zu schimpfen. Sie schreit den Kellner an, ihre Augen blitzen, sie wächst vor meinen Augen.

Herr Hung zieht den Kopf ein.

Das muß ich mir nicht bieten lassen, sagt der Kellner zu Leopold.

Sie hatten sich so sehr auf dieses Essen gefreut, sagt Leopold beschwichtigend, verstehen Sie doch. Sie sind erst vor zwei Wochen aus Vietnam gekommen... das müssen Sie doch verstehen.

Wir sind ein chinesisches Restaurant, kein vietnamesisches, sagt der Kellner, tut mir leid.

Aber Sie sind doch Vietnamese.

Der Kellner tut so, als habe er nicht gehört, und sieht in Richtung Küche. Fünf Won-Ton-Suppen, bitte, sage ich leise aufs Geratewohl, einmal die Nummer fünfundsechzig, zweimal die Dreiundvierzig, einmal die Achtundzwanzig.

Der Kellner nickt knapp, macht auf dem Absatz kehrt und verschwindet. Frau Hung sackt in sich zusammen. Herr Hung bietet Leopold eine Zigarette an. Eine Welle der Müdigkeit überfällt mich, ich spiele mit meinen Stäbchen und wünsche mich nach Haus.

Wortlos serviert der Kellner das Essen. Herr Hung probiert und verzieht das Gesicht. Schlechter Koch, sagt er, sehr schlechter Koch.

Baby Hui scheint das Essen zu genießen, er ißt fast alles auf.

Frau Hung füttert ihn, ißt selbst nur ein wenig Reis. Sie sieht uns nicht mehr an.

Stumm beenden wir unsere Mahlzeit. Leopold bezahlt.

Auf dem Heimweg sitze ich neben Frau Hung auf dem Rücksitz. Sie preßt sich eng an die Tür, ängstlich hält sie sich in den Kurven am Haltegriff fest. Hui will nicht bei ihr bleiben, er strampelt, bis sie ihn losläßt, er krabbelt auf meinen Schoß, ich bohre meine Nase in sein Seidenhaar, umarme ihn.

Sekunden später wird ihm schlecht. Er erbricht sich auf mein Hemd und meine Hose, eine grausige Mischung aus Nummer dreiundvierzig, fündundsechzig, achtundzwanzig.

Wir können nicht sofort anhalten, ich kann meinen Ekel nicht unterdrücken, fange hysterisch an zu schreien.

Halt an! Halt sofort an!

Endlich bringt Leopold das Auto an einer Böschung zum Stehen, ich springe heraus, wünschte, ich könnte lächelnd über das kleine Malheur hinwegsehen, den Hungs die Peinlichkeit ersparen, aber der Geruch läßt mich würgen, ich kann nicht hinsehen.

Hilfe, sage ich zu Leopold, er wendet sich angeekelt ab.

Hui weint. Er steht neben dem Auto und schluchzt. Herr Hung reißt Grasbüschel ab, die er seiner Frau reicht. Sie kniet vor mir, wischt damit an mir herum, macht alles nur noch schlimmer.

Ich trete von ihr zurück, reiße mir das Hemd vom Leib, die Hose, stehe in der Unterwäsche da. Die Hungs senken erschrocken den Blick.

Meine Güte, sagt Leopold zu mir, stell dich nicht so an. Er dreht sich um, legt die Arme auf das Autodach und betrachtet den dichten Verkehr.

Wir stehen hinter ihm, ein heulendes Kind, zwei Vietnamesen, eine Frau in roter Unterwäsche.

Ich ertrage das nicht länger, sage ich, ich bin so müde, so erschöpft. Ich möchte allein sein.

Wir stehen im Badezimmer, die Hungs sitzen im Wohnzimmer vorm laut dröhnenden Fernseher und sehen das ›Glücksrad‹.

Du hast sie doch noch hereingebeten, sagt Leopold.

Weil sie schon in der Tür standen. Was hätte ich denn tun sollen?

Wir hätten ihnen klar sagen sollen, daß wir jetzt gern wieder allein wären.

Bist du wirklich lieber mit mir allein?

Er küßt mich flüchtig.

Sag es ihnen, bitte ich ihn, jetzt. Sie sollen gehen. Sofort.

Meine Stimme fängt an zu zittern.

Ich kann nicht, sagt er, versteh doch. Bitte, sag du's.

Wir können beide nicht schlafen in dieser Nacht. Mit großem Abstand zwischen uns liegen wir auf dem Rücken nebeneinander, berühren uns nicht. Ich habe die Hände über der Brust gefaltet, ganz ruhig liege ich da. Es ist still und schwarz im Zimmer. Wenn wir in der Stadt sind, sehne ich mich nach dieser Stille fast wie nach einem Menschen. Leopold seufzt.

Wir können es nicht ändern, sage ich, wir sind nun einmal so, wie wir sind.

Das klingt furchtbar, sagt Leopold.

Findest du?

Ja, sagt er. Werden wir immer so sein?

Ja, sage ich. Ja.

Wir wachen früh auf, es ist noch neblig draußen. Leopold fährt das Auto um die Ecke in eine Seitenstraße. Mit klopfendem Herzen warte ich auf seine Rückkehr. Als er die Tür aufmacht, flüstert er: Sind sie schon da?

Nein, sage ich, keine Angst.

Wir schließen die Küchentür, daß kein Licht nach außen dringt. Leise, als könnte uns das kleinste Geräusch verraten, setzen wir unsere Tassen ab, flüsternd bitten wir den anderen um die Butter, die Marmelade, das Brot.

Wer sind Sie?

An meinem fünfundzwanzigsten Geburtstag fand ich eine Frau. Ich hielt kurz hinter der Autobahnabfahrt Landsberg-Ost auf einem leeren Parkplatz an, um zu pinkeln, und sah sie erst, als ich aus dem Gebüsch zurückkam. Sie saß zusammengesunken in einem Rollstuhl, trotz der Hitze in einen schweren, dunklen Mantel gehüllt, einen dunkelroten Samthut auf dem Kopf, ihr Gesicht konnte ich nicht sehen. Eine Fliege kroch über ihre Hand. Die Autos donnerten an uns vorbei. Es roch nach verfaulten Bananen und Benzin. Kein Mensch weit und breit.

Ich sah der Fliege zu, wie sie über die alte, zerfurchte Haut kletterte. Ich habe noch nie einen Toten gesehen. Ich fürchte mich vor ihnen, vor ihrem Geruch.

Vor zwei Jahren war ich einmal in der Pathologie der Uniklinik, in dem Raum, wo sie die Leichen auseinandernehmen. Es war gar keine Leiche da, es wurde nur eine Szene für einen Fernsehkrimi gedreht, ich bin Aufnahmeleiterin, und unsere Leiche war ein geschwätziger Schauspieler. Der blanke Stahl, die roten Gummihandschuhe an der Wand, die Sägen, um die Schädel aufzusägen, das Abflußbecken für das Blut, die Waage für die Organe, all das war schon schlimm genug, aber was mich wirklich erschreckte, war der Geruch. Der Geruch unter dem Formalin. Er war durch nichts zu überdecken. Die verschiedenen Parfüms der Frauen im Team und der penetrante Zigarilloqualm des Regisseurs machten ihn nur um so deutlicher. Wie Giftgas drang er durch meine Kleider, meine Haut, in mein Herz. Er ließ das Leben, das noch vor mir liegt, zusammenschnurren zu einem winzigen Punkt, wie Fliegendreck auf einer Fensterscheibe, und wann immer ich drohte, dies zu vergessen, stieg er mir wieder in die Nase. Zum Mittagessen gab es Wiener Schnitzel mit Kartoffelsalat auf Papptellern direkt vor der Tür zur Leichenhalle. Erstaunt sah ich zu, wie es sich alle schmecken ließen, selbst der Maskenbildner, der noch fünf Minuten zuvor die Leiche eines Erwürgten studiert hatte, um die Würgemale an unserem Schauspieler naturgetreu schminken zu können. Keiner schien zu riechen, was ich roch. Abends, als ich nach Hause kam, preßte ich mich eng an den Körper meines Freundes Chris, und auch er roch danach. Nachts wachte ich von dem Geruch auf, mein eigenes Fleisch stank nach Tod und Verwesung, jeder Zentimeter meines Körpers.

Sie hob kurz die Hand und wedelte die Fliege weg. Das machte die Sache nicht unbedingt einfacher. Wenn sie am Leben war, was sollte mit ihr geschehen? Ich ging ein paar Schritte näher an sie heran. Sie hatte die Augen geschlossen, sie schien zu schlafen, ich hörte ein leichtes Schnarchen. Ich berührte ihre Hand, sie war eiskalt in der glühenden Hitze. Ich richtete mich auf, hoffte, ein anderes Auto würde endlich auf den Parkplatz fahren, eine Familie mit einer resoluten Mutter und einem Bürokratenhengst von Vater, die würden schon wissen, was man mit alten Frauen tut, die man auf Autobahnparkplätzen findet.

Es war immerhin mein Geburtstag, ich war auf dem Weg zu meiner Geburtstagsparty, die Chris für mich auf einer Wiese seines Vaters gab. Chris hatte auf dieser Party bestanden, ich wäre am liebsten allein in meiner kleinen Wohnung geblieben. Wir vertrugen uns nicht gut in letzter Zeit, er haßte meine Passivität, er wollte Nägel mit Köpfen machen, wie er es nannte, nicht mehr warten.

Ich war zu jung, um mich mit alten Frauen zu beschäftigen, noch viel zu jung. Die letzten paar Schritte rannte ich zu meinem Auto, als würde ich verfolgt.

Ich sah die alte Frau nicht an, als ich an ihr vorbeifuhr und wieder auf die Autobahn einbog. In einer glitzernden Schlange zogen die Menschen in ihren Autos an mir vorbei; sie schienen schon seit Ewigkeiten in ein endloses Wochenende unterwegs zu sein, ihre Gesichter wirkten müde und desillusioniert. Ich reihte mich ein.

Vor fünfundzwanzig Jahren war dieser Tag auch ein Samstag, sagte meine Mutter morgens um acht Uhr in mein neues, tragbares Telefon. Dreißig Grad im Schatten.

Red lauter, Mama, ich hör dich nicht.

Ach, flüstert sie, ich red doch schon so laut. Vera, bist du noch da?

Ja.

Als wir im Taxi in die Klinik fuhren, klebte ich mit dem ganzen Körper an den heißen Ledersitzen. Dieses Gefühl werde ich nie mehr vergessen. Heute wird es heiß. Es ist jetzt schon über zwanzig Grad. Ich hasse die Hitze. Ich habe die Vorhänge zugezogen. Es ist ganz dunkel und kühl in der Wohnung. Ich werde den ganzen Tag in der Wohnung bleiben, ja, das werde ich tun, ich werde überhaupt nichts tun heute, ich werde mich in den großen Sessel setzen und an dich denken. Den ganzen Tag. Und kochen werde ich auch nicht. Ich war so glücklich, als du geboren wurdest. Wenn dich die Schwestern brachten, hörte ich dich auf dem Flur schon schreien. Du konntest lauter schreien als alle anderen Babys. Ich war so glücklich. Bist du noch dran, Vera? Liegt ein Mann in deinem Bett? Störe ich?

Nein, Mama.

Sie schweigt und seufzt. Es wird schrecklich heiß heute. Meine Beine sind schon ganz schwer. Hier ist dein Vater.

Sie reicht den Hörer weiter. Mein Vater redet am Telefon immer zu laut. Sie wispert, er brüllt.

Und? Bist du über Nacht gewachsen?

Das fragt er mich seit fünfundzwanzig Jahren. Ja, einen Meter.

Das ist gut. Du wirst noch die Größte. Hab ich doch schon immer gewußt. Fünfundzwanzig, Mensch, Mädchen, ein Vierteljahrhundert, wer hätte das gedacht, was?

Als ich zurückkam, saß sie ganz genauso da wie zuvor. Immer noch war der Parkplatz menschenleer, als stünde ein großes Warnschild vor der Zufahrt. Ich berührte ihre Schulter, schüttelte sie leicht. Sie sah verwirrt auf, mit winzigkleinen wasserblauen Augen in einem schneeweißen, weichen, leicht verschobenen Gesicht sah sie mich an.

Wie heißen Sie? Was machen Sie hier? Wie sind Sie hierhergekommen? Wo wohnen Sie? Wer sind Sie?

Sie sah mich interessiert an, als versuche sie den Sinn meiner Wörter zu entziffern, und schwieg. Als ich mich umwandte, um noch einmal nachzusehen, ob ihr Begleiter vielleicht ohnmächtig im Unterholz lag, irgendeine Erklärung mußte es doch geben, griff sie nach meiner Hand und umklammerte sie. Sie sah mich dabei nicht an. Sie hielt meine Hand und ließ sie nicht mehr los. Alles wird gut, flüsterte ich, alles wird gut.

Sie war leicht und knochig, als ich sie aus dem Rollstuhl hob und in mein Auto setzte. Ich nahm ihr den Hut ab, ihre Haare waren sorgfältig frisiert und mit einem Haarnetz bedeckt, in das klitzekleine Perlen eingewebt waren. Ihre Beine schien sie nicht bewegen zu können, ich mußte sie einzeln ins Auto heben. Ich schnallte sie an, aufrecht saß sie da, ihren roten Hut im Schoß, und sah aufmerksam durch die Windschutzscheibe. Als ich mich mit dem Rollstuhl abmühte, um ihn im Kofferraum zu verstauen, erscholl plötzlich ohrenbetäubend laut die Musik von U2 über den Parkplatz. Der Gedanke, daß ich sie vielleicht doch noch an einen anderen Autofahrer loswerden konnte, schoß mir durch den Kopf, aber wer würde mir glauben, daß die Frau, die in meinem Auto saß, eine vollkommen Fremde war?

Ich richtete mich auf, drehte mich nach der Musik um – aber sie kam aus meinem eigenen Auto. Sie mußte mit der einen Hand das Radio angemacht haben. Jetzt saß sie unbewegt da, und ich war mir nicht sicher, ob sie die Musik überhaupt hörte. Ich drehte das Radio ab. Langsam, wie in Zeitlupe, streckte sie ihren linken Arm aus und drehte das Radio wieder an. Also mochte sie die Band U2. Das war alles, was ich über sie wußte. Ich stieg ins Auto. Wir saßen einfach nur so da. Der Sänger Bono, die alte Frau und ich waren allein auf der Welt.

Mein tragbares Telefon klingelte in meiner Tasche. Meine Mutter war dran.

Mein Schätzchen, sagte sie, ich glaube, ich habe heute früh ganz vergessen, dir zu gratulieren. Ich wünsche dir ein wunderbares Leben, flüsterte sie, eins, für das es sich lohnt, einen Mann, der dich vergöttert, das wünsche ich dir, einen romantischen, zärtlichen, gebildeten Mann. Versteh mich nicht falsch, dein Vater ist ein guter Mann, versteh mich nicht falsch. Hörst du mich überhaupt?

Ja, Mama.

Ich kann dich nicht verstehen, woher kommt diese laute Musik, wo bist du, was machst du, ist es bei euch auch so heiß wie bei uns?

Ja, Mama.

Was ich dir noch sagen wollte – ich hoffe, ich störe dich nicht –, laß dir Zeit, wollte ich dir sagen, du bist erst fünfundzwanzig. Als ich so alt war wie du, war ich schon verheiratet. Ja, das wollte ich dir noch sagen.

Der Fahrtwind bewegte kein einziges Haar in der Frisur der alten Frau. Ein schwacher Geruch von Mottenkugeln und Lavendel, Katzen und Franzbranntwein ging von ihr aus, von rosa Schokolinsen und Krankheit. An ihren Füßen steckten altmodische schwarze Schnürstiefel. Ihre Beine standen die ganze Fahrt über genauso da, wie ich sie hingestellt hatte. Einmal wandte sie den Kopf nach mir wie eine

Echse und sah mich lange an. Nicht einmal ihre Augenlider bewegten sich. Ihr Gesicht wirkte auf der einen Seite hart und starr, auf der anderen weich und beweglich. Das Auge auf der starren Seite tränte. Im Radio lief die Sendung ›Nur mit dir‹. Liebesbriefe von Hörern wurden vorgelesen und Musikwünsche erfüllt. Mit samtiger Stimme las die Sprecherin vor: *Jens aus Wuppertal schreibt an seine Gabi: Mein geliebter Hase. Ohne Dich ist die Welt blaß und leer. Was habe ich falsch gemacht? Ohne Dich bin ich nicht ich selbst. Bitte, bitte, gib mir noch eine Chance. Dein Jens.*

Jens wünschte sich für seine Gabi den Song ›When a man loves a woman‹. Ich konnte nicht anders, ich mußte mitsingen. *Baby, baby, please don't let me go*, grölte ich und sah die alte Frau grinsend an.

Eine Träne lief ihr jetzt aus dem einen Auge über die Backe, vielleicht vom Fahrtwind. Sie starrte mich immer noch an, aber vielleicht sah sie mich gar nicht. Als wäre ihr Kopf in dieser Position eingerastet, wandte sie ihn nicht wieder zurück, bis wir bei McDonald's in Landsberg hielten.

Ich kaufte eine Tüte Pommes frites und einen Orangensaft und hielt ihr beides unter die Nase. Sie kräuselte die Nasenspitze, machte ansonsten aber keine Anstalten, etwas zu essen oder zu trinken. Ich schob ihr den Strohhalm zwischen die Lippen. Mit einem gurgelnden Geräusch saugte sie auf einen Rutsch den ganzen Becher leer. Prima, sagte ich – da fiel mir das unvermeidliche nächste Problem ein.

Besser hier als später an der Straße. Ich packte also den

Rollstuhl aus, hievte sie hinein, schob ihn in den Laden. Ich kam nicht einmal um die Ecke zur Klotür, viel zu eng war der Flur, wir versperrten den Weg, bis ich den Rollstuhl endlich herumgedreht, bei der Eingangstür geparkt und sie auf meinen Rücken gehoben hatte.

Keiner half, die Gäste betrachteten interessiert meine Manöver wie eine Showeinlage, während sie mit stetigen Bewegungen Pommes frites und Hamburger in sich hineinstopften.

Hören Sie, wollte ich rufen, ich kenne diese Frau auf meinem Rücken nicht, ich weiß nicht, wer sie ist, ich habe sie nie zuvor gesehen, ich habe sie gefunden, und ich brauche sie nicht zu behalten!

Sie trug altmodische Wollstrümpfe unter einem kleingeblümten Kleid, die mit Clips an ihrer schlotternden Unterhose befestigt waren.

Das System war mir unbekannt, und ich brauchte ewig, bis ich die Clips aufbekam. Ich zerrte an ihr herum, während sie mir geduldig zusah wie einem Kind, das zum erstenmal versucht, seine Jacke allein aufzuknöpfen. Als sie endlich auf dem Klo saß, sah sie mich von unten mit einem Hauch von Lächeln um den einen Mundwinkel herum an. Der andere blieb starr, als verweigere er sich absichtlich jeder Bemühung, einen Ausdruck in ihr Gesicht zu bringen. Die bewegliche Seite wirkte jünger, zufrieden, in diesem Moment fast glücklich, während der herabgezogene Mundwinkel der anderen Seite ihr etwas Bitteres und Enttäuschtes gab.

Zwei junge Mädchen kicherten in den Kabinen neben uns.

Ich habe dich gewarnt, sagte die eine, er legt dich flach und ruft nie wieder an.

Ich war für alle Fälle im Solarium, kicherte die andere, und zwei Kondome habe ich auch dabei.

Zwei? gluckste die erste. Wenn schon, denn schon, sagte die zweite, man lebt nicht ewig.

Die alte Frau und ich lauschten. Die Mädchen verschwanden. Wir blieben im Rauschen der Wasserspülung allein zurück.

Ich zog sie wieder an und trug sie zurück zu ihrem Rollstuhl, schob sie zu einem Tisch und ging schweißüberströmt zur Theke, um mir ein großes Cola zu holen.

Ich war mir nicht sicher, ob ich zu ihr zurückkehren würde. Ein dicker Mann mit roter Glatze sah mich unverwandt an. Er hatte sich wahrscheinlich bereits meine Autonummer aufgeschrieben. Draußen filmte eine Frau ihre Kinder auf der Rutsche. Sie hatte vielleicht schon einschlägig dokumentiert, wie ich mit der alten Frau auf dem Rükken zum Klo gewankt war. Amateurfilmer riechen die Ereignisse, bevor sie geschehen. Wie sonst wäre es zu erklären, daß immer einer im rechten Moment mit der Videokamera dabei ist, ganz gleich, ob Kennedy erschossen wird, ein Hotel in Manila brennt oder ein Flugzeug abstürzt?

Ich sah bereits Filmschnipsel von der alten Frau und mir im Fernsehen laufen. Ein gutaussehender Journalist mit einem gepunkteten Schlips stellte mir Fragen, auf die ich keine Antwort wußte. Warum haben Sie eine alte behinderte Frau erst mitgenommen und dann hilflos in einem Fast-food-Restaurant zurückgelassen? Warum sind Sie so unentschieden, so schwach, so ohne Vision, wie Ihr Leben aussehen sollte? Warum besuchen Sie Ihre Eltern so selten? Warum ziehen Sie nicht endlich mit Ihrem Freund Chris zusammen? Warum haben Sie Ihr Studium abgebrochen? Warum wissen Sie nicht, was Sie wollen?

Das Fest hatte ohne mich angefangen. Auf einer blumenbunten Wiese mitten im Wald waren Bänke und Tische aufgestellt, bunte Lampions hingen an den Bäumen, ein Grillfeuer brannte, in einem kleinen Bach lagen die Bierkästen und ein paar Flaschen Wein. Auf einem Feldweg holperten wir auf meine Geburtstagsparty zu, ich sah Chris, er stand neben Rita, seine blonden Haare leuchteten wie eine Flamme, er sah jung und gesund aus, er lachte.

Er erkannte mein Auto, gab Rita sein Glas, kam auf mich zugelaufen.

Mensch, Vera, wo bleibst du denn? rief er aufgeregt.

Erst als er mir durchs geöffnete Autofenster einen Kuß gab, sah er die alte Frau. Sie lehnte an der Scheibe und schlief.

Ich habe sie gefunden, sagte ich.

Rita meinte, man müsse sofort die Polizei benachrichtigen, Axel wollte sie ins Krankenhaus bringen, Olaf schlug vor, sie nachts vor dem nächsten Altersheim in Lechbruck abzustellen.

Eine Findeloma, sagte Chris und lachte.

Stell dir vor, das wäre deine Großmutter, sagte Rita.

Oder Mutter, sagte ich.

Deine Frau, sagte Axel, und du bist schon tot.

Ist sie aber nicht, sagte Chris.

Er nahm mich am Arm und ging mit mir ein paar Schritte in die Wiese hinein. Sein Kuß schmeckte heiß und durstig. Gefällt dir die Party nicht? fragte er.

Doch, sagte ich, danke.

Für dich kann man sich ein Bein ausreißen, du sagst danke, als hätte man dir mal eben das Salz gereicht. Er riß einen Grashalm aus und schlug damit auf seine Hose. Ich weiß nie, woran ich mit dir bin. Ich warne dich, ich bin kein Hampelmann. Irgendwann wirst du dich umdrehen, und ich bin weg. Einfach weg.

Ich beobachtete, wie Axel die alte Frau aus dem Wagen zerrte. Ihre Beine blieben stecken, die Tür schlug halb zu, hilflos stand Axel da, Hilfe, rief er, Hilfe. Rita kam und faßte die Beine an. Sie trugen sie quer durch die Partygesellschaft über die Wiese und setzten sie am Waldrand auf eine Decke. Eine Weile saß sie mit ausgestreckten Beinen da, dann fiel sie wie ein Käfer auf den Rücken.

Doch, sagte ich zu Chris, ich freue mich, du kannst es bloß nicht sehen.

Axel richtete die alte Frau wieder auf und setzte sich neben sie. Ich kniff die Augen zusammen, bis die Wimpern meinen Blick verschleierten und die beiden aussahen wie ein Paar.

Komm, sagte Chris und zog mich ins Gras. Er knöpfte mir die Bluse auf.

Ich sah einen Grashüpfer an einem Kleeblatt hängen, seine Flügel zitterten. Bocksbart, Hahnenfuß, Bärenklau, Gamander Ehrenpreis. Die Namen der Blumen hatte mir meine Mutter beigebracht. Gepflückt, getrocknet, gepreßt, jedes Frühjahr wieder. Meinem Vater brachte ich unzählige

Sträuße mit, die bereits verwelkt waren, wenn er abends von der Arbeit kam.

Das unrasierte Kinn von Chris schwebte dicht über mir, helle Stoppeln auf dunklem Feld. Er küßte die kleine Kuhle zwischen meinen Schlüsselbeinen und drückte mir die Luft ab. Ich richtete mich auf. Jetzt nicht, sagte ich. Ich stand auf und ging zurück.

Wann, schrie Chris hinter mir her, wann denn, verdammt?

Keiner schenkte mir etwas, was mir wirklich gefiel, als würden sie mich nicht kennen, selbst von Rita, meiner besten Freundin bekam ich einen grünen Seidenschal, obwohl sie doch wissen mußte, daß ich die Farbe Grün nicht ausstehen kann.

Es wurde dunkel, Rita zündete die Kerzen in den Lampions an. Chris hat sich so viel Mühe gegeben, sagte Rita zu mir, richtig romantisch sollte es sein. Du hast diese Frau mitgebracht und alles ruiniert.

Wir sahen beide zu ihr hinüber. Sie lehnte an einem Baumstamm und ließ sich von Axel kleine Stücke von einem Würstchen in den Mund schieben.

Hätte ich sie an der Autobahn stehen – und in der Hitze verpuffen lassen sollen?

Rita zuckte die Schultern. Es hätte sich schon jemand gefunden, so wichtig bist du auch nicht, sagte sie und blies das Streichholz aus.

Ich verstand sie nicht. Ich verstand niemanden auf dieser Party. Ich setzte mich mit einem Pappteller mit Kartoffelsalat auf eine kippelige Biergartenbank und hörte zu, wie

Isabel, ein langes, hübsches Mädchen den anderen von einem Wettbewerb im Orgasmusvortäuschen in einer Diskothek in München erzählte. Der Beste war ein kleiner Dicker mit Brille, sagte sie, und alles lachte, er sah aus wie 'ne Jungfrau mit fünfzehn, war aber schon mindestens Anfang dreißig. Der hat gejault wie ein Hund, wenn du ihm auf die Pfoten trittst, immer schneller, immer schneller, am Ende hat er geschrien: Oh, Mama, oh, Mama, nein, nein, jaaaaa!

Sie warf den Kopf zurück und heulte wie ein Wolf. Jaaaaaa! Jaaaaaa! Der hat aber nur den dritten Preis gemacht, fügte sie trocken hinzu, das Publikum steht mehr auf weibliche Orgasmen, ist einfach so.

Beate aus Rosenheim fing an zu keuchen, rhythmisch auf die Bank zu schlagen, Isabel fiel ein, dann machten auch die anderen mit, die Bank unter mir fing an zu beben, ja, riefen alle, o Gott, ja, ja, ja. Sie wurden schneller und schneller, sie schrien und quietschten und heulten durcheinander, Jesus, rief Olaf, Jesus!

Ich stand auf. Die anderen, die drumherum standen, lachten. Chris stand neben dem Feuer und trank Rum aus der Flasche. Er sah mich vorwurfsvoll an. Ich öffnete den Mund und gab einen spitzen Schrei von mir. Er starrte mich an, schüttelte den Kopf.

Axel saß immer noch neben der alten Frau auf der Decke. Ein roter Lampion hüllte sie in schwaches Licht. Ich stand zwischen dem Feuer auf der einen und den beiden auf der Decke auf der anderen Seite im Dunkeln. Es war ein lauer, windstiller Abend, ein Abend, an dem man sich lieben sollte. Wie eine Fata Morgana stieg die Party aus den schwarzen Wiesen auf. Das Feuer warf zuckende Schatten über die kreischenden jungen Leute. Axel hatte der Frau den Mantel ausgezogen. Er hielt ihren Arm in seinem Schoß und streichelte ihn, strich mit Daumen und Zeigefinger auf und ab, auf und ab, ohne Unterlaß.

Als ich aus dem Dunkeln auftauchte, sah er auf. Guck dir das an, sagte er und deutete auf den schwarzen Mantel. Ins Futter eingenäht war ein Zettel:

Danke, daß Sie meiner Mutter helfen. Sie ist seit einem Schlaganfall halbseitig gelähmt. Sie kann nicht sprechen, sie versteht auch nichts. Es tut mir leid. Aber ich habe auch nur ein Leben. Die Tochter.
PS: Sie mag es, wenn man ihre Arme streichelt.

Ich setzte mich neben die alte Frau und nahm ihren anderen Arm in den Schoß. Langsam strich ich über die alte Haut. Sie fühlte sich an wie ein verwelktes Blatt.

Das Telefon in meiner Jackentasche piepste. Ich ließ den Arm der alten Frau nicht los.

Was ich dir noch erzählen wollte, sagte meine Mutter, Petra Kühn hat sich vor die U-Bahn geworfen.

Wer ist Petra Kühn?

Du erinnerst dich nicht mehr an Petra Kühn? Deine beste Freundin in der zweiten Klasse, das mußt du doch wissen!

Mama, wenn ich es dir doch sage, ich weiß nicht, wer sie ist.

Petra Kühn, das Mädchen mit den sauberen Händen, das mußt du doch noch wissen. Sie hatte immer makellos saubere Hände und Fingernägel. Vor vier Tagen hat sie sich vor die U-Bahn geworfen. Es heißt, sie konnte nicht ertragen, daß ihr Vater im Sterben liegt. Krebs. Vielleicht ist sie aber auch nur ausgerutscht, genau wird man das nie erfahren. Das arme Ding. Ich habe die Mutter zufällig auf der Straße getroffen, sie sieht zwanzig Jahre älter aus. Furchtbar, nicht? Bist du noch da?

Ja, Mama.

Ich dachte, es interessiert dich. Sie war immerhin mal deine Freundin. Ich will auch gar nicht weiter stören.

Du störst nicht, überhaupt nicht.

Meine Mutter schwieg und atmete leise ins Telefon. Ich streichelte den Arm der alten Frau, bis es mir vorkam, es sei mein eigener. Um uns herum roch es nach frischem Gras, Harz und verbranntem Holz.

Die Schickse

Dave Goldman aus Long Island und Unna Krieger aus Deutschland verliebten sich auf dem Rücksitz eines Käfers in Kalifornien und wurden sich schnell einig darin, daß die Menschen Kaliforniens zu glücklich waren für ihrer beider Geschmack.

In New York sind die Menschen depressiv, aggressiv und gemein, seufzte Dave voller Heimweh.

Da möchte ich hin, sagte Unna.

Nur wenige Wochen später packten sie ihre Koffer, exmatrikulierten sich und bestiegen ein Flugzeug nach New York mit der Vorstellung, dort unter lauter Unglücklichen besonders glücklich werden zu können.

Da sie in New York keine Bleibe hatten und auch sonst kaum Geld, hatte Dave es für die beste Idee gehalten, Unna erst einmal zu seinen Eltern nach Long Island mitzunehmen.

Das ist alles gar kein Problem, hatte er Unna erklärt, du wirst sehen.

Oh, Dave, sagte Unna, meinst du nicht, daß deine Eltern vielleicht ...

Nein, unterbrach er sie, meine Eltern werden dich mögen, da bin ich ganz sicher.

Daves Mutter war klein und zierlich und hatte platinblond gefärbte Haare, sein Vater war dagegen kahlköpfig, braungebrannt, untersetzt, und es verband ihn nicht die geringste Ähnlichkeit mit seinem dünnen, blassen, hübschen Sohn. Beide Eltern sprachen mit starkem Akzent.

Kennen Sie zufällig die Stubbenkammerstraße in Berlin? fragte Frau Goldman Unna, während sie den Abendbrottisch deckte, da haben wir mal gewohnt.

Nein, sagte Unna, ich war noch nie in Berlin.

Frau Goldman stand jetzt so dicht neben Unna, daß Unna den Weichspüler in ihrem Wollkleid riechen konnte. Auf deutsch sagte Frau Goldman langsam und klar zu Unna: Sie sind jung, Sie haben nichts mit der Vergangenheit zu tun. Wir sind zwar nicht glücklich darüber, daß Sie und Dave ... – Sie machte eine kleine Pause und legte das Besteck vor Unna. – Aber wir haben nichts gegen Sie. Verstehen Sie?

Unna nickte. Daves Vater sah sie ruhig an.

Was hat sie zu dir gesagt? flüsterte Dave, als seine Mutter sich abwandte, um Gläser zu holen.

Unna schüttelte den Kopf und schwieg.

Und? fragte Herr Goldman seinen Sohn.

Was und? schoß Dave zurück.

Welche Universität wäre dem Herrn denn recht? Und welches Fach darf's denn diesmal sein?

Linguistik, sagte Dave.

Sein Vater sah ihn lange und stumm an, dann langte er über den Tisch nach dem Salz. Unna sah die KZ-Nummer auf seinem Unterarm. Voller Entsetzen fiel ihr ein, daß sie sich als Schulmädchen Telefonnummern von möglichen

Liebhabern mit Kuli an die gleiche Stelle geschrieben hatte, weit genug unter dem Ärmel, daß niemand sie sehen konnte.

Keinen Cent, sagte Daves Vater, keinen verdammten Cent werde ich für diesen Quatsch ausgeben. Linguistik! Hat man so einen Blödsinn schon mal gehört!

Dave stieß seinen Stuhl zurück und stand auf. Komm, sagte er zu Unna und packte sie am Arm, wir gehen.

Er zog sie zur Tür und griff mit der anderen Hand nach ihrem Koffer und seiner Reisetasche.

Unna wandte sich zu seinen Eltern um.

Entschuldigung, murmelte sie, da zog Dave sie schon aus dem Haus.

Ein Hotel wie das in der 33. Straße hatte Unna noch nie zuvor gesehen. Auf dem Boden in der Eingangshalle klebte so viel Kaugummi, daß sie es zuerst für das Muster des Fußbodens hielt, bis sie feststellte, daß ihre Schuhe bei jedem Schritt seltsame Geräusche von sich gaben und lange Kaugummifäden nach sich zogen.

Der Fahrstuhl war kaputt. Alte, kranke, kaputte Menschen quälten sich im Schneckentempo die Treppen hoch. Aus den Wänden waren große Stücke Putz herausgefallen, das Geländer war zerbrochen.

Eine schwarze Frau mit aufgequollenen elefantendicken Beinen blieb stehen, ließ Dave und Unna an sich vorbei und sah ihnen verwundert nach, wie sie energisch mit ihren Koffern in der Hand nach oben stiegen.

Das Zimmer war im siebten Stock. Es war groß, dunkel, leer, bis auf ein Bett und einen Stuhl. Auf dem Boden ein zerfetzter, fleckiger Teppich, vor dem einzigen Fenster mit vergilbten, löchrigen Vorhängen die Brandmauer des nächsten Hauses. Unna stellte sich direkt vors Fenster auf die Zehenspitzen und verdrehte den Kopf. Tief unten sah sie ein Stückchen Straße, ein gelbes Taxi, eine Frau in einem roten Nylonmantel, die über die Straße eilte.

Über dem verrammelten Kamin hing ein großer Spiegel mit blinden Flecken.

Die Matratze war kaputt, das löchrige Laken hatte gelbe Flecke. Sie konnte nicht glauben, daß es wirklich Urinflecken waren, bis sie daran roch.

Dave, sagte sie schwach, was machen wir hier?

Er zuckte die Schultern und ging ins Badezimmer. Sie kam hinter ihm her. Der Badewannenboden war mit einer schwarzen Masse bedeckt, wieder dauerte es eine Weile, bis sie glaubte, was sie sah. Die schwarze Masse bewegte sich, es waren Kakerlaken, die rücksichtslos übereinanderstiegen und sich abmühten, an der glatten Badewannenwand hinaufzuklettern.

Ich glaube, das halte ich nicht aus, flüsterte sie.

Überall in New York gibt es Kakerlaken, sagte Dave.

Die Badezimmertür ließ sich nicht schließen.

Dave stand genau in der Mitte des Zimmers. Er zog seine Jacke an.

Morgen früh komme ich zurück, sagte er.

Wohin gehst du? rief sie entsetzt.

Ich muß mit meinen Eltern reden, sagte er, ich muß ihnen klarmachen, daß ich jemand anders bin, als sie glauben.

Du läßt mich hier allein? jammerte Unna und klammerte sich an ihn. Allein in New York?

Er pflückte ihre Arme von seinem Hals, küßte sie flüchtig und schlug die Tür dreimal hinter sich zu, bis sie endlich ins Schloß fiel.

Sie setzte sich heulend in ihrem Mantel aufs Bett und betrachtete den verdreckten Boden zu ihren Füßen.

Liebst du mich? sagte sie probeweise, und dann mußte sie husten. Als sie damit fertig war, hörte sie andere Menschen obendrüber und nebenan röcheln, schniefen, herumgehen, schreien. Sie stand auf, ging zu dem fleckigen Spiegel und starrte hinein. Ihr kantig geschnittenes Gesicht mit den weißblonden, langen Haaren und klaren, hellen Augen wirkte, als sei es dabei, sich aufzulösen. Die Angst in ihrem Körper fühlte sich an, als habe sie zuviel Kaffee getrunken.

Sie war tatsächlich eingeschlafen und wachte mitten in der Nacht von einem wütenden Fauchen auf, wie von einem mächtigen Tier. Entsetzt sprang sie aus dem Bett. Angeekelt spürte sie den schmierigen Dreck unter ihren bloßen Füßen. Abermals fauchte es, ganz dicht neben ihr, zum Greifen nah.

Unna fing an zu zittern, da strich ein warmer Wind um ihre nackten Beine. Vorsichtig setzte sie einen Fuß vor den anderen und näherte sich dem altmodischen kleinen Heizkörper, von dem sie fest angenommen hatte, daß er sowieso nicht funktioniere. Jetzt aber war er glühendheiß, daß sie sich fast die Finger an ihm verbrannte, und nach erneutem heftigem Fauchen fing er an zu hämmern, zu klopfen und zu röhren. Unna lächelte im Dunkeln. Sie hatte einen Kompagnon gefunden in ihrem Elend, ein Wesen, das zu ihr sprach. Vorsichtig wanderte sie zurück zu ihrem verpißten, kaputten Bett, legte sich vorsichtig auf die Schicht aus T-Shirts und Schals, die sie darüber gebreitet hatte, und lauschte den eigenwilligen Mitteilungen ihres Heizkörpers.

Genauso werde ich sein als alte Frau, dachte sie, einsam, allein, getröstet nur von meiner Heizung. Wenigstens weiß ich jetzt schon, wie es dann sein wird.

Warum liebst du mich nicht? fragte sie Dave.

Er kam in den frühen Morgenstunden, sie wachte davon auf, daß sich ihr Bett bewegte wie von einem Erdbeben, mit einem Schrei fuhr sie hoch, da saß er neben ihr und betrachtete sie stumm. Sie vergrub ihren Kopf in seinem Schoß.

O Gott, sagte sie, ich kann ohne dich nicht leben.

Zieh dich an, sagte er, wir gehen frühstücken.

Es ist erst halb fünf, sagte sie.

Na und? sagte er und grinste, wir sind in New York, Baby.

Er trank nur Kaffee, schwarz, und sah ihr zu, wie sie mit schlechtem Gewissen, aber gutem Appetit drei English Muffins mit Marmelade so zierlich wie möglich verdrückte. Einmal hatte er lächelnd zu ihr gesagt: Wie abhängig du vom Essen bist. Diesen Satz vergaß sie nie mehr, ihr ganzes Leben nicht.

Mein Vater will, daß ich in seinem Geschäft arbeite, aber er sagt es nicht. Er will, daß ich zu Kreuze krieche, daß ich darum bitte, für ihn arbeiten zu dürfen, dieser elende, kleine Stinker, diese Ratte, dieses ungebildete Monster, dieses Arschloch.

So darfst du nicht über deinen Vater reden.

Warum nicht? schrie er. Warum nicht? Er schlug mit der Faust auf den Tisch, daß die Salz- und Pfefferfässer tanzten. Muß ich denn mein ganzes Leben stillhalten, weil er im KZ war?

Unna wandte sich erschrocken ab.

Ach, Scheiße, sagte Dave und strich sich mit einer abrupten Geste die langen Haare aus dem Gesicht. Haare zum Irrsinnigwerden, dicke, glänzende, dunkle, ungerecht schöne Haare für einen Mann. Allein der Anblick seiner Haare ließ Unna die Knie weich werden.

Mein schöner Dave, dachte sie zärtlich und legte ihre Hand auf seine. Bleibst du bei mir? fragte sie leise.

Er zog seine Hand zurück. Sie malte aus einem Kaffeetropfen Kringel auf den Tisch. Oh, sie wollte ihn wirklich nicht fragen, wirklich nicht. Liebst du mich?

Er sah sie ausdruckslos an. Ich weiß es nicht, sagte er.

Sie hatte das Gefühl, in der Kabine einer Achterbahn zu sitzen, die an ihrem höchsten Punkt angelangt ist, die Nase bereits nach unten gesenkt, einen kurzen Augenblick geschieht gar nichts, hilflos starrt man in die Tiefe, das Herz springt einem aus dem Körper, die Hände verkrallen sich im Sitz, die Luft bleibt einem weg, und in der Erkenntnis, daß die Abfahrt nicht zu stoppen ist, schreit man aus nie gekannter Tiefe um sein Leben.

Aber gestern wußtest du es doch noch, flüsterte sie entsetzt, wie kann sich das über Nacht ändern?

Du hast mich gefragt, sagte er verzweifelt, und ich habe dir eine ehrliche Antwort gegeben.

Ich hasse deine Ehrlichkeit.

Willst du, daß wir uns belügen wie alle anderen Menschen auch?

Aber gestern hast du mich doch geliebt.

Gestern ist gestern. Überraschend füllten sich seine Augen mit Tränen.

O Gott.

Jetzt heulten sie beide wie die Schloßhunde. Eine ältere Bedienung mit kahlen Stellen in den mausgrauen Haaren kam an ihren Tisch, zählte wortlos zusammen und legte die Rechnung vor Dave.

Das Leben ist kein Picknick, sagte sie und räumte die Teller ab. Sie sahen ihr beide nach, dann flüsterte Unna: Wirst du mich nie mehr lieben?

Woher soll ich das wissen?

Aber vielleicht, vielleicht wirst du es wieder tun, oder?

Vielleicht, sagte er und putzte sich mit der Serviette die Nase.

Ich liebe dich, sagte sie und legte Daumen und Zeigefinger um sein Handgelenk. Wie feingliedrig er war und wie plump sie selbst. Sein schneeweißer, dünner Körper brachte sie in Verlegenheit. Sie war nur wenige Zentimeter größer als er, aber sie fühlte sich oft wie eine Riesin neben ihm. Am Anfang hatte sie sich immer sofort aufs Bett gelegt, wenn er sie besuchen kam, um ihn nicht im Stehen küssen zu müssen. Im Liegen fühlte sie sich kleiner, zierlicher, weiblicher.

Ich würde gern noch einen Reispudding essen, sagte sie tapfer.

Er fuhr zurück nach Long Island und meldete sich drei Tage lang nicht. Am ersten Tag weinte Unna nur ein bißchen, am zweiten schon mehr, am dritten wachte sie weinend auf und ging weinend ins Bett.

Es klopfte, kurz nachdem sie das Licht ausgemacht hatte.

Sie stürzte zur Tür, riß sie auf, wollte sich schon in Daves Arme werfen, aber geblendet vom gelben Flurlicht sah sie nur die Umrisse einer riesigen Frau in einem zeltartigen Morgenmantel vor ihrer Tür.

Entschuldigen Sie die Störung, sagte die große Frau höflich, ich frage mich, ob Sie vielleicht ein wenig Zahnpasta übrig haben.

Jetzt sah Unna, daß die Frau ihr vor den großen rosa Rosen ihres Morgenmantels eine Zahnbürste entgegenstreckte. Unnas Blick wanderte langsam über die Rosen zu einem weichen, zerknitterten Mondgesicht mit kleinen wasserblauen Augen und dünnen, braunen, strapsigen Haaren.

Sie dürfen mich Tamara nennen, sagte die große Frau.

Nur eine knappe halbe Stunde später heulte Unna in Tamaras weiche Schulter: Und jetzt weiß er plötzlich nicht mehr, ob er mich liebt!

Tamara schnalzte mit der Zunge. Da schicken die Eltern ihren kleinen David zum teuren Studieren, und was tut er? Er kommt mit einer kleinen Schickse zurück, das soll vorkommen.

Es ist noch schlimmer, sagte Unna und wischte sich die Tränen aus den Augen.

Noch schlimmer?

Ich komme aus Deutschland.

Oh, là, là, sagte Tamara, das ist schlimm. Sie rückte schwer schnaufend ihren großen Leib in die Mitte von Unnas Bett und zog die Decke über ihre Beine. Geht Ihre Heizung nicht?

Doch, sagte Unna, aber erst nach Mitternacht.

Aus Deutschland, na so was, sagte Tamara und fuhr auf deutsch fort: Guter Hund, Platz!

Unna sah sie verwirrt an, Tamara aber brach in schallendes Gelächter aus, klatschte in die Hände und rief laut: Platz! Faß! Hopp! Sitz! Ich hatte als Kind einen Spitz aus Deutschland, fuhr sie ruhig fort und wischte mit auffallend kleinen Händen über die schäbige Bettdecke. Haben Sie zufällig was zu trinken?

Tut mir leid, erwiderte Unna, ich habe keinen einzigen Cent.

Hätte ja sein können, seufzte Tamara und versank in düsteres Schweigen.

Wie kamen Sie zu dem Spitz? fragte Unna, nur um irgend etwas zu sagen.

Tamara sah sie prüfend an. Interessiert Sie das wirklich?

Ja, log Unna, bestimmt.

Mein Vater war Arzt, sagte Tamara, er machte viele Hausbesuche, er war sehr beliebt. Ein alter Emigrant aus Deutschland hinterließ ihm seinen Hund, als er starb, und weil mein Vater nicht wußte, wohin mit dem Tier, brachte er ihn mit nach Hause. – Sie verstummte.

Weiter, sagte Unna leise.

Ein weißer Spitz, schneeweiß, fuhr Tamara sofort fort, als habe sie nur auf Unnas Aufforderung gewartet. Seinen Namen hatte mein Vater vergessen, ich taufte ihn Schnaps, weil ich das Wort so lustig fand, es war das einzige deutsche Wort, das ich kannte, keiner in meiner Familie sprach deutsch, aber der Hund war ja schließlich Deutscher und brauchte, wie ich fand, einen deutschen Namen. Schnaps war ein trauriger Hund, er saß meistens unterm Tisch und leckte sich die Pfoten, zu keinem Spiel ließ er sich animieren, er gehorchte nicht, und deshalb ging ich mit ihm nur ungern auf die Straße. Meine Mutter kümmerte sich um ihn, und ich hatte Schnaps fast völlig vergessen, bis Fräulein Botchek in unser Haus kam. Sie sollte mir Geigenunterricht geben, weil mein Vater von einem Patienten eine ziemlich kostbare Geige anstelle der Bezahlung bekommen hatte. Mein Vater..., sagte Tamara kopfschüttelnd und lehnte sich dann ächzend zurück. Sie haben wirklich nichts zu trinken?

Unna schüttelte bedauernd den Kopf. Verwundert stellte sie fest, daß sie in den letzten Minuten kein einziges Mal an Dave gedacht hatte.

Fräulein Botchek, gab sie Tamara das Stichwort, aber Tamara hatte die Augen geschlossen, ihr Kopf sackte nach vorn, langsam hoben und senkten sich die Rosen über ihrem gewaltigen Busen – sie schlief.

Neugierig beugte sich Unna über die monströse schlafende Frau in ihrem Bett, eine Mischung aus Mottenkugeln und altem Fett entströmte ihrem halbgeöffneten Rosenmantel. Vorsichtig kroch Unna näher, bis sie jede Falte in Tamaras Haut erkennen konnte, jedes Schnurrbarthaar, jede große Pore auf ihrer glänzenden Nase. Tief eingebettet in eine Halsfalte lag ein goldenes Kettchen mit einem Davidstern als Anhänger. Unna senkte den Kopf bis kurz über Tamaras gewaltigen Busen, zu gern hätte sie sich an ihn gekuschelt wie in ein großes, weiches Kissen. An diesem Busen wartete jede Menge Trost.

Tamara klappte die Augen auf und starrte Unna verwundert an, erschrocken rückte Unna zur Seite.

Tamara sagte ohne jeden Übergang: Fräulein Botchek kam aus Prag, genau. Aus Prag, wie konnte ich das vergessen. Sie war sehr dünn und hatte riesige Pferdezähne, sie spuckte, wenn sie sprach, und sie hatte einen so starken Akzent, daß ich sie kaum verstand. Sie kam also an einem Nachmittag zu uns in die Wohnung, begrüßte meine Mutter, mich, und dann fragte sie schon nach dem Hund. Ich rieche, daß Sie einen Hund haben, sagte sie, ich habe eine sehr empfindliche Nase. Meine Mutter erzählte ihr kurz von Schnaps und seinem traurigen Schicksal. Kann ich ihn sehen? fragte Fräulein Botchek, als ginge es um einen kranken Menschen, und meine Mutter führte sie ins Wohnzimmer und deutete unter den Tisch, wo Schnaps wie immer lag und döste. Völlig überraschend fiel Fräulein Botchek auf alle viere, kroch halb unter den Tisch und sagte etwas zu dem Hund in einer Sprache, die ich nicht verstand. Ein Wunder geschah: Schnaps schoß unter dem Tisch hervor, setzte sich auf seine Hinterbeine und sah Fräulein Botchek aufmerksam an. Guter Hund, guter Hund, sagte Fräulein Botchek auf deutsch. Schnaps begann vor Aufregung zu zittern. Platz, rief Fräulein Botchek, und Schnaps legte sich schwanzwedelnd vor ihre Füße und knurrte. Fräulein Botchek begann zu lächeln. Lauf, rief sie, und Schnaps raste wie angestochen durch das Zimmer und zurück, einmal, zweimal, zehnmal. Seine Augen begannen zu leuchten. Er rutschte auf dem Parkett aus und schlitterte wie ein Eisläufer vor ihre Füße, sein Schwanz klopfte vor Aufregung hart auf den Boden. Und dann irgendwann sagte Fräulein Botchek spring, und Schnaps raste los und machte mitten im Zimmer, direkt unter dem alten Kronleuchter, einen Salto. Ich holte meinen Vater aus seiner Praxis. Vor uns allen wirbelte Schnaps durch die Luft, sprang und drehte sich, schnappte im Flug nach einem Ball. Er gab die Pfote, stellte sich tot, er machte Männchen, er war selig. Fräulein Botchek hatte ihn erlöst. – Fein säuberlich schrieb sie die deutschen Kommandos für mich auf einen Zettel, aber nie lernte ich sie so auszusprechen, daß Schnaps auf sie hörte. Meist legte er nur den Kopf schief und sah mich verwirrt und leicht mißbilligend an. – Meine Geigenstunde zweimal in der Woche war mir immer verhaßt, ich hatte kein Talent, und besonders verabscheute ich das Fingernägelschneiden, kurz bevor Fräulein Botchek kam. Noch heute fühle ich dieses ekelhaft dumpfe Gefühl in den Fingerspitzen auf den Saiten, nein, ich kann nicht behaupten, daß ich mich jemals auf Fräulein Botchek gefreut hätte, aber Schnaps rannte schon Stunden vorher aufgeregt im Kreis herum, und wenn sie endlich da war, verging eine halbe Stunde mit seinen Kunststücken, bevor Fräulein Botchek beginnen konnte, mich mit ihren Etüden zu quälen. – Ich hoffte anfangs, ihre Spielereien mit Schnaps würden meine Folterstunde mit der Geige verkürzen, aber da hatte ich mich verrechnet. Mein Vater bezahlte Fräulein Botchek für die Zeit, die sie mit Schnaps verbrachte, extra. – Tamara seufzte, reckte ihre fleischigen, kleinen Füße unter der zerschlissenen Decke hervor und stemmte ihre Zehen, die mit lila

Nagellack bemalt waren, gegen den Bettpfosten. Alles vorbei, sagte sie, alles geht vorbei, nichts bleibt.

Unna brach prompt in Tränen aus.

Entschlossen wiederholte Tamara: Alles geht vorbei, alles. Dann klatschte sie in die Hände und sagte zu Unna: Hör auf zu heulen, Mädchen, es bringt dir nichts als dicke Augen.

Unna schluchzte noch ein paarmal, dann fragte sie: Was ist eigentlich eine Schickse?

Das weißt du nicht? Sag bloß, rief Tamara ungläubig und schlug sich mit der flachen Hand an die Stirn. Wie lange kennst du deinen Dave schon?

Drei Monate.

Und da weißt du nicht, was eine Schickse ist?

Nein, sagte Unna beleidigt.

Da kann ich dir auch nicht helfen, kicherte Tamara, stemmte sich hoch und griff nach ihrer Zahnbürste, auf die sie einen hübschen meerblauen Kringel von Unnas Zahnpasta placiert hatte. Schnaufend schlüpfte sie in ihre kleinen abgewetzten Puschen.

Müssen Sie schon gehen? sagte Unna ängstlich.

Besorg uns ein gutes Tröpfchen, dann komme ich morgen abend wieder.

Wird er mich jemals wieder lieben? fragte Unna die fremde Frau verzweifelt.

Ich weiß, was du hören möchtest, sagte Tamara und richtete sich auf, aber ich werde dir keinen Babykram erzählen, ich halte dich für ein mutiges Mädchen. Die Wahrheit ist: Nichts kann so bleiben, wie es ist.

Unna stöhnte auf, als sei sie geschlagen worden.

Tamara tätschelte Unna mit ihrer weichen, warmen Hand auf die Wange. Irgendwann wird jemand kommen, der deine Sprache spricht, sagte sie, und du wirst wieder laufen und springen und Saltos schlagen.

Unna sah zu ihr auf. Meinen Sie damit, daß Dave und ich nicht zueinander passen?

Oh, das weiß ich nicht, sagte Tamara, ich kenne deinen Dave ja gar nicht. Und damit ging sie zur Tür und verschwand wie eine Erscheinung im giftiggelben Flurlicht.

Dave, sagte Unna, was ist eine Schickse?

Hör auf mit dem Scheiß, sagte Dave, meine Eltern haben nichts gegen dich, und das weißt du genau. Er saß genau an derselben Stelle in Unnas Bett, wo nur wenige Stunden zuvor Tamara gelegen hatte, und es kam der vor Übermüdung schwindligen Unna kurz so vor, als säße er *auf* Tamara, auf ihrem riesigen rosenbedeckten Bauch.

Aber ich weiß nicht, was es genau bedeutet, sagte Unna und sank auf das muffig riechende, brickettharte Kissen zurück. Auf deutsch ist eine Schickse so etwas Ähnliches wie ein leichtes Mädchen, Nutte, zu stark geschminkt mit engem Pullover und schwarzen Netzstrümpfen ... oder ich habe zumindest immer gedacht, daß es das bedeutet.

Dave betrachtete sie mißtrauisch. Auf jiddisch heißt es nichts weiter als nichtjüdisches Mädchen, sagte er schließlich kühl.

Ich habe vor dir keinen einzigen Juden gekannt, sagte Unna.

Sie sind in Deutschland wohl ziemlich schwer zu finden, lachte Dave. Und? Kommst du dir jetzt schön exotisch vor?

Eine Deutsche mit einem jüdischen Freund? Hast du es schon nach Hause geschrieben?

Dave, bitte.

Bitte was?

Sie griff nach seinem Arm, er schüttelte sie ab und ließ sich zu ihren Füßen aufs Bett fallen, daß die kaputten Sprungfedern ächzten. Du kannst das alles nicht verstehen, stöhnte er, du kannst das einfach nicht verstehen.

Ich weiß, sagte Unna leise.

Einen Scheiß weißt du.

Unna wandte sich verletzt ab.

Du hättest gern, daß es um dich geht, nicht? Aber es geht nicht um dich.

Unna schwieg.

Ausnahmsweise geht es nicht um dich. Ich bin einfach nur anders, als meine Eltern es gerne hätten, das ist alles. Weil ich lieber Linguistik statt Medizin studieren will, weil ich lieber in der Ecke sitze und lese, anstatt etwas erreichen zu wollen, weil ich vielleicht gar nichts will! Und das ist meinen Eltern schlicht zu unamerikanisch. Dave lachte bitter.

Aber genau deshalb habe ich mich in dich verliebt, sagte Unna, so zärtlich sie konnte, genau deshalb – weil du so unamerikanisch bist. Du warst der einzige, der nicht braungebrannt war, der einzige, der Gedichte las, statt zu surfen, der auch mal deprimiert war und nicht immer nur gutgelaunt. Der einzige, den ich verstehe ... und der mich versteht ...

Dave starrte sie an, dann stieß er wütend hervor: Aber ich bin Amerikaner, verdammt noch mal, nur eben nicht das

Klischee von Amerikaner, wie es sich Europäer wie meine Eltern und du vorstellen!

Entschuldige, sagte Unna beleidigt und stand auf. Auf Socken ging sie zu dem blinden Spiegel und sah hinein, weil ihr sonst nichts einfallen wollte, was sie in dem kleinen Zimmer hätte tun können.

Dave stieß mit dem Fuß den Stuhl um, daß es krachte, lehnte sich zurück und steckte sich eine Zigarette an. Komm her, sagte er leise, und als Unna an seiner Brust lag, flüsterte er in ihr Haar: Ich liebe dich.

Nicht hier, sagte Unna unversöhnt, bitte nicht.

Im Auto seines Vetters fuhren sie nach Jones Beach, weit hinaus aus New York, vorbei an riesigen Friedhöfen, die mit ihren grauen Grabsteinen wie eine Miniaturausgabe Manhattans wirkten. Als Unna sich nach der Stadt umwandte, erschien es ihr unvorstellbar, daß sie tatsächlich seit fast einer Woche irgendwo dort inmitten der Wolkenkratzer in einem Zimmer saß und den Lauten eines Heizkörpers lauschte. Vor Angst, daß das so weitergehen könne, fing sie fast laut zu schreien an. Sie biß sich auf die Lippen und klemmte ihre Hände zwischen ihre Schenkel. Dave fuhr schnell und sah sie nicht an.

Unna bereute bereits, ihn dazu gebracht zu haben, seinen Vetter um das Auto zu bitten, um irgendwohin fahren zu können, um dann ... ja, was eigentlich zu tun? Sie würden sich kurz und ungemütlich im Auto lieben, danach würde er sie ins Hotel zurückfahren, und alles wäre noch schlimmer als zuvor.

Weil er sie nicht beachtete, rückte sie verletzt von ihm

ab und preßte die Wange an die eiskalte Fensterscheibe. Tatsächlich milderte die körperliche Entfernung ihren Schmerz ein wenig, und als er sie fragte, ob sie etwas essen wolle, und sie nur mürrisch erwiderte: ist mir egal, spürte sie, daß ein gewisses Maß an Unfreundlichkeit ebenfalls ihren Zustand verbesserte.

Dave hielt vor einem italienischen Restaurant am Straßenrand, er kam nicht um das Auto herum, um ihr die Tür zu öffnen, das wollte sie sich merken.

Das Lokal war leer und kalt. Sie setzten sich an einen der Tische, keiner von ihnen sagte einen Ton. Eine Kerze in einem bauchigen roten Glas stand auf der blaukarierten Tischdecke, Unna fummelte am Wachs herum, brach kleine Stückchen ab.

Eine dicke Frau mit einer dreckigen Schürze kam herangeschlurft und schüttete ihnen aus einer Karaffe Eiswasser in die Gläser. Sie brachte zwei fettverschmierte Speisekarten und blieb stumm abwartend neben ihrem Tisch stehen.

Spaghetti mit Fleischklößen und ein Cola für mich, sagte Dave und gab ihr die Speisekarte zurück. Die Frau nickte und betrachtete Unna ungeduldig. Sie erinnerte Unna an Tamara, fast wollte sie schon den Mund öffnen, um Dave von Tamara zu erzählen, die ganze Geschichte von Tamara und dem Spitz, aber da fiel ihr ein, daß sie ja eigentlich unfreundlich sein wollte. Für mich nichts, sagte sie, danke.

Dave sah sie erstaunt an. Das ist nicht dein Ernst, sagte er.

Sie lächelte sparsam und legte die gefalteten Hände vor sich auf das karierte Tischtuch. Ich hasse dich, dachte sie versuchsweise, und wieder wurden die Liebe und der Schmerz ein Stückchen kleiner, wie ein Tumor, der zu schrumpfen beginnt.

Stumm verschlang Dave seinen Spaghettiberg mit riesigen, schiefergrauen Fleischklößen. Unna sah ihm unbewegt und leicht angeekelt dabei zu. Dreimal bot er ihr etwas an, dreimal lehnte sie durch ein winziges Kopfschütteln ab.

Was ist los mit dir? fragte Dave.

Nichts, sagte sie. Ich übe, dich zu hassen, damit ich dich weniger liebe.

Was? fragte er erstaunt.

Bitte lieb mich wieder, bitte, bettelte sie, lieb mich wieder so wie vorher.

Oh, Unna, Unna, murmelte er und beugte sich über sie. Seine langen schwarzen Haare hingen wie ein Vorhang zu ihr herab, Unna blickte zu ihm auf, zögernd streckte sie die Hand aus und berührte seine dichten, weichen Haare, und in demselben Moment tat ihr wieder jede Zelle ihres Körpers weh, und wie ein getretener Hund heulte sie auf: Ich liebe dich einfach so.

Dave seufzte. Er sah sich in dem leeren Lokal um, reichte mit der einen Hand auf den Tisch, nahm die Kerze im roten Plastikglas vom Tisch und stopfte sie in Unnas Beutel, dann rief er laut: Zahlen!

Leise sagte er zu Unna: Das waren die miesesten Spaghetti meines Lebens, und das hast du vorher gewußt, gib's zu.

Unter Tränen lächelte sie, und die blauen Karos der Tischdecke verschwommen zu einem glitzernden, ultramarinblauen See.

Das Meer und der Strand wirkten müde und ausgelaugt

nach den Belagerungen des Sommers. Unna war enttäuscht. Auf alles war sie gefaßt gewesen, aber nicht auf ein unromantisches Meer, das noch nicht einmal nach Meer roch. Der Himmel über ihnen war grau und gelangweilt, Plastiktüten wurden wie große Quallen an Land gespült, in der Ferne sah man die Müllschiffe Manhattans.

Auf dem riesigen, leeren Parkplatz stand außer ihnen nur ein verlassener schwarzer Camaro mit großen Rostlöchern in den Türen.

Keine Angst, sagte Dave, hier sind wir ganz allein. Er stieg aus und öffnete die Kofferraumklappe, um die Sitze umzulegen.

Ein eisiger Wind fegte durch das Wageninnere. Unna, bereits nur noch in BH und Schlüpfer, zitterte. Fluchend zerrte Dave an der Hinterbank, als sie endlich nachgab, quetschte er sich den Daumen, daß es blutete. Der Erste-Hilfe-Kasten war leer bis auf einen Flaschenöffner, Streichhölzer und ein paar Pillen ohne Aufschrift.

Unna lutschte an Daves Daumen, und der metallische Geschmack seines Blutes verursachte ihr ein seltsames Gefühl von Übelkeit und Lust zugleich. Dave sah sie ernst an und verriegelte mit seiner freien Hand die Türen. Er holte die geklaute Kerze aus Unnas Tasche.

So, sagte er, jetzt wird es hier richtig *gemütlich*. Das Wort gemütlich sprach er völlig ohne Akzent aus. Er zog seinen Daumen aus Unnas Mund, zündete die Kerze an und zog Unna den BH aus.

Sie starrten sich an und Unna wunderte sich, daß sie vor lauter Liebe nicht ohnmächtig wurde.

Ich vergöttere dich, sagte Dave, o Mann, ja, das tue ich.

Sie mochte es nicht, wenn er hinter ihr lag, sie ihn nicht sehen, nicht anfassen konnte, wenn sie ihn nur in ihrem Unterleib spürte und der Rest ihres Körpers unbeteiligt blieb. Außerdem tat es ihr weh. Sie hätte ihm das gleich zu Anfang sagen sollen, jetzt war es zu spät. Jetzt müßte er doch denken, sie habe die ganzen ersten drei Monate gelogen, dabei war es eher wie mit einem Paar neuer Schuhe, die anfangs nicht drücken und einfach nur schön sind und erst nach einiger Zeit sich als unangenehm erweisen.

Wie schrecklich, dachte sie, während sie die zuckenden Schatten der Kerze am grauen Innendach des Autos beobachtete, ich vergleiche Dave mit einem Paar neuer Schuhe! Zugleich fielen ihr sehr hübsche Sandaletten mit verschiedenfarbigen Riemchen ein, goldene Stöckelschuhe mit Pfennigabsatz und haselnußbraune Samtpantoffeln. Heftiger als nach Dave sehnte sie sich in diesem Moment nach Geld, und genau in diesem Augenblick, daran erinnerte sie sich später genau, sah sie die Gesichter am Fenster. Schwarze Gesichter, junge Gesichter. Sie sahen sie an und grinsten, drei Jungen, nicht älter als zwölf, dreizehn Jahre alt.

Dave, keuchte Unna. Dave! Da zersplitterte schon die Scheibe, eine Hand griff um den Holm und zog die Verriegelung hoch. Die Jungen lachten und schrien durcheinander, sie rissen die Türen auf, eine nach der anderen, Dave versuchte, mit beiden Händen seine Hose hochzuziehen, aber da packten sie ihn schon an den Beinen und zerrten ihn der Länge nach aus der Kofferraumklappe. Mit einem dumpfen Ton krachte Daves Kopf erst auf die Stoßstange, dann auf den Asphalt.

Unna sah sich dabei zu, wie sie wie eine Schauspielerin ihr Hemd an ihren bloßen Busen preßte und schrie und wie sie, zu ihrer eigenen Verwunderung, überhaupt nicht beachtet wurde. Sie hatte Angst, aber die Angst erschien ihr seltsam klein, denn gleichzeitig ärgerte sie sich über Dave, der nicht gegen drei kleine Jungens ankam, die ihn hin und her schubsten wie eine Puppe, ihn traten, ohrfeigten, mit ihren Fäusten bearbeiteten.

Einmal sah Dave zu Unna, sah ihr direkt in die Augen, dann flog sein Kopf von einem neuerlichen Schlag zur Seite. Als er sich nicht mehr rührte, trat der kleinste von den dreien Dave noch einmal in die Seite, holte dann kopfschüttelnd, als hätte er es fast vergessen, die Brieftasche aus den Jeans, die Dave um die Knöchel schlotterten, fledderte sie mit schnellen Bewegungen durch, nahm alles, was er gebrauchen konnte, und ließ die leere Brieftasche dann fallen.

Dicht nebeneinander schlenderten die drei davon.

Unna kroch auf allen vieren durch das Auto, das T-Shirt immer noch an ihre Brust gepreßt, sie streckte schon den Fuß aus dem Auto heraus, da drehten sie sich um. Unna zog den Fuß zurück und duckte sich.

Du alte Schlampe, riefen sie, du verfickte Schlampe!

Mit angstvoll niedergeschlagenen Augen sah Unna drei Paar Beine in Jeans und Turnschuhen erneut auf das Auto zukommen.

Hilfe, murmelte sie, da griff schon einer der drei durch das kaputte Fenster und riß ihr das Hemd aus der Hand. Unna schlug die Arme vor ihre Brust. Als nichts weiter geschah, die drei nur dastanden und sie neugierig anglotzten, ließ sie die Arme langsam sinken. Die drei starrten ihre Brüste an wie die Auslagen eines Spielzeuggeschäfts.

Nicht schlecht für weiße Titten, sagte der größte von ihnen und kam noch näher, so daß Unna den Erdbeergeruch seines Kaugummis riechen konnte.

Hört mal, stotterte sie, ihr habt ja recht, wenn ihr die Weißen haßt, aber ich habe nichts damit zu tun. Ich habe überhaupt nichts damit zu tun, ich bin aus Europa, aus Deutschland, ich habe nichts gegen euch, gar nichts.

Wow, sagte ein dicker Junge mit kunstvoll ausrasiertem Muster in den Haaren, aus Deutschland, was?

Unna nickte und kreuzte vorsichtig wieder die Arme vor der Brust. Der Größte schüttelte unwirsch den Kopf, sie ließ sie wieder sinken.

Da kommt auch Arnold Schwarzenegger her, sagte der Kleinste.

Österreich, flüsterte Unna.

Was? schrie der dritte, red lauter, wenn du uns was zu sagen hast, Fotze!

Nichts, flüsterte Unna, nichts.

Weiße Hundefotze, murmelte der Kleinste, und die beiden anderen wiederholten es ernst, fast ergriffen.

Sie starrten Unna noch einen Moment lang an, dann wandten sie sich wie auf ein verabredetes Zeichen hin ab und liefen über den Parkplatz davon zu dem schwarzen Camaro, sprangen hinein und fuhren mit röhrendem Motor davon.

Unna sah ihnen nach und wunderte sich, daß sie nicht anfing zu heulen. Eigentlich, so stellte sie fest, fühlte sie gar nichts. Noch nicht einmal die schneidende Kälte. Sie betrachtete Dave, der regungslos auf dem Asphalt lag. Sie hatte keine Lust auszusteigen und festzustellen, daß er tot war. Am liebsten hätte sie eine Zigarette geraucht und das Radio angemacht. Sie schaute diesen Gedanken zu, wie sie wie Luftblasen im Wasser aus ihrem Inneren nach oben stiegen. Abwesend und gleichzeitig sorgfältig zog sie sich ihren BH, Hemd und Pullover an, ihre Unterhose mit den kleinen verwaschenen Blümchen, die hatte sie noch aus der Grabbelkiste von Karstadt in Braunschweig, ihre Schuhe. Häßliche, aber bequeme Schuhe, die durch ihre fußgerechte Form etwas Orthopädisches an sich hatten. Ich brauche unbedingt neue Schuhe, dachte sie.

Ich trinke sonst keinen Whisky, sagte Tamara und schüttete sich erneut aus der Flasche in den Kaffeebecher, ich dachte, du holst einen billigen Wein, ein paar Dosen Bier, aber gleich einen teuren Whisky...

Sein Geld, nicht meins, sagte Unna und deutete mit dem Kopf auf Dave, der mit geschlossenen Augen in ihrem Bett lag. Seine Lippe war aufgeplatzt und geschwollen, sein Gesicht von dem Schotter auf dem Parkplatz aufgeschürft. Seine langen, schwarzen Haare lagen weit ausgebreitet wie eine große Kapuze auf dem Kissen.

Er verachtet sich dafür, daß er das Geld seines Vaters annimmt, seufzte Unna und strich ihm über die Haare.

Tamara reichte ihr die Flasche über Dave hinweg, Unna ergriff sie abwesend.

Er hat so schöne Haare, sagte Unna, so schrecklich schöne Haare.

Sie werden ihm ausfallen, sagte Tamara trocken.

Wie können Sie so was sagen!

Tamara kicherte, daß ihr gewaltiges Doppelkinn zitterte. Noch bevor er dreißig wird, wird er kahl sein wie ein Babypopo, verlaß dich drauf.

Unna versuchte, sich Dave ohne Haare vorzustellen, aber es war ihr unmöglich. Sie setzte die Flasche an die Lippen. Zunehmend gewöhnte sie sich an das leichte Brennen in der Kehle, die Hitze, die der Whisky in ihrem Körper entfachte. Es fing an, ihr zu gefallen.

Mein Mann hatte genau die gleichen Haare, sagte Tamara, dicke, schwarze Haare. Er trug sie nach hinten gefettet, das war damals Mode. Ich konnte ihm nie über die Haare streichen, ohne mir danach sofort die Hände waschen zu müssen, aber das war dann ja zum Glück vorbei. Sie gluckste schadenfroh. Mit fünfunddreißig hatte er kein einziges Haar mehr auf dem Kopf. Mir hat's gefallen. Es machte ihn irgendwie rührend . . .

Sie waren verheiratet?

Oh, sagte Tamara, ich schätze, ich bin es immer noch. Sie machte eine herrische Handbewegung, und Unna reichte ihr gehorsam die Flasche.

Dave schnaufte und drehte den Kopf auf die andere Seite.

Mein armer, kleiner Dave, dachte Unna und mußte ganz gegen ihren Willen grinsen. Ihr war ein wenig schwindlig, sie hatte das Gefühl, sich auszudehnen, größer und breiter zu werden, so groß und breit wie Tamara, die wie eine riesige russische Steckpuppe in ihrem Rosenmantel auf dem kleinen wackligen Stuhl saß.

Vor fünf Jahren ist er stiftengegangen, sagte Tamara, ein kahler, häßlicher alter Mann mit einem hübschen jungen

Huhn von dreiundzwanzig Jahren. Sie grunzte verächtlich, und die Rosen auf ihrem Bademantel bebten, als führe ein Sturm durch sie hindurch.

Er nahm zwanzig Kilo ab, in weniger als sechs Wochen, er färbte sich den Schnurrbart schwarz und kaufte sich ein Deodorant. Da wußte ich Bescheid.

Wie lange waren Sie verheiratet?

Ich bin es noch, Schätzchen, vergiß das nicht, ich bin es noch.

Verzeihung.

Achtundzwanzig Jahre.

Das ist eine lange Zeit.

Ne, seufzte Tamara, nicht wirklich. Scheiß der Hund drauf. Sie fuhr sich mit ihren fleischigen kleinen Händen über die Augen. Schweigend betrachteten sie eine Weile den schlafenden Dave. Dann sagte Tamara in gleichgültigem Ton: Er ist mit demselben Mädchen weggelaufen, in das er schon verliebt war, bevor wir geheiratet haben.

Wie kann das sein? fragte Unna verdutzt, ich denke, sie war erst dreiundzwanzig.

Dieselbe Geschichte, sagte Tamara, und ihr Mondgesicht verdüsterte sich. So zierlich, so zerbrechlich, das arme Kind, höhnte sie, mit seinen gottverdammten Kirschaugen und den Wutanfällen, wenn es nicht bekommt, was es will... das hat ihm imponiert, das fand er toll. So weiblich.

Aber wie kann es denn dieselbe Frau gewesen sein?

Nicht dieselbe, Dummkopf, herrschte Tamara Unna an. Das erste Mädchen hat er nicht geheiratet, weil es seine Eltern umgebracht hätte, da hat er mich genommen, beim zweiten Mal waren seine Eltern schon tot... da hatte er kein schlechtes Gewissen mehr.

Ach so, sagte Unna lahm, es waren zwei verschiedene Frauen.

Ha, rief Tamara laut, die gleiche Nummer, haargenau die gleiche Nummer!

Schscht, Sie wecken ihn ja auf, flüsterte Unna. Tamara schwieg beleidigt und machte Anstalten aufzustehen.

Warum? fragte Unna schnell, um sie am Gehen zu hindern. Warum hat sich Ihr Mann in diese Frauen verliebt?

Tamara ließ sich auf den Stuhl zurückfallen und sah Unna scharf an.

Warum? äffte sie Unna nach. Warum? Was für eine blöde Frage. Weißt du, warum du dich in den da verliebt hast? Sie wedelte mit der Hand in Richtung Dave.

Ich schätze, diese Weiber erinnerten ihn nicht an seine Herkunft, sagte sie nach einer Pause brüsk. Nicht wie ich.

Welche Herkunft? fragte Unna gleichgültig und sah auf den Boden. Der verschlissene Teppich kam ihr in kleinen Wellen entgegen und umspülte ihre Füße.

Ich will Sie nicht verletzen, erklärte Tamara, ich trinke schließlich Ihren Whisky, da hält man die Klappe. Sie trank einen großen Schluck und rülpste verhalten.

Was meinen Sie damit?

Ach, Mädchen, was geht dich mein Leben an?

Unna schwieg beleidigt.

Sie wandten sich voneinander ab und starrten die Wände an. Unna bekam Angst vor dem Moment, wo sie mit Dave wieder allein sein würde. Kaum daß er die Augen aufgeschlagen hätte, würde sie ihn bereits fragen: Liebst du mich? Sie konnte nicht anders. Es war wie der Zwang, an einer verschorften Wunde herumkratzen zu müssen.

Die Heizung fing an zu fauchen.

Oh, là, là, sagte Tamara, das hört sich ja an, als hätten Sie einen Tiger als Haustier.

Unna lächelte ihr zu. Ja, nicht? Ich habe mich schon dran gewöhnt.

Es waren kleine Schicksen, beide Frauen, so war das, sagte Tamara versöhnlich.

Ich verstehe, sagte Unna.

Das glaube ich nicht, sagte Tamara.

Unna streckte den Arm nach Daves Hand aus. Sie schien ihr erstaunlich weit weg, aber das machte nichts, denn ihr Arm wurde zusehends länger. Dave schlug die Augen auf und sah Unna verwirrt an.

Das ist Tamara, sagte Unna zu Dave. Er wandte langsam den Kopf. Tamara nickte Dave beiläufig zu.

Sie wohnt nebenan, erklärte Unna, sie könnte dir eine wirklich schöne Geschichte erzählen, von einem Spitz, der Saltos schlägt.

Oh, bitte nicht, stöhnte Dave und schlug die Augen wieder zu, bitte nicht.

Montagspumpernickel

Seit zwanzig Jahren war ich nicht mehr in New York gewesen, seit der Beerdigung meiner Freundin Beth. Sie hatte sich pünktlich zur Jahrtausendwende aus dem Fenster gestürzt, wie so viele andere in jener Nacht. Sie war vierzig, als sie starb, wir waren gleichaltrig gewesen.

Seit es Beth nicht mehr gab, hatte mich nichts mehr hierhergezogen, und freiwillig wäre ich auch jetzt nicht gekommen, aber mein Chefredakteur glaubte aus einem mir unerfindlichen Grund, ich sei genau die Richtige, um über die neue Jugendbewegung der Zapper zu berichten, die sich bemühten, so zu leben wie im vorletzten Jahrhundert.

In der U-Bahn sah ich ein paar von ihnen, oder hielt sie zumindest dafür, junge Männer mit riesigen Bärten und Hüten, die sie samt und sonders aussehen ließen wie kleine Sigmund Freuds, in steifen schwarzen Anzügen, manche mit Zwicker auf der Nase, Mädchen in unbequemen, geschnürten Kleidern mit komplizierten Frisuren und fantasievollen Hüten. Ihre blassen, glatten Gesichter waren ernst, ihr Blick besorgt und gleichzeitig ein wenig verächtlich. Ich dachte daran, wie ich in ihrem Alter gewesen war, die meiste Zeit verzweifelt, deprimiert, mindestens schlecht gelaunt. Dave fiel mir natürlich ein.

Seit es Beth nicht mehr gab, wußte ich nichts mehr von

ihm. Sie hatte mich über all die Jahre mit Informationen über ihn versorgt, spärlich genug, denn sie sahen sich nicht oft.

Irgendwann immer meine Frage an sie: Und wie geht es eigentlich Dave? Er hatte nie aufgehört, mich zu interessieren, und jedesmal wenn Beth von ihm erzählte, war er jemand anders, darum beneidete ich ihn. Ich schien immer dieselbe zu bleiben, während er sein Leben wechselte wie ein Chamäleon die Farbe. Er war eine Zeitlang Schauspieler in einem Off-Off-Theater in New York, dann Polizeifotograf in Miami, Kompagnon im Baugeschäft seines Vaters, Arbeiter im Kibbuz in Israel, Musiker, Börsenmakler.

Das war das letzte, was Beth mir über ihn erzählte. Stell dir vor, jetzt ist er Börsenmakler, sagte sie, ausgerechnet Dave. Das war vor zwanzig Jahren. Von seinen Freundinnen und Frauen hatte sie mir nie erzählt.

Im Hotel rief ich den Vermittler an, der mich zu den beiden Wortführern der Zapper führen sollte. Sie nannten sich Zapper, weil sie sich vorstellten, direkt vom neunzehnten ins einundzwanzigste Jahrhundert gezappt worden zu sein, und so das zwanzigste, das ihrer Ansicht nach der Ursprung allen Übels war, einfach ausgelassen hatten.

Inmitten einer hochtechnisierten Welt versuchten sie so zu leben wie im vorletzten Jahrhundert, und je nach Überzeugung fiel das mehr oder weniger radikal aus. Sie lasen keine Schriftsteller nach 1900, statt dessen verehrten sie die deutschen Romantiker, sie sahen sich keine modernen Bilder an, sie spielten keine moderne Musik, sie lebten ohne Strom bei Kerzenschein und verabscheuten Dinge, ohne die die meisten nicht mehr sein konnten, wie zum Beispiel jede Form von technischer Kommunikation. Das machte sie mir sympathisch.

Ein verschlafener junger Mann mit krausen, braunen Haaren glotzte mir vom Bildschirm entgegen. Hinter seiner nackten Schulter räkelte sich ein Mädchen.

Ich bin Unna Krieger, sagte ich, ich bin mit Ihnen verabredet.

Ach ja, murmelte er, das ist jetzt blöd.

Wieso? fragte ich freundlich, aber streng.

Weil ich erst in zwei Tagen kann, gähnte er, frühestens.

Aber Sie hatten doch...

Ja, hatte ich, aber Tom und Howie sind nicht da.

Und wo sind Sie?

Er rieb sich die Augen. Hören Sie, Lady, ich muß erst zu ihnen rübergehen, weil sie ja kein Telefon haben, und ich habe heute keine Zeit. Es geht erst morgen, okay? Rufen Sie mich morgen wieder an.

Er schaltete aus, bevor ich etwas erwidern konnte, und das Bild brach zusammen.

Ich ging mit bloßen Füßen ein paar Schritte auf dem tiefen, dunkelgrünen Naturteppichboden umher, der sich tatsächlich anfühlte wie Gras. Alle Energie war plötzlich von mir gewichen wie die Luft aus einem Luftballon, ich fühlte mich, sehr zu meinem Ärger, plötzlich hilflos und allein. Ich vermißte Beth. Ich kannte niemanden mehr in dieser Stadt, niemanden außer Dave, wenn er überhaupt noch lebte.

Immer öfter fühlte ich mich jetzt wie jemand, der zu einer Party geht und sich als der einzige Gast herausstellt.

Die vermeintlichen Gastgeber kommen in Pyjamas und Puschen an die Tür: Was für eine Party? fragen sie verwirrt und sehen mich mißtrauisch an. Ich reiche ihnen meine Einladungskarte. Hier, heute abend, in diesem Haus, und alle meine Freunde wollen kommen. Sie sehen mich mitleidig an. Das war doch schon vor fünfzehn Jahren, sagen sie und tippen auf ein winzigklein geschriebenes Datum auf der Karte: Hier, 2005. Wir haben 2020, gute Frau.

Ich setzte mich aufs Bett und überlegte, ob ich meine Tochter in Deutschland anrufen sollte, um meine Enkelin auf dem Bildschirm zu bewundern, wie sie schlief oder ein vorbildliches Bäuerchen machte. Statt dessen fand ich mich wieder, wie ich bereits die Telefonauskunft des Computers angewählt und hinter das SEARCH FOR... auf dem Bildschirm eingetippt hatte: DAVID GOLDMAN.

Der Computer meldete siebzehn David Goldmans in Manhattan, und über dreißig in Brooklyn. Höflich fragte er mich, ob er noch weitere David Goldmans in anderen Stadtteilen suchen solle, ich verneinte, und er meldete sich mit einer kleinen Fanfare ab, nicht ohne noch schnell die Liste seiner gefundenen David Goldmans auf goldgefaßtem Hotelbriefpapier für mich auszudrucken.

Danke, sagte ich in den perfekt schallisolierten Raum.

Mit der Liste in der Hand legte ich mich aufs Bett und streckte die Füße gegen die Wand. Eine schmerzhafte Sehnsucht nach vergangenen Zeiten überfiel mich wie eine drohende Erkältung, es ging mir plötzlich schlecht, mein ganzer Körper schmerzte. Ich hasse diesen Zustand, er ist sentimental und voller Selbstmitleid.

Ich schloß die Augen und stellte mir – wie ich es gelernt

hatte – goldenes Licht vor, das durch meine Adern pulsierte. Das hob zwar nicht meine Stimmung, aber mir fiel Davids zweiter Vorname ein. Baruch. Er hatte den Namen selten erwähnt, weil er ihn nicht besonders mochte.

Es gab nur einen einzigen David B. Goldman. Weit draußen in Brighton Beach, wo früher die Russen lebten.

Ich zog die Vorhänge zu und machte die Stehlampe an, die ein freundlich gelbes Licht verströmte. Ich kämmte mir lange die Haare, legte ein wenig Make-up und Puder auf, band einen Seidenschal um meinen verhaßten Schildkrötenhals, setzte mich gefaßt wie eine Nachrichtensprecherin vor den Bildschirm und wählte.

Es dauerte lange, bis abgenommen wurde. Der Bildschirm blieb schwarz. Typisch Dave, daß er noch ein uraltes Telefon hatte. Ich mußte lächeln.

Ja? bellte eine heisere Stimme unfreundlich.

David Goldman?

Ja.

Hier ist Unna. Unna Krieger.

Eine Pause entstand, wie erwartet. Mein Herz hämmerte vor Aufregung schmerzhaft gegen meine Rippen wie schon lange nicht mehr, ich fühlte mich lebendig und ziemlich jung. Unna Krieger, wiederholte ich.

Was wollen Sie?

Spreche ich mit David Baruch Goldman?

Ja.

Hier ist Unna.

Ihren Namen habe ich verstanden, gute Frau, was wollen Sie?

Seine Stimme erkannte ich nicht wieder.

Vielleicht sind Sie nicht der richtige David Baruch Goldman, dann tut es mir leid, stotterte ich.

Er antwortete nicht.

Ich suche einen Mann namens David Goldman, der lange Zeit in der Mottstreet gewohnt hat, Nummer vierunddreißig...

Da habe ich gewohnt, ganz recht.

David, kannst du dich nicht an mich erinnern? Unna aus Deutschland. Unna Krieger.

Sorry, sagte er, ich kann mich an vieles nicht erinnern.

Mein Herz hörte auf zu hämmern und fiel mir ganz einfach wie ein großer Stein vor die Füße.

Wenn Sie wollen, kommen Sie doch vorbei, fügte er in leichtem Ton hinzu, vielleicht fällt's mir dann wieder ein.

Er gab mir genaue Anweisungen, wie ich zu fahren hätte, obwohl ich mich bereits entschieden hatte, ihn auf keinen Fall zu besuchen. Ich hatte in all den Jahren gelernt, mir nicht selbst unnötige Wunden zuzufügen.

Nicht die erste, sondern die zweite links, haben Sie das? fragte er streng.

Ja, murmelte ich.

Gut, sagte er, es gibt Zitronenkuchen und Kaffee. Einen richtigen Kaffeeklatsch. Er lachte.

Er hatte das deutsche Wort Kaffeeklatsch benutzt, damit wollte er mich ködern, mir zeigen, daß er ganz genau wußte, wer ich war. Unser englisch-jiddisch-deutscher Sprachmischmasch, den wir gesprochen hatten, unsere Privatsprache, an die ich mich jetzt durch dieses einzige Wort plötzlich erinnerte.

Wunderbar, sagte ich auf deutsch, *see you soon.*

Brighton Beach, das klang romantisch, aber er wohnte nicht dort, wo man bei günstigem Wind vielleicht den Atlantik hätte schnuppern können, oder dort, wo es noch die alten Wohnsilos entlang der Strandpromenade gab, die jetzt samt und sonders von reichen Leuten bewohnt wurden. Dave wohnte weit davon entfernt an einer breiten, häßlichen, kaputten Straße, die von Unrat übersät war, toten Ratten, ausgebrannten Fässern, Holzlatten, zerbrochenen Fensterscheiben, alten Fahrradteilen.

Der Straßenbeton war zerborsten, viele Häuser ausgebrannt. Menschen wohnten in Zelten und provisorisch zusammengenagelten Holzhäusern zwischen finsteren grauen Wohnklötzen. Lange Rostspuren zogen sich von den Fenstern und absturzgefährdeten Balkons nach unten und ließen die Häuser so aussehen, als heulten sie ständig vor sich hin. In dieser Ecke der Stadt gelandet zu sein war Grund genug zum Heulen.

Oh Gott, Dave, dachte ich, während ich in meinem Elektroauto saß und der Bordcomputer vor sich hinblinkte und die nächste Adresse wissen wollte. *Next address? Next address?*

Ein kleiner Junge mit zerrissenen Hosen kam über die Straße und starrte das Auto an, von denen sich wohl nicht allzuviele in diese Gegend verirrten. Vorsichtig kam er näher. Durch die getönten Scheiben konnte er mich nicht sehen. Er legte eine Hand auf die rotschimmernde Haube des Autos, stillversonnen lächelte er vor sich hin. Wie beim ersten Auto vor über hundert Jahren würden kleine Jungen auch in Zukunft auf irgendwelche Spacemobile zugehen und ihnen zärtlich die Hand auf die

Kühlerhaube legen. Das beruhigte mich. Im Kern veränderte sich nichts.

Ich stieg aus und gab dem Jungen ein wenig Geld, damit er auf das Auto aufpaßte, bis ich wiederkäme.

Einen Fahrstuhl gab es nicht. Keuchend schleppte ich mich in den siebten Stock. Daves Name stand auf einem Stück Pflaster an der Tür. Darunter waren mit Kuli mindestens zehn andere Namen gekritzelt, zum Teil wieder ausgestrichen.

Eine schwarze, schwangere Frau sah mich mißtrauisch an. Ich lächelte ihr zu, sie wandte sich ab.

In diesem Augenblick öffnete Dave die Tür. Ich sah in sein Gesicht, und es war, als sähe ich einem Menschen zu, wie er innerhalb von wenigen Sekunden alterte. Ich sah, wie alle seine Haare ausfielen, wie sich Linien in seine weiße, weiche Haut gruben, seine schwarzen Augen sich trübten, seine Augenbrauen grau wurden, sein Kinn verschwand, seine Ohren länger wurden und seine Nase. Sein Körper verlor jede Spannung, wurde dünn und krümmte sich ein wenig. Ich erkannte ihn, und gleichzeitig erkannte ich ihn nicht. Es fühlte sich an wie ein kurzer Traum, aus dem man kopfschüttelnd wieder erwacht. Er trug einen verdreckten, weißblau gestreiften alten Overall und zerschlissene Turnschuhe. Nichts in seinem Blick verriet, daß er wußte, wer ich war.

Ich wäre gern wieder gegangen, statt dessen streckte ich die Hand aus. Hallo, Dave, sagte ich und lächelte tapfer.

Oh, hallo, sagte er und ergriff meine Hand. Kommen Sie doch rein.

Seine Wohnung sah aus wie ein überdachter Campingplatz. Es gab keinen Teppich, keinen Fußboden, nur rohen Estrich, auf dem ein paar aufgeschnittene blaue Plastikplanen lagen. Darauf standen vier Plastikstühle in verschiedenen Farben, deren Sitze sich bereits aufgelöst hatten, und ein wackliger Campingtisch. In den Ecken lagen diverse Schlafsäcke und Decken, auf einem Holzbrett, das auf zwei Stühle gelegt war, stand ein Propangaskocher. Abfall lag überall herum, aber auch Bücher. Dave hatte immer jede Menge Bücher.

Ein junger, südamerikanisch aussehender Mann in einer schmuddeligen Unterhose kam ins Zimmer. Er hatte einen dichten, schwarzen Bart, stoppelig geschnittene Haare und eine sehr schiefe Nase, die sein ganzes Gesicht verzog.

Das ist Paco, stellte Dave den jungen Mann vor, Paco, das ist – er deutete auf mich, ließ die Hand sinken. Ihren Namen habe ich leider schon wieder vergessen.

Unna, sagte ich, Unna Krieger.

Dave sah mich an und lächelte schwach. Sie sagt, wir hätten uns mal gekannt, in grauer Vorzeit, erklärte er Paco.

Paco nickte mir gleichgültig zu, setzte sich an den vollkommen verdreckten Tisch und versuchte, mit der flachen Hand Fliegen zu erschlagen, was ihm selten gelang.

Auf dem Campingtisch stand ein halber Zitronenkuchen von Entenmann, die Marke gab es also noch. Dave brachte zwei angeschlagene Tassen. Beim Gehen setzte er vorsichtig den einen Fuß vor den anderen, als balanciere er auf einem Seil. Er stellte die leeren Tassen ab und setzte sich neben mich.

Woher kennen wir uns? fragte er.

Ich sah ihm direkt in die Augen, die trüb und sehschwach wirkten.

Wir haben uns mal geliebt, sagte ich leichthin, vor mehr als vierzig Jahren.

Ich kann mich nicht erinnern, sagte er ebenso leicht, ich hatte vor einem Jahr einen Schlaganfall.

Oh, das tut mir leid, stammelte ich.

Er lächelte. Es ist, als wären manche Fotos mitten aus einem Fotoalbum herausgerissen worden, dort ist nichts mehr, gar nichts.

Ein Loch, sagte Paco und donnerte mit der flachen Hand auf den Tisch, daß der Zitronenkuchen nur so in die Höhe sprang.

Dave sah mich an. Tja, sagte er, so ist das. Altwerden ist beschissen.

Nichts für Waschlappen, bestätigte ich. Dave grinste und ließ dabei überraschend gesunde Zähne sehen, die zu seinem heruntergekommenen Äußeren nicht recht passen wollten. Er fuhr fort, mich anzugrinsen, und ich hatte das Gefühl, er spiele ein Spiel mit mir, um zu sehen, wie ich reagierte.

Nein, das hätte der Dave von damals, der Dave, den ich kannte, getan, aber diesen Dave kannte ich ja gar nicht. Ich sah nur einen alten, traurigen Penner vor mir, einen Mann, für den ich Mitleid hätte empfinden sollen, statt dessen überfiel mich Ekel und der dringende Wunsch, so schnell wie möglich zu verschwinden.

Wißt ihr, warum die Fliegen es jedesmal schaffen davonzufliegen? fragte Paco.

Dave reagierte nicht und stand auf, um, wie ich hoffte, den versprochenen Kaffee zu holen.

Paco wandte sich an mich. Sie sehen alles in Zeitlupe, deshalb. Ihre Augen sind so gebaut, daß sie alles langsamer sehen als wir. Er senkte die Hand ganz langsam auf eine Fliege, die jetzt auf seinem nackten Bauch saß. 'ne Eintagsfliege glaubt deshalb wahrscheinlich auch, sie lebt 'ne Ewigkeit, sagte er und ließ seine Hand mit einem Klatschen auf seinen Bauch niedersausen. Er nahm die zermatschte Fliege an einem Bein und warf sie hinter sich. Zeit ist keine Linie, Zeit ist ein Ozean, fügte er kryptisch hinzu.

Zeit ist ein Ozean, wiederholte Dave kopfschüttelnd, Schwachsinn.

Er kam mit einer Flasche Limonade zurück, goß etwas in die zwei Tassen und reichte mir eine. Die Tasse war dreckverkrustet, lächelnd stellte ich sie wieder ab. Ich nahm meine Handtasche auf den Schoß und spannte die Muskeln an, um aufzustehen.

Erzählen Sie mir was von uns, sagte Dave in diesem Augenblick und griff quer über den Tisch nach dem Zitronenkuchen. In dieser Bewegung erkannte ich ihn plötzlich in aller Klarheit wieder, wie er ungeschickt quer über den Tisch langte und dabei fast die Tasse umwarf, ja, es war wirklich Dave. Mein Dave.

Oh, grinste er. Entschuldigung. Er gab mir mit der Hand ein Stück trockenen, uralten, bröseligen Kuchen.

Na los, forderte er mich auf, ich höre gern von all den netten Dingen, die ich mal getan haben soll.

Paco sah mich erwartungsvoll an.

Ich würgte an dem Kuchen. Wir haben mal zwei Jahre

zusammengewohnt, brachte ich schließlich heraus, in einem winzigen Zimmer in der 13. Straße, Ecke 5.

Zwei Jahre? sagte Paco und ließ den Mund offenstehen, daß man seine weißen Zähne und rosa Zunge sehen konnte, und da erinnerst du dich nicht dran, Mann?

Dave starrte in seine Tasse mit der Limonade.

Wir wohnten dort zusammen mit einer schizophrenen Frau mit langen blonden Haaren, einer Lehrerin, die behauptete, von ihren Schülern vergewaltigt zu werden. Nachts stellte sie sich nackt ans Fenster und schrie wütende Beschimpfungen auf die Straße. Ihr Diaphragma bewahrte sie im Kühlschrank auf. Es gab Mäuse in dem Apartment.

Ich verstummte, es hatte keinen Sinn, Dave zeigte keinerlei Zeichen des Wiedererkennens.

Hey, sagte Paco, woher wissen wir eigentlich, daß Sie nicht phantasieren? Hier einfach reinschneien, mal sehen wollen, wie es sich so lebt in den Slums, und 'n Haufen Blödsinn vor sich hinreden?

Das stimmt, gab ich zu, das können Sie nicht wissen.

Paco starrte mich feindselig an. Vielleicht sind Sie von irgendeiner Scheißbehörde.

Nein, bestimmt nicht.

Drogenpolizei.

Ich schwieg.

Hey, Dave, die Alte ist nicht koscher, sagte Paco.

Sheila, sagte Dave plötzlich, die Frau hieß Sheila und war als Kind in der Türkei aufgewachsen.

Daran konnte ich mich nicht mehr erinnern.

Jetzt verscheißerst du uns, sagte Paco. Du weißt doch kaum noch, wie du selber heißt.

Doch, sagte Dave, ganz bestimmt. Sheila Brooks. Eines Abends warf sie ihren Fernseher aus dem Fenster, aus dem dritten Stock.

Ja, sagte ich langsam, das weiß ich noch.

Dave sah mich nachdenklich an. An die Wohnung kann ich mich erinnern, sagte er, an das Zimmer, in dem ich wohnte, es paßte gerade ein Bett rein, das war alles.

Wir wohnten dort, sagte ich, wir.

Er zuckte die Achseln, schüttelte bedauernd den Kopf.

Mir kam es jetzt vor, als *wolle* er sich nicht an mich erinnern, als habe er beschlossen, mich aus seiner Lebensgeschichte zu streichen. Ich war verletzt. Wieso fiel ihm diese Sheila wieder ein, aber nicht ich? Ich hatte das Gefühl, wenn ich ihm nur die richtige Assoziation anböte, wüßte er wieder, wer ich war, aber welche sollte das sein? Es war wie bei einem gezinkten Memory-Spiel, in dem ich immer nur Karten aufdeckte, zu denen es kein dazugehörendes Doppel gab.

Ich kramte in meiner Brieftasche, dort hatte ich ein Foto von mir mit neunundzwanzig, meinen gerade geborenen Sohn auf dem Arm. Die Farben waren verschossen, meine Züge ausgebleicht, ich selbst erkannte mich kaum wieder.

Er nahm das Foto an, seine Hand begann ein wenig zu zittern, ängstlich und leise fragte er: Hatten wir ein Kind?

Nein, beruhigte ich ihn schnell, das war viel später, mit einem anderen Mann.

Ich verstummte, es kam mir alles so sinnlos vor. Wenn er sich nicht an mich erinnerte, war dann meine Vergangenheit mit ihm noch wahr, oder wurde sie tatsächlich zu meiner Erfindung?

Weiter, sagte Dave, und Paco sah mich erwartungsvoll an, als sei ich eine Märchentante.

Was weiter? fragte ich barsch.

Unna, erzähl uns einen Schwank aus deinem Leben, sagte Dave und gab mir das Foto zurück. Bitte.

Ich wurde wieder unsicher. Nahm er mich doch nur auf den Arm? Kurz bevor das Kind geboren wurde, haben wir uns das letzte Mal gesehen, sagte ich.

Und uns leidenschaftlich geliebt, sagte Dave pathetisch.

Gerammelt wie die Kaninchen, kicherte Paco.

Nein, sagte ich, so war es nicht. Du hast vom Flughafen in Frankfurt angerufen, hier bin ich. Nach acht Jahren, einfach so. Ich hatte dich gerade eben erst so richtig vergessen. Ein paar Stunden später standst du vor der Tür. Mein späterer Mann drohte gerade, mich zu verlassen, er konnte meine ewige Unentschlossenheit nicht länger ertragen. Ein vernünftiger Mann mit einem vernünftigen Beruf, ein Mann zum Heiraten. Und dann warst du wieder da, ungewaschen, zottelig, ausgeflippt, chaotisch. Ich habe die Tür zwar aufgemacht, aber dich nicht hereingelassen. Habe dich weggeschickt. Ich war feige, das war's. Dafür schäme ich mich heute noch.

Mir kommen die Tränen, sagte Paco und starrte auf meine Brieftasche, aus der ein paar Geldscheine hervorguckten.

Dave legte unvermittelt seine Hand auf meinen Arm. Seine Fingernägel erkannte ich wieder, kurze, flache Nägel, gerade Fingerkuppen.

Du hattest mich schließlich acht Jahre vorher sitzenlassen, sagte ich entschuldigend.

Das sieht ihm ähnlich, sagte Paco, stand auf und ließ sich auf einen Schlafsack fallen, auf das alte Wrack kann man sich nicht verlassen. Aus einer alten Chanelhandtasche aus dem letzten Jahrhundert holte er zwei kleine Plastikschläuche, die er sich in die Nasenlöcher steckte, aus einem kleinen grünen Plastikbehälter schniefte er sich irgend etwas in die Nase. Wir sahen ihm dabei zu.

Wenn Pinkola kommt, möchte ich, daß ihr euch verpißt, sagte Paco durch die Nase, ist das klar?

Paco und Pinkola, sagte ich und zog die Augenbrauen hoch.

Was dagegen? blaffte er.

Ich wandte mich von ihm ab. Immer noch hatte Dave seine Hand auf meinem Arm liegen. Ich strich über seine Finger. Sie fühlten sich rissig an.

Nimm ihn nicht ernst, sagte Dave leise, er ist ein armes Schwein.

Wohnt ihr hier zusammen?

Ja, er und noch vier andere. Und Pinkola.

Zu sechst in dieser kleinen Wohnung?

Er zuckte die Achseln. Man kann sich die Dinge nicht aussuchen, oder?

Das haben wir aber lange geglaubt.

Ja, lächelte er, ja, das haben wir.

Wir? wiederholte ich vorsichtig.

Er sah mich abwesend an.

Laß uns ein bißchen rausgehen, bat ich, an die Luft.

An die Luft?

Ja. Spazierengehen, ganz altmodisch, wie die Zapper.

O Gott, hat sie Zapper gesagt? sagte Paco aus seiner Ecke,

ich will hier nichts von diesen Scheiß-Zappern gehört haben.

Komm, sagte ich zu Dave.

Ich kann nicht, meine Beine.

Er zog die Beine seiner löchrigen, alten Hose hoch. Seine Schienbeine waren dunkelviolett angelaufen, rissig, an manchen Stellen rot verschorft.

Ich verzog schmerzlich das Gesicht.

Es tut nicht weh, beruhigte er mich. Oder nicht so, daß es nicht auszuhalten wäre. Hast du denn gar kein Zipperlein? In unserem Alter? Er grinste breit, und wie zuvor in einer seiner Bewegungen, an seinen Fingernägeln, erkannte ich ihn jetzt in seinem Grinsen, wie in einem dieser Vexierbilder auf Postkarten, die es früher einmal gab, auf denen Jesus mit dem Auge zwinkerte oder Mona Lisa breit zu grinsen begann, wenn man sie geringfügig bewegte.

Deinetwegen hätte ich mich fast umgebracht, sagte ich zusammenhanglos.

Fast, konstatierte Dave nüchtern.

Ja, sagte ich, nur fast. Ich war nie ein besonders extremer Typ. Du warst das Extremste in meinem ganzen Leben, damit du es nur weißt.

Das ist nett, sagte Dave.

Es klingelte, und Paco schlurfte zur Tür. Ein junges schwarzes Mädchen in einem kurzen, roten Hemd und mit weiß geschminkten Strichen im Gesicht und auf Armen und Beinen kam herein und musterte mich mißtrauisch.

Wer ist denn die Torte? fragte sie Paco.

Paco zuckte die Schultern.

Das Mädchen, wohl Pinkola, ließ sich auf Pacos Schlafsack fallen, ohne den Blick von mir zu wenden. Schuhe von Felicita, und der Fummel war auch nicht gerade billig, sagte sie fachmännisch. Jetzt weiß ich auch, zu wem das Auto unten vor der Tür gehört. Bobbie sitzt drin und hält sich für den Größten. Sie streifte die Schuhe ab und pfefferte sie quer durch den Raum. Und? sagte sie zu Dave, glotzt ihr uns jetzt zu oder was?

Ich stand auf und nahm meine Handtasche.

Nein, sagte Dave erschrocken und hielt mich am Ärmel fest, nicht gehen.

Wir lagen auf einer Schicht stinkender, alter Decken in einem winzigen Kämmerchen, das wohl Daves Zimmer war. Durch ein winziges Fensterchen fiel ein kleines Quadrat von orangerotem Nachmittagslicht. Ein Plastikbuddha stand in einer Ecke, eine Gitarre ohne Saiten, ein Haufen Kleider lag am Boden, Bücher, abgebrochene Stifte, Computerdisketten, zu denen ich keinen Computer entdecken konnte, ein Monitor mir zerbrochener Scheibe. Nebenan stöhnten Paco und Pinkola. Wenn meine Tochter mich jetzt so sehen könnte, würde sie annehmen, ich sei verrückt geworden, dabei befand ich mich – rein äußerlich gesehen – fast exakt dort, wo ich vor mehr als vierzig Jahren gewesen war, mit einem Mann auf einer am Boden liegenden Matratze in einem chaotischen Zimmer.

Weißt du, sagte ich, wenn wir uns nicht ansehen, sondern nur das Zimmer um uns herum, ist es fast so, als wäre überhaupt keine Zeit vergangen.

Blödsinn, murmelte er.

Dein Zimmer in der Uni sah ganz genauso aus.

North Hall, Zimmernummer 712, sagte er wie aus der Pistole geschossen. Er erinnerte sich an Details, die mir schon vor vierzig Jahren entfallen waren.

Dave lag auf dem Rücken, ich auf der Seite neben ihm, ganz dicht vor mir sein kahler, glatter Schädel mit einer Landkarte aus winzigen Leberflecken, Narben, Äderchen. Ein Stück seines Körpers, das ich vorher nie zu Gesicht bekommen hatte, als er noch all seine Haare hatte. Etwas vollkommen Neues an dem Körper eines Menschen, den ich einmal Millimeter für Millimeter erforscht hatte wie einen fremden Planeten. Dave nahm meine Hand, hielt sie sich vor die Augen und drehte sie hin und her.

Die meisten Menschen erkennen auf Fotos die Hände ihrer Ehepartner nicht, sagte Dave, und fast genauso viele Menschen erkennen noch nicht mal ihre eigenen Hände. Er verschränkte seine Finger mit meinen und ließ sie zusammen wieder sinken. Es war mir unangenehm, ich hatte das Gefühl, mit einem völlig Fremden Händchen zu halten. Vorsichtig entzog ich ihm meine Hand.

Was hast du zuletzt gemacht? fragte ich ihn. Zum Geldverdienen, meine ich. Das letzte, was ich von dir gehört habe, war, daß du an der Börse gearbeitet hast.

Das ist schon ziemlich lange her, lachte er, aus mir ist nie was Richtiges geworden.

Was ist das, was Richtiges?

Weiß ich auch nicht, sagte er barsch. Nach einer Weile fügte er hinzu: Daß man weiß, wo man hingehört, wie Unterhosen in die oberste Schublade oder Salat ins Gemüsefach im Kühlschrank.

Wolltest du doch nie.

Nein. Er seufzte. Als meine Beine noch in Ordnung waren, war ich Bote, hatte 'n ziemlich schnelles Fahrrad. Er lachte. Weißt du noch, was ein Fahrrad ist?

Das gibt's doch noch.

Ja, aber kein Bardini-Leichtmetall, SX 70. Das war vielleicht 'n Fahrrad. Er grinste. Und du? Was machst du?

Oh, ich bin Kulturreporterin, murmelte ich.

Kulturreporterin, wiederholte er und lachte. Von der Seite sah ich, wie sich seine Lippen verzogen. Sein Mund war noch wie früher. Wie Konfetti flatterten Bilder durch mein Gehirn. Mit Dave unter der Dusche im Haus seiner Eltern. Sein altes, kratziges Jackett, das er auch in der größten Hitze Kaliforniens trug. Seine Art zu rauchen, und sich die Tabakkrümel von den Lippen zu pulen. Seine kleine ordentliche Handschrift in Druckbuchstaben, Gedichte, Notizen für Filme, Theaterstücke. Sein Lieblingsbuch, *I and Thou* von Martin Buber, das er überall mit sich trug. Seine attraktive Melancholie. Sein entsetzlicher Wankelmut, mit dem er mich – und sich – gequält hatte, seine verwirrend vielen Talente. Impulsiv streckte ich die Hand aus und strich ihm über den kahlen Kopf, die faltige Wange... Meine Hand erkannte nichts wieder, natürlich nicht. Ich ließ sie wieder sinken.

Was ist? fragte er, ohne mich anzusehen.

Es war keine gute Idee, sagte ich.

Was?

Was ich da gerade wollte.

Was wolltest du denn?

Ich wollte, daß sich mein Körper erinnert.

Er verstand mich falsch. Keine Chance, sagte er, meiner erinnert sich schon lange an gar nichts mehr.

Wir haben das schon mal versucht, sagte ich. Es war mir jetzt gleichgültig, ob er wußte, wovon ich sprach, oder nicht, fünf Jahre nachdem du einfach nach Israel gefahren bist und mich allein in New York zurückgelassen hast.

Ich denke, ich kam acht Jahre später in Frankfurt angeschneit?

Es war München.

Ich war nie in München.

Doch.

Was haben wir schon mal versucht?

Ich schwieg. Das Stöhnen von nebenan wurde lauter, rhythmischer.

In Israel hatte ich eine Freundin, ich nannte sie Motek, sagte Dave. Sie war verheiratet. Ihr Mann wurde später von Palästinensern erschossen. Ihre Augen waren blau.

Er drehte sich auf die Seite, so daß unsere Gesichter einander zugewandt waren. Wir sahen uns in die Augen. Seine waren jetzt so klar und unschuldig wie die eines Neugeborenen.

Was haben wir schon mal versucht? flüsterte er, und ich glaubte mich flüchtig an seinen Geruch zu erinnern, aber sicher war ich mir nicht. Bitte, erzähl es mir, drängte er.

Oh, wir haben versucht, einfach da weiterzumachen, wo wir aufgehört hatten. Immer eine schlechte Idee. Ich war in New York, um Beth zu besuchen, Pete und Naomi.

Wie Angeln warf ich Namen aus, aber er biß nicht an. Beth hat mir immer erzählt, was du machst. Wie es dir geht. Sie rief einen Freund an, als ich bei ihr in der Wohnung war, plötzlich sagte sie zu mir: Rate mal, wer da am anderen Ende auf der Couch sitzt. Sie gab mir den Hörer, ich wußte, daß du es warst. Du fingst an zu heulen. Als wir uns sahen, stürzten wir uns in die Arme. Wir waren so aufgeregt, daß wir uns schrecklich betranken. Du mußtest dich übergeben, in einem italienischen Lokal. – Später gingen wir in die Wohnung eines Freundes von dir. Er überließ uns sein Bett. Das Zimmer war überheizt und grün gestrichen. Wir taten so, als wären wir uns vertraut wie Jahre zuvor, aber jede Berührung wurde zur Qual. Wir erkannten uns nicht wieder, unsere Körper waren uns vollkommen fremd, aber wir wollten es nicht wahrhaben, wollten es voreinander nicht zugeben. Wir mühten uns ab, schwitzten vor Enttäuschung. Es war ziemlich traurig.

Er wandte den Kopf leicht von mir ab und rieb sich über die Stirn, als fiele ihm plötzlich etwas ein. Eilig fuhr ich fort:

Am Morgen danach hast du mir vier Fotos geschenkt, du warst zu der Zeit gerade Fotograf. Eins von Big Sur, eins von Death Valley, eins von einem See, in dem sich ein Herbstwald spiegelt, und eins von Golfspielern im Nebel. Ich habe sie überall mit hingeschleppt, überall aufgehängt, in all den Zimmern und Wohnungen, wo ich später gewohnt habe, aber sie waren nicht lichtecht. Irgendwann sind sie einfach verblaßt. Ganz schön metaphorisch, was?

Er drehte sich mir wieder zu und grinste. Wir sahen uns in die Augen, nur in die Augen, und vergaßen unsere zerknitterten Gesichter drum herum. Er machte nicht den Fehler, mich zu küssen. Ich wandte mich abrupt ab und stieß ihn aus Versehen am Bein. Er zuckte zusammen.

Entschuldige, sagte ich, ich bin ein Trampel.

Keine Ursache, erwiderte er.

Wir fingen grundlos an zu kichern. Das Licht, das durch das kleine Fenster fiel, hatte seine Farbe verändert und schimmerte jetzt bläulich.

Ich war plötzlich müde. Ich schloß die Augen und spürte, wie der Schlaf sich wie ein dickes Kissen auf mich senkte.

Montagspumpernickel, sagte Dave plötzlich.

Ich riß die Augen auf, daß mir fast schwindlig wurde. Das weißt du noch? rief ich.

Pumpernickel, wiederholte er, Nickelpumper, Pimpelnickel, Pumpernickel. Montagspumpernickel. Ich erinnere mich an den Geschmack.

O Gott, flüsterte ich, wirklich?

Ja, sagte er, ganz genau.

Montagspumpernickel war ein sehr spezielles Schwarzbrot, das ich in meiner häuslichen Phase mit Dave zu backen begann. Es hieß Montagspumpernickel, weil es einem den Montag versüßen und die ganze Woche über halten sollte. Das Rezept stammte aus einem vegetarischen Kochbuch der verrückten Sheila mit dem Titel *Der vegetarische Epikur.*

Es war schwarz wie die Nacht, sagte Dave.

Mit Rosinen.

Nein, Korinthen.

Und Zitronenschale.

Melasse.

Milch.

Roggenmehl.

Weizenkeime.

Kleie.

Hefe.

Genau, stöhnte er wohlig, genau. Es schmeckte so schön nach vernünftigem, arbeitsamem Leben, nach wohlverdientem Feierabend und ...

Genügsamkeit, sagte ich.

Pflichterfüllung.

Bescheidenheit.

Anstand, lachte Dave.

Gib zu, du hast es nie gemocht.

Doch, sagte er, wirklich. Ganz bestimmt.

Bei meinem ersten Versuch wurde das Brot so hart wie Stein. Du hast eine Säge aus dem Werkzeugkasten der verrückten Frau geholt.

Sheila, sagte Dave.

Ja, Sheila. Aber selbst mit der Säge war dem Brot nicht beizukommen. Schließlich warfen wir es weg. Als wir zwei Tage später abends einen Spaziergang machten, lag es mitten auf der Straße. Hunde hatten den Abfall durchstöbert und es rausgeholt, aber auch sie waren an ihm gescheitert. Wie ein schwarzer Stein lag es da. Es hatte geregnet, aber dem Brot hatte auch das nichts ausgemacht. Wir hätten es als biologisches Baumaterial patentieren lassen sollen ...

Wir lachten beide.

Erinnerst du dich? fragte ich vorsichtig.

Ja, sagte er, an das Brot erinnere ich mich.

Und an mich?

Er schwieg.

Verdammt, sagte er.

Ich nahm seine Hand.

Ich verließ ihn, als er eingeschlafen war. Paco und Pinkola lagen in einem Knäuel in der Ecke und rührten sich nicht, als ich aus der Tür ging.

Der kleine Junge saß mit weitaufgerissenen Augen im Auto und starrte in die Nacht. Als ich ans Fenster klopfte, fuhr er zusammen.

Tut mir leid, sagte ich, jetzt brauche ich es wieder.

Nehmen Sie mich mit? fragte er und sah mich ironisch grinsend an. Ohne meine Antwort abzuwarten, trollte er sich und verschwand zwischen den Holzhütten.

Ich steckte meine Chipkarte ein, tippte die Adresse meines Hotels in den Computer, und auf dem Bildschirm leuchtete leuchtendgelb die Route zurück in mein luxuriöses, angenehmes Leben auf.

Preisfrage, sagte der Zapper Tom zu mir, was in diesem Raum beweist Ihnen denn, daß wir tatsächlich im einundzwanzigsten und nicht im neunzehnten Jahrhundert leben? Er lächelte, und als er sich bewegte, um sein Glas mit Rotwein zu nehmen, setzte das Kerzenlicht hinter seinem Kopf ihm einen kleinen Heiligenschein auf. Ich sah mich in dem mit Antiquitäten vollgestopften Raum um, betrachtete die beiden in schwarze Anzüge samt Vatermörder gekleideten ernsthaften, jungen Männer, ihre alten, unbequem aussehenden Schnürschuhe, die kostbaren Bücher hinter ihnen im Regal, die Stofftapeten mit Veilchenmuster.

Oh, sagte ich, ich glaube zum Beispiel nicht, daß der Wein, den wir trinken, über hundert Jahre alt ist.

Das können Sie glauben, aber beweisen können Sie es nicht.

Howie, gutaussehend, blond, stand auf und ging vor einem großen Bild mit einem Stilleben von Blumen, Früchten und einem Hummer auf und ab. Er steckte die Hände in die Taschen seines altmodischen Jacketts und reckte den Hals, an dem der Vatermörder schon unschöne rote Stellen hinterlassen hatte.

Es geht uns nicht darum, Puristen zu sein, sagte er.

Wobei es ja auch ganz schön teuer ist, so zu leben wie Sie, warf ich ein.

Ganz recht, sagte er, es ist leider ein Luxus, auf das letzte Jahrhundert zu verzichten, mit all seinem Dreck, seiner Menschenverachtung, seiner Anbetung der Technik, aber uns geht es vielmehr um eine philosophische Haltung.

Ich bin der Beweis, sagte ich, ich erinnere mich an das letzte Jahrhundert, also hat es es gegeben. Ich erinnere mich an selbstgestrickte Pullover und an Autos mit Gangschaltung.

Er lächelte höflich, stellte sich hinter Tom und legte ihm die Hände auf die Schultern. An seinem Zeigefinger trug er einen wunderschönen Ring mit einem Skarabäus.

Sehen Sie, eine subjektive Erinnerung. Objektive Zeit gibt es nicht, belehrte er mich, es gibt nur die Zeit, die wir für uns erfinden, das ist unsere Botschaft. Man muß diesen ganzen Wahnsinn, der um uns herum stattfindet, nicht mitmachen.

Ihre Zähne, sagte ich, Ihre Zahnfüllungen verraten mir, in welcher Zeit wir uns befinden.

Beide starrten mich an mit der Miene verzweifelter Erwachsener, die einem Kind nicht klarmachen können, daß eins und eins zwei ergibt.

Es geht doch nicht um unseren Körper, sagte Howie und seufzte, es geht um unseren Geist.

Aha, sagte ich, dürfte ich auch die Küche sehen?

Sie führten mich in einen Raum, der mich vage an meine Großmutter erinnerte. Der Fußboden war mit Holzbohlen belegt, mitten im Zimmer stand ein alter Messingherd, darüber altmodische Kochutensilien, jede Menge Töpfe und Kellen, Pfannen und Kasserollen, ein handbesticktes Handtuch. Ich trat an den Herd heran und hob den Metalldeckel vom Schiffchen, an dieses Wort erinnerte ich mich aus der Küche meiner Großmutter, so hieß diese viereckige Vertiefung, in der sich Wasser befand, das sich zusammen mit dem Herd aufheizte.

Wo bekommen Sie mitten in New York Holz her? fragte ich die beiden, die wie zwei Adjutanten hinter mir standen.

Wir bekommen es aus Vermont, antwortete Tom.

Aber mitten in New York Holz zu verbrennen verstößt doch gegen die Luftreinheitsgesetze.

Howie zuckte die Schultern. Jeder Slumbewohner in den Vorstädten verfeuert an einem Tag mehr als wir.

Und der Herd funktioniert wirklich?

Da können Sie Gift draufnehmen, sagte Tom stolz, sogar der Backofen. Er öffnete die Klappe für mich.

Dürfte ich an Ihrem Herd vielleicht ein Rezept meiner Großmutter ausprobieren?

Sie sahen mich verwundert an und legten die Köpfe schief.

Es ist ein Brot, es heißt Montagspumpernickel, das Rezept stammt schon von meiner Urgroßmutter. Sie sehen, es paßt ausgezeichnet in Ihr Jahrhundert.

Naja, stotterte Tom und griff nach Howies Hand, wenn Sie unbedingt wollen.

Ich löste die Hefe in lauwarmem Wasser auf, tat Butter, Zitronenschale, Salz, Melasse und Korinthen in eine Schale, erhitzte die Milch und goß sie darüber. Wie zwei Kinder beim Weihnachtsplätzchenbacken saßen Tom und Howie nebeneinander an einem wurmzerfressenen Tisch in der Ecke und sahen mir zu.

Roggenmehl und Weizenmehl zu gleichen Teilen tat ich dazu, Kleie und Weizenkeime, verrührte das Ganze mit einem Holzlöffel, bis der Teig glatt wurde. Ich sprenkelte Mehl auf den Tisch vor Tom und Howie und verknetete den Teig zu einer Kugel.

In ihren Augen sah ich die romantische Begeisterung der Jungen für etwas ihrer Meinung nach längst Vergessenes aus alten, alten Zeiten. Sie stellten sich mich wahrscheinlich als kleines Mädchen in einem Bauernhaus im Schwarzwald vor, mit blonden Zöpfen und Dirndl, eine Kuckucksuhr an der Wand, wie ich meiner Großmutter dabei zusah, wie sie den Teig für den Montagspumpernickel knetete.

Ich erzählte ihnen nicht, daß ich zum Backen Frank Zappa zu hören pflegte. Sie hätten doch nicht gewußt, wer er war und daß ich es manchmal mitten in der Nacht tat, am liebsten halbnackt, nur mit einem winzigen Slip bekleidet, wenn unsere verrückte Mitbewohnerin mit Hilfe ihre Beruhigungstabletten tief und fest schlief und Dave und ich kichernd in den aufgegangenen Teig boxten wie in einen Punchingball.

Mit dem noch warmen Brot in der Tasche ging ich zur Autovermietung. Das Brot erfüllte das Auto mit seinem Geruch nach Hefe und Rosinen. Ich lehnte mich zurück und beobachtete, wie sich die gelbe Leuchtanzeige vor mir auf dem Bildschirm durch die Stadt fraß wie eine Raupe.

An einer Ecke nicht weit von Daves Haus sah ich den Jungen, der auf mein Auto aufgepaßt hatte. Er stach mit einem Stecken in eine Ratte, daß das Blut spritzte.

Eilig stieg ich in den siebten Stock. Der Flur war leer. Ich legte das eingewickelte Brot vor die Tür. ›Für Dave‹ schrieb ich auf einen Zettel und legte ihn oben drauf. Ich überlegte, ob ich ihm hätte Geld geben sollen. Der Dave, den ich kannte, hätte das mit Empörung von sich gewiesen. Der Dave, der hinter dieser Tür lebte, auch? Ich wußte es nicht.

Einen Moment lang war ich versucht, zu klingeln. Einen Moment lang war ich überzeugt, heute würde er sich erinnern.

Als ich wieder hinunterging, tat mir mein Knie weh, als hätte es ganz plötzlich, einfach nur so, beschlossen, sich bemerkbar zu machen. Ich mußte mich auf die Stufen setzen, um auszuruhen.

Schreie hallten durch das Haus, Schritte, das Schlagen von Türen, vielleicht auch von Menschen.

Ich humpelte aus dem Haus.

Im Hotel rief ich meine Tochter an. Sie sah schrecklich aus, die Haare strähnig und ungewaschen, tiefe Ringe unter den Augen. Sie bringt mich noch um, grinste sie, ich habe überhaupt keine Zeit mehr. Warte einen Moment. Sie ging weg, der Bildschirm zeigte ein undeutliches, verwaschenes blaues Bild. Ich bekam plötzlich Angst, ich könne sie nie mehr wiedersehen. Sie hielt mein Enkelkind hoch, es glotzte mich mit runden Veilchenaugen an und wackelte mit dem Kopf.

Drück auf print, sagte meine Tochter, das tat ich, und aus dem Drucker neben mir flatterte das Bild eines ziemlich funkelnagelneuen Menschen.

Kaschmir

Früher hat *er* mir neue Kleider gekauft. Einfach so, ohne besonderen Anlaß. Er suchte sie ganz allein aus und hängte sie heimlich in meinen Kleiderschrank. Nie schien er zu bemerken, wie monströs diese Kleider aussahen, Größe 48 – die reinsten Zelte. Sein Lieblingskleid war rot mit schwarzen Punkten, in dem ich mir vorkam wie ein gigantischer Marienkäfer. Es machte ihn glücklich, wenn ich es trug. Nie schien er mich so zu sehen, wie ich wirklich war.

Kaschmir ist wie eine Droge, sagt die Verkäuferin und streicht über den sandfarbenen Kaschmirpullover wie über die Haut eines Geliebten. Sie werden sehen. Einmal Kaschmir am Körper, und Sie wollen nie wieder etwas anderes ...

Ich schüttele den Kopf.

Schlüpfen Sie doch einfach mal rein, lächelt die Verkäuferin, einfach so, fürs Gefühl ...

Als ich mich ausziehe, sehe ich nicht in den Spiegel. Zu oft bin ich früher beim Anblick meines Körpers in Tränen ausgebrochen.

Jetzt bin ich dünn. Schlank. Ich mag den Klang dieses Wortes, es klingt wie das, was es bedeutet. Schlank. Ich bin schlank. Manchmal greife ich voller Angst in meine Hosentaschen, als könnte ich meine Hüftknochen verloren haben wie ein Schlüsselbund; ich atme erst auf, wenn sie sich in meine Handflächen bohren und ich mich an ihnen festhalten kann wie an zwei Haltegriffen.

Der Kaschmirpullover fällt mit sanftem Streicheln über meine jetzt eher kleinen Brüste, er schmeichelt mir, läßt mein Gesicht weicher erscheinen, meine Figur weniger ekkig. Fred nennt mich magersüchtig, um von seinen eigenen Gewichtsproblemen abzulenken. Ich gehe nur mit der Zeit, lacht er: 1970 wog ich siebzig Kilo, 1980 achtzig, jetzt eben dreiundneunzig. Das stimmt nicht, die Hundert-Kilo-Marke hat er schon lang überschritten.

Ich selbst achte auf mein Gewicht wie ein Polizist, rigoros schreibe ich jeden Bissen auf.

Heute habe ich den ganzen Tag erst eine Banane – neunzig Kalorien – ein Joghurt – hundertzwanzig und zwei Knäcke – achtzig Kalorien gegessen. Ich fühle mich leicht, fast ein wenig berauscht durch den leichten Schmerz im Magen, der jetzt zu mir gehört wie mein Name. Wenn ich ihn nicht spüre, werde ich unruhig, fühle mich schlecht, verdorben, dick.

Die Verkäuferin öffnet den Vorhang einen Spalt.

Der sitzt ja wie angegossen, sagt sie, es ist der letzte, den wir haben ... aber lassen Sie sich Zeit.

Sie lächelt süß und verschwindet wieder. Sie weiß, der Pullover wird jetzt selbst zu mir sprechen.

Sieh dich an, sagt er, ich mache eine attraktive Frau aus dir, einen neuen Menschen ...

Ach ja? erwidere ich lakonisch und ziehe den Pullover über meinen Brüsten straff.

Du hast mich verdient, flüstert er und schmiegt sich dichter an meine Haut, ich werde gut zu dir sein, dich lieben, wenn dich sonst niemand liebt...

Die Verkäuferin erkennt an meinem Lächeln, als ich aus der Kabine komme, wie die Unterhaltung ausgegangen ist.

Ich habe nicht genug Bargeld dabei, Kreditkarten nimmt das Geschäft nicht, und die Schecks liegen daheim. Es ist kurz vor sechs. Ich habe es nicht weit bis nach Haus, in zehn Minuten bin ich wieder da, sage ich und flattere aufgeregt aus der Tür. Meine Müdigkeit vom Tag ist verflogen, mein Kopf ist klar, mein Herz vergnügt.

Von der Straße aus sehe ich, daß kein Licht in unserer Wohnung brennt, Fred also nicht zu Hause ist, was alles sehr viel einfacher macht. Ich brauche nichts zu erklären, nicht zu lügen. Ein Sonderangebot, würde ich ihm sonst erzählen, ein Schnäppchen – obwohl es mein eigenes Geld ist, das ich ausgebe.

Ich laufe durch den Flur und zerre meine Schecks aus der Schublade. Am liebsten würde ich den neuen Pullover gleich im Geschäft anziehen, zu meinem Rock aus Waschleder müßte er gut passen. Ich werfe den Mantel ab, ziehe meine Hose aus, lasse sie am Boden liegen, laufe ins Schlafzimmer, zerre den Lederrock aus dem Schrank, ohne Licht zu machen, ich weiß genau, wo er hängt. Mein Kleiderschrank ist mein Heiligtum. Der Altar meines verschwundenen Fetts. Die monströsen Zelte sind verschwunden, kein Kleidungsstück größer als Größe 38, alles farblich aufeinander abgestimmt, keine Muster – vor allem keine Punkte.

Seine Stimme kommt aus dem Dunkeln und trifft meinen

Körper wie ein weicher Ball. Hallo, sagt er. Er liegt auf dem Bett, vollkommen nackt, ein abgegessener Teller steht auf dem Nachttisch. Das weiße Porzellan leuchtet wie ein runder Mond im dunklen Zimmer.

Was hast du gegessen? frage ich ihn.

Er antwortet nicht, steht auf, kommt auf mich zu, drückt mich an seine Brust. Ich spüre, wie sein warmes Fleisch unter mir nachgibt. Sein Atem streift meinen Hals. Hallo, wiederholt er leise. Ich bin stumm, zu erstaunt, um zu reagieren. Ich weiß nicht, wie lange es her ist, daß wir uns so umarmt haben.

Am Anfang war unsere Liebe leidenschaftlich, sie betäubte und verwunderte mich. Das sollte ich sein? Diese völlig enthemmte Masse Fleisch? Jetzt noch spüre ich das ungläubige Lächeln auf meinem Gesicht, wenn wir erschöpft nebeneinander lagen und er seinen Kopf in meinem riesigen Busen vergrub. Wie sehr er meinen dicken Körper mochte, den ich in diesen Momenten – und nur in diesen – vollkommen vergaß. Wenn wir uns liebten, hatte ich auch überhaupt keinen Hunger, ein ganz neuer Zustand für mich.

Aber mit der Zeit ließ die Betäubung während der Liebe nach. Ich begann zuzusehen, wie sein harter, muskulöser Körper meinen Bauch in Speckfalten auf das Laken drückte, meine Pobacken unter mir hervorquollen wie Kuhfladen, wie das Fleisch meiner Schenkel vor Lust zitterte wie Wackelpudding. Ich begann, mich zu schämen.

Als ich klein war, machte meine Mutter zur Freude der Kinder oft Wackelpudding zum Nachtisch, und immer nahm mein Vater die große Schale, rüttelte sie, daß der

Wackelpudding nur so tanzte, und fragte: Wer ist das? Und alle Kinder schrien begeistert: Frau Winckel – unsere verhaßte, fette Vermieterin.

Er beißt mir zärtlich in den Nacken, Fred, sage ich, entziehe mich kichernd, um ihn nicht zu verletzen. Ich schiele auf meine Uhr, es ist drei Minuten vor sechs.

Ich habe auf dich gewartet, flüstert er und legt mir von hinten beide Hände auf den Busen.

Wenn ich Statistiken in Frauenzeitschriften lese, erschrecke ich. Zweimal in der Woche bei über achtzig Prozent? Lügen die Befragten, oder sind Fred und ich nicht ganz normal? Keiner weiß, wie es kam. Die Abstände wurden einfach immer größer, bis es keiner von uns mehr zu vermissen schien.

Nein, das ist nicht wahr, und wir wissen es beide.

Komm, sagt er und zieht mich enger an sich.

Der Berg seines Bauchs schiebt sich gegen meine Lendenwirbel. Wenn ich ihn jetzt von mir weise, wird er tagelang stumm durch die Gegend schleichen, ich werde im Wohnzimmer auf der Couch liegen und so tun, als ob ich lese, das leise Klack der Kühlschranktür wird mir sagen, wo er ist, und ohne nachzusehen, werde ich wissen, daß er in der Küche am Tisch sitzt und das Schokoladeneis mit einem Eßlöffel direkt aus der Schachtel in sich hineinfrißt.

Wenn wir uns beeilen, schaffe ich es noch, bis Ladenschluß zurück bei meinem Kaschmirpullover zu sein. Ich nehme ihn an der Hand und führe ihn zurück zum Bett. Er läßt sich auf die Matratze fallen, daß der Rahmen kracht und die Sprungfedern stöhnen.

Im Sitzen liegt sein Bauch auf seinen Oberschenkeln und

macht ihn zu einem geschlechtslosen Wesen. Wie gerne ich ihm früher zugesehen habe, wenn er sich abends auszog, nackt herumging, um seinen Anzug aufzuhängen, das Fenster einen Spalt zu öffnen, seine Schuhe wegzustellen.

Seit einiger Zeit trägt er keine Schnürschuhe mehr, sondern nur noch Mokassins. Er behauptet, sie gefielen ihm besser, ich weiß den wahren Grund: weil sein Bauch ihm nicht mehr gestattet, seine Schuhe zuzubinden.

Ich stehe zwischen seinen Beinen, er zieht mich auf seine fleischigen Knie, senkt den Kopf und küßt meine Brüste. Sein Kinn wirft fünf Falten wie ein dickes Tuch. Er schaukelt mich in seinen Armen wie ein Kind, drückt mich, küßt mich, streichelt meinen Rücken. Es ist drei Minuten nach sechs. Ich muß etwas unternehmen, sonst schaffe ich es nie. Warum nur habe ich die Verkäuferin nicht gebeten, mir den Pullover zurückzulegen?

Ich lasse mich von seinen Knien auf den Teppichboden zwischen seine Beine rutschen, lege meine Arme auf seine Schenkel, senke den Kopf und öffne den Mund. Meine Stirn drückt eine tiefe Delle in seinen Bauch. Von weit weg höre ich ihn leise stöhnen. Ich stelle mir einen hohen, spitzen Berg vor, den es zu erklimmen gilt. Wir machen uns auf den Weg, Schritt für Schritt nach oben. Zögernd, unsicher noch folgt er mir. Ich spüre seine Hände in meinen Haaren. Tiefer drücke ich meinen Kopf in seinen Bauch, wie ein Zipfel Decke fällt sein Speck auf meine Wange.

In Gedanken koche ich mein Abendessen: exakt einhundert Gramm braunen Reis mit einem Stückchen Butter und gehackten Kräutern. Ich esse im Wohnzimmer, er in der Küche. Ich ertrage den Anblick von gegrilltem Wammerl,

Kartoffelsalat und fettigen Hühnerbeinen nicht, schon der Geruch bereitet mir Übelkeit.

Ein einziges Mal konnte ich Fred zu einer Diät überreden: Wenn du mich wirklich liebst, wirst du wieder der, den ich einmal kannte.

Er kam sogar mit in die Selbsthilfegruppe, der ich seit über fünf Jahren angehöre. Es ist mit dem Essen wie mit dem Alkoholismus. Einmal süchtig, immer süchtig. In der Gruppe muß derjenige, der von einem Treffen zum nächsten zunimmt, Schweinsohren tragen.

Dreimal kam Fred mit, zweimal trug er die rosa Plastikohren. Beim dritten Mal stand ein dünnes, attraktives Mädchen Anfang Zwanzig auf, das noch vor einem Jahr fast achtzig Kilo gewogen hatte. Mit unsicherer Stimme sagte sie: Seit einem halben Jahr wiege ich achtundfünfzig Kilo. Jeder sollte meinen, ich sei glücklich. Aber ich habe das Gefühl, beraubt worden zu sein. Mein schönster Traum ist mir weggenommen worden. Ich habe gedacht, daß sich mein Leben ändert, wenn ich erst einmal dünn bin. Aber nichts hat sich verändert, außer mein Herz. Es ist klein und kalt geworden. Wie ein Buchhalter rechnet es nur noch Kalorien, kontrolliert mich bei jedem Schritt und verachtet diejenigen, die mehr essen als ich. Ich habe immer gedacht, ich werde liebenswerter, wenn ich dünn bin, und jetzt habe ich das Gefühl, ich habe das einzig Liebenswerte an mir verhungern lassen ... Sie begann zu schluchzen.

Fred nahm die Schweinsohren ab, ging zu dem Mädchen und nahm es in die Arme.

Danach kam er nie wieder mit, seine Diät brach er noch am selben Tag ab.

Ich bewege mich rhythmisch, werde schneller. Meine Knie fangen an zu schmerzen. Mein früheres Gewicht hat die Bänder ruiniert. Ich presse mich heftiger gegen Freds Körper, um den Druck in den Knien abzufangen. Seine Schenkel beginnen zu zittern. Mit beiden Händen umfaßt er meinen Kopf. Unablässig treibe ich ihn den Berg hinauf, spüre, wie er sich anstrengt, um zum Gipfel zu gelangen.

Ich öffne ein Auge, drehe meinen Körper leicht und schiele auf meine Armbanduhr. Zehn nach sechs. Ich erinnere mich an das hauchzarte Streicheln der Kaschmirwolle auf meiner Haut, sehne mich nach diesem Gefühl und der Frau, die ich im Spiegel sah.

Der Therapeut in der Gruppe sagt zu mir: Benennen Sie das Loch in Ihrem Körper.

Sehnsucht, sage ich.

Der Therapeut sagt: Wo ist es?

In meinem Bauch.

Der Therapeut sagt: Welche Farbe hat es?

Blau.

Genauer, sagt der Therapeut.

Aquamarinblaue Sehnsucht nach Ruhe. Erfüllung. Befriedigung. Sehnsucht nach jemandem, der dieses Loch füllt und mich zu jemand anderem macht.

Das war sehr gut, sagt der Therapeut.

Ich sehne mich nie nach dem, was ich schon habe.

Ich bin aus dem Rhythmus gekommen, Fred fällt zurück, will nicht weitergehen, droht umzukehren. Der Gipfel entfernt sich in rasender Geschwindigkeit, wir stürzen ab. Freds Stöhnen verebbt, sein Fleisch zieht sich von mir zurück.

Ich versuche, ihn weiterzulocken, aber kein Trick funktioniert.

Er wird deprimiert sein, mich umarmen wollen, mich nicht gehen lassen.

Er nimmt mich an den Schultern und zieht mich zu sich herauf, bedeckt mein schweißnasses Gesicht mit Küssen.

Es tut mir leid, murmele ich, aber er legt mir die Hand auf den Mund und drückt mich sanft in die Kissen. Seine Arme sind so dick wie meine Schenkel. Als er sich auf mich legt, glaube ich im ersten Moment, ersticken zu müssen.

Er übernimmt jetzt die Führung, wir machen uns erneut auf den Weg. Er gibt das Tempo vor, ich folge ihm. Stetig geht er bergan, ich höre, wie sein Atem schneller wird. Meine Rippen schmerzen, ich kann kaum noch Luft holen, aber ich halte mit ihm Schritt, versuche, ihn zu noch schnellerem Tempo anzutreiben, bis er vor Anstrengung keucht. Verzweifelt versucht er, das eingeschlagene Tempo beizubehalten, sein Fleisch bebt über mir, er klammert sich an mich, meine Hüftknochen bohren sich in seinen Leib. Ich spanne meinen dünnen Körper unter ihm, locke ihn mit meinen Muskeln; als er droht aufzugeben, flüstere ich beschwörend in sein Ohr, komm, komm, bis er endlich weitergeht, sich erneut aufrafft, wieder schneller wird.

Sein Schweiß strömt in kleinen Bächen über mich; der Gipfel schwebt jetzt direkt über uns, aber wir treten auf der Stelle, er kann nicht mehr, er keucht, sein träges Fleisch läßt ihn im Stich, er will aufgeben, da kralle ich mich in seinen Rücken, schiebe ihn mit aller Kraft voran, bis er das Tempo wieder aufnimmt, Schritt für Schritt den Steilhang erklimmt. Noch ein Schritt und noch ein Schritt, sein Atem explodiert in meinem Ohr, nur noch wenige Meter, bitte, bitte, rufe ich, komm! Komm mit, stöhnt er, komm doch mit.

Er umarmt mich fester, begräbt meinen dünnen, harten Körper unter seinem. Er weigert sich, ohne mich weiterzugehen.

Eine Banane – neunzig Kalorien, ein Joghurt – hundertfünfzig, zwei Knäcke – achtzig. Sag die Wahrheit, sagt der Therapeut. Der Schmerz endet und alles andere auch. Denk immer daran: Alles geht verloren, wird gestohlen, kaputtgemacht, zerrissen, zerbrochen. Körper werden schlaff und faltig. Jeder leidet, und jeder stirbt. Eine Stunde Radfahren – zweihundertzwanzig Kalorien. Schlafen – sechzig. Sex – hundertfünfzig.

Ich finde mich wieder, wie ich schweratmend Fred folge, wie mein Körper sich anstrengt, nicht den Anschluß zu verpassen, wie er mich mit sich mitzieht, mir die Hand reicht, als ich stolpere, auf mich wartet. Unser Atem geht jetzt stoßweise im gleichen Rhythmus, ich kann seinen von meinem nicht mehr unterscheiden, kann nicht mehr meinen Schweiß von seinem, mein Fleisch von seinem Fleisch unterscheiden. Angst steigt in mir auf, schnürt mir die Kehle zu, ich will mich trennen, umkehren, allein den Berg hinunterlaufen, so schnell ich kann, will mich losreißen, aber er läßt mich nicht gehen, schiebt mich weiter mit all seiner Kraft. Meine Lungen möchten platzen, mein Kopf zerspringen, sein Atem in meinem Ohr ein Hurrikan.

Gleichzeitig erreichen wir den Gipfel.

Weiß explodiert es vor meinen Augen, mein Körper

schmilzt, ich trete aus ihm heraus und fliege durch kristallklare, türkisblaue Luft.

Unter mir sehe ich zwei Menschen auf einem hohen, schneebedeckten Berg stehen. Sie sehen zu mir herauf, die Frau hebt den Arm, um mir zu winken. Sie ist dick und trägt ein rotes Kleid mit schwarzen Punkten.

O Gott, stöhnt Fred und wälzt sich auf die Seite. Das blasse Flurlicht beleuchtet seinen zitternden Körper wie eine riesige Skulptur. Wie früher, flüstert er in mein Ohr, wie früher... Er nennt mich seinen Liebling und will seinen Kopf auf meine Brust legen, aber ich rolle mit einer schnellen Bewegung an den Rand des Bettes, stehe auf, gehe nackt aus dem Zimmer.

Als ich den Laden erreiche, ist es eine Minute nach halb sieben, die Tür schon verschlossen. Ich klopfe an die Scheibe. Die Verkäuferin dreht sich um, einen unwilligen Ausdruck im Gesicht.

Ich wedele mit dem Scheckheft und gestikuliere.

Endlich schließt sie auf. Leicht verwundert mustert sie mich. Sie hat den Pullover bereits verpackt.

Mit fahrigen Bewegungen fülle ich den Scheck aus, nehme den Pullover entgegen und drücke ihn an meine Brust. Das Seidenpapier knistert.

Die Verkäuferin begleitet mich zur Tür. Sie werden sehen, sagt sie, Kaschmir ist wie eine Droge.

Als ich aus der Tür gehe, sehe ich mich kurz im Spiegel: das Haar zerzaust, der Mantelkragen verkrempelt, das Make-up verschmiert.

Ich laufe durch die Dunkelheit nach Hause, aber als ich vor der Tür stehe, drehe ich mich um, setze mich in mein

Auto und ziehe dort den Kaschmirpullover an. Wie ein Lufthauch so zart berührt er meinen Körper. Ich fahre mit den Händen in meine Rocktaschen und umfasse meine Hüftknochen, sitze einfach so da im Dunkeln und bewege mich nicht.

Gegenüber im dritten Stock sehe ich unsere Wohnung. Ein riesiger Schatten wandert über die Wand im Schlafzimmer, ein Ungeheuer mit einem winzigen Kopf und einem riesigen Leib. Es streckt die Arme aus, sie wachsen über die Wand bis zur Decke – dann geht das Schlafzimmerlicht an, der dicke Mann ist tot.

Und ich bezahle auch noch das Hotelzimmer, er hat ja keinen Pfennig, ein Medizinstudent! Was finde ich nur an diesem kleinen, dummen Jungen? schrieb ich auf die Rückseite der Speisekarte. Ich bin verzweifelt, ich bin glücklich. Ich strahle, ich heule, ein entsetzlicher Zustand, aber ich zittere vor Angst, daß es irgendwann aufhört. Oh, ich will, daß es aufhört, es soll aufhören, ich will wieder die Person sein, die ich war, erwachsen, erfolgreich, unverletzbar.

Ich hielt inne. Aus dem Lautsprecher über mir drang afrikanische Popmusik, eine Bedienung, die hinter dem Tresen stand und Gläser spülte, stampfte dazu rhythmisch mit dem Fuß. Ein großer schwarzer Hund, der zu niemandem zu gehören schien, lief zwischen den Tischen herum und leckte Krümel auf.

Verschlafene junge Menschen saßen an ein paar Tischen und frühstückten um zwölf Uhr mittags. Jung wie er, halb so alt wie ich. Aber ich war doch noch nicht alt! In der Lebensmitte, so nannte man das doch – nach dieser Rechnung müßte ich allerdings mindestens achtzig Jahre alt werden. Also doch schon alt?

Ich mußte meine Verwirrung in Worte fassen. Früher habe ich Tagebücher geführt, ihnen regelmäßig mein Leid geklagt über das Leben und die Männer. Wenn ich es aufschreiben konnte, war alles schon nicht mehr ganz so schlimm. Immer dasselbe: Er liebt mich, er liebt mich nicht. Ein ganzer Stapel von diesen Büchern, schwarz mit roten Ecken, liegt in einer Kiste auf dem Dachboden, ich habe sie nie mehr angesehen.

Als ich heiratete, hörte ich auf zu schreiben. Nicht, weil ich keine Klagen mehr gehabt hätte – unsere ersten Ehejahre waren nicht einfach –, ich hatte auch keine Angst, daß mein Mann es hätte lesen können, nein, ich mochte einfach niemandem, auch meinem Tagebuch nicht, über uns berichten; es wäre mir vorgekommen wie ein Vertrauensbruch.

Was uns bewegte, ging niemanden etwas an.

Ich fühle mich jung in seiner Gegenwart, schrieb ich in winziger, eiliger Schrift auf das Blatt Papier, und gleichzeitig so furchtbar alt. Ich genieße seine Unerfahrenheit, seinen Optimismus, die völlige Abwesenheit von Mißtrauen. Ich weiß nicht mehr, was ich tue, ich sitze hier in einem Café, am hellen Vormittag, wie immer habe ich P. zum Abschied geküßt, aber ich bin nicht ins Büro gegangen, sondern hierher, er kommt erst in einer Stunde, um mich abzuholen, heute, heute ist der Tag, ich zittere am ganzen Körper, ich verachte mich und bewundere meinen Mut, ich finde mich schön und häßlich, alles zur selben Zeit. Ich glaube, ich werde verrückt.

Ich sah auf, weil sich eine Frau an meinen Tisch setzte, obwohl es überall noch freie Tische gab, sie war auffallend blaß und vielleicht so alt wie ich, Anfang Vierzig, nur deshalb bat ich sie nicht, sich wegzusetzen. Vielleicht war das auch der Grund, warum sie mich sofort angesteuert hatte, es ist seltsam, wie sehr es einen einschüchtert, wenn man zwanzig Jahre älter ist als alle andern.

Er hatte diesen Treffpunkt bestimmt, natürlich, keiner der Gäste war über dreißig, die Kellnerinnen blutjunge hübsche Mädchen in hautengen Catsuits und hohen Stökkelschuhen, fast automatisch beugten sie sich zu tief über den Tisch, wenn sie die Aschenbecher ausleerten und die Gläser einsammelten, so daß man ihnen tief in den Ausschnitt sehen konnte.

Sah er vielleicht gar nicht, wie alt ich war? Erkannte er nicht den Unterschied zwischen seiner glatten Babyhaut und meiner, die von nahem und bei hellem Licht betrachtet aussah wie eine Miniaturaufnahme des berühmten Fotos von ausgedörrter, aufgesprungener Erde in Afrika?

In den wenigen Wochen, die ich ihn kannte, hatte ich gelernt, das Licht als meinen größten Feind zu begreifen. Ich setzte mich jetzt immer mit dem Rücken zum Fenster, so daß das Licht in sein Jungengesicht fiel, nicht in meins. Führungskräfte lernen das in Kursen, wer mit dem Rücken zum Licht sitzt, ist der Boss.

Ist die heiße Schokolade hier gut? fragte sie mich.

Ich weiß nicht, sagte ich, ich bin auch zum erstenmal hier.

Sie war hager, hatte flachsfarbene, halblange dünne Haare, die sie sich immer wieder aus dem Gesicht pustete, sie trug keinerlei Make-up, noch nicht einmal einen Lippenstift, arme, graue Maus, dachte ich und senkte wieder den Kopf.

Ich will nicht der Boss sein, schrieb ich, ich will, daß er mich quält, mich erniedrigt, mich behandelt wie ein kleines dummes Mädchen, ich will ihn vergöttern, ihm die Füße küssen, zu Gefallen sein.

Ich mußte lächeln über meine Albernheit, die Frau an meinem Tisch nickte mir schüchtern zu und winkte die Bedienung heran, ein Mädchen mit wunderschönen langen, rotblonden Haaren und tiefschwarz umränderten Rehaugen.

Mit leiser, aber entschiedener Stimme erkundigte die Frau sich über die Art der Zubereitung von Schokolade in diesem Lokal, ob auch wirklich kein Fertigpulver verwendet würde, sondern nur reines Kakaopulver, denn nur so schmecke ihr die Schokolade.

Warum ich? schrieb ich, in seinem Jahrgang gibt es die schönsten Mädchen der Welt. Was findet er an mir?

Die Bedienung zog die Augenbrauen hoch, ich kann ja mal fragen, sagte sie und ging mit aufreizend langsamen Bewegungen zurück zur Küche.

Für die Azteken war Schokolade ein Geschenk des Gottes Quetzalcoatl, nur Mitglieder des Hofes durften sie trinken und auch nur die Männer, sagte die Frau langsam wie eine Lehrerin in der Volksschule zu niemand Bestimmten.

Ich sah nur kurz auf und schrieb weiter. Alles, alles würde ich aufs Spiel setzen, nur um wieder mit aller Macht verliebt sein zu dürfen. Womit hat P. dieses Verhalten verdient? Ich bin doch glücklich mit ihm, ich bin doch, verdammt noch mal, glücklich verheiratet!

Die Tolteken hatten ein Schokoladenopferfest, bei dem sie schokoladenfarbene Hunde opferten, fuhr die Frau fort, und Montezuma mochte am liebsten Schokoladeneis, die Schokolade wurde dazu über Schnee gegossen, den Läufer extra dafür jeden Tag aus den Bergen bringen mußten.

Das ist alles sehr interessant, sagte ich, aber...

Sie unterbrach mich. Ja, nicht? sagte sie verträumt, und das alles nur wegen dieses kurzen Gefühls auf der Zunge. Dabei schmecken wir gar nicht besonders viel, wir haben nur etwa 10 000 Geschmacksnerven, Kühe dagegen 25 000. Sie können wahrscheinlich genau Hornklee von Bocksklee und Bocksklee von Hahnenklee unterscheiden...

Ich starrte sie an. Ihr Gesicht wirkte hart, die verhaßten Linien von den Nasenflügeln zu den Mundwinkeln, die sich auch bei mir inzwischen unerbittlich durch die Haut gruben, waren bei ihr stärker ausgeprägt und gaben ihr den Ausdruck, als habe sie gerade in etwas Saures gebissen.

Aber jetzt begann sie zu lächeln, die Linien lösten sich auf, verschwanden, ihre Augen, die bisher eher fad ausgesehen hatten, begannen zu leuchten.

Ich wohne auf dem Land, sagte sie, in der Stadt würde ich es niemals aushalten. Allein dieser Lärm. Obwohl, einen Vorzug hat die Stadt, im Winter ist es wärmer. Und ich friere sehr leicht. Mindestens drei, vier Grad wärmer ist es im Winter in der Stadt, das kommt von den Häusern, die Abstrahlung. Aber das ist auch der einzige Vorteil. All diese Menschen würden mich verrückt machen... Ich verstehe nicht, wie man das aushalten kann... all diese Menschen.

Ich versuchte, nicht auf sie zu hören, aber der Drang, mit dem ich geschrieben hatte ohne nachzudenken, einzig in dem Wunsch, durch die Zeichen, die ich auf das Papier setzte, Ordnung in etwas zu bringen, in dem es keine Ordnung gab, begann sich unter ihrer Beobachtung zu verflüchtigen, ich begann mich meines pubertären Gekritzels zu schämen, jede Sekunde erwartete ich ihre Frage, was ich denn da schreibe.

Dabei haben wir uns nur angesehen, schrieb ich noch, uns nur an den Händen gehalten, flüchtig geküßt, mit geschlossenen Lippen, jawohl, wie die Kinder, mehr ist nicht gewesen. Mehr ist ja gar nicht gewesen. In dreiundvierzig Minuten wird er mich abholen.

Ich wußte nicht mehr weiter. Die letzten Sätze erschienen mir gestelzt, pseudoliterarisch, vor allem die Wiederholung: mehr ist ja gar nicht gewesen. Ich knüllte das Blatt Papier zusammen. Sie sah mir dabei zu.

Ihre Schokolade kam. Sie kostete vorsichtig mit dem Löffel, dann nickte sie befriedigt. Ach, sagte sie genüßlich, Phenylethylamin.

Sie setzte eine wichtige Miene auf, zog aber zuerst ihren braunen Trenchcoat aus und hängte ihn sorgfältig über die Lehne ihres Stuhls, bevor sie sich leicht zu mir vorbeugte und erklärte: Phenylethylamin ist eine Substanz im Gehirn, die uns Leidenschaft fühlen läßt, das Gefühl des Verliebtseins, aber wenn die Leidenschaft, die Liebe vorbei ist, hört unser Gehirn auf, diese Substanz zu produzieren, und wir fühlen uns wie Heroinabhängige auf Entzug. Instinktiv suchen wir uns Lebensmittel, die Phenylethylamin enthalten – zum Beispiel Schokolade.

Das tut mir leid, sagte ich abwesend.

Was? Sie zog die Augenbrauen hoch, ihre Augen wurden rund wie Murmeln, jetzt sah sie aus wie zwölf, was tut Ihnen leid?

Oh, so wie Sie das gesagt haben, haben Sie anscheinend gerade eine unglückliche Liebesgeschichte hinter sich...

O nein, lachte sie, da haben Sie mich völlig falsch verstanden.

Ach so, sagte ich und spielte mit dem zusammengeknüllten Blatt Papier.

Ich könnte jetzt gehen, und nichts wäre geschehen. Es ist ja noch gar nichts gewesen.

Ich lasse die unglückliche Liebesgeschichte aus und esse gleich die Schokolade, sagte sie. Dabei ist es ein Wunder, daß ich Schokolade überhaupt noch sehen kann.

Sie ließ den Satz in der Luft hängen, erwartete, daß ich nachfragte, eine Unterhaltung mit ihr begann. Aber da erspähte ich hinten an der Tür einen wirren Rotschopf, mein Herz sprang mir fast auf die Zunge, aber er war es nicht, noch nicht, noch fast vierzig Minuten, mein Magen führte sich auf, als tanze er einen Paso doble.

Sie winkte der Bedienung. Eine zweite Tasse Schokolade, sagte sie, Sie machen sie recht gut, das muß ich sagen.

Die Bedienung verzog die Mundwinkel zu einem genervten Lächeln.

Die Frau wandte sich wieder an mich. Mein Professor, seinen Namen kann ich Ihnen leider nicht sagen, er hat es nicht gern, wenn man seine Forschungsberichte ausplaudert, er hat mich pfundweise Schokolade essen lassen und dann meine Phenylethylaminwerte gemessen. Pfundweise, sage ich Ihnen, wirklich pfundweise. Anfangs mochte ich nur Vollmilch-Nuß, am Ende nur Zartbitter, auch nur noch eine bestimmte Marke... Ich aß den ganzen Tag Schokolade und wurde auch noch dafür bezahlt... Sie können sich vorstellen, was da im Institut los war... die anderen sind fast gestorben vor Neid und Eifersucht...

Sie zog ihren burgunderroten Rollkragenpullover über ihren nichtvorhandenen Brüsten glatt und steckte ihn ordentlich im Rücken in ihrem Rock fest.

Mein Professor hat mich heute in die Stadt geschickt... er meint, ich sei psychosomatisch erkrankt. Aber ich bin doch nicht verrückt, ich weiß doch, was ich habe. Ich bin nur ein wenig nervös...

Sie verstummte, rührte in ihrem Kakao, wir sahen beide aus dem Fenster.

Dicker Schnee lag wie eine Daunendecke auf dem Hausdach gegenüber, da oben war er noch weiß, unten auf der Straße schon längst schwarzer Matsch, die wenigen unberührten Stellen auf den Grünstreifen der Fußgängerwege giftiggelb bepinkelt von vor Kälte zitternden Hunden.

Ich hasse die Stadt, sagte die Frau, hier wäre ich noch viel nervöser als auf dem Land.

Die zweite Tasse Schokolade kam. Die Frau machte eine Handbewegung zu mir hin, das Mädchen mit den rotblonden Haaren stellte sie daraufhin vor mir ab.

Für Sie, sagte die Frau lächelnd.

Ich wehrte ab, bedankte mich erst, behauptete dann, ich möge gar keine Schokolade, in Wirklichkeit war ich seit Tagen auf strenger Diät, weil ich die bizarre Hoffnung hatte, auf wundersame Weise könne doch noch ein straffer, jugendlicher Körper aus meinem schlaff gewordenen Fleisch schlüpfen, wie bei einer Schlange nach der Häutung.

Trinken Sie, befahl sie streng, Phenylethylamin macht glücklich.

Sie werden sehen, in etwa fünf bis sieben Minuten erreicht die Botschaft Ihr Gehirn.

Gehorsam trank ich. Mit dem ersten Schluck schon überfluteten mich Erinnerungen an meine Kindheit, vor Kälte prickelnde Hände und Füße nach einem Nachmittag auf dem Eis, Erschöpfung, warme Rosinenbrötchen aus dem Backofen, die zitternde Haut auf dem heißen Kakao.

Sie sah mich aufmerksam an. Wirke ich auf Sie nervös? fragte sie mich.

Ich schüttelte den Kopf.

Wenn ich ins Büro komme, verstummen alle und starren mich blöde an. Und dann wispern sie, aber so, daß ich es genau mitbekomme. Eine schicken sie dann vor, die erkundigt sich dann übertrieben freundlich nach meinem Befinden, so als hätte ich eine schwere Krankheit, das ist ein abgekartetes Spiel, um mich fertigzumachen. Der Professor glaubt es mir nicht, er meint, ich habe schwache Nerven. Ich weiß, daß es abgekartet ist, ich weiß es genau, wir haben es früher in der Schule mit den Neuen gespielt. Ich bin schon einundzwanzig Jahre im Institut. Einundzwanzig Jahre. Es fühlt sich seltsam an, diese Zahl auszusprechen, als hätte ich sie erfunden ... Wie schmeckt Ihnen die Schokolade?

Gut, sagte ich, gut.

Serotin und Theobromin sind ebenfalls in Schokolade enthalten, Theobromin ist griechisch und bedeutet Götterspeise ...

Was Sie nicht alles wissen, sagte ich ironisch. Sie begann, mir auf die Nerven zu gehen. Ich erwog, mich wegzusetzen, überlegte nur noch, wie ich es anstellen sollte, ohne sie allzu sehr zu brüskieren.

Oh, erwiderte sie und pustete sich die dünnen Haare aus dem Gesicht, ich habe schließlich alle Bücher des Professors getippt, alle. Auch das letzte, *Das Reich der Sinne*, obwohl ich da schon meine Sehnenscheidenentzündung hatte, es war eine Qual. – Wegen des Serotins verschlingen prämenstruale Frauen besonders viel Schokolade...

Ja, sagte ich ehrlich erstaunt, das stimmt, nur dann esse ich überhaupt Schokolade, den Rest der Zeit rühre ich sie nicht an.

Sehen Sie, sagte sie und lächelte glücklich, die armen Aztekinnen.

Ich verstand nicht, was sie meinte.

Sie durften keine Schokolade essen, das habe ich Ihnen doch erzählt, sagte sie streng.

Wir schwiegen.

Darf ich Sie etwas Privates fragen? Sie nahm die Farbe ihres Pullovers an, auf ihrem Hals erschienen dunkle Flecke wie Knutschflecke.

Ich nickte.

Haben Sie noch... flüsterte sie... ich meine... sind Sie noch... Sie holte tief Luft. Sind Sie schon in den Wechseljahren?

Wie bitte? sagte ich ehrlich erstaunt und zugleich tief empört. Sie starrte mich an wie ein verschrecktes Kaninchen. Heftig schüttelte ich den Kopf.

Entschuldigung, hauchte sie, ich eigentlich auch nicht, aber da ich so nervös bin, dachte ich, es hat vielleicht damit zu tun.

Sie wirkte jetzt so verunsichert, daß sie mir fast leid tat.

Sind Sie verheiratet? fragte ich, nur um irgend etwas zu

sagen, obwohl ich genau wußte, wie die Antwort ausfallen würde.

Sie schüttelte den Kopf. Sie?

Nein, log ich in einem überraschenden Anflug von Mitleid.

Also, mir fehlt kein Mann in meinem Leben, sagte sie entschlossen, auch wenn das der Professor meint. Sie kicherte. Manchmal gehe ich in die gemischte Sauna, nur so, um die Vielfalt der Natur zu bestaunen. Aber mein Gott, wie abgrundtief häßlich ist doch der nackte Mann! Da werden Sie mir recht geben müssen ...

Nein, das konnte ich ihr nun ganz und gar nicht, ich brauchte mir dazu nur meinen jugendlichen Liebhaber vorzustellen, obwohl ich ihn nackt noch gar nicht gesehen hatte, ich schielte auf die Uhr, noch achtundzwanzig Minuten.

Wenn man ehrlich ist, sagte sie, wenn man ganz ehrlich ist, sieht das männliche Geschlecht doch eher aus wie etwas, was nach innen gehört und nur aus Versehen außen gelandet ist. Wie ein Stück Darm oder so was ... ach, reden wir von etwas Hübscherem, unterbrach sie sich selbst. Erinnern Sie sich eigentlich noch an Katzenzungen?

Ich hatte bisher nicht das Gefühl gehabt, sie sei verrückt, nur etwas überspannt vielleicht, aber jetzt dachte ich, die Frau ist ja vollkommen irre, und hatte das dringende Bedürfnis, sofort aufzustehen und zu gehen. Als könne sie Gedanken lesen, legte sie ihre Heuschreckenhand auf meinen Arm.

Jetzt raten Sie mal, was ich in meiner Handtasche habe, sagte sie und hievte eine altmodische Tasche auf den Tisch.

Die Schachtel, die sie herauszog, erkannte ich sofort wieder, sie war noch die gleiche wie in meiner Kindheit, mit einem schwarz-weißen Kätzchen auf gelbem Untergrund.

Sie öffnete sie umständlich und bot mir eine Katzenzunge an.

Ich zierte mich.

Nehmen Sie nur, nehmen Sie nur, drängte sie mich, ich habe ja sonst niemanden, der mit mir sündigt.

Der Professor? warf ich bösartig ein.

Sie schüttelte entrüstet den Kopf. Niemals, sagte sie, er haßt Schokolade.

Als ich klein war, fiel mir jetzt ein, brachte mir meine Großmutter manchmal einen Schokoladenapfel mit, das war etwas ganz Besonderes...

O ja, rief sie aufgeregt, o ja, ein Tellapfel!

Ja, sagte ich, so hieß er. Er kam in einer viereckigen Schachtel...

Weiß, sagte sie, mit einer Abbildung des Apfels. Er war verpackt...

In goldrotes Staniolpapier...

Genau, rief sie, genau!

Und der schönste Moment war, wenn man ihn auspackte und die einzelnen Schokoladenspalten auseinanderfielen...

Oh, schwärmte sie, perfekt!

Ja, sagte ich lächelnd, er war so perfekt.

So perfekt, wiederholte sie, so unglaublich perfekt.

Wir sahen uns lächelnd an und schwiegen. Ihr leicht irrer Zug war verschwunden, ihr Gesicht sah weich und fast hübsch aus in dem fahlen Winterlicht.

Das scheint so lange her, nicht?

Nein, sagte ich, viel schlimmer, es fühlt sich an wie gestern.

Wir sind schon ganz schön alte Schachteln, lachte sie.

Ja, du, dachte ich, ich nicht.

Sie atmete tief ein. Erlauben Sie mir, Sie zum Essen einzuladen, sagte sie und wurde dabei ein wenig rot.

Ich kann nicht, sagte ich, so leid es mir tut; ich verschwieg, daß ich einen Mann erwartete, ich hatte das Gefühl, es würde sie verletzen.

O bitte, bitte, bitte! Sie schlug die Hände zusammen wie ein kleines Kind.

Ich habe erst in zwei Stunden diesen furchtbaren Arzttermin, fügte sie hinzu, als hätte ich sie gefragt, ob sie Zeit habe.

Ich kann wirklich nicht, murmelte ich, aber da winkte sie schon aufgeregt die Kellnerin herbei und fragte nach der Speisekarte. Ich steckte die von mir beschriebene und zusammengeknüllte Tageskarte unauffällig in meine Tasche, um sie gleich darauf erschrocken wieder herauszukramen – mein Schuldeingeständnis!

Sie scheinen mir etwas nervös, sagte sie, kein Wunder, wenn Sie in der Stadt leben. Ich könnte nie in der Stadt leben, nie.

Sie beugte sich über die Speisekarte und las laut und deutlich jedes Gericht vor, als sei ich Analphabetin und noch dazu ein wenig schwerhörig. Mozarella mit Tomaten und Basilikum, Vollkornpfannkuchen mit Spinat, Tagliatelle mit Trüffeln ... Trüffel, sagte sie und sah verträumt auf, Trüffel haben zweimal so viel Androstenol wie ein ausgewachsener Eber. Androstenol ist dem menschlichen männlichen Geschlechtshormon stark verwandt, es besteht Grund zu der Annahme, daß wir deshalb Trüffel so sehr schätzen.

Aha, sagte ich.

Ja, fuhr sie ernsthaft fort, ohne meinen amüsierten Blick im geringsten zu beachten, Experimente haben bewiesen, daß, wenn ein wenig Androstenol im Raum versprüht ist, Frauen die anwesenden Männer als sehr viel attraktiver beschreiben als zuvor.

Ein Experiment Ihres Professors?

Sie nickte und wirkte mit einem Mal deprimiert. Ihre Augen verschatteten sich, sie senkte den Kopf. Ich habe nicht daran teilgenommen, er hielt mich für ungeeignet... sie lachte kurz auf. Stimmt ja auch, sagte sie, ich kann es ja sagen, wie es ist: Ich habe mit Männern nichts am Hut.

Aber Ihren Professor mögen Sie schon sehr, nicht? fragte ich mit seltsam sadistischer Lust.

Sie schwieg einen Moment, dann richtete sie sich auf, pustete sich die Haare aus der Stirn, sah mich kühl an und sagte: Darüber möchte ich nicht sprechen.

Oh, Verzeihung, ich wollte nicht indiskret sein.

Schon gut, sagte sie und beugte sich wieder über die Speisekarte. Forelle Müllerinnenart, las sie vor, Kaninchen in Rotweinsauce. Wieder hielt sie inne. Wonach unterscheidet sich Ihrer Meinung nach der Jäger von der Beute? fragte sie mich in ihrem Lehrerinnenton.

Der eine hat ein Gewehr, der andere nicht.

Doch nicht im Tierreich, sagte sie tadelnd. Versuchen Sie es noch einmal.

Der Jäger hat das größere Maul.

Falsch. Sie sah mich triumphierend an. Der Jäger hat die Augen immer vorne auf der Stirn, die Beute seitlich am Kopf. Warum? Weil der Jäger nach vorn und in die Ferne sieht, um seine Beute zu erspähen, die Beute aber eine andere Sichtweise braucht, um erkennen zu können, wer ihr von hinten auflauert. Wir sind alle Jäger, sagte sie seufzend und sah dabei eher aus wie ein scheues Reh, der eine ist des anderen Konkurrent. Wer sich weigert zu jagen, weil er es für einen niederen Instinkt hält, wird verdrängt ... so ist das nun einmal.

Sie verstummte. Ihre Augen wurden wäßrig. Sie lächelte tapfer, dann zerrte sie abermals ihre Handtasche auf den Tisch, ich war schon auf die nächste Schachtel Katzenzungen gefaßt, aber sie holte eine Plastiktüte mit der Aufschrift einer Parfümerie hervor und begann zwei neue Lippenstifte, eine Flasche Make-up, eine Puderdose und einen kleinen Parfümflakon auszupacken.

Wenn ich deprimiert bin, kaufe ich Make-up, sagte sie, das funktioniert tausendmal besser als alle Ärzte. Ich bin doch nicht verrückt. Nur ein bißchen nervös, das ist alles.

Bestimmt, sagte ich. Sie tat mir plötzlich so leid, daß ich sie am liebsten in den Arm genommen hätte.

So alt sind wir nun auch wieder nicht, sagte sie und schraubte einen feuerroten Lippenstift auf, einundvierzig, das ist doch eigentlich kein Alter, oder?

Ich erschrak bis ins Mark. Sie war ein Jahr jünger als ich!

Langsam und vorsichtig trug sie den Lippenstift auf. Er gab ihr etwas Absurdes und leicht Verzweifeltes.

Die Bedienung trat an unseren Tisch. In ihrem Blick

konnte ich mit erschreckender Deutlichkeit lesen, was wir für sie waren, zwei alte Schachteln, denen kein Lippenstift der Welt mehr etwas nützt.

Und? Was hätten Sie gern? fragte sie herablassend.

Trüffel, sagte meine Kumpanin, denn als solche betrachtete sie sich sicher inzwischen, für mich ganz viel Trüffel.

Also die Tagliatelle mit Trüffeln, wiederholte die Bedienung gelangweilt.

Ich war schon drauf und dran, eingedenk meiner Diät Tomaten mit Mozarella zu bestellen, als mein Gegenüber stolz verkündete: Heute hauen wir auf die Pauke!

Ich sah den mitleidigen Blick der Bedienung.

Für mich das gleiche, sagte ich laut, Tagliatelle mit Trüffeln! Und zwei Gläser Sekt.

Die Bedienung nickte knapp, drehte auf dem Absatz um und verschwand Richtung Küche. Stumm sahen wir ihrem prallen Po und ihren makellosen Beinen hinterher.

Mir haben die Trüffelschweine immer leid getan, sagte sie dann, das sind ja immer Säue, die nur deshalb die Trüffel suchen, weil sie wegen des Androstenols glauben, daß es ein Eber ist. Sie wühlen und graben in der festen Überzeugung, daß gleich ein wunderschöner, kräftiger Eber aus der Erde auftauchen müßte, um dann nur einen alten, unansehnlichen Pilz zu finden. Immer wieder und wieder... Sie müssen schier verrückt werden vor Sehnsucht und Enttäuschung...

Sie lächelte mit ihren feuerroten Lippen. Erst jetzt, durch die Bemalung vielleicht, fielen mir die kleinen senkrechten Fältchen am Lippenrand auf. Die Farbe begann bereits auszufransen, zu zerlaufen, wurde zu einem häßlichen roten Fleck in ihrem blassen Gesicht.

Traurig, nicht? sagte sie.

Ich nickte.

In der Tür erschien ein energischer, junger Mann mit leuchtenden Augen und strahlendem Lächeln. Ich erkannte ihn nur mit leichter Verzögerung.

Er steuerte auf unseren Tisch zu, beugte sich zu mir herab und küßte mich mitten auf den Mund. Die andere Frau an meinem Tisch nahm er überhaupt nicht wahr.

Grinsend zog er einen Schlüssel aus der Tasche, einen Hotelschlüssel mit einem riesigen, goldenen Anhänger. Zimmer siebzehn.

Ich kann nicht, flüsterte ich, ich glaube, ich kann nicht.

Warum? fragte er.

Honig

Sie fiel mir gleich am ersten Tag auf, wie sie beim Mittagessen allein an einem Tisch saß und gedankenverloren mit beiden Händen darüberwischte, winzigkleine Krümel aufhäufte, sich in die eine Hand schaufelte und unter den Tisch fallen ließ. Wieder und wieder, dabei war bestimmt schon lange kein einziges Stäubchen mehr auf der Tischplatte.

Es machte mich nervös, ihr zuzusehen, gleichzeitig konnte ich nicht den Blick von ihr wenden, so fing es an.

Darf ich mich zu Ihnen setzen, oder möchten Sie lieber allein sein?

Sie sah auf. An ihrer Nasenspitze hatte sie einen kleinen Leberfleck. Ihr Mund war groß und weich, ihre Augen dunkel, die Haut darunter trocken.

Sie war älter, als ich aus der Entfernung angenommen hatte. Sie trug ein dunkelrotes, weites Kleid und eine buntbestickte indische Weste mit kleinen eingearbeiteten Spiegeln. Indienfahrerin, Poonapilgerin, Hippietante, dachte ich, eigentlich kann ich diese Sorte nicht ausstehen.

Sie strich sich das nußbraune Haar aus dem Gesicht, sah mich prüfend an.

Aber ich möchte nichts reden.

Gut, sagte ich, gerne. Wir reden ja schließlich den ganzen Tag.

Sie lächelte. Sie wußte bereits einiges über mich und ich nichts über sie. Noch nicht einmal ihren Namen.

Sie hatte sich in der Gruppe noch nicht vorgestellt, ich hatte mich gleich als zweiter gemeldet, um es hinter mir zu haben. Ich nannte meinen Vornamen, Tomas ohne h, und meinen Beruf, Anästhesist in einem riesigen, städtischen Krankenhaus, das aussah wie ein Raumschiff. Manchmal hatte ich das Gefühl, das Personal, die Kranken und Sterbenden kreuzten durch den Weltraum auf einer absurden, nie enden wollenden Odyssee. In kurzen Zügen und so lakonisch wie möglich erzählte ich von meiner Scheidungsschlacht, dem erbitterten Kampf um meine beiden Kinder, meiner Einsamkeit ohne sie, meiner Angst vor dem Leben allein. Ich erwähnte mein Alkoholproblem, meine Potenzschwierigkeiten seit der Scheidung, ich brachte es sogar fertig, daß die Gruppe zwei-, dreimal lachte.

Mir hat Ihre Vorstellung gut gefallen, sagte sie.

Ich nickte dankend und beugte mich über meine Misosuppe und die Vollkornnudeln.

Sie holte ein Glas Honig aus einem Fellbeutel, schraubte es auf und aß, ohne abzusetzen, Löffel für Löffel, bis das Glas leer war. Sie wandte sich an einen jungen Mann mit Pferdeschwanz, als Angestellter des Therapiezentrums erkennbar an seinem T-Shirt mit großer gelber Sonne auf der Brust. Wo wird bei euch das Glas gesammelt, fragte sie ihn. Als der junge Mann zögerte, sagte sie streng: Wird bei euch der Müll nicht getrennt?

Doch, doch, stammelte er und nahm ihr Honigglas entgegen, um es, davon war ich überzeugt, in die nächstbeste Mülltonne zu werfen.

Italien, seufzte sie, hier sind die Leute der Meinung, daß man der Natur das Recht einräumen sollte, Selbstmord zu begehen, wenn sie es unbedingt will.

Ist das Sprechverbot aufgehoben? fragte ich.

Sie machte eine vage Handbewegung. Sie wollen wissen, warum ich ein ganzes Glas Honig esse?

Zum Beispiel.

Ich bin sehr nervös, mein Körper verbrennt den Honig im Handumdrehen, ich brauche drei Gläser am Tag.

Das ist ja mehr als ein Pfund!

Ja.

Ein Pfund Honig?

Ja – wenn ich ihn nicht esse, werde ich verrückt.

Sie schaute aus dem kleinen Fenster, auf einen kleinen Ausschnitt toskanischer Landschaft samt Zypresse.

Was machen wir hier? sagte sie traurig.

Wir lernen, uns selbst zu lieben.

Sie kicherte, ich lachte mit.

Ach ja, sagte sie, das hätte ich fast vergessen.

Ich hätte gern die Hand ausgestreckt und den kleinen Leberfleck an ihrer Nase berührt.

Nach einer Frau, die immer die falschen Männer kennenlernte, die sie dann verprügelten, und einem Mann, der an schwerer Psoriasis litt und sich deshalb nicht unter Menschen traute, kam sie dran.

Sie atmete tief ein und sah mich an.

Ich heiße Celia, sagte sie, ich bin Tiefbauingenieurin, Professorin an der technischen Universität in . . ., sie unterbrach sich, sah in die Runde, dann wieder zu mir. Nicht wichtig, murmelte sie und fuhr fort. Sie habe, bevor sie heiratete, drei Jahre lang den U-Bahn-Bau in Shanghai überwacht, dort fahre jetzt die gleiche U-Bahn wie in München; wenn nicht alle anderen Menschen im Abteil Chinesen wären, wäre man überzeugt, man sei in München, fügte sie lächelnd hinzu und verstummte.

Luise, die Therapeutin, die ich die gute Luise getauft hatte, weil sie dick und rund war wie die Birne gleichen Namens und gut roch, nickte Celia aufmunternd zu.

Ich bin hier, fuhr Celia leise fort, weil ich, weil ich ... Sie gab sich einen Ruck. Ich habe zwei kleine Kinder, zwei und vier Jahre alt, und einen Mann, und ich glaube, ich werde verrückt.

Es entstand eine Pause, alle sahen sie erwartungsvoll an, aber Celia sprach nicht weiter. Als Luise schon einer abgemagerten Frau mit Stoppelhaarschnitt, die neben Celia saß, das Wort erteilen wollte, sagte Celia schnell: Von meiner Katze möchte ich gern noch erzählen. Darf ich?

Ohne eine Antwort abzuwarten, redete sie weiter, jetzt schneller und lauter, als hätte sie Angst, unterbrochen zu werden.

Eine Katze hat mir diesen Sommer das Leben gerettet, sagte sie. Ohne sie wäre ich aus dem Fenster gesprungen. Mein Mann, er ist ebenfalls Tiefbauingenieur, war den ganzen Sommer in Saudiarabien, die Kinder hatten erst Keuchhusten, dann Windpocken, ich hatte keinerlei Hilfe, vor Erschöpfung wurde ich so aggressiv zu den Kindern, daß ich mich im Badezimmer einschloß und auf ein zusammengeknülltes Handtuch einschlug, weil ich sonst die Kinder verprügelt hätte.

Eines Morgens, als ich die Pflanzen im Garten goß, miaute es leise unter einer Phloxstaude. Ein drei Wochen altes Kätzchen, schwarz mit weißen Pfoten. Die Kinder waren natürlich begeistert, aber ich wollte es nicht haben, nicht um alles in der Welt, ich kann den Geruch von Katzenpisse nicht ausstehen, ich mag es nicht, wenn sie einem vor Geilheit um die Beine streichen, ich hasse Katzen. Ich wollte es ins Tierheim bringen, aber dazu hätte ich die Kinder mitnehmen müssen, ich hätte sie ja nicht allein lassen können. Ich weiß nicht, ob Sie wissen, wie das ist, wenn man bei jedem Schritt, den man tut, zwei kleine Kinder mitschleppen muß.

Celia machte eine kleine Pause. Alle in der Gruppe, außer mir, hatten die Augen niedergeschlagen, keiner wollte ihre Katzengeschichte hören, stumm flehten sie Luise an, Celia zu unterbrechen oder wenigstens zu bitten, auf den Punkt zu kommen. Aber Luise tat nichts dergleichen.

Wissen Sie überhaupt, wie das ist? fragte Celia wütend. Ich nickte ihr zu, aber sie beachtete mich nicht. Niemals allein sein? Keine Sekunde? Es ist, als würde ich von einem Tausend-Kilo-Gewicht zu Boden gezogen, jeden Tag aufs neue, und ich hasse mich dafür, daß ich es nicht leichter nehmen kann. Ich bin nicht mehr der Mensch, der ich einmal war. Chefin des U-Bahn-Baus in Shanghai, das glaube ich ja selbst kaum mehr.

Sie lachte kurz auf. Ach ja, die Katze. Nur einen Tag behalten wir sie, dachte ich, dann bringe ich sie ins Tierheim. Als ich die Kinder ins Bett gebracht hatte und im Wohnzimmer in den Fernseher starrte – zu mehr ist man nämlich nach zwölf Stunden mit zwei kleinen Kindern nicht mehr imstande –, da kletterte die winzige Katze an meinem Hosenbein herauf in meinen Schoß. Ich hörte ihrem Schnurren zu und streichelte sie, stundenlang, meine Nerven entspannten sich, und ich wurde so ruhig wie schon lang nicht mehr.

Die Kinder nannten sie Leo, obwohl es eine Katze und kein Kater war, aber mit diesem Namen nahm sie unwiderruflich eine männliche Natur an. Leo wurde mein heimlicher Liebhaber. Den ganzen Tag freute ich mich auf unsere Stunden abends allein. Ich war regelrecht in ihn verliebt.

Sie lächelte.

Oh, ich habe über ihn geflucht, noch und noch, er war natürlich nicht stubenrein, er schiß überall hin, ekelhaft. Morgens, wenn ich in die Küche kam, wurde mir von dem Geruch schon übel. Später, als er schon nicht mehr lebte, habe ich noch Haufen unter dem Schrank gefunden.

Celia seufzte, sah auf. Langweile ich Sie? fragte sie leise in die Runde. Nur ich allein schüttelte den Kopf, Luise sah Celia unbewegt an.

Jeden Morgen, sagte Celia zu mir, wenn ich die Küchentür öffnete, kam Leo angeschossen, trippelte unruhig hin und her, stieß seinen Kopf in die Büchse mit Katzenfutter, daß ich sie kaum auf seinem Teller ausleeren konnte, aber dann fing er nie an zu fressen, ohne sich noch einmal nach mir umzudrehen und seinen Kopf an meinem Bein zu reiben, als wolle er sich bedanken.

Die Kinder behandelten ihn schlecht, sie schleppten ihn an den Hinterbeinen herum, zogen ihm Puppenkleider an, setzten ihn in den Puppenwagen, warfen ihn durch die Luft – alles ließ er gleichmütig über sich ergehen, ganz genauso, wie ich die Kinder über mich ergehen ließ. Manchmal glaubte ich, Leo wechsle Blicke mit mir: Wann sind wir endlich allein?

Man wird ein bißchen verrückt, wenn man den ganzen Tag nur mit kleinen Kindern zusammen ist, ja, das wird man. Oder vielleicht nur ich. Ich sehe all diese anderen Mütter im Supermarkt, im Freibad, auf der Straße – sie wirken tatkräftig, gut organisiert, liebevoll, geduldig, kein bißchen verrückt. Ich bin keine gute Mutter. Wenn ich ehrlich bin, mochte ich Leo mehr als meine Kinder.

Celia sah in meine Richtung, ich erwiderte ihren Blick, aber sie sah durch mich hindurch.

Am 27. September, sprach sie hastig weiter, scheuchte ich ihn aus dem Haus, weil er immer wieder auf den Tisch gesprungen war, wo ich mit den Kindern einen Kuchenteig ausrollte. Beleidigt trollte er sich durch den Garten. Nur wenige Minuten später wurde ich plötzlich unruhig, lief zur Haustür und sah auf die Straße. Er lag in einer großen dunklen Pfütze, die aussah wie ausgelaufener Teer. Kein Tierarzt würde ihm mehr helfen können, das war klar.

Ich sperrte die Kinder ins Badezimmer, wo sie am wenigsten anrichten konnten, wütend kreischten sie hinter mir her.

Als ich mich neben Leo auf die Straße hockte, hob er schwach den Kopf, seine Flanken zitterten, Fliegen hockten bereits in großen Haufen auf seinen Wunden. Leo, verlaß mich nicht, heulte ich, du kannst mich doch nicht ganz allein lassen! Wäre ich in dem Augenblick vor die Wahl zwischen Leo oder meinen Kindern gestellt worden, ich hätte mich für Leo entschieden, ob Sie's glauben oder nicht.

Sie lächelte ironisch.

Er konnte nicht sterben, das war das Schlimmste. Mit jedem seiner mühsamen Atemzüge spürte ich seine Qual am eigenen Körper. Ich wollte ihn umbringen, aber wie? Ich dachte daran, ihn mit einer Plastiktüte zu ersticken, mit einer Schaufel zu erschlagen, mit Haushaltschemikalien zu vergiften. Zu allem fehlte mir der Mut.

Aus dem Badezimmerfenster unseres Hauses drang das hysterische Brüllen meiner Kinder.

Stirb, Leo, flehte ich. Er atmete weiter. Immer weiter.

Okay, Leo, hör zu, sagte ich, ich werde etwas tun. Es wird dir weh tun, aber dann wird alles gut. Hörst du? Dann ist alles gut.

Er hob den Kopf, so weit er konnte, und rieb ihn ganz langsam einmal an meinem Arm.

Ich holte das Auto, drehte laut das Radio an – vor dem Geräusch fürchtete ich mich am meisten. Es gab diese Rundfunkwerbung: Gillette – für das Beste im Mann. Habe ich noch nie verstanden. Sie? Im Mann. Was soll das heißen? Jetzt kann ich diese blöde Werbung nie mehr hören, ohne an Leo zu denken. Es gab nur einen kleinen Holperer, sonst nichts. Tränenblind konnte ich kaum die Straße vor mir erkennen.

Ich brachte das Auto in die Garage, sah mich nicht mehr um. Es war Dienstag abend, Mittwoch früh kommt immer die Müllabfuhr.

Als ich die Badezimmertür aufschloß, stürzten sich die Kinder auf mich, tränenüberströmt klammerten sie sich an mich und schrien: Ich will wieder lieb sein! Sie zitterten vor Angst, ihre Gesichter waren puterrot und heiß. Lange,

lange konnten sie sich nicht beruhigen, selbst im Schlaf noch schluchzten sie alle paar Minuten auf.

Vielleicht werden sie eines Tages zu einem Therapeuten gehen, für viel Geld wird er sie nach ihren Kindheitserlebnissen befragen, und irgendwann wird dieser Nachmittag im Badezimmer zur Sprache kommen, dann wird alles klar sein, endlich! Die böse Mutter, die strafende Mutter, deren Zorn man nicht versteht. Und obwohl die Interpretation dieses Nachmittags falsch sein wird, wird die Analyse richtig sein: Ich bin keine gute Mutter. Am liebsten würde ich meine Kinder verlassen, wenn Sie's genau wissen wollen, ja, darauf läuft's hinaus, am liebsten würde ich gehen und wie eine Katze durchs Feld durch die Welt streifen. Allein.

Sie hob das Kinn und verstummte.

Danke, sagte Luise.

Der Mann mit der Hautkrankheit murmelte: Der 27. September dieses Jahres war kein Dienstag. Niemand beachtete ihn.

Niemand glaubt von sich, daß er ein guter Vater oder eine gute Mutter ist, sagte ich zu ihr beim Abendessen, obwohl uns Luise ausdrücklich verboten hatte, außerhalb der Sitzungen Dinge zu erwähnen, die innerhalb der Gruppe zur Sprache gekommen waren.

Celia sah mich zweifelnd an. Wieder löffelte sie ihren Honig und aß sonst nichts.

Oh, ich weiß nicht, sagte sie, ich kenne viele Leute, die sich als Eltern ganz prima finden.

Deren Kinder werden garantiert irgendwann anderer Meinung sein.

Sie lächelte mich an, ein warmes, weiches Lächeln, in das

ich mich gern eingewickelt hätte wie in eine Decke. In letzter Zeit hatten mich nicht gerade viele Frauen so angelächelt.

Wie können Sie nur ausschließlich von Honig leben? fragte ich sie.

Oh, nein, ich esse auch anderes, ich hasse nur Vollwertküche, dieses germanische Körnerfressen, das ist alles.

Es soll da draußen wunderbare kleine Restaurants geben, sagte ich.

Sie schraubte ihr Honigglas zu.

Gehen wir, sagte sie und stand auf, vergiften wir uns ein bißchen. Sie lachte laut auf.

Die anderen sahen sich vorwurfsvoll nach uns um, als wir gingen, dann beugten sie sich wieder stumm über ihren braunen Reis.

Mir scheint, uns beiden fehlt für diese Therapieveranstaltung der nötige heilige Ernst, kicherte Celia nach wunderbaren hausgemachten Gnocchi, einem hauchzarten, fast papierdünnen Schnitzel, Erdbeeren mit Schlagsahne und zwei Flaschen Chianti Classico. Ihre Wangen waren gerötet, sie wirkte entspannt, ihre Augen leuchteten. Ich hatte das dringende Verlangen, ihr über den kleinen schwarzen Punkt auf der Nasenspitze zu streicheln, streckte schon die Hand aus, nahm aber nur ein paar Brotkrumen vom Tisch und baute aus ihnen eine kleine Mauer.

Das liegt daran, daß wir als einzige in der Gruppe Kinder haben, sagte ich. Es gibt nur zwei Sorten von Menschen, die mit und die ohne Kinder. Und die einen verstehen die anderen nicht.

Celia nickte. Genau, sagte sie, wischte über den Tisch

und zerstörte meine kleine Mauer, Leute ohne Kinder wissen gar nicht, was wir durchmachen.

Und was wir aber auch alles von unseren Kindern bekommen, ergänzte ich.

Sie sah mich ernsthaft an, fegte die Krümel zu einem kleinen Häufchen in ihrer Hand zusammen. Naja, murmelte sie.

Sie bestand darauf zu zahlen. Ich wehrte mich nach Kräften, aber ohne Erfolg. Mit kühlem Blick wedelte sie mit einer goldenen Kreditkarte. Ergeben Sie sich, Tomas, sagte sie.

Wir waren schon auf die Zufahrtstraße zu dem alten Weingut, dem jetzigen Therapiezentrum, eingebogen, da hielt sie plötzlich an. Sie fuhr einen schnittigen kleinen Sportwagen, der, anders als mein Auto, die Spuren von Kindern wohltuend vermissen ließ. Keine zu Stein erstarrten Brezelstücke, verklebte Eistüten, angefressene, braune Apfelstücke auf dem Boden, keine nach verschüttetem Kakao milde vor sich hinstinkenden Kindersitze, nichts davon.

Müssen wir wirklich schon wieder zurück in unser Gefängnis? fragte sie mich und sah mich dabei nicht an.

Oh, erwiderte ich zögernd, um meine freudige Überraschung nicht zu deutlich zu zeigen, wenn Ihnen noch etwas anderes einfällt, lasse ich vielleicht mit mir reden.

Etwas völlig Verrücktes fällt mir ein, sagte sie, danach werden Sie endgültig denken, ich spinne.

Das denke ich jetzt schon, sagte ich.

Sie lachte. Stimmt. Sonst wären wir nicht hier. Sie wandte sich mir zu. Wollen Sie wirklich sich selbst lieben? fragte sie und zog angeekelt die Nase kraus, als ginge es darum, eine Ratte zu küssen oder Vanilleeis mit Senf essen zu müssen.

Naja, sagte ich, wenn es sonst schon keiner tut.

Sie legte mir leicht die Hand auf die Schulter.

Ich sah zuerst überhaupt nichts außer der gigantischen Autobahnbrücke über uns, über die die LKWs donnerten wie ein Gewitter. Verhaltenes Gekicher aus dem Gestrüpp vor uns war zu hören, italienisches Stimmengewirr, Wasserplanschen.

Kommen Sie, sagte Celia und nahm mich bei der Hand, kommen Sie. Sie führte mich durch dichtes Gestrüpp, immer noch konnte ich nichts erkennen.

So, sagte sie und blieb stehen, hier ziehen wir uns aus.

Kurz darauf sah ich ihren weißen BH aufscheinen wie einen nahen Mond.

Jetzt machen Sie schon, seien Sie nicht so zimperlich, kicherte sie.

Zögernd schälte ich mich aus Jeans und Hemd.

Beeilen Sie sich, mir wird kalt.

Sie nahm mich wieder bei der Hand, berührte mit ihrem Arm meine Seite.

Hey, Sie haben ja noch die Unterhose an.

Gehorsam zog ich auch die Unterhose aus.

Wir müssen uns gut merken, wo unsere Kleider liegen, sagte sie.

Ja, unter einem Busch irgendwo in Italien.

Sie ging nicht darauf ein, zog mich mit sich, wir tappten einen schmalen, glitschigen Pfad entlang, das Geplansche und Gekicher wurde lauter, undeutlich erkannte ich weiße

Felsen, Wasser, nackte Leiber im Scheinwerferlicht der Autos auf der Autobahn über uns, dann tappte ich bereits in eine Pfütze lauwarmen Wassers.

Vorsicht, sagte Celia, hier kann man leicht ausrutschen.

Sie führte mich weiter in die Pfütze, das Wasser wurde tiefer, sie ließ mich los und tauchte jauchzend hinein.

Ist das nicht herrlich? rief sie.

Ich folgte ihr, strauchelte, platschte der Länge nach hin. Ein Mann schimpfte auf italienisch. Scusi, stammelte ich in die Dunkelheit hinein, scusi.

Celia sah ich nicht mehr, dafür schimmerten unzählige Frauenkörper um mich herum auf wie plötzlich angestrahlte Marmorbüsten. Hilflos streckte ich die Hände nach ihnen aus.

Celia, wo sind Sie? rief ich.

Ich bin doch hier, sagte sie leise ganz dicht neben mir, nahm mich erneut an der Hand und watete mit mir bis zu einem Felsen, an den sie sich anlehnte und sich bis zum Hals ins Wasser rutschen ließ.

Ah, seufzte sie genießerisch.

Ich ließ mich neben ihr nieder und fühlte mich in der lauwarmen Brühe wie in einer bereits empfindlich abgekühlten Badewanne.

Woher kennen Sie diesen seltsamen Ort? fragte ich sie.

Oh, erwiderte sie lapidar, ich war schon mal hier.

Im Therapiezentrum?

Sie schwieg kurz, dann sagte sie: Mit meinem Mann.

Mit Ihrem Mann im Therapiezentrum oder hier? Oder beides?

Mein Mann haßt Psychologen und alles, was damit zusammenhängt, sagte sie und lachte.

Das macht ihn mir sympathisch.

Er hält mich für überspannt.

Vielleicht hat er sich genau deshalb in Sie verliebt.

Sie planschte mit den Füßen.

Ehelicher Haß, sagte sie langsam. Kennen Sie das Gefühl? Es ist eine ganz besondere Art von Haß, die niemand versteht, der nicht verheiratet ist. Ich kann Mord in der Ehe gut verstehen, es wundert mich, daß er nicht öfter vorkommt. Aber das Schlimmste sind nicht die Mordabsichten selbst, sondern daß man Minuten später schon wieder über die Farbe des neuen Autos diskutiert, mit den Kindern streitet, miteinander schläft, fragt: Was möchtest du essen? Diese Inkonsequenz, das finde ich, ist eigentlich das Schlimmste.

Ich lachte. Sie finden, man solle lieber den geplanten Mord ausführen?

Sie seufzte. Man verträgt sich doch nicht wieder, weil man sich nicht mehr haßt, sondern weil einem einfach alles zu anstrengend wird. Geben Sie es doch zu.

Ich schwieg. Ein Lichtschein fiel über ihr Gesicht. Ihre nassen dunklen Haare kringelten sich auf ihrer Stirn, ihre Augen waren groß und schwarz, ihre Lippen halb geöffnet. Sie sah jung und begehrenswert aus.

Erzählen Sie mir von Ihren Potenzschwierigkeiten, flüsterte sie.

Wie bitte?

Ihr Gesicht versank wieder im Dunkel. Ja, Sie haben sie doch heute bei Ihrer Vorstellung erwähnt.

Ach so, sagte ich lahm.

Das interessiert mich sehr.

Warum?

Sie zögerte. Mein Mann, sagte sie schließlich. Es geht schon lange so, aber wir sprechen nicht darüber. Ich habe Angst wenn ich ausspreche, daß es diese Schwierigkeiten wirklich gibt, werden sie uns nie mehr verlassen.

Der Mann ist ein empfindliches Wesen, sagte ich.

Ach so, sagte sie und lachte laut.

Haben Sie wirklich die U-Bahn in Shanghai gebaut? fragte ich.

Nicht ich allein.

Aber Sie waren wirklich da?

Bezweifeln Sie das?

Nein, aber es wäre genug, um einem Mann Angst einzujagen.

O ja, die meisten Männer haben Angst vor mir.

Erzählen Sie mir von Shanghai, bat ich.

Es sieht ein bißchen aus wie Paris, sagte sie kurz angebunden.

Mehr, bat ich, erzählen Sie mir mehr.

Ich mag nicht, es macht mich traurig.

Sie schwieg. Ich legte ihr meine schon völlig aufgeweichte Hand auf den Arm, da drehte sie sich blitzschnell zu mir um und küßte mich ins Gesicht.

Sie zielte schlecht und traf mein Auge. Ich griff nach ihrem nassen Haarschwanz, bog ihren Kopf leicht nach hinten und küßte sie richtig. Sie schmeckte gut, frisch und süß wie ein Fruchtbonbon. Der Kuß dauerte lang. Mein Nacken wurde steif.

Sie setzte sich auf mich.

Versteh mich nicht falsch, flüsterte sie, ich liebe meinen Mann trotzdem.

Sie preßte erneut ihre Lippen auf meine, aber ihr Satz klang in meinem Körper nach wie ein Gong und verdarb mir den Spaß.

Mein Körper begann sich anzufühlen wie ein vollgesaugter Schwamm, und ich begann mir Gedanken zu machen über die Millionen von Bakterien, die sich in diesem warmen Wasser explosionsartig vermehren mußten.

Sie sagte: Schon gut. Ich verstehe. Stand auf und watete davon.

Ich hätte sie in diesem Moment gern gehen lassen, aber sie hatte das Auto, sie wußte hoffentlich, wo unsere Kleider waren, also stand ich ebenfalls auf und ging dicht hinter ihr her.

Sie stieg aus dem Wasser und ging auf schlickigen, rutschigen Pfaden in kleinen Schritten durch das dichte Gebüsch. Die Luft schien nach dem warmen Wasser eiskalt, und ich begann zu zittern, mein Körper schnurrte zusammen, ich fühlte mich mickrig, jämmerlich.

Den Blick auf einen fremden, weißen Frauenhintern geheftet, stolperte ich durch die Landschaft.

Waren wir auf dem Hinweg so lange gegangen? Ich konnte mich nicht mehr erinnern. Es schien mir, als drehten wir uns im Kreis. Wie das Szenario eines schlechten Fernsehfilms schossen mir Bilder durch den Kopf von einer Frau, die einen Mann in die Wildnis führt, um ihn dann grausam abzuschlachten; ich sah meinen erbärmlichen Körper am Boden liegen, sich krümmen wie ein Wurm, noch im Augenblick des Todes peinlich bemüht, mit den Händen seine Scham zu bedecken. Ein lächerlicher Mann, mutterseelenallein. So gefangen war ich in meinem kleinen Drama, daß ich zusammenzuckte, als Celia plötzlich wütend ausrief: Ich weiß es einfach nicht mehr!

Was?

Du latschst hinter mir her, als wäre es allein meine Angelegenheit, unsere Klamotten wiederzufinden!

Du meinst, du weißt nicht mehr, wo sie sind?

Was soll dieser vorwurfsvolle Ton?

Es sollte nicht vorwurfsvoll klingen.

Ich bin nicht deine Frau.

Nein, sagte ich erschöpft, das bist du nicht.

Ich konnte ihr Gesicht nicht sehen, die Art des Streits, die Ermüdung, der aufkeimende Haß fühlten sich bekannt an, sie hätte genausogut wirklich meine Frau sein können.

Sie drückte ihren kalten Körper gegen meinen. Ich friere, sagte sie.

Wir irrten noch eine Weile umher, ohne unsere Kleider zu finden. Schließlich, als wir bereits mit den Zähnen klapperten, gingen wir zurück ins warme Wasser und legten uns bis zum Hals hinein.

Es war deutlich ruhiger als zuvor, nur noch vereinzelt hörte man Stimmen, Kichern, Planschen. In der Ferne wurden Autos angelassen.

Ich schloß die Augen, mein Körper begann sich aufzulösen wie ein Tropfen Tinte in einem Glas Wasser. Ein angenehmes und zugleich furchterregendes Gefühl wie beim Einsetzen einer Narkose. Ich konnte nicht mehr mit Sicherheit bestimmen, wo sich meine Gliedmaßen befanden, wo mein Körper anfing und endete. Ich fühlte, wie ich hin und her gespült wurde, ohne Willen, ohne Bewußtsein, es gab keinen Unterschied mehr zwischen mir und der einzelnen Zelle meines Körpers. Meine Gedanken waren nur noch Wolken, die am Himmel über mir vorüberzogen, ohne jeden Sinn, ohne Bedeutung. Ich konnte zusehen, wie sich mein Herz, ein samtiger roter Beutel, rhythmisch aufblähte und wieder zusammenfiel wie ein kleiner Blasebalg. Ich war glücklich und unglücklich zugleich. Minus eins plus eins, eine perfekte Gleichung, die mich in einem äußerst empfindlichen Gleichgewicht hielt, so daß ich den Atem anhielt, um es nicht zu stören.

Schsch, sagte sie, schsch. Nicht weinen... Warum weinst du denn so?

Sie bedeckte mein Gesicht mit klitzekleinen Küssen.

Erstaunt stellte ich fest, daß mir Tränen aus den Augen sprudelten wie aus Springbrunnen, tiefe Schluchzer kamen aus meinem Mund, mein Brustkorb hob und senkte sich wie nach einem Hundertmeterlauf.

Sie hielt mich unter Wasser in den Armen wie eine Meerjungfrau.

O Gott, stöhnte ich, ich vermisse meine Kinder.

Das verstehe ich, sagte sie leise, das verstehe ich gut.

Oft habe ich das Gefühl, sie sind noch da und ich bin derselbe Mann, der ich war: ein hart arbeitender Familienvater, der seine Kinder wenig sieht, aber sie sind da, sie sind einfach immer da. So wie man als Kind wußte, daß die Eltern da sind, auch wenn man den ganzen Tag mit seinen Freunden unterwegs war. Und jetzt bin ich ein alleinstehender Mann. Dabei sehe ich meine Kinder vielleicht öfter als zuvor, ganz geregelt, jedes zweite Wochenende und die Hälfte aller Schulferien. Aber in ihren Augen erkenne ich, daß wir uns verloren haben, weil wir keinen Alltag mehr miteinander haben. Dabei habe ich diesen Alltag nie gemocht, er war wie ein großes Kissen, das ständig drohte, mich zu ersticken ... Du hast Kinder, du weißt, was ich meine.

Ja, sagte sie, man sinnt ständig auf Flucht.

Aber dieser Alltag mit brüllenden, quengelnden, streitenden Kindern, fuhr ich fort, die mich von all dem abhalten, was ich lieber tun würde, ist wie ein Phantomschmerz, den ich ständig mit mir herumtrage, wenn ich lese, ins Kino gehe, ins Theater, in Kneipen, wenn ich all das tue, was ich nie tun konnte und jetzt nur deshalb tue, weil ich es nicht ertrage, allein in meiner Wohnung zu sein. Ich schluchzte hemmungslos wie ein kleines Kind, das sich das Knie aufgeschlagen hat.

Sie strich mir mit aufgequollenen Waschfrauenhänden besänftigend über den Rücken, wieder und wieder.

Eine Katze hilft, sagte sie schließlich ironisch.

Hör doch auf mit deiner blöden Katze, schrie ich, du hast doch keine Ahnung, du bist ja nicht allein!

Ich wand mich aus ihren Armen und setzte mich auf. Ich mag es nicht, wie du dich über deine Kinder beklagst, als stählen sie dir etwas, fügte ich leise hinzu. Ich war nicht sicher, ob sie mich gehört hatte.

Ein dünner Streifen Blau lag am Himmel über der Autobahnbrücke. Vage konnte ich jetzt gelbe, ausgewaschene Sandsteinfelsen im Wasser um uns herum erkennen, ein Birkenwäldchen, durch das wir auf der Suche nach unseren

Kleidern geirrt waren, ihren Körper, ihr Gesicht. Sie sah müde aus. Vorsichtig berührte sie meinen Arm, und als ich nicht reagierte, stand sie auf und begann sich langsam und elegant vor dem immer heller werdenden Horizont zu bewegen wie in einem avantgardistischen Tanz.

Das machen die Menschen in China, bevor die Sonne aufgeht, sagte sie, sie nennen es Tai chi, es symbolisiert den Lebenskampf. Überall in den Städten stehen sie zu Hunderten auf den großen Plätzen, alte und junge. Im Winter ist es meist noch neblig, und wenn man nicht weiß, was sie dort tun, glaubt man, man träumt. Am Anfang war ich fest entschlossen, jeden Morgen vor Sonnenaufgang mitzuüben, aber ich hatte eine Bettdecke aus goldener Seide ...

Ich sah ihr zu, und eine große Sehnsucht wuchs in mir wie eine Pflanze in Zeitrafferaufnahme. Ich wußte, jetzt war der Moment gekommen, Celia an der Hand zu nehmen, um mit ihr all die Dinge zu tun, die ein Mann zu tun hat, wenn eine nackte Frau bei Sonnenaufgang vor ihm tanzt, aber ich rührte mich nicht vom Fleck.

Sie beendete ihren Tanz, dann stieg sie aus dem Wasser und ging das kurze Stück durchs Gebüsch auf unsere Kleider zu, die jetzt deutlich zu sehen waren, und zog sich an.

Sie wartete im Auto auf mich und strich unsichtbare Krümel vom Beifahrersitz.

Ich bin sicher, du bist eine prima Mutter, sagte ich zu ihr, da bin ich ganz sicher. Etwas anderes fiel mir nicht ein. Sie zuckte die Achseln.

Schweigend fuhren wir zurück.

Als wir zusammen den Frühstücksraum betraten, hoben alle die Köpfe und sahen uns kopfschüttelnd an wie Teenager, die mal wieder zu spät nach Hause gekommen sind.

Wir setzten uns nicht zusammen an einen Tisch, aber bevor Celia ihr Honigglas aufschraubte, lächelte sie mir quer durch den Raum zu.

Sie sah übernächtigt aus, tiefe Schatten lagen unter ihren Augen, aber sie erschien mir attraktiver denn je, und ich glaubte sie mit einem Mal zu lieben.

Der schüchterne Mann mit der Hautkrankheit saß neben mir. Er stieß mich mit dem Ellenbogen an und zog vielsagend die Augenbrauen hoch.

Ich grinste blöd und bestätigte damit seine falsche Annahme, senkte den Kopf und löffelte das Müsli in mich hinein.

Obwohl Celia mir am nächsten Tag aus dem Weg ging, wurden wir sowohl von der Gruppe als auch von Luise als Paar behandelt. Wir wurden nebeneinander gesetzt, bei Übungen zu zweit automatisch einander zugeteilt. Celia ließ es reaktionslos über sich ergehen, verhielt sich mir gegenüber freundlich, neutral.

Sie atmete mit mir, sah mir minutenlang in die Augen und schickte mir Liebe und Selbstvertrauen, wie Luise es verlangte, sie fing mich auf, wenn ich mich mit geschlossenen Augen fallen lassen mußte, sie spielte in Rollenspielen meine Frau, meine Kinder, meine Mutter, so wie ich ihren Mann, ihren Vater, ihre Kinder spielte, aber alle Versuche meinerseits, dort wieder anzuknüpfen, wo wir uns meiner Meinung nach in unserer Nacht im Wasser befunden hatten, wehrte sie ab.

Seltsam routiniert absolvierte sie alle therapeutischen Übungen. Sie wußte gleich, wie man mit Farbe Wut, Verlassenheit, Liebe, Vertrauen, Neid ausdrückte, während alle anderen noch schüchtern an ihren Stiften kauten, sie stand schon auf, um die Matten für Entspannungsübungen heranzuzerren, bevor Luise es noch ausgesprochen hatte, sie konnte auf Befehl lachen und weinen, während wir anderen stumm wie die Fische zusahen, sie erfand in den Rollenspielen ellenlange, ausgefeilte Haßtiraden gegen ihre Eltern, ihren Mann, sogar ihre Kinder, während wir anderen stotternd Wort an Wort fügten und uns vorkamen wie schlechte Schauspieler.

Ich kann nicht behaupten, daß ich lernte, mich selbst zu lieben.

In der letzten Sitzung, befragt nach unseren Erfahrungen, suchte ich Celias Blick, während ich darauf wartete, an die Reihe zu kommen, aber sie wich mir aus, starrte auf ihre Schuhspitzen.

Die wichtigste Erfahrung an diesem Wochenende fand für mich außerhalb des Therapiezentrums statt, sagte ich laut und klar in Celias Richtung – und mancher in der Gruppe grinste verstohlen –, aber leider war ich nicht imstande, die Gelegenheit beim Schopfe zu packen, von hier zu verschwinden und ...

Und was? fragte Luise spitz. Die Sonne auf ihrem T-Shirt sah zerknittert aus.

Und zu leben, beendete ich meinen Satz schwach.

Aha, sagte Luise trocken.

Celia sah mich nicht an. Als die Reihe an sie kam, sagte sie laut und klar: Ich kehre gestärkt nach Hause zurück, zurück zu meiner Familie, zu meinen Kindern, zu meinem Mann.

Wieder grinsten einige in sich hinein. Na klar, dachten sie, gestreßte Hausfrau geht auf eine Therapiewoche in die Toskana, hat Affäre, prompt fühlt sie sich besser.

Ich habe hier gelernt, daß der Alltag, der mich manchmal droht zu ersticken wie ein dickes Kissen und vor dem ich mich fürchte, gleichzeitig auch das ist, was ich liebe.

Jetzt müßte Celia mich doch ansehen, mir ein Zeichen geben, schließlich benutzte sie meine eigenen Worte, aber als sie endlich aufblickte, wanderte ihr Blick zu Luise, nicht zu mir. Mir ist hier bewußt geworden, daß ich ohne diesen Alltag nicht sein mag, fügte sie hinzu. Danke, Luise, danke.

Beim abschließenden Abendessen fehlte sie. Als ich schließlich Luise fragte, ob sie wisse, wo Celia sei, sah sie mich spöttisch an und sagte vieldeutig: Hat sie Ihnen denn nichts gesagt?

Die gute Luise war sie nicht, sichtlich genoß sie meine Verwirrung. Schließlich fuhr sie fort: Sie mußte frühzeitig abreisen – wegen der Kinder.

Ich bedankte mich mit einem knappen Kopfnicken für die Auskunft, wollte mich abwenden, da griff Luise nach meinem Arm.

Es tut mir leid, sagte sie, daß dieses Wochenende Ihnen so wenig gebracht hat – aber Sie wollten sich ja partout nicht öffnen. Sie tätschelte meinen Arm, wie man einen Hund tätschelt. Das ist Ihr Problem. Das ist Ihr großes Problem. Sie sah mich bedauernd an.

Ich hatte große Lust, sie zu würgen.

Gut, sagte ich mit zusammengebissenen Zähnen, dann öffne ich mich jetzt.

Luise zog erstaunt die Augenbrauen hoch.

Können Sie mir Celias Adresse geben?

Sie schüttelte den Kopf. Tut mir leid, sagte sie, das fällt unter meine Schweigepflicht.

Bitte. Es könnte lebenswichtig für mich sein. Bitte.

Ich sah sie so offen an, wie ich nur konnte, faßte ihre leicht feuchte Hand, um meiner Bitte Nachdruck zu verleihen, aber abermals schüttelte sie den Kopf.

Celia hat mich ausdrücklich gebeten, weder ihre Adresse noch Telefonnummer weiterzugeben.

Ich ließ ihre Hand fallen wie einen Waschlappen, ging auf mein Zimmer, packte meine Tasche, setzte mich ins Auto, schob die Talking Heads in den Kassettenrekorder und fuhr zur Autostrada.

Als ich mit einhundertachtzig über eine der vielen Autobahnbrücken raste, hatte ich das sichere Gefühl, Celia schwimme unter mir im warmen Wasser der Quellen und das Licht der Scheinwerfer meines Autos husche hell über ihr Gesicht, so daß ich für den Bruchteil einer Sekunde den kleinen Leberfleck auf ihrer Nase erkennen konnte.

Meine Recherchen gaben mir etwas zu tun, sie wurden zu meiner ausschließlichen Freizeitbeschäftigung an den vielen Tagen, an denen ich meine Kinder nicht hatte. Ich telefonierte, schrieb Briefe, schließlich fuhr ich sogar nach

München und sprach mit dem Leiter des Münchner U-Bahn-Referats, einem dicken, gemütlichen Mann mit schwarz gefärbten Haaren. Ja, das Münchner U-Bahn-Konzept sei zwar nach Shanghai verkauft worden, erzählte er mir, aber noch lange nicht im Bau. Eine Tiefbauingenieurin namens Celia wollte ihm beim besten Willen nicht einfallen, das täte ihm leid. Erst als ich den Honig erwähnte, leuchteten seine Augen auf.

Das muß unsere Biene Maja sein, lachte er, Frau Professor Neumann von der TU. Sie wird die Biene Maja genannt, weil sie ständig Honig ißt, selbst in den Vorlesungen.

Im Vorlesungssaal setzte ich mich in die allerletzte Reihe und erkannte sie kaum, als sie hereinkam. Sie trug ein strenges Schneiderkostüm in Dunkelblau, die Haare kunstvoll hoch auf dem Kopf aufgetürmt wie ein kompliziert gebautes Nest. Sie sprach schnell, laut und selbstbewußt, während sie lange Formeln an die Tafel kritzelte.

Ich saß so weit weg, daß ich mir nicht sicher war, ob sie tatsächlich dieselbe Frau war, die ich meinte, zu kennen, bis sie einen Studenten für eine Übung an die Tafel rief, zu ihrer Tasche ging, hineingriff und ein Honigglas und einen Löffel herausholte.

Die Studenten begannen zu summen, bis man das Gefühl hatte, ein wütender Bienenschwarm ziehe durch den Raum. Sie grinste, schraubte das Glas auf und begann in aller Ruhe zu essen. Löffel für Löffel.

In einigem Abstand folgte ich ihr nach Hause. Ich hatte Angst, sie anzusprechen, weil ich fürchtete, sie würde sich einfach umdrehen und in die Menschenmenge flüchten wie ein Reh in den Wald. Ihr weißes Hinterteil fiel mir ein, während ich ihrem straffen blauen Rock folgte, ihren energischen Beinen in glänzenden Seidenstrümpfen, ihren Pumps, klack, klack, klack, bis zu einem eleganten Altbau mitten in Schwabing, vor dem sie stehenblieb, in ihrer Handtasche wühlte, den Schlüssel herauszog.

Es wunderte mich, daß sie hier offensichtlich wohnte, hatte sie nicht etwas von einem Garten erzählt, in dem sie Leo, die Katze, gefunden hatte?

Als sie sich umdrehte, um aufzuschließen, fiel ihr Blick über mich, aber sie erkannte mich nicht. Auch ich sah anders aus als in der Toskana, in Anzug und Mantel mit geputzten Schuhen, seriös, effektiv, stabil.

Ich wartete, bis eine alte Frau mit Dackel aufschloß, tat so, als hätte ich gerade geklingelt, ging mit ihr hinein, hielt ihr noch die Tür auf.

Sie sah mich wohlgefällig an, später, als sie mich dabei beobachtete, wie ich dicht an alle Namensschilder an den Türen herantrat, um sie lesen zu können, wurde ihre Miene mißtrauisch.

Wohin wollen Sie denn? fragte sie schließlich scharf. Der Hund sah mich aufmerksam an.

Zu Frau Neumann.

Frau Professor Neumann, verbesserte sie mich. Vierter Stock, links.

Frau und Hund verschwanden in ihrer Wohnung, nicht ohne mich vorher beide noch einmal streng von Kopf bis Fuß zu mustern.

Vor Celias Wohnung setzte ich mich auf die Treppe und

wartete auf einen mutigen Moment. Aus einer Wohnung drang leise klassische Musik. Irgendwo heulte ein kleines Kind. Ein ganz bestimmter Muskel in meinem Inneren, ich nenne ihn den Elternmuskel, zog sich reflexartig und schmerzhaft zusammen und entspannte sich erst wieder, als mein Gehirn ihm die Botschaft übermittelte, es sei nicht mein Kind, das da heulte.

Ich stellte mir Celia hinter der Tür vor, wie sie gerade in Windeseile aus ihrem Kostüm in alte Hosen und ein T-Shirt schlüpfte, gleichzeitig ihren Mann und die Kinder küßte, mit einer Hand schon das Abendessen vorbereitete, mit der anderen Spielzeug aus der Küche räumte, mit der dritten telefonierte, mit der vierten einer Puppe einen Schuh anzog, mit der fünften sich die braunen Haare aus der Stirn strich und mit der sechsten schließlich Krümel vom Tisch fegte.

Ich mußte lächeln, gleichzeitig spürte ich mit nie zuvor dagewesener Klarheit, was mir in jeder Faser meines Körpers fehlte, seit ich ein Mann ohne Familie war: das Chaos. Das ständige, überwältigende Chaos eines Familienlebens, das einen so wunderbar-schrecklich von sich selbst ablenkt. Schließlich freute ich mich auf dieses unvermeidliche Chaos in Celias Wohnung so sehr, daß es mir gleichgültig war, wie ihr Mann reagieren würde, ich war bereits davon überzeugt, daß er öffnen und mich stumm anstarren würde.

Sie hatte sich die Haare gewaschen, trug einen schneeweißen Bademantel und ein Handtuch auf dem Kopf, wie Frauen in amerikanischen Filmen. Sie sah mich mißtrauisch an, kniff die Augen zusammen, aber noch bevor ich etwas sagen konnte, winkte sie mich wortlos herein.

Ihre Wohnung roch schwach nach Rosen. Sie ging voran

ins Wohnzimmer, einen mit Antiquitäten elegant eingerichteten Salon mit cremefarbenen Stofftapeten. Nirgendwo verstreute Legosteine, keine Sticker und Buntstiftkritzeleien an den Wänden, keine Spur von Chaos, noch nicht einmal das kleinste Staubkörnchen auf den glänzend polierten Möbeln. In einem Käfig saßen zwei exotisch aussehende Vögel.

Setz dich, sagte sie und deutete auf einen mit weißem Chintz bezogenen Sessel.

Stille umgab uns wie dichter Nebel. Warum war mir nicht aufgefallen, daß aus ihrer Wohnung nicht das kleinste Geräusch gedrungen war?

Kaffee? Tee?

Ich nickte verwirrt.

Was denn nun? Ihre Stimme klang ungeduldig.

Hast du etwas Alkoholisches? fragte ich. Sie gab mir einen Cognac in einem edlen Glas, warf ein großes Samtkissen auf den hellbeigen Teppichboden und setzte sich im Schneidersitz drauf. Tja, sagte sie und spielte mit dem Gürtel ihres Bademantels.

Heißt du vielleicht auch noch anders? fragte ich.

Cornelia, sagte sie schnell.

Cornelia, wiederholte ich, aha.

Wir schwiegen. Ich schwenkte mein Cognacglas. Eine graue Katze kam um die Ecke, sah mich mißbilligend an, ging dann auf Celia zu – für mich war sie noch Celia und nicht Cornelia – und stieg in ihren Schoß.

Leo? fragte ich.

Nein, sagte sie, *die* Geschichte stimmt. Bis auf die Kinder im Badezimmer natürlich.

Natürlich, sagte ich.

Ja, sagte sie. Böse?

Böse? Nein.

Enttäuscht?

Ich weiß nicht, sagte ich. Ich wußte es wirklich nicht. Kein U-Bahn-Bau in Shanghai, sagte ich.

Doch, wahrscheinlich in drei Jahren. Sie streckte ihren Arm aus und berührte mein Knie.

Hey, sagte sie, jetzt guck doch nicht so.

Sie sah mich forschend an. Der kleine Leberfleck auf ihrer Nase war immerhin noch da, das empfand ich als beruhigend. Sie lachte.

Ich mache das oft. Ich war schon auf Therapiewochenenden in Portugal, in der Karibik, in Spanien, im Allgäu.

Immer als verheiratete Frau mit zwei Kindern?

Sie zuckte die Achseln und wischte ein paar Flusen vom Samtkissen.

Manchmal bin ich auch geschieden, oder mein Mann ist gerade gestorben. Wenn ich dann nach Hause komme, bin ich heilfroh, daß die Geschichte nicht meine Geschichte ist. All der Schmerz …

Sie lächelte mich an.

Ich wollte auch, meine Geschichte wäre nicht meine, sagte ich, und obwohl ich mich bemüht hatte, meiner Stimme einen ironischen Anstrich zu geben, klang sie bitter und voller Selbstmitleid.

Tja, sagte sie abermals und schlang die Arme um die Knie.

Es gab nichts mehr zu sagen. Einer der beiden Vögel gab einen kurzen, unangenehm schrillen Schrei von sich. Sie stand auf und steckte ihren Finger durch die Käfigstäbe, der

Vogel hackte auf ihren Finger ein, sie murmelte Koseworte wie zu einem Baby.

Ich stellte das Cognacglas ab und richtete mich auf, um aufzustehen und zu gehen, da drehte sie sich zu mir um, nahm das Handtuch vom Kopf, ihre nassen Haare fielen wie kleine schwarze Schlangen heraus und über ihr Gesicht. Sie öffnete den Bademantel.

Ich erkannte ihren Körper wieder wie ein verloren geglaubtes Souvenir an glückliche Tage, und wie ein Schlafwandler bewegte ich mich jetzt auf sie zu und küßte ihre Brüste.

Nur wenige Sekunden später sah ich mir zu, wie ich mit ihr auf dem beigefarbenen teuren Teppichboden lag, mein nackter Hintern sich rhythmisch hob und senkte, die Hose in den Kniekehlen, die Schuhe eilig abgestreift, die Socken verrutscht. Mitleidig betrachtete ich von oben meine Anstrengungen, die Vögel legten die Köpfe schief, die Katze blinzelte und gähnte.

Celia biß die Zähne zusammen und knurrte, als versuche sie, ein großes Möbelstück zu bewegen, jeden Muskel ihres Körpers spannte sie an, schließlich schrie sie auf wie der Vogel zuvor, hoch und kurz, dann erschlaffte ihr Körper unter mir wie eine Luftmatratze, aus der die Luft gelassen wird.

Sie richtete sich auf. Sorry, sagte sie, ich war vielleicht ein bißchen schnell. Sie lächelte, zog die Nase kraus, daß der Punkt an ihrer Nasenspitze sich bewegte.

Macht nichts, sagte ich schwach und zog meine Hose hoch. Sie band ihren Bademantel wieder zu, stand auf und ging aus dem Zimmer.

Ich ließ mich in den Sessel fallen, er stöhnte unter mir auf, der Stoff meiner Hose raschelte, dann war wieder alles still. Die Vögel sahen mich streng an.

Nichts als ein paar Druckspuren im Teppich deutete auf die Geschehnisse vor wenigen Minuten hin. Ich sah zu, wie sich die Teppichhaare langsam wieder aufrichteten, und dann war alles bereits Erinnerung.

Sie kam mit einem Honigglas und einem Löffel in der Hand zurück.

Mund auf, sagte sie, und bevor ich noch recht drauf gefaßt war, füllte die zähe, gelbe Flüssigkeit bereits meinen Gaumen, drang in jeden Spalt, jeden Winkel meines Inneren und überdeckte jede andere Wahrnehmung mit einer überwältigenden, entsetzlichen Süße.

Die Braut

Ich bog auf die Autobahn ein und trat aufs Gas. Mein Brautkleid lag in einer lackroten Schachtel auf dem Rücksitz. Modell *Opera*, fünf Meter weißer Tüll für den Rock, eine weich drapierte und mit einzelnen Perlen bestickte Corsage aus Satin, lange weiße Handschuhe und sogar ein Schleier mit winzigen, Maiglöckchen nachempfundenen Blüten. Ausgerechnet ich mit einem Schleier! Aber wenn schon, denn schon.

Wie eine Schar Stare auf einen Kirschbaum hatten sich die Verkäuferinnen auf mich gestürzt, als ich aus der Kabine kam, sie schrien oh und ah, zupften an mir herum und wünschten mir von Herzen alles, alles Gute für meine Ehe. Als ich ihnen sagte, daß ich mit dem Bräutigam schon seit acht Jahren zusammenlebe, wirkten sie enttäuscht.

1295 Mark für ein Brautkleid. Ein Haufen Geld, aber ich hatte es ja unbedingt selbst bezahlen wollen. Und niemand sollte es vorher sehen, allenfalls meiner ältesten und besten Freundin Lore hätte ich es gern gezeigt, obwohl sie bei meinem Anblick in Brautkleid und Schleier bestimmt laut gelacht hätte.

Sie kennt mich noch aus Zeiten, in denen ich grün und blau gefärbte Haare trug und jeden, der seine Liebe durch

Staat und Kirche sanktionieren ließ, bis aufs Blut verachtete.

Sie selbst war nicht verheiratet, wie alle unsere Freunde.

Ist das nicht ein bißchen seltsam, fragte ich sie, daß wir alle über dreißig sind und niemand von uns verheiratet ist oder Kinder hat? Manchmal habe ich das Gefühl, wir glauben, daß wir unsterblich sind. Möchtest du meine Brautjungfer sein?

Lore kicherte verlegen, dann sagte sie mir, daß sie mit ihrem neuen Freund nach Bali führe und leider, leider zu meiner Hochzeit nicht kommen könne.

Aber, Mensch, Lore, ich heirate!

Tut mir leid, altes Haus, ich hoffe, du nimmst es mir nicht übel.

Fahr nur, ermunterte ich sie lahm, es ist ja auch keine große Angelegenheit. Es verändert sich ja nichts...

Eben, sagte sie erleichtert, ihr seid doch schon ein altes Ehepaar.

Warum wir plötzlich heiraten wollten, fragte sie nicht.

Es begann zu tröpfeln, und innerhalb von nur wenigen Sekunden verwandelte sich der milde Regen in einen gewalttätigen Wolkenbruch. Keiner fuhr deshalb langsamer. Wir jagten über die Autobahn, manche von uns als Jäger, die meisten als Gehetzte.

Ich schaltete die Scheibenwischer auf die schnellste Stufe, der linke quietschte ein wenig, dann wurde er langsamer und blieb schließlich ganz stehen. Wie ein Wasserfall strömte der Regen über die Windschutzscheibe, ich konnte schlagartig nichts mehr sehen. Vor Angst fingen meine Hände an zu kribbeln, als hätte ich in eine Steckdose gefaßt.

Ich versuchte, mich so weit wie möglich auf den Beifahrersitz zu lehnen, um durch den anderen Teil der Scheibe zu sehen, wohin ich überhaupt fuhr, aber das war zwecklos. Undeutlich erkannte ich im nassen, schlierigen Außenspiegel die Scheinwerfer der hinter mir fahrenden Autos, tanzende helle Punkte, deren Abstand ich nicht abschätzen konnte und die bedrohlich auf mich zuzukommen schienen.

Es war, als trüge ich keine Kontaktlinsen – ich bin ziemlich kurzsichtig – und als säße ich in meinem Wagen wie in einem unscharfen Traum. Einen Moment lang überfiel mich gute Lust, die Hände vom Lenkrad zu nehmen und in den Schoß zu legen.

Statt dessen verlangsamte ich behutsam, damit mir keiner von hinten auffuhr, schaltete die Warnblinkanlage an und lenkte leicht nach rechts, in der Hoffnung, dort auf dem für mich unsichtbaren Seitenstreifen halten zu können.

Es gab einen Knall wie von einer Explosion, das Lenkrad bohrte sich schmerzhaft in meine Brust, daß mir die Luft wegblieb, von einem unsichtbaren Feind wurde ich nach vorn geworfen, dann nach hinten geschleudert. Der Motor soff ab, das Auto bewegte sich nicht mehr, es war still, nur der rechte Scheibenwischer jagte weiter hysterisch über die Scheibe.

Ich beobachtete die Gänsehaut auf meinen Unterarmen, dabei war mir gar nicht kalt, darüber wunderte ich mich.

Ein verschwommener schwarzer Fleck tauchte vor der Seitenscheibe auf, dann wurde die Tür aufgerissen, eine

Frau mit wirren, schwarzen Haaren steckte den Kopf ins Auto und schrie: Haben Sie sie nicht mehr alle?

Ich sah den Regen auf ihre schwarze Motorradjacke prasseln. Sie kam mit ihrem Kopf noch näher an mich heran, daß wir fast zusammenstießen, ihre schwarz umrandeten Augen waren zu wütenden Schlitzen verzerrt.

Sind Sie nicht ganz dicht? keifte sie.

Sie packte mich an der Schulter und schüttelte mich. Hey, Sie! Huhu!

Sie wedelte mir mit der Hand vor den Augen herum, was mir so lästig wurde, daß ich den Kopf wandte und sie ansah.

Könnten Sie bitte damit aufhören? sagte ich höflich und mit dem Gefühl, den Mund voller Watte zu haben.

Sie verzog ihre erdbeerrot geschminkten Lippen.

Scheiße, sagte sie, sehen Sie sich diese Scheiße an! Sie richtete sich auf und stapfte fluchend im Regen davon.

Ich stieg mit wachsweichen Beinen aus und sah auf dem Seitenstreifen vor mir einen alten, schmutzigweißen Opel, dessen Kofferraum zusammengeknüllt war wie ein Stück Papier. Langsam und träge, als hätte ich ein Schlafmittel genommen, formten sich meine Gedanken zu der Erkenntnis, daß ich wohl etwas damit zu tun haben mußte.

Ich trat in den strömenden Regen hinaus wie unter eine Dusche und stellte fest, daß die Kühlerhaube meines Autos auch nicht viel besser aussah, und es war noch nicht einmal meins, sondern Holgers, und erst zwei Monate alt.

Haben Sie Tomaten auf den Augen oder was? schrie die Frau vor ihrem Opel und holte eine Plastiktüte aus dem Wagen, die sie sich auf den Kopf setzte. *Aus deutschen Landen frisch auf den Tisch* stand auf der Tüte.

Ich gehe los und rufe die Polizei, rief sie mir zu. Und wehe, Sie rühren sich vom Fleck. Ich habe Ihr Kennzeichen aufgeschrieben.

Ich erwiderte nichts. Der Regen triefte mir in den Nakken, lief mir über die Nase, tropfte auf meine Lippen. Der Verkehr fauchte wie ein vielköpfiger Drache an mir vorbei, machte mich taub, stumm und benommen.

Erst als die Frau schon fast hundert Meter entfernt war, fiel mir ein, daß ich ihr hätte anbieten sollen, die Angelegenheit unter uns zu regeln. Sie wirkte allerdings nicht so, als würde sie auf ein solches Angebot eingehen. Entschlossen marschierte sie in ihren metallbeschlagenen Cowboystiefeln den Seitenstreifen entlang, die Plastiktüte nickte bekräftigend auf ihrem Kopf, ihre Schritte klangen wie ein Maschinengewehr.

Ich setzte mich wieder in das regenblinde Auto und sah Holger vor mir, wie er bekümmert meinem Bericht lauschte und bereute, keine Vollkaskoversicherung abgeschlossen zu haben.

An einem funkelnagelneuen Auto darf doch der Scheibenwischer nicht kaputtgehen, würde er allenfalls kopfschüttelnd sagen, und sich dann mit Verve in die Abwicklung der Telefonate mit der Versicherung und KFZ-Werkstätte stürzen.

Er würde sich nicht weiter aufregen. Nichts brachte ihn aus der Fassung, nichts lockte ihn vollkommen aus der Reserve, er blieb immer ruhig, gefaßt, sicher, wie ein Fels in der Brandung. Das mochte ich an ihm. Ich war schließlich alt genug, um nicht mehr idiotischen Träumen von wilder Leidenschaft nachzuhängen. Oder ich hatte beschlossen, jetzt alt genug dafür zu sein. Betrogen hatte ich Holger oft genug. Jetzt wollte ich ihn heiraten und endlich Frieden schließen mit der Realität. Mir nicht mehr von ihr erhoffen, als sie zu geben bereit war. Ich wollte von nun an bescheiden sein. Ein Leben führen wie andere auch, und zwar nicht zähneknirschend, sondern gern.

Um diesem Entschluß nicht nur einen Hauch von Romantik, sondern auch von Größe zu verleihen, wollte ich in Weiß heiraten, in einer Kirche, mit allem drum und dran.

Holger hätte ich das niemals erklären können, aber das mußte ich auch nicht. Er fügte sich geduldig lächelnd meinen Wünschen und bat sich nur aus, keinen Zylinder tragen zu müssen.

Die Frau riß die Fahrertür auf, daß ich vor Schreck zusammenfuhr. Dicke Wassertropfen perlten von ihrer Jacke auf meine Schenkel, ihr Gesicht unter der Plastiktüte war klatschnaß.

Die Polizei ist in einer Viertelstunde hier, keifte sie mich an und knallte die Tür wieder zu.

Wenige Sekunden später riß sie schon wieder die Tür auf. Geht Ihre Heizung?

Ich glaube ja, antwortete ich zögernd. Sie knallte kommentarlos die Tür wieder zu, stieg hinten ein und riß sich die Plastiktüte vom Kopf

Ich schaltete die Heizung ein.

Im Rückspiegel sah ich, wie sie mit den Zähnen klapperte.

Im Kofferraum habe ich, glaube ich, eine Decke, bot ich an, da fiel mir ein, daß Holger sie vor ein paar Tagen herausgenommen hat, um sie zu waschen. Irrtum, murmelte ich, doch keine Decke.

Sie verdrehte die Augen und schlug die Arme unter. So eine Scheiße, murmelte sie zwischen den Zähnen, so eine verdammte Hühnerscheiße.

Ich nickte und sah, wie sie den roten Karton neben sich auf dem Sitz anstarrte. BRAUTMODEN HENNIG – WIESBADEN stand auf einem kleinen goldenen Schild. Ich kannte das Geschäft seit ich denken konnte. Mein Schulweg führte daran vorbei. Eine Zeitlang stand zum Entzücken meines Vaters BRUTMODEN über dem Geschäft, und es dauerte fast ein Jahr, bis ein neues A montiert wurde. Zwanzig Jahre später fiel es mir wieder ein. Da, nur da, wollte ich mein Hochzeitskleid kaufen, bei Brautmoden Hennig, in Wiesbaden. Von unserer Familie lebt niemand mehr in Wiesbaden, meine Großeltern sind gestorben, meine Eltern nach Teneriffa ausgewandert.

Meine Güte, Kind, was bist du sentimental, sagte meine Mutter am Telefon, und ich konnte förmlich hören, wie sie ihre permanent gebräunte Stirn runzelte, was willst du denn nach all den Jahren in Wiesbaden?

Mit meinem Hochzeitskleid unter dem Arm bin ich meinen alten Schulweg abgegangen, die Häuser waren mir nicht mehr vertraut, viele waren renoviert oder umgebaut, aber jeden Zentimeter Straße erkannte ich wieder, den ich Morgen für Morgen, neun Jahre lang, mit hängendem Kopf Schritt für Schritt zurückgelegt hatte.

Manche Straßen waren mit Platten belegt, auf deren Rillen man nach von mir erfundenen Regeln manchmal treten mußte, ein andermal auf keinen Fall durfte, dann die schwarzen buckligen Teerstreifen, auf denen man balancieren konnte und die im Sommer weich wurden wie Kaugummi, die roten Backsteine in einer kleinen Stichstraße zwischen Häusern mit großen Gärten, die im Herbst vom herabfallenden Laub und nasser Hundescheiße so glitschig waren, daß man höllisch aufpassen mußte, um nicht auszurutschen.

All das erkannte ich wieder, als wäre keinerlei Zeit vergangen; und noch etwas anderes: eine Mischung aus Langeweile, Traurigkeit und verstockter Rebellion, die mich mein ganzes Leben begleitet hatte wie ein Schatten.

Ich setzte mich auf ein kleines Mäuerchen, auf dem ich als Kind schon gehockt und Napas – betonharte kleine Rhomben aus Kaugummimasse – gegessen hatte, wobei ich von dem Gewicht des Schulranzens auf meinem Rücken fast nach hinten in den Vorgarten gezogen zu werden drohte.

Ich saß dort mit meinem Hochzeitskleid unter dem Arm und starrte den vorbeiflutenden Verkehr an, all die Menschen, die in ihren Autos wie in kleinen Kapseln durch ihr Leben transportiert wurden, allein, als Paar oder als Familie; alle schön sortiert, und es schien mir so, als hätte jeder damit eine endgültige Entscheidung getroffen, wie er sein Leben verbringen wollte.

Die Frau reckte sich nach vorn über den Sitz und drückte auf den Zigarettenanzünder. Um ihr Handgelenk trug sie eine türkisblaue Tätowierung wie ein Armband, eine Schlange, die sich um einen Blütenzweig rankte.

Ich wollte sie bitten, nicht zu rauchen, Holger haßt den Geruch, statt dessen bat ich sie um eine Zigarette.

Sonst noch was? sagte sie unfreundlich, reichte mir aber eine.

Wortlos rauchten wir vor uns hin, und der Dunst unserer Zigaretten verband sich zu einem diffusen Nebel über unseren Köpfen.

Ich kann's nicht fassen, schimpfte sie, Leute gibt's, die sind zu blöd, ein Loch in den Schnee zu pinkeln, manche Leute sollten den Führerschein überhaupt nicht machen dürfen. Scheiße, verdammte. Wütend stieß sie den Rauch durch die Nase aus.

Ich hätte ihr erklären können, daß mein Scheibenwischer nicht funktionierte, aber das hätte sie wahrscheinlich nur als Ausrede aufgefaßt, also schwieg ich.

Was ist in der Schachtel? fragte sie wie bei einem Polizeiverhör.

Ich holte kurz Luft. Mein Brautkleid, antwortete ich patzig, darauf gefaßt, von ihr verspottet zu werden.

Sie machte eine kleine Pause. Darf ich es mal sehen? fragte sie mit veränderter Stimme, ganz weich und freundlich.

Erstaunt drehte ich mich zu ihr um. Sie grinste mich an und streckte mir ihre Hände entgegen, Innenflächen nach oben. Ich habe auch saubere Hände, sagte sie.

Aber erst die Zigarette ausmachen, sagte ich, und nicht im Aschenbecher, sonst stinkt das Auto noch tagelang.

Gehorsam warf sie die Kippe aus dem Fenster, ich kletterte über den Beifahrersitz nach hinten, setzte mich neben sie und nahm die Schachtel auf den Schoß. Vorsichtig hob ich den Deckel ab. Zartrosa Seidenpapier quoll hervor wie eine lebendige Masse. Ich nahm den Schleier heraus und hängte ihn über die Nackenstütze des Beifahrersitzes.

Behutsam berührte sie die winzigen weißen Maiglöckchen aus Perlen und Seide. Ich sah, daß ihre Hände vor Kälte zitterten.

Jetzt das Kleid, sagte sie und rückte zur Seite, damit ich Platz genug hätte, um es herauszuholen.

Wie eine große Wolke fiel der Tüllrock über uns und bedeckte uns beide.

Wow, rief sie lachend, das ist ja der Wahnsinn!

Ich lächelte stolz, ganz gegen meinen Willen.

Hingebungsvoll streichelte sie den Tüll und stöhnte leise. Wie schön, murmelte sie, wie unglaublich schön. Sie drückte ihre Wange gegen den Stoff und schloß die Augen.

Nur um einmal im Leben so ein Kleid am Leib zu haben, würde ich heiraten, sagte sie mit geschlossenen Augen, es muß sich anfühlen, als würde man in Schlagsahne schwimmen.

Okay, sagte ich, ziehen Sie's an.

Sie klappte die Augen auf, große, eisblaue Augen. Ich war mindestens so erstaunt über mein Angebot wie sie.

So kommen Sie wenigstens aus Ihren nassen Klamotten raus, fügte ich hinzu, aber da hatte sie sich bereits aus ihrer Lederjacke gepellt.

Sie hatte einen schmalen Oberkörper, so wie ich, hängende Schultern, kaum Busen. Ohne ihre Lederjacke wirkte sie plötzlich verletzlich.

Sie zog sich ein klatschnasses, schwarzes T-Shirt über den Kopf, darunter kam ein Unterhemd mit Totenköpfen zum Vorschein. Sie beugte sich über den Vordersitz, und ich zerrte ihr die hautengen, nassen Jeans vom Leib. Um ihr die Cowboystiefel auszuziehen, mußte ich wieder auf den

Vordersitz steigen, sie streckte mir ihre Füße entgegen, und ich zog mit aller Kraft an ihren Stiefeln, bis sie endlich nachgaben. Wir arbeiteten stumm und effizient, wie ein eingearbeitetes Team.

Die Wärme der Heizung und unser Atem hatten inzwischen die Scheiben beschlagen, es war dampfig warm im Auto wie in einer Sauna, ich fing an zu schwitzen. Ich kletterte wieder nach hinten, sie zog ihr Totenkopfunterhemd aus, legte sich erst auf den Rücken, so daß ich ihr den Rock über die Beine streifen konnte, dann hob sie den Po, und wir zerrten den Rock gemeinsam Stückchen für Stückchen hoch bis zu ihrer Taille, als nächstes beugte sie ihren nackten Oberkörper in meinen Schoß, und ich knöpfte ihr die Corsage im Rücken zu.

Als sie sich aufrichtete, waren ihre Wangen vor Anstrengung gerötet, als hätte sie sich geschminkt.

Mit den Fingern ordnete sie ihre wirren dunklen Haare, ich steckte ihr den Schleier fest, sie zog die Handschuhe an. Zufrieden fuhr sie über den Rock und sah mich an.

Hübsch, sagte ich, wirklich hübsch.

Sie erhob sich halb und versuchte gebückt, ihr Spiegelbild im Rückspiegel zu erhaschen, aber das gelang ihr nur unvollkommen, seufzend ließ sie sich auf den Sitz zurückfallen.

Ich heiße übrigens Elke, sagte sie und streckte ihre behandschuhte Hand aus. Ich ergriff sie. Kühl lag der weiße Satin in meiner Hand. So würde es sich also anfühlen, wenn ich am Sonntag den Hochzeitsgästen die Hand reichen würde.

Franziska, sagte ich. Wir nickten uns förmlich zu.

Ich wünschte, ich könnte mich ganz sehen, seufzte Elke, in einem richtigen Spiegel. – Wann soll die Show denn steigen?

Sonntag um elf.

Elf Uhr ist gut.

Warum?

Weil die Sonne noch steigt. Es bedeutet zunehmendes Glück, sagte sie ernst.

Da haben wir ja Schwein gehabt, sagte ich und sah wohl nicht besonders glücklich aus. Sie stieß mich mit dem Ellenbogen an.

Hey, sagte sie grinsend, freust du dich nicht auf den schönsten Tag im Leben einer Frau?

Ich zuckte die Achseln und sah weg. Sie ließ das Fenster herunter. Es hatte aufgehört zu regnen. Vereinzelte Sonnenstrahlen schossen wie Blitze durch die bleigrauen Wolken.

Wenn man eine Braut sieht, bringt das nicht Glück? sagte sie.

Ich glaube, das gilt eher für Schornsteinfeger, murmelte ich.

Was ist das Problem? sagte Elke aus dem Fenster, liebst du den Kerl nicht?

Oh, doch, murmelte ich, doch, doch. Wirklich. Sehr. Doch, bestimmt. Ich griff in meine Handtasche und holte unsere Hochzeitsanzeige heraus. Die Vorderseite zeigte eine Fotomontage von Holger und mir als Kinder, er in Lederhosen und ich in einem gestreiften Sommerkleid. Darüber stand: ›Wir haben uns lange genug geprüft...‹

und auf der Innenseite ging es dann weiter: ›... jetzt machen wir ernst‹.

Es war meine Idee gewesen, und bis vor wenigen Augenblicken hatte ich sie lustig und gut gelungen gefunden. Jetzt kamen mir die Kinderfotos eher albern, die Sätze unangenehm neckisch vor.

Wie findest du das? fragte ich Elke.

Okay, sagte sie.

Ich wollte eigentlich nie heiraten, sagte ich, aber gleichzeitig war es immer etwas, was ich noch vor mir haben konnte, wenn ich nur wollte...

Elke sah mich ernsthaft und abwartend an. Sie schien zu erwarten, daß ich weitersprach, also erzählte ich ihr, wie Holger und ich uns kennengelernt haben, denn das erzähle ich immer gern.

Er stand bei der Menschenkette gegen die Stationierung der Mittelstreckenraketen zufällig neben mir, und wir mußten uns stundenlang an der Hand halten, bis die Kette quer durch Deutschland endlich geschlossen war. Abends sahen wir uns gemeinsam die Nachrichten an, in seiner Wohnung in einer fremden Stadt. Wie eine Reihe von Ameisen zog sich die Kette über grüne Hügel, und zwei davon waren wir.

Den Vergleich mit den Ameisen ziehe ich immer, ich wünschte, mir würde ein anderer Vergleich einfallen, die Geschichte fühlte sich flau und abgestanden an, ich mochte sie plötzlich nicht mehr.

Elke lachte auch nicht einmal, wie es sonst alle tun, denen ich sie erzähle.

Ich fühle mich nicht wirklich bereit zum Heiraten, sagte ich.

Elke sah mich ruhig an.

Aber wenn ich ehrlich bin, habe ich mich nie zu irgend etwas bereit gefühlt, fuhr ich fort. Mein ganzes Leben lang kam mir alles zu früh vor, selbst meine Geburt.

Ich lachte, aber mir war plötzlich zum Heulen, und tatsächlich füllten sich meine Augen mit Tränen, meine Kontaktlinsen begannen zu schwimmen, ich konnte nichts mehr sehen, vorsichtig drückte ich mir mit den Fingern auf die Lider, spürte dort aber nur noch ein Linse.

Ich glaube, ich habe eine Kontaktlinse verloren. Nicht bewegen.

Ach du Scheiße, sagte sie herzhaft.

Ich blinzelte mit dem einen Auge, mit dem ich noch sehen konnte, und fuhr mit den Fingern meine Jeans und dann den Tüllrock ab.

Kontaktlinsen im Auto zu verlieren, ist das Allerschlimmste, stöhnte ich. Mir ist das mal mit einem Mann passiert, auf dem Weg in sein Hotelzimmer. Ich habe ihn gezwungen, zwei Stunden lang das ganze Auto abzusuchen, die Sitze rauszumontieren, jeden Zentimeter unter die Lupe zu nehmen. Und ich hab sie gefunden. Nur war mit dem Mann danach nicht mehr viel anzufangen.

Wir lachten. Sie hatte ein tiefes, rauchiges Lachen, was wahrscheinlich sehr viele Männer sehr sexy finden. Als ich aufhörte zu lachen, sah ich plötzlich wieder scharf.

Sie ist wieder da, sagte ich erstaunt.

Wer?

Meine Linse. Sie war nur verrutscht. Es sind weiche Linsen, die verliert man nicht so leicht wie harte.

Wozu der ganze Blödsinn?

Ich schätze, ich bin eitel.

Früher wollte ich immer eine Brille haben und damit klüger aussehen, als ich bin. Aber Holger trägt eine Brille, und eine Brille in der Familie reicht, sagte ich. Ich sah ihn vor mir, wie er sich die Brille abnahm und mit Daumen und Zeigefinger ganz fest den Nasensattel drückte. Ich mußte lächeln. Seit ich weiche Kontaktlinsen habe, bin ich nicht mehr fremdgegangen, sagte ich.

Den Zusammenhang kapier ich nicht, sagte sie und rückte den Schleier gerade.

Ich zuckte die Achseln. Es liegt wohl daran, daß man mit den weichen nirgendwo übernachten kann, ohne die Flüssigkeit zum Desinfizieren dabeizuhaben. Die harten konnte ich einfach immer in eine Streichholzschachtel tun und morgens mit Spucke wieder einsetzen. Aber jeden Tag eine riesige Plastikflasche mit Desinfektionsflüssigkeit in die Handtasche zu packen...

Für einen ganz spontanen Fick, kicherte sie.

Wer weiß, stöhnte ich lachend, vielleicht sind am Ende die weichen Kontaktlinsen daran schuld, daß ich heirate.

Bißchen wenig, findest du nicht?

Wir sahen beide aus dem Fenster.

Ich hätte mal fast geheiratet, sagte sie dann, fast. In Las Vegas, in so einer kitschigen Kirche. Mit einer Harley wären wir direkt von der Kirche auf den Highway gefahren. Ich wollte unbedingt ein weißes Hochzeitskleid, es hätte so geil ausgesehen auf dem Motorrad, mit all dem Tüll und dem Schleier im Wind. Wir hatten alles schon geplant...

Ich grinste. Sie strich mit den Handschuhen den Tüllrock glatt.

Ich saß am Strand in Gomera, sagte sie, er ging schwimmen. Er wollte erst gar nicht ins Wasser, weil es ihm zu kalt war. Ich habe noch über ihn gelacht. Und dann kam er einfach nicht mehr zurück.

Mein Gott, murmelte ich erschrocken, meine Gesichtszüge hatten Mühe, sich auf die veränderte Stimmung einzustellen, fast hätte ich gelächelt.

Das ist, als würde dir das Gehirn explodieren, sagte Elke.

Du sitzt da und denkst immer nur, das gibt's doch nicht. Dein Gehirn will einfach nicht kapieren, daß es so ist. Das ist das Schlimmste, daß das Gehirn so langsam ist.

Sie machte eine kleine Pause.

Tut mir leid, sagte ich.

Sie lächelte mich kurz an, öffnete die Tür und stieg aus.

Prompt fingen Autos an zu hupen, sie zogen die Töne noch weit hinter sich her wie lange bunte Bänder. Elke hob den Arm und winkte ihnen nach.

Das Kleid wird doch ganz dreckig, rief ich und stieg ebenfalls aus.

Ich passe schon auf, schrie sie mir über das Autodach zu, hob die Schleppe und ging mit bloßen Füßen den Seitenstreifen entlang.

Der Schleier blähte sich hinter ihr auf wie eine plustrige weiße Wolke.

Wo willst du denn hin? rief ich, aber sie drehte sich nicht um.

Ich lief hinter ihr her und packte sie an der Schulter.

Ich möchte mich nur in einem richtigen Spiegel sehen, sagte sie, da vorne ist eine Kneipe, da habe ich vorhin die

Polizei angerufen, die haben bestimmt einen Spiegel auf dem Klo.

Sie sah mich bittend und gleichzeitig wild entschlossen an.

Mit einer unwirschen Geste nahm ich ihr die Schleppe aus der Hand. Sie raffte den Tüllrock, drehte sich um und zerrte mich als ihre Schleppenträgerin hinter sich her. Graziös hüpfte sie vor mir über die Pfützen. Sie sah unwiderstehlich aus in meinem Kleid.

Kinder drückten sich in den vorbeifahrenden Autos die Nasen an der Scheibe platt. Trucker ließen ihre Fünftonhupen ertönen, während sie an uns vorbeidonnerten.

Nach einigen hundert Metern bog Elke unversehens nach rechts ab und kletterte einen kleinen Abhang hinunter, ich stolperte hinter ihr her, hielt aber eisern die Schleppe fest, so sehr sie auch daran zerrte wie ein störrisches Pony.

Sie steuerte auf ein häßliches Fachwerkhaus zu, über dessen Eingangstür in trüben Neonbuchstaben KATIS HÜTTE stand.

In der dunkel getäfelten Kneipe roch es nach nasser Wolle und kaltem Rauch. Eine dünne Frau mit hochtoupierten blonden Haaren und lila Lippenstift stand hinter der Theke. Sie verzog keine Miene, als wir hereinkamen. Drei Bauarbeiter, die in orangeroten Plastikjacken an einem Tisch saßen, pfiffen und johlten. Milde lächelnd wie eine Königin, zog Elke an ihnen vorbei Richtung Klo.

Mich beachtete niemand.

Auf dem Klo war es eisig kalt. Elke warf ein Papierhandtuch auf den Boden, stellte sich mit ihren nackten

Füßen darauf und rutschte zu den Spiegeln über den Waschbecken. Überrascht schlug sie die Hand vor den Mund.

Man könnte fast glauben, ich wär's, sagte sie ehrfürchtig und stellte sich auf die Zehenspitzen.

Hol mir einen Stuhl, befahl sie.

Widerwillig zog ich die Augenbrauen hoch, aber das bemerkte sie gar nicht.

Als ich mit dem Stuhl zurückkam, hatte Elke alle drei Heißwasserhähne an den Waschbecken aufgedreht, und ein dünner Nebel aus Wasserdampf füllte langsam den eiskalten Raum. Sie stellte sich auf den Stuhl, und ich schob ihn zentimeterweise zurück, bis sie Halt! schrie.

Ich stellte mich hinter sie und betrachtete sie im Spiegel. Der Wasserdampf ließ ihr Spiegelbild weich und romantisch erscheinen wie auf einem gesofteten Foto eines Hochzeitsfotografen.

Bewundernd starrte Elke sich an, und ihre Augen bekamen einen entrückten Ausdruck. Minutenlang bewegte sie sich nicht.

Ich lehnte mich mit untergeschlagenen Armen an die kalte Fliesenwand. Im weißen Neonlicht sah man jetzt ganz deutlich die Schmutzspritzer auf dem weißen Tüll. Es war mir gleichgültig. Ich wäre gern hinausgegangen und hätte ein anderes Leben begonnen, ein wildes, radikales, unvorhersehbares.

Du darfst nicht glauben, daß ich meinen Mann nicht liebe, sagte ich so laut, daß es von den gefliesten Wänden hallte, auch wenn das vielleicht vorhin so geklungen hat.

Nö, sagte sie, hat es nicht. Sie zog den rechten Handschuh aus und rieb über die Tätowierung an ihrem Handgelenk.

Das war unser Ehering, sagte sie. Wir hatten beide genau dieselbe Tätowierung. Die hat uns ein Mann in Hamburg gemacht. Er ist berühmt, ein richtiger Künstler. Sie machte eine kleine Pause. Jetzt ist es ein bißchen unpraktisch, wenn ich mich für einen Job bewerbe und die Leute so spießig drauf sind. Da zupfe ich immer wie verrückt an meinem Ärmel rum, damit sie es bloß nicht sehen.

Sie sprang vom Stuhl und rieb sich die Arme.

Scheißkälte, sagte sie, ging auf Zehenspitzen zu einem Klo, raffte das Kleid und setzte sich bei geöffneter Tür auf die Brille.

Fehlt er dir sehr? fragte ich.

Sie nickte und stützte das Kinn in die Hände.

Manchmal mache ich was total Bescheuertes, sagte sie. Ich habe noch ein Tonband vom Anrufbeantworter mit seiner Ansage. Das lege ich manchmal ein, gehe aus dem Haus in eine Telefonzelle und rufe unsere Nummer an. Und da ist er dann plötzlich. So eine ganz tiefe Stimme hat er: Hier ist Michael Waltz und Elke Kammer. Wir sind im Moment leider nicht zu Hause, bitte hinterlassen Sie uns eine Nachricht nach dem Pfeifton, wir rufen Sie dann zurück. Und ich hinterlasse ihm dann eine Nachricht. Ziemlich daneben, was?

Nein, sagte ich, überhaupt nicht.

Sie sah mich an, dann beugte sie langsam den Kopf, und der Schleier verbarg ihr Gesicht.

»*Wonderknife*«

Ich weiß noch ganz genau, was ich gedacht habe, als ich in der frühen Morgensonne in meinem Auto am Rande des Kornfelds saß und das Alupäckchen aus dem Fenster schleuderte. Ich dachte darüber nach, wie ich es meiner Mutter sagen sollte.

Mama, ich habe etwas Furchtbares getan.

Kindchen, so furchtbar wird es schon nicht sein.

Doch, Mama, doch.

Sie würde seufzend fragen: Was denn?

Ich habe Hermann ...

Sie würde warten, ins Telefon atmen.

Was?

Ich habe Hermann ... ach nichts, Mama.

Ich könnte es ihr nicht sagen, weil ich nicht wüßte, welches Wort ich verwenden sollte. Jedes mögliche Wort dafür würde sie verletzen, selbst das klinischste. Das würde einem Therapeuten gut gefallen (sie werden mich bestimmt zu einem schicken). Ihre Mutter hat nie ein Wort dafür gehabt? Nein. Sie hatte keinen Sohn. Und meinen Vater habe ich nie nackt gesehen, kein einziges Mal. Aber damit hat es nichts zu tun, gar nichts.

Mama, ich hab's ihm abgeschnitten. Mit einem Küchenmesser der Marke *Wonderknife*. Ein gutes Messer, ich hab's in einer Reklame im Fernsehen gesehen, ein Japaner schnitt damit rohen Fisch.

Mein Gott, Kind, warum denn in aller Welt?

Er hat mich damit erpreßt, er hat mich winseln lassen wie ein Hündchen, wieder und wieder...

Ist dir das denn so wichtig, Kindchen?

Sex?

Sie würde auch dieses Wort nicht in den Mund nehmen.

Ja, Mama. Weil er nur dann der Mann ist, den ich liebe, nur dann.

Spätestens an dieser Stelle würde ich anfangen zu heulen.

Ich habe dich gewarnt, Kindchen, würde meine Mutter sagen, ich habe dich gewarnt. Er ist ein kalter Mann.

Das ist nicht wahr, das ist überhaupt nicht wahr.

Hermann sieht einem nicht in die Augen, das ist immer ein schlechtes Zeichen.

Ach, Mama.

Und sein Vater. Spätestens da haben alle meine Alarmglocken geklingelt. Ich habe dich gewarnt.

Er kann doch nichts dafür, daß sein Vater so ist, wie er ist.

Nein, dafür kann er nichts. Aber er hätte nicht genauso werden müssen.

Ach, Mama, du kennst ihn doch gar nicht.

Kind, sag mir eins, was findest du bei Hermann, was du sonst nirgends findest?

Zärtlichkeit, Mama, Zärtlichkeit.

Sie schweigt. Dann holt sie Luft. Du bist pervers, mein Kind.

Oh, Mama, wenn du wüßtest, wenn du wüßtest, wie er ist, wenn er anders ist! Wenn er der ist, der er wirklich ist.

Sie seufzt. Was nützt es einem denn, wenn jemand nur ab und zu der ist, der er wirklich ist?

Siehst du Mama, deshalb. Deshalb habe ich es getan.

Lange habe ich so in Gedanken mit meiner Mutter gesprochen, und die ganze Geschichte wurde immer abstrakter, bis sie eigentlich schon gar nicht mehr wahr war. Da fragte meine Mutter: Wie hast du es den Sanitätern erklärt?

Da erst bin ich zur nächsten Telefonzelle gefahren, habe die Ambulanz angerufen und zu unserer Adresse geschickt.

Nur ein einziges Mal habe ich Hermanns Eltern gesehen. Er hatte mir erzählt, seit Jahren schon spräche er nicht mehr mit seinem Vater, ein alter Nazi sei der gewesen und habe nichts dazugelernt, gar nichts, nur um seine Mutter täte es ihm leid, sie sei alt und zuckerkrank und abhängig von dem gräßlichen Kerl.

Ein kugelrunder kleiner Mann kam dann eines Tages in unsere Wohnung geschossen, schwer bepackt wie ein Maulesel keuchte seine Frau langsam hinter ihm her die Treppen herauf. Er wandte sich nicht nach ihr um, auch nicht, als sie endlich schüchtern lächelnd die Wohnung betrat und auf dem erstbesten Stuhl erschöpft zusammenbrach. Sie trug ihre rötlichen, kaum ergrauten Haare in einem langen Zopf, ihre Stimme war hoch und mädchenhaft, sie wirkte verhuscht und so, als sei ihr nicht bewußt, daß sie im Lauf der Zeit fast siebzig Jahre alt geworden war. Wie ein Kind drückte sie ihren Kopf an Hermanns Brust und summte dabei vor sich hin. Vater und Sohn gaben sich nicht die Hand. Allein stolzierte er durch all unsere Zimmer und schimpfte laut vor sich hin über Winkeladvokaten und Geld aus der Tasche ziehen und die allgemeine Undankbarkeit auf dieser Welt. Hermann verdrehte die Augen. Beim Abendessen beschimpfte sein Vater dann alle Politiker dieses Landes, erregte sich über den zunehmenden Schmutz auf den Straßen, die Ausländer und die gestiegenen Lebenshaltungskosten. Hermann ignorierte ihn, sah ihn nicht an, erwiderte nichts, reagierte nicht.

Nach anfänglichen höflichen Versuchen meinerseits, eine halbwegs normale Konversation in Gang zu halten, die vom Vater aber vollständig übergangen wurde, tat ich es Hermann gleich und hob nicht mehr den Blick von meinem Teller.

Einzig und allein seine Frau sprach noch mit ihm, fragte ihn unablässig, ob er noch Kartoffeln wolle oder ein wenig Soße, ein Blatt Salat.

Ist es nicht schön, daß wir hier sind? fragte sie ihn immer wieder, ist das nicht schön, daß wir Hermann sehen und seine süße junge Frau?

Wie einen lästigen Nieselregen ließ er alles, was sie sagte, an sich abtropfen, als wäre sie überhaupt nicht vorhanden, aber das schien sie nicht weiter zu stören.

Unvermittelt fing sie an zu trällern, erzählte dann plötzlich von der Lüneburger Heide und den Heidschnucken, während gleichzeitig ihr Mann dröhnend vor sich hinpolitisierte. Irgendwann griff er in seine Jackentasche, holte ein Stück Würfelzucker heraus und gab es seiner Frau mit abgewandtem Blick wie einem Pferd.

Sie aß es gehorsam und verstummte. Jetzt redete Hermanns Vater allein, stundenlang, selbst als ich den Tisch schon abgeräumt hatte, Hermann aufgestanden und ins andere Zimmer gegangen war. Nur seine Frau blieb bei ihm zurück, treu hielt sie die Stellung und nickte vor sich hin wie ein Perpetuum mobile.

Später platzte ich versehentlich ins Badezimmer, wo sie im kleingeblümten bodenlangen Nachthemd stand und voller Hingabe ihre langen roten Haare bürstete. Von hinten hätte man sie für eine junge Frau halten können. Sie sah mich im Spiegel an und lächelte.

Sie sind so empfindlich, meine Männer, sagte sie mit ihrer Mädchenstimme, so empfindlich, man muß sie sehr, sehr lieb haben.

Der Chefchirurg faßt mich an den Schultern und ruft: Sie müssen sich doch erinnern, was Sie damit gemacht haben!

Er blickt mir fest in die Augen, fragt mit strenger Stimme wie ein Schullehrer, dann einschmeichelnd wie ein Onkel, der ein kleines Mädchen mit Bonbons verführen will: Wohin? Wohin haben Sie es geworfen?

Er sieht ungesund aus, seine Haut ist fahl, seine Zähne gelb. Ich denke darüber nach, warum er ›es‹ sagt, ich senke den Kopf und schweige.

Sie führen mich zu ihm. Hermann Pratt steht in ungelenker Handschrift an seiner Tür. Klein und blaß liegt er in seinem Bett, er sieht kleiner aus, als ich ihn in Erinnerung habe. Wie eine Marionette hängt er an Plastikschläuchen, ein Püppchen ohne jede Macht.

Ein junger Arzt betritt das Zimmer, dunkelhäutig, Pakistani oder Inder, schwarze Augen mit gelblicher Bindehaut, was ihn ein wenig müde wirken läßt, eine wunderschöne Nase, gerade, schmal mit elegant geschwungenen Nasenflügeln. Er nickt mir zu, tritt dicht hinter mich.

Rund zwanzig Stunden hätten wir noch Zeit, flüstert er, ich bin sicher, Sie werden sich erinnern.

Er riecht nach einem unbekannten Gewürz. Ich lehne mich ganz leicht zurück, atme seinen Atem ein.

Es ist nicht gut, daß es so heiß ist, sagt er, das verringert die Chancen sehr. Er sieht mich lächelnd an. Sie werden es mir sagen, nicht?

Warum? Damit alles von vorne anfängt?

Mein Mann, so glauben alle, ist ein höflicher, rücksichtsvoller, stiller Mann. Dünn, mit seinen hurtigen Bewegungen, die ganz plötzlich erstarren, immer korrekt gekleidet in Anzug mit Weste, ähnelt er einer Eidechse in ihrem Panzer. Seine Haut ist trocken, schuppig, seine Augen wirken fast lidlos. Er sieht einen unverwandt und dabei ausdruckslos an, wenn man spricht, und man hat das Gefühl, vorurteilsfrei von ihm ernst genommen zu werden. Er ist Rechtsanwalt.

Vor drei Jahren fing ich in seiner Sozietät als Rechtsanwaltsgehilfin an. Ich war ein aus Mangel an Gelegenheit ziemlich unschuldiges, nicht mehr ganz junges Ding. Er imponierte mir mit seiner ernsthaften, bescheidenen Art, seine Kompagnons waren samt und sonders eitle, erfolgsgierige Laffen, die zum Mittagessen in teure italienische Lokale gingen und Sportwagen fuhren.

Er und ich blieben über Mittag im Büro. Ich, weil ich Geld sparen mußte, er, weil er tagsüber keinerlei Hunger verspürte. Er trinkt zwei Tassen Tee, das reicht ihm. Jeder hält ihn deshalb für in jeder Beziehung äußerst genügsam, sie wissen nicht, daß er süchtig nach Liebe ist wie ein Alkoholiker nach der Flasche.

Wenn alle anderen gegangen waren, öffnete er die Verbindungstür zwischen seinem Büro und dem Vorzimmer. Stumm arbeiteten wir nebeneinander her, ich konnte ihn nicht sehen, denn sein Schreibtisch wurde verdeckt von den großen geöffneten Flügeltüren, aber ich hörte ihn. Ich hörte, wie er leise mit Papier raschelte, ab und an seufzte, aufstand, eine Akte aus dem Regal zog, sich wieder setzte.

Irgendwann wurde mir klar, daß er mir genauso lauschte wie ich ihm. Jedes Geräusch gewann eine Bedeutung. Nervös räusperte ich mich, hämmerte rhythmisch auf die Computertasten ein, rutschte auf meinem Sitz herum, daß es knarzte, klapperte mit meinen Stöckelschuhen übers Parkett.

Eine seltsame Spannung entstand zwischen uns, die durch kein Wort, keinen Satz von ihm gemildert wurde. Im Gegenteil. Wenn er mir anfangs noch beim Öffnen der Verbindungstür knapp zugenickt hatte, einige Male durch mein Zimmer gegangen war, um irgend etwas zu holen, zeigte er sich bald gar nicht mehr. Wie von Geisterhand ging seine Tür auf, kaum waren wir allein, und ich saß mit klopfendem Herzen an meinem Platz und versuchte, die Geräusche zu dechiffrieren, die aus seinem Büro drangen. Manchmal, wenn der Verkehr kurze Zeit nachließ und es ganz still wurde, hörte ich ihn atmen.

Ich begann, tief ausgeschnittene Kleider zu tragen, und wunderte mich über mich selbst.

Bald sah ich von Arbeitsbeginn an ungeduldig alle fünf

Minuten auf die Uhr. Oft bekam ich ihn den ganzen Tag nicht zu Gesicht, aber pünktlich zur Mittagspause ging seine Tür auf, und ich hörte das leise Quietschen seines Sessels, wenn er sich zurücklehnte, das Kratzen seines Füllers, das Absetzen seiner Teetasse.

Ich kaufte mir von meinem mühsam verdienten Geld sündhaft teure Seidenunterwäsche, die erste meines Lebens.

Am fünften Mai hielt ich es nicht länger aus. Ich stand auf und ging mit vorsichtigen Schritten durch die Flügeltüren hindurch in sein Zimmer. Meine Stöckelschuhe sanken in seinen weichen Teppich, es war plötzlich ganz still.

Er saß vollkommen nackt an seinem Schreibtisch.

Lieb mich, sagte er.

Du hast mich erlöst, flüsterte er in mein Ohr, du bist meine Fee, meine Glücksfee, mit dir fühle ich mich frei, du verstehst mich, du verstehst meine Seele und meinen Körper. Ich lasse dich in meinen Träumen sein, wenn ich in deinen sein darf.

Was braucht eine Frau noch?

Vorgestern fuhren wir mit einem befreundeten Ehepaar zu einem Picknick am See. Paul ist Richter, seine Frau Eleonore Innenarchitektin. Sie brachte eine weiße Damasttischdecke mit und einen englischen Picknickkoffer mit Silberbesteck. Wir steuerten den Wein bei und richtige Gläser, Lachs und Weißbrot und Avocadocreme, spanische Chorizo und schwarze Oliven, Käse und Trauben, Himbeeren. Wir Frauen arrangierten alles auf dem weißen

Tuch in der Nachmittagssonne, es sah hübsch aus, wie auf einem Bild. Wir drapierten uns dazu und aßen mit vorbildlichen Manieren. Baten uns gegenseitig höflich um das Brot, den Wein, das Messer, mein funkelnagelneues *Wonderknife*. Es funkelte in der Sonne. Paul schnitt für mich immer neue Stücke von der Chorizo ab.

Ich glaube, diese Wurst macht süchtig, stöhnte ich, und Paul lachte, und ich lachte mit, einfach nur so. Noch bevor ich mit Lachen fertig war, wußte ich, daß ich einen Fehler gemacht hatte. Ohne Hermann anzusehen, spürte ich, wie die Luft zwischen uns um einige Grade abkühlte und mir zittrige Angstschauer über den Körper liefen, aus dem Augenwinkel heraus bemerkte ich, wie Hermann sich von mir abwandte. Für einen Tag, zwei, drei, eine Woche oder drei? Einmal hat er mich einen ganzen Monat nicht angesehen, nicht angesprochen, nicht angefaßt. Ich hatte einen Kellner versehentlich am Ärmel berührt.

Ich suchte seinen Blick, aber er hielt die Augen niedergeschlagen, starrte auf seinen Teller, das Gras. Ich löste mich auf, als habe er eine Säure über mich geschüttet. Nichts blieb von mir übrig, nur ein dünner Nebelhauch. Niemand bemerkte, daß ich nicht mehr da war.

Eleonore kicherte, an ihren Ohren schwangen dicke goldene Ohrringe. Ach, rief sie, wie wunderbar kann das Leben sein! Sie ließ sich neben mich ins Gras sinken. Wohlig grunzend knöpfte sie sich die Bluse auf und reckte ihren Busen in die Sonne.

Ach, was haben wir es gut, stöhnte sie.

Die beiden Männer steckten sich eine Zigarette an und vertraten sich die Beine. Hermann trug einen weißen Leinenanzug mit Weste. Er sah dürr und zusammengeschnurrt aus.

Er vergewaltigt mich, sagte ich zu Eleonore. Sie lachte. Hermann, sagte sie, ausgerechnet.

Er hätte verbluten können, sagt der pakistanische Arzt in mein Ohr, wenn er will, kann er Sie wegen versuchten Totschlags verklagen.

Versuchten Mordes, korrigiere ich ihn, mein Mann ist Rechtsanwalt.

Ich schließe die Augen vor dem müden, harten, dünnen Mann im Krankenhausbett, den er meinen Mann nennt, und ich sehe Hermann vor mir, wie er sich verwandelt. Wie sehr es mich immer wieder fasziniert hat, ihm dabei zuzusehen. Immer wieder und wieder. Ich konnte nicht genug davon bekommen. Es war, als würde jegliche sichere Annahme über einen Menschen durch sein Verhalten hinweggefegt werden. Alles wurde möglich. Der Augenschein galt nichts mehr.

Selbstvergessener, hingebungsvoller, hemmungsloser als er konnte niemand sein auf dieser Welt, niemand. Ich glaubte, ich sei der Auslöser dazu. Das rührte mich, das schmeichelte mir. Die Macht, die er mir gab, brachte mich dazu, mich in ihn zu verlieben. Und der Mensch, zu dem er wurde, wenn er sich verwandelte, brachte mich dazu, ihn zu *lieben* ... Aus. Vorbei. Jetzt ist er nur noch der eine, nie mehr der andere. Ich fühle mich unendlich erleichtert.

Riju nimmt mich am Arm, zart, vorsichtig, wie mich schon lang niemand einfach nur so am Arm genommen hat.

Nur deshalb sage ich es ihm schließlich.

Bevor wir gehen, streiche ich Hermann über die Hand. Sie ist trocken und kühl, wie immer. Einmal hat er tagelang nicht mit mir gesprochen, weil er fand, ich hätte ihm professionell und ohne Gefühl im Vorbeigehen über die Hand gestrichen wie eine Hure.

Riju, so heißt der junge Arzt, sitzt am Steuer. Ich friere, klappere mit den Zähnen trotz der Hitze, er sieht mich von der Seite an, dreht wortlos die Heizung auf.

Danke, murmle ich.

Keine Ursache, sagt er lächelnd und zieht seine wunderschöne Nase kraus. Wir fahren aus der Stadt hinaus, durchqueren den Stadtteil, in dem wir wohnen. Vor wenigen Stunden nur habe ich diese Wohnung verlassen, ein kleines Päckchen aus Alufolie in der Hand. Ich weiß noch deutlich, wie ich den länglichen Karton mit der Alufolie aus dem Küchenschrank gezerrt und mich darüber geärgert habe, daß die Zähnchen am Rand des Kartons, die ein problemloses Abreißen der Folie garantieren sollen, wie immer versagten.

Wir halten an einer Tankstelle, Riju tankt mein Auto voll, geht zur Kasse. Ich sehe ihm nach, er ist schmal, trägt Jeans und weiße Krankenhaus-Clogs. Seine schwarzen Haare glänzen in der Sonne. Ich könnte seine Frau sein, seine Freundin, seine Geliebte, seine Bekannte. Vor ihm hätte ich keine Angst, bei ihm wüßte ich, daß er nicht plötzlich verstummen, sich in sich selbst verkriechen würde wie ein Einsiedlerkrebs, wenn ich nur den geringsten Fehler mache.

Das erste Mal geschah es in Italien, wenige Wochen nach unserem ersten Zusammensein. Ich sprach mit einem Gast am Nebentisch, einem älteren, freundlichen Briten mit Aknenarben im Gesicht. Ich erklärte ihm den Weg nach Siena, vielen Dank, sagte er, vielen Dank, und lächelte mich an.

Ich lächelte zurück, wandte mich wieder an Hermann, da sah er mich nicht mehr an. Er wirkte mit einem Mal grau-gesichtig, seine Lippen waren fahl, seine Bewegungen, mit denen er sich sein Frühstücksbrot strich, klein und abgezirkelt. Ich erkannte ihn fast nicht wieder, verwirrt streckte ich die Hand nach ihm aus, er ließ sie in der Luft hängen. Was ist los? fragte ich.

Er antwortete nicht.

Bitte, sag mir, was hast du? Schweigen.

Anfangs lächelte ich über sein kindisches Verhalten, schließlich packte mich die Wut. Ich machte mich über ihn lustig. Ohne Erfolg. Ich schrie, ich tobte, dann versuchte ich, vernünftig mit ihm zu reden.

Was hast du? Was? Habe ich etwas falsch gemacht?

Ich bemühte mich, ihn zu umgarnen, zum Lachen zu bringen.

Er sah mich nicht an. Berührungen wich er aus. Er verhielt sich, als sei ich für ihn nicht vorhanden. Luft. Ein Nichts. Zu meinem Entsetzen begann ich mich bald auch so zu fühlen. Wie ausradiert. Er sah mich nicht, also gab es mich nicht.

Dagegen wehrte ich mich, so abhängig wollte ich nicht sein. Niemals. Mit diesem Mann aus Stein wollte ich nichts zu tun haben. Aber die Angst, den anderen Menschen, der er bis jetzt doch auch gewesen war, zu verlieren, war stärker. Wie ein Hündchen lief ich ihm hinterher, wohin er auch ging, ließ ihn nicht aus den Augen.

Wir wanderten durch einen Pinienhain, er sah sich nicht nach mir um.

Ich versuchte, mich an dem Schattenspiel der Sonne zwischen den Ästen zu erfreuen, dem Harzgeruch, dem überwältigenden Konzert der Zikaden. Aber ohne ihm meine Freude mitteilen zu können, war sie nicht recht vorhanden, sie zerrann mir zwischen den Fingern.

Hermann, rief ich verzweifelt, bitte, sieh mich an! Sprich mit mir! Nichts. Er ging weiter, als höre er mich nicht.

Was habe ich denn getan? Ich bekam Lust, einen Stein aufzuheben und ihn von hinten zu erschlagen. Ich lief hinter ihm her, griff seinen Arm, rieb mein Gesicht an seiner Wange. Er ließ es geschehen, wie ein Tier Liebkosungen über sich ergehen läßt – ohne jede Reaktion. Bitte, flehte ich, bitte!

Schließlich zog ich mich nackt aus, ohne Rücksicht auf etwaige andere Spaziergänger, rannte ihm vor die Füße und warf mich vor ihm auf den sandigen Boden. Die einzige Möglichkeit, ihn wieder zum Sprechen zu bringen, ihn aufzutauen wie ein tiefgefrorenes Stück Fleisch, war, seinen Körper zum Reden zu bringen, das wußte ich schon damals.

Die Piniennadeln bohrten sich in meine Haut, Ameisen liefen zu Heerscharen aufgeregt herbei und wanderten in Sekundenschnelle über meinen Körper.

Er starrte mich einen Moment lang fast verwirrt an, dann hob er das Bein und stieg über mich hinweg.

Weinend blieb ich zurück, wünschte mir nichts sehnlicher als einen Strick, mit dem ich mich am nächsten Ast hätte aufhängen können.

Ich beschloß, Hermann zu verlassen.

Er ließ mich ohne Widerspruch gehen. Während ich die Koffer packte, las er in einer Zeitschrift.

An der Rezeption stand der Brite. Er bemerkte meine verheulten Augen und mein Gepäck.

I'm sorry, sagte er.

Mein Mann ist sehr empfindlich, sagte ich, in der Minute, in der Sie heute früh mit mir sprachen, glaubte er, ich liebe Sie mehr als ihn.

Das ist doch verrückt, sagte er, und ich dachte: wie rührend, wie süß, wie ein Kind. Ich rannte die Treppe hoch, platzte atemlos in sein Zimmer. Er lag gekrümmt wie von Schmerzen im Bett, seine Haut war kalt, seine Augen schimmerten im Halbdunkel, als hätte er geweint.

Du liebst mich nicht genug, flüsterte er.

Doch, rief ich glücklich, doch, ich werde es dir beweisen.

Was ich nicht bedachte, war, daß ich müde werden könnte.

Das Kornfeld wogt im Wind, wie es sonst nur in chinesischen Filmen wogt. Rijus feines Profil zeichnet sich als Schattenriß vor dem Seitenfenster ab.

Hier, sage ich leise, hier war's.

Hm, sagt Riju, hält an und steigt aus. Der Wind fährt in seine Haare, wirbelt sie durcheinander und läßt ihn zehn

Jahre jünger aussehen. Er geht ein paar Schritte in das Kornfeld, teilt die Ähren mit den Händen.

Können Sie gut werfen? ruft er mir durch das geöffnete Autofenster zu.

Ich zucke die Achseln. Die Sonne brennt heiß durch die Windschutzscheibe. Ich schließe die Augen, spüre, daß Riju zurückkommt. Sie fragen mich gar nicht, warum, sage ich mit geschlossenen Augen.

Sie werden schon Ihre Gründe gehabt haben, sagt er dicht neben meinem Ohr.

Er hat mich nicht vergewaltigt oder so etwas, falls Sie das denken... Aber wo fängt eine Vergewaltigung an? Kann man jemanden vergewaltigen, indem man nicht mit ihm schläft?

Immer noch halte ich die Augen geschlossen.

Oh, ich denke schon, sagt Riju dicht neben mir, und wieder rieche ich das fremdartige Gewürz in seinem Atem, ist das nicht eine alte Taktik der Frauen?

Wenn ich einen Fehler mache, hungert er mich aus, dann weigert er sich, derjenige zu sein, den ich liebe. Aber wenn er mich liebt, dann...

Riju fragt nicht, was dann ist. Er schweigt, bewegt sich nicht, leise atmet er neben meinem Ohr.

Wir sollten jetzt anfangen, zu suchen, sagt er.

Er geht an der Breitseite des Feldes entlang, ich an der Längsseite. Insekten stürzen sich auf meine nackten Beine. Ich tue nur so, als suchte ich, in Wirklichkeit bete ich, daß ich das glänzende Alupäckchen nicht finden möge, daß ein Fuchs es gefunden, eine Elster weggeschleppt hat auf Nimmerwiedersehen.

Riju wedelt mit den Armen, als hätte er Erfolg gehabt. Ich sehe ihm quer über das Feld zu, wie er gestikuliert, ich stelle mir das Päckchen auf der Handschuhablage meines Autos vor, wie es dort vor mir liegt, in der Sonne blinkt und mich anklagt. Ich drehe mich um und laufe weg, den Feldweg hinunter, stolpere über Grasnarben, Steine, verliere einen meiner dünnen Stoffschuhe, heute früh in aller Hast übergestreift, ohne nachzudenken. Hinter mir, im Schlafzimmer, lag mein blutender Mann.

Ich hatte nicht das Gefühl, daß ich es war, die das Messer in der Hand hatte, ich sah ihm zu, wie es niedersauste wie eine Guillotine. Er lag auf der Seite, dieses weiche, kleine Stückchen Fleisch, das allein ihn zu einem anderen Menschen zu machen vermochte, unschuldig vor sich auf das Laken gebettet.

Wonderknife. In der Tat. Es blutete nicht sofort. Es lag neben ihm wie ein Stückchen Abfall in der Metzgerei.

Warum ich mir die Mühe gemacht habe, Alufolie aus der Küche zu holen, ein passendes Stück abzureißen, es einzupacken, in die Tasche zu stecken, mitzunehmen, um es dann wegzuwerfen? Ich wollte, daß es weit, weit wegkommt und damit die Macht, die von ihm ausgeht.

Ich höre meinen Atem wie von sehr weit weg. Meine Lungen brennen, meine Seiten stechen, ich muß stehenbleiben, beuge mich vornüber, stütze mich auf meine Fesseln. Keuchend sehe ich durch den dünnen Sommerstoff meines Kleides hindurch die schattenhaften Umrisse eines Mannes. Er kommt näher.

Ich richte mich auf. Das Feld ist zu groß, sagt Riju, wir brauchen Unterstützung.

Fünfzehn Menschen durchkämmen in langsamen Schritten das Feld wie nach einem Verbrecher. Rot geht die Sonne unter. Er wird kühler. Riju kurbelt die Fensterscheiben hoch, dann trommelt er ungeduldig auf das Lenkrad. Ich greife nach seiner Hand. Sie ist kühl und dünn.

Ich habe immer geglaubt, daß ich nur anders sein müßte, dann wäre alles gut, sage ich kläglich, können Sie das verstehen?

Riju sieht mich amüsiert an. Natürlich, sagt er, natürlich. Ich war auch schon verliebt. Ich habe mir deshalb sogar eine andere Nase verpassen lassen.

Wann war das?

Oh, sagt er und seufzt lächelnd, lange her. Mit fünfzehn, in Indien. Ich war klein, dünn und häßlich. Man nannte mich ›Nase‹, weil ich aus nicht viel anderem bestand als einer riesigen, krummen Nase. Ich selbst fand sie gar nicht so schlimm, bis ich einmal ein Foto von mir im Profil sah. Ich konnte es nicht fassen, denn sie fühlte sich nicht so riesig an, wie sie aussah, und ich hatte bereits fünfzehn Jahre mit dieser Nase verbracht, ohne zu wissen, wie monströs sie war. Ich fühlte mich von ihr betrogen, rieb von da an beim Reden ständig auf ihr herum, es wurde zu einem Tick.

Ich verliebte mich in ein zwei Jahre älteres Mädchen, die, obwohl sie nicht nur älter, sondern auch sehr hübsch war, sich tatsächlich auch für mich zu interessieren schien. Sie warf mir Blicke zu, einmal berührte sie mich wie absichtlos im Vorbeigehen, ein andermal gab sie mir einen Kaugummi. Je mehr Aufmerksamkeit sie mir schenkte, um so größer erschien mir meine Nase, und ich gelangte zu der festen Überzeugung, daß sie das einzige Hindernis zwischen uns beiden darstellte.

Ich bekniete meine Eltern, sie mir operieren zu lassen – meine Eltern sind recht wohlhabend –, und weil sie mein Tick, mir wie ein Verrückter ständig die Nase zu reiben, immer nervöser machte, stimmten sie schließlich zu. Aus einem Katalog suchte ich mir eine griechische Nase aus, schmal und gerade, die Nase von Apollo.

Sechs Wochen lang saß ich mit einem dicken Verband auf der Nase zu Hause vorm Fernseher und sah Liebesschnulzen. Als der Verband endlich runterkam und eine wirklich göttliche Nase enthüllte, war ich der glücklichste Mann unter der Sonne.

Ich konnte es kaum erwarten, meine Angebetete zu sehen und ihr meine Nase zu zeigen. In aller Früh lauerte ich ihr auf dem Schulweg auf. Als sie endlich kam, sah sie mich nicht an. Ich dachte, sie hätte mich nicht erkannt. Ich lief hinter ihr her, ich bin's, Riju! rief ich aufgeregt und zwang sie dazu, stehenzubleiben. Sie sah mich abweisend an. Ah ja, hallo, sagte sie und ging weiter. Sie hat mich nie wieder beachtet.

Riju lächelt und zieht dabei die Nase kraus.

Eine wirklich schöne Nase, sage ich.

Er zuckt die Achseln. Wir schweigen. Immer noch hält er meine Hand.

Die Sonne ist untergegangen, die Luft wird blau wie das Meer.

Ich habe geschuftet wie ein Pferd, sage ich, um ihn immer wieder weich und warm zu kneten, bis er sich imstande fühlt mich zu lieben. Gestern nacht hatte ich plötzlich keine Lust mehr.

Aufgeregt ruft jemand aus dem Kornfeld: Wir haben es! Wir haben es!

Riju läßt meine Hand fallen, springt aus dem Auto und rennt quer über das Feld. Nur wenige Minuten später rast eine Ambulanz mit Blaulicht heran.

Riju winkt mit einem Arm, in der anderen hält er das Päckchen.

Mit quietschenden Reifen bleibt das Auto vor ihm stehen. Eilig steigt Riju ein, sie fahren davon. Kurz vor der Einmündung in die Hauptstraße schalten sie das Martinshorn ein.

Langsam sammeln sich die Menschen, die das Feld abgesucht haben, zu einer Gruppe, unschlüssig stehen sie zusammen und sehen zu mir herüber.

Ich rutsche auf den Fahrersitz und mache die Scheinwerfer an. Rückwärts fahre ich auf die Straße. Das Licht der Scheinwerfer wandert über das Kornfeld, dann versinkt es im Dunkel.

Hermann sitzt in seinem Sessel am Fenster und studiert Akten. Mit einem Bleistift macht er sich winzigkleine Notizen, so groß wie Fliegendreck. Außer seinem Arm bewegt sich nichts an seinem Körper. Seine Füße stehen fest nebeneinander auf dem Boden, die Bügelfalten seiner Hosen bilden zwei exakte rechte Winkel. Er hat nicht das Bedürfnis, die Beine unruhig übereinanderzuschlagen, sich am Ohr zu zupfen, durch die Haare zu fahren, zu kratzen, aufzustehen, in die Küche zu laufen und in den Kühlschrank zu starren. Nein, er bleibt sitzen und erledigt das, was er zu tun hat. Meine Anwesenheit scheint er nicht zu bemerken. Ich frage mich, ob ich etwas falsch gemacht habe, aber als ich hinter ihn trete, wendet er ganz leicht den Kopf in meine Richtung, also ist alles in Ordnung. Das ist oft nicht leicht zu unterscheiden, denn die Hälfte der Zeit weiß ich nicht, ob ich etwas falsch gemacht habe. Das ist allein mein Problem, denn er ist nun einmal so, wie er ist.

Er ist wieder so, wie er immer war. Ein medizinisches Wunder. Alles wieder dran, und es funktioniert auch noch. Meine Güte, Kind, sagt meine Mutter, und du willst wirklich bei ihm bleiben?

Ich streiche ihm über die Hand und entferne mich. Leise wie eine Katze gehe ich über den Teppich zur Tür. Ich sehe ihn weit, weit entfernt von mir dort am Fenster sitzen, er rührt sich nicht.

In einer halben Stunde gibt es Abendessen, sage ich, und meine Stimme segelt wie ein Papierflugzeug quer durch das Zimmer und stürzt vor seinen Füßen ab.

Er nickt. Also ist alles gut.

Das Jenseits

Hör mal, sagt Iris und liest mir kichernd aus der Zeitung vor: *Sie packte das abgetrennte Glied ihres Mannes ein, setzte sich ins Auto, fuhr ziellos herum, bis sie es schließlich in ein Feld warf, wo es wenige Stunden später von einem Suchtrupp gefunden, ins Krankenhaus gebracht und wieder angenäht wurde. Laut Sprecher des Klinikums sind alle Funktionen wieder hergestellt, eine Meisterleistung der Chirurgie und eine Premiere in der Geschichte der Medizin.*

Halt still, sage ich, sonst schneide ich dir auch was ab.

Iris hält sich den Bauch vor Lachen. Ich warte, bis sie damit fertig ist, und spiele mit der Schere. Iris' Haare sind fein wie Kükenflaum. An manchen Stellen sieht man schon kahle Stellen, weil sie auf die Idee gekommen war, sich eine Dauerwelle machen zu lassen, was ihr etwas Verschrecktes gibt, so als würde sich jedes einzelne ihrer Babyhaare beim Anblick dieser Welt vor Angst krümmen.

Ich kann mir vorstellen, daß Männer diese Geschichte nicht so komisch finden, sage ich.

Iris lacht nur um so mehr. Ich schnippele ihr hauchfeine Haare aus dem Nacken.

Ich frage mich, wie sie es gemacht hat. Ist doch ziemlich schwierig. Hier steht mit einem Küchenmesser, aber kein Küchenmesser, das ich kenne, ist so scharf.

Iris, bitte.

Außerdem muß er auf der Seite gelegen haben, sonst kommt man doch gar nicht richtig dran.

Iris, noch ein Wort.

Sie sucht meinen Blick in ihrem fleckigen Badezimmerspiegel. Ihr Gesicht ist verknautscht, als wäre sie gerade aufgestanden.

Mensch, Elke, lach doch mal wieder, sagt sie und nimmt meine Hand, das Leben geht weiter.

Ich lächle, damit sie zufrieden ist.

Halt still, sage ich.

Eine Frau mit einer Schere in der Hand wird niemals verhungern, hat meine Mutter uns Töchtern eingebleut, und tatsächlich habe ich Friseuse gelernt, dabei habe ich es immer gehaßt, die Haare fremder Leute anzufassen. Seit Veit nicht mehr da ist, muß ich wieder Haare schneiden, um zu überleben. Heute lege ich eine Extraschicht ein, um mit ihm sprechen zu können. Frau Mischek nimmt zweihundertfünfzig Mark für eine Sitzung. Das sind mehr als drei Haarschnitte. Den Tip mit Frau Mischek habe ich von der alten Frau Bösinger im Haus, die über Frau Mischek Botschaften von ihrer vor vierzig Jahren verstorbenen Mutter erhält. Je älter man wird, um so mehr wird man wieder zum Baby, erzählt mir Frau Bösinger, man möchte wieder auf den Arm.

Wann seid ihr hier endlich fertig? ruft Lars, der Freund von Iris, ich muß aufs Klo.

Er kommt ins Badezimmer, ein großer breiter Mann in

einem karierten Flanellhemd, er sieht aus, als würde er Caterpillar fahren oder Bäume fällen, dabei komponiert er Jingles für Werbespots und Tonreihen für Computerspiele. Die meiste Zeit sitzt er vorm Fernseher, wartet auf eine Inspiration und lebt von dem Geld, das Iris als Lehrerin verdient.

Iris hängt sich ein Handtuch über den Kopf.

Noch nicht fertig, sagt sie. Hier, lies mal. Sie gibt Lars den Artikel, den sie mir gerade vorgelesen hat.

Wir beobachten beide sein Gesicht, während er liest. Er verzieht schmerzhaft die Miene und gibt die Zeitung zurück.

Das findet ihr wohl sehr komisch, ihr albernen Hühner, sagt er, das kann ich mir gut vorstellen, wie schrecklich komisch ihr das findet. Raus!

Gehorsam gehen wir vor die Tür und warten, bis er fertig ist.

Der Flur ist dunkel und vollgestellt mit schiefen Regalen, Kisten, einem alten Schrank. Hoch oben über unseren Köpfen schwebt ein Surfbrett.

Iris lüftet das Handtuch. Sie seufzt. Es macht mich wahnsinnig, wenn er den ganzen Tag zu Hause ist, flüstert sie. Sie sieht mich an. Ich beneide dich, weißt du das?

Mich? Ich schnaube ungläubig. Um was soll man mich beneiden?

Ihr habt euch wenigstens wirklich geliebt, flüstert Iris im dunklen Flur.

Professionell schwenke ich den kleinen Handspiegel hinter ihrem Kopf. Iris dreht sich hin und her, lächelt, nickt, aber ich sehe, daß sie enttäuscht ist. Fast alle sind hinterher enttäuscht. Sie stellen sich vor, eine vollkommen andere Person zu werden, ein Mensch, den sie endlich vorbehaltlos lieben können, und dann sind sie am Ende doch dieselben, nur die Haare sind ein Stück kürzer.

Ich fahre Iris mit einer weichen Bürste durch das Gesicht und befreie sie von den winzigfeinen Härchen. Sie schüttelt sich wie ein Hund.

Was schulde ich dir? fragt sie förmlich und steht auf. Ich nehme ihr den Umhang ab.

Achtzig, sage ich mit klarer, fester Stimme.

Oh, sagt Iris, du bist teurer geworden.

Das Leben auch.

Wir sehen uns an, unsere Augen werden ein wenig schmal.

Möchtest du noch einen Kaffee? fragt Iris.

Wenn ich annehme, fallen ihr die achtzig Mark leichter, dann hat sie das Gefühl, sie zahle sie einer Freundin.

Ich nicke. Gern.

Hm, sagt Lars, als Iris ins Wohnzimmer kommt und ihm ihren neuen Haarschnitt zeigt.

Was heißt ›hm‹?

Auch nicht anders als vorher, sagt Lars und wendet sich wieder dem Fernsehschirm zu.

Iris verdreht die Augen. Wir setzen uns nebeneinander auf die durchgesessene Couch. Der Kaffee schmeckt bitter, die Milch färbt ihn kaum heller, so stark ist er. Ich werde vor Aufregung zittern, wenn ich bei Frau Mischek bin.

Lars sieht eine Videoaufzeichnung von *Wetten daß*... Ein Mann mit einem riesigen Schnauzer und düster verhangenen Augen hat gewettet, daß er seine Frau, eine unscheinbare Person in einem grünen Trenchcoat, mit einem Bagger ausziehen kann. Der Mann ist nervös. Sein Auftritt wurde immer wieder verschoben, weil er vor Aufregung Nasenbluten bekam. Er steigt auf einen riesigen orangeroten Bagger, läßt den Motor an, seine Frau stellt sich mit bitterernster und leicht ängstlicher Miene darunter, er fährt mit dem riesigen Greifer auf sie zu, zupft ihr damit den Hut vom Kopf, zieht ihr den Schal ab, dann Mantel, Bluse und Rock. Einmal trifft er sie mit dem Greifer an der Schulter, die Frau zuckt nicht mit der Wimper, obwohl das sehr weh getan haben muß. Zu guter Letzt steht sie in einem transparenten, margarinegelben Unterrock da, ihre Unterwäsche zeichnet ab, ihr Bauch ist deutlich sichtbar, ihre großen Brüste, die Schwimmreifen um ihre Taille. Frierend und erbärmlich anzuschauen, steht sie da, ihr Mann hat die Wette gewonnen, er hat tatsächlich innerhalb von wenigen Minuten seine Frau mit einem Bagger ausgezogen, stolz steigt er von seinem Bagger, Applaus. Endlich erbarmt sich jemand und bringt der Frau ihren Mantel. Ihr Mann geht auf sie zu, sie umarmen sich, sie wirken glücklich.

Ich stelle mir die beiden vor, wie sie nachts in einer Scheune in einem völlig stillen, dunklen Dorf üben.

Warum hat sie sich nicht wenigstens einen schwarzen Unterrock angezogen? fragt Iris.

Bei der ist doch Hopfen und Malz verloren, sagt Lars.

Doch, beharrt Iris und tastet sich über den neuen Haarschnitt, schwarz hätte in jedem Fall viel besser ausgesehen.

Aber so war sie komischer.

Voyeur, sagt Iris scharf.

Lars dreht sich langsam zu ihr um.

Du siehst aus wie ein Huhn auf der Flucht, sagt er grinsend.

Ich habe noch eine Stunde Zeit bis zu meinem Termin bei Frau Mischek und gehe in ein Café in dem modernen Häuserblock, in dem sie wohnt. Es ist warm in der Herbstsonne, weißgedeckte Tische stehen draußen, ein kleiner Springbrunnen gluckert vor sich hin.

Ich setze mich und schließe die Augen. Sofort fließt der bekannte Schmerz der Erinnerung durch meine Adern wie eine grüne, metallische Flüssigkeit. Ich kann ihn auf der Zunge spüren, er schmeckt entfernt nach Blut.

Ich öffne die Augen wieder. Ein Mann mit grauen Haaren, grauem Stoppelbart und einem nicht mehr jungen, aber jungenhaften, braungebrannten Gesicht hat sich an den Nebentisch gesetzt. Er trägt Khakihosen und ein rotes Hemd, an den Füßen Socken und – leider – Sandalen. Die Sandalen enttäuschen mich. Ich kann Männer, die Sandalen tragen, nicht ausstehen. Dabei sollen sie gute Liebhaber und verläßliche Ehemänner abgeben, hat mir neulich eine Kundin, die als Schuhverkäuferin arbeitet, erzählt. Turnschuhträger seien dagegen unstet und einfallslos im Bett. Veit war das Gegenteil.

Ich trage heute ausnahmsweise die Stöckelschuhe aus hellrotem Veloursleder, die ich mir mal für ihn gekauft habe, er mochte mich in Stöckelschuhen, besonders in roten, er nannte sie *fuck-me-shoes*. Jetzt trage ich sie nur noch, wenn ich mich besonders mutlos fühle. Sie zwingen mich dazu, aufrecht zu gehen, und dem Leben ins Gesicht zu sehen.

Der Mann bestellt. Natürlich ist die Bedienung gleich zu ihm gegangen, obwohl ich zuerst da war.

Er fährt sich mit den Händen durch die Haare, lehnt sich zurück, grinst die Bedienung an, ein blasses, dünnes Mädchen mit kurzen, roten Haaren. Sie lächelt noch immer, als sie sich mir zuwendet, dann verlischt ihr Lächeln, als sei es ausgepustet worden, abwesend nimmt sie meine Bestellung auf.

Der Mann holt eine Zigarettenschachtel aus seiner Hosentasche, schüttelt sie, sie ist leer. Er knüllt sie zusammen, gähnt mit weit offenem Mund, reibt sich mit beiden Händen über die Brust. Er erinnert mich in seinen Bewegungen an einen großen Hund.

Er gefällt mir. Seit langer Zeit hat mir kein Mann mehr so gefallen wie er. Bis auf die Sandalen. Aber ich beschließe, über die Sandalen hinwegzusehen. Mit diesem Mann würde ich mitgehen. Ja, tatsächlich.

Überrascht lächle ich in seine Richtung, aber er beachtet mich nicht. Ich lehne mich mit einer heftigen Bewegung zurück, daß meine Lederjacke knarzt, werfe mir mit einer übertriebenen Geste die Haare aus dem Gesicht. Er reagiert nicht.

Sein Kaffee kommt. Wieder lächelt er breit die Bedienung an, sagt etwas zu ihr, sie zieht ein Päckchen Zigaretten unter ihrer Schürze hervor und gibt ihm eine.

Wortlos stellt sie meinen Kaffee vor mich hin. Als sie wieder im Inneren des Cafés verschwunden ist, nehme ich den Löffel von der Untertasse und lasse ihn fallen.

Er wendet den Kopf. Ich lächle ihm kurz zu, bevor ich mich bücke, um den Löffel aufzuheben. Als ich wieder auftauche, hat er sich eine Zeitung vom Nebentisch genommen, blättert in ihr herum, fängt an zu lesen.

Ich weiß nicht, wie viele Frauen außer mir Männer, die Zeitung lesen, besonders attraktiv finden, aber ich mag diese seltsame Versunkenheit, die sie dann befällt, dieses Entrücktsein in ihren Gesichtern, besonders, wenn sie den Sportteil lesen.

Plötzlich fängt er an zu lachen. Seine weißen Zähne blitzen. Er lehnt sich zurück und lacht und lacht.

Ich dachte, Männer finden die Geschichte überhaupt nicht komisch, sage ich.

Er dreht sich überrascht zu mir um. Ich mache eine Geste, als würde ich meinen Finger abhacken.

Vielleicht bin ich Masochist, sagt er und mustert mich. Er hat braune, sanfte Augen. Er reibt sich mit der Hand über den Stoppelbart. Und Sie, finden Sie sie komisch?

Eigentlich nicht, sage ich.

Tja, jeder findet etwas anderes komisch.

Hm, nicke ich, was soll man darauf schon sagen? Unsere kaum begonnene Unterhaltung droht zu versiegen.

Die Finnen würden sich wahrscheinlich kaputtlachen, sagt er.

Die Finnen?

Er zuckt die Achseln. Die Finnen sind verrückt. Düster und brutal. Aber sie lachen viel, besonders im Winter, wenn alle betrunken sind.

Ich lächle, sage nichts, bin mir nicht mehr sicher, ob ich ihn wirklich sympathisch finde. Er rückt seinen Stuhl ein wenig zu mir herum. Es gibt da ein finnisches Märchen von einem Bauern und dem Sohn des Teufels …

Ich wußte nicht, daß der Teufel einen Sohn hat.

In Finnland schon.

Sind Sie Finne?

Nein, sehe ich so aus?

Ich zögere, weil man an dieser Stelle zögern muß, weil es der erste Moment ist, in dem er beginnt, mit mir zu flirten.

Die meisten Finnen sind ziemlich häßlich, sage ich.

Das kann man laut sagen. Er lacht mit weit offenem Mund.

Was war mit dem Sohn des Teufels und dem Bauern?

Ach ja, sagt er und beugt sich vor. Wollen Sie die Geschichte wirklich hören?

Eine rhetorische Frage. Ich nicke.

Er reibt sich wieder mit beiden Händen über die Brust. Ein Bauer brät mitten im Wald eine Wurst, beginnt er, da kommt der Sohn des Teufels hungrig vorbei und fragt: Wo hast du die Wurst her? Das ist keine Wurst, sagt der Bauer, ich hab ihn mir abgeschnitten, und jetzt brate ich ihn.

Ich verziehe keine Miene.

Darf ich mal probieren? fragt der Sohn des Teufels. Der Bauer gibt ihm ein Stück, dem Sohn des Teufels schmeckt es, also schneidet er sich seinen ebenfalls ab. Daraufhin geht es ihm überhaupt nicht gut. Er humpelt heulend nach Hause und erzählt seinem Vater, was passiert ist. Der Bauer rennt nach Hause, sagt seiner Frau, die gerade Brot bäckt, zieh dich aus!

Er macht eine winzige Pause. Ich setze mein Pokerface auf und reagiere nicht im geringsten.

Der Bauer zieht die Röcke seiner Frau an, fährt er fort, und stellt sich an den Herd, seine Frau legt sich in seinen

Hosen ins Bett. Wenige Minuten später kommt bereits der Teufel. Wo ist dein Mann? fragt er die Frau am Herd. Im Bett, murmelt die. Der Teufel rennt ins Schlafzimmer und reißt dem Mann, der dort im Bett liegt, die Hosen herunter. Mein Gott, sagt er, tatsächlich. Hat es weh getan? Der Bauer beziehungsweise seine Frau schüttelt den Kopf. Der Teufel läuft nach Hause und ohrfeigt seinen vor Schmerzen heulenden Sohn. Stell dich nicht so an, sagt er.

Erwartungsvoll sieht er mich an.

Hm, sage ich.

Nicht komisch? fragt er mit gespielt traurigem Gesichtsausdruck.

Ich schätze, wenn ich das halbe Jahr im Dunkeln leben müßte, sage ich, fände ich es auch irgendwann komisch.

Er neigt den Kopf und kneift die Augen ein wenig zusammen.

Was ist?

Oh, sagt er langsam, ich frage mich, was ich von einem wildfremden Kerl halten würde, der mir eine solche Geschichte erzählt.

Was würden Sie von ihm halten?

Nicht sonderlich viel, sagt er, nicht gerade sonderlich viel, das ist sicher. Ich weiß, es ist ein Trick, und dennoch gefällt er mir. Es ist das erste Mal seit Veits Tod daß mir ein Mann auch nach fünf Minuten noch gefällt. Ich merke, wie ich schüchtern werde, gleichzeitig strecke ich meine nackten Beine mit den roten Stöckelschuhen in seine Richtung.

Und jetzt möchte ich auch noch 'ne Zigarette von Ihnen schnorren, sagt er.

Ich rauche nicht.

Das ist dumm, grinst er und räkelt sich.

Wir kommen an einen Punkt, an dem es nicht weitergehen wird, wenn ich nicht die Initiative ergreife. Ich glaube, ich habe Kleingeld, biete ich an.

O nein, wehrt er ab, ich kaufe mir keine Zigaretten mehr, sonst rauche ich wieder Kette, ich schnorre nur noch und hoffe auf meine moralische Hemmschwelle.

Die ist anscheinend nicht besonders hoch, sage ich leicht gedehnt.

Ach ja? sagt er prompt und funkelt mich an.

Ich ziehe lächelnd die Augenbrauen hoch und halte seinem Blick stand.

Aus den Augenwinkeln sehe ich, wie eine dünne Frau mit halblangen graublonden Haaren auf seinen Tisch zukommt.

Er wendet sich von mir ab und streckt die Hand nach ihr aus. Sie legt ihre Hand in seine, aber er schüttelt den Kopf, läßt ihre Hand fallen, hält weiter die Hand ausgestreckt, bis sie begreift und eine Schachtel Zigaretten aus ihrer Tasche holt und hineinlegt. Er zündet sich eine Zigarette an, die Frau setzt sich, küßt ihn auf die Wange, er läßt es geschehen.

Er sieht mich nicht an, er sieht sie nicht an, er nimmt die Zeitung wieder auf und liest weiter. Jetzt verabscheue ich ihn dafür.

Die Frau sieht sich um, stützt das Kinn in die Hände. An ihrem Ringfinger blitzt in der Sonne ein Ehering auf. Sie sieht älter aus als er, aber wahrscheinlich sind sie gleich alt. Was in seinem Gesicht attraktiv wirkt, signalisiert in ihrem den beginnenden Abstieg. Eine gewisse Müdigkeit um die Augen, eine sich ankündigende Schlaffheit am Hals, an den

Wangen, ein sich Auflösen der Konturen, das keine noch so teure Creme, kein noch so erholsamer Schlaf mehr aufhalten kann. Es wirkt schrecklich verletzlich.

Sie zupft ihn am Ärmel. Er sieht nicht auf. Sie sagt etwas in einer Sprache, die ich nicht verstehe. Er hört nicht hin. Sie spricht weiter in dieser Sprache, die ein wenig klingt wie die Hühnersprache, die wir uns als Kinder ausgedacht haben. Viele üüs und ääs und iis. Es ist finnisch, natürlich. Die Frau verstummt. Er sieht nicht auf. Sie steckt sich eine Zigarette an und kneift die Lippen zusammen. Mit leerem Blick sieht sie in die Ferne und bläst langsam den Rauch durch die Nase aus.

Frau Mischek öffnet die Tür und strahlt. Schöne Grüße von der Oma, trompetet sie und zerrt mich in ihre winzige Wohnung. Es riecht schwach nach Kohl.

Ihre Oma war auf meinem Band und läßt Sie schön grüßen, ruft Frau Mischek aufgekratzt und mustert mich neugierig. Sie ist klein und etwa Ende Fünfzig, sie trägt einen Op-art-Kaftan aus den siebziger Jahren, der einen leicht schwindlig macht, wenn man ihn zu lange anschaut, ihre braunen Haare hat sie zu einem Pferdeschwanz zusammengebunden. Legen Sie ab, legen Sie ab!

Ich behalte meine Lederjacke lieber an, ohne sie fühle ich mich so schutzlos. Energisch wie ein Gummiball hüpft sie voran in ihr Wohnzimmer. Auf dem Eßtisch steht ein altmodischer Kassettenrekorder, mit dem Frau Mischek anscheinend die Stimmen aus dem Jenseits empfängt.

Nicht so schüchtern, ruft sie und drückt mich auf einen Stuhl. Um ihren Hals hängt eine schwere goldgeränderte

Brille, sie setzt sie auf und sieht mich mit kleinen grünen Augen an.

Sie haben letzte Woche den Termin mit mir ausgemacht, und schon in derselben Nacht kamen die ersten Durchsagen.

Auf Ihr Tonband, sage ich, um irgend etwas zu sagen.

So viele Durchsagen, fährt sie fort, ohne auf mich zu achten, das ist selten, das Jenseits hat Ihnen viel zu sagen.

Ich lächle höflich.

Das Jenseits ist spaßig, erklärt Frau Mischek, eine fröhliche, faszinierende Welt. Das können Sie mir glauben. Sie springt auf und reckt die Arme in die Luft. Kinder, lebt doch! rufen unsere Freunde aus dem Jenseits uns zu. Ihr seid doch nur fünf Minuten Gast auf dieser Welt. Stimmt's oder nicht?

Sie sieht mich erwartungsvoll an. Ja, murmle ich und verfluche im stillen die alte Frau Bösinger. Frau Mischek ist wahnsinnig, das ist vollkommen klar. Sie setzt sich wieder hin. Jetzt erst sehe ich das Madonnenbild über ihrem Kopf an der Wand. Wir können unseren Freunden aus dem Jenseits vertrauen, sagt Frau Mischek, sie beschützen uns, niemand ist allein. Wenn ich auf der Autobahn fahre, sage ich, jetzt paßt mal hübsch auf die Radarfallen auf, und wenn die Lichter an der Armatur anfangen zu blinken wie verrückt, dann weiß ich, langsamer fahren – Radarkontrolle.

Sie streckt die Hand nach meiner aus, läßt sie aber wenige Zentimeter bevor sie sie berührt, auf der Spitzentischdecke liegen.

Sie glauben mir kein Wort, sagt sie überraschend leise. Das geht am Anfang allen so. Ich hab's auch nicht geglaubt, und schon fängt sie wieder an zu strahlen. Als ich zwölf Jahre alt war, haben sie sich zum erstenmal gemeldet. Irmi, du gehst nach Paris, lernst einen älteren Mann kennen und kommst mit einem weißen Sportwagen wieder, haben sie gesagt. Mein Vater hat mich zwei Tage in den Keller gesperrt, um mir die Spinnereien auszutreiben. 1954 bin ich nach Paris, hab meinen George kennengelernt, mit vierundzwanzig stand ich mit ihm im weißen Karman Ghia bei meinen Eltern vor der Tür. – So. Übermütig schüttelt sie ihren Pferdeschwanz wie ein buckelndes Pony. So. Und jetzt zu Ihnen.

Sie zieht ein Schulheft unter dem Rekorder hervor und schlägt es auf. Schöne Grüße von der Oma, liest sie langsam vor wie ein Schulanfänger, auf die Nackenwirbel aufpassen. Und ruhiger werden. Nicht so nervös.

Sie sieht auf und rückt an ihrer goldenen Brille. Sagt Ihnen das was?

Ich zucke die Achseln und sehe verstohlen auf die Uhr. Stimmt's oder nicht? insistiert Frau Mischek.

Ja, sage ich, stimmt. Wer hat keine Probleme mit dem Nacken, wer ist nicht nervös?

Frau Mischek liest weiter. Im Frühjahr greif zu. Es lohnt sich. Veränderung im Mai.

Zweihundertfünfzig Mark für diesen Mist, stöhne ich innerlich, den ganzen Tag habe ich dafür gearbeitet.

Jetzt kommt was Komisches, was ich nicht recht verstehe, sagt Frau Mischek, ich kann nämlich kein Englisch. Nur Französisch, das aber fließend. Oh, là là, das sag ich Ihnen. Der Anrufer hat sich nicht identifiziert. Aber eine männliche Stimme.

Ich richte mich ein wenig auf. Meine Lederjacke gibt einen kleinen Laut von sich. Frau Mischek sieht mich aufmerksam an.

Die Durchsage lautet: Eim krezi, krezi for filing. Oder so ähnlich.

I'm crazy, crazy for feeling, Patsy Cline, stottere ich, und spüre, wie ich blaß werde, meine Knochen zu Butter werden. Frau Mischek lächelt triumphierend.

Veit hat alte Country-Musik geliebt, Hank Williams, Tammy Wynette, besonders aber Patsy Cline. Mit ihr hat er mich verrückt gemacht, von morgens bis abends ihre schwermütigen Lieder von verlorenen Liebhabern und vergeudetem Leben gehört. Was bekommt man, wenn man Patsy Cline rückwärts hört? Du bekommst deinen Kerl zurück, deine Kinder, dein Auto, und die Hypothek auf dein Haus ist auch schon bezahlt. Ich lächle, und gleichzeitig vermisse ich Veit mit der Wucht einer Fallbirne, die mich mitten auf die Brust trifft. Ich krümme mich vor Schmerz.

Was habe ich Ihnen gesagt, trompetet Frau Mischek und beugt sich wieder über das Schulheft. Wasser warm, keine Angst, liest sie vor.

Das Wasser war warm, das Meer, in dem er ertrunken ist, flüstere ich.

Sie klappt das Heft zu und grinst beglückt. Sehen Sie, sehen Sie.

Mehr hat er nicht gesagt?

Mehr? sie schüttelt entrüstet den Pferdeschwanz. Die meisten bekommen monatelang, jahrelang überhaupt keine Durchsagen. Kein einziges Wort.

Könnte ich ihn vielleicht mal hören? Ich deute auf den Kassettenrekorder.

Sie würden ihn nicht verstehen, dazu braucht man jahrelange Übung, wehrt Frau Mischek ab.

Bitte. Jetzt strecke ich meine Hand nach ihrer auf dem blauen Schulheft aus. Sie zieht sie leicht zurück. Bitte, flehe ich.

Sie zieht die Augenbrauen hoch und nimmt den Kassettenrekorder auf ihren Schoß. Mit affenartiger Geschwindigkeit fährt sie das Band vor und zurück, es rauscht, kratzt, pfeift. Da, sagt sie, entrückt lächelnd, da, ganz deutlich: Wasser warm, keine Angst.

Ich habe nichts verstanden.

Wasser warm, keine Angst, wiederholt Frau Mischek, Wasser warm, keine Angst. Wasser warm, keine Angst.

Ich höre nichts als Bandrauschen.

Wasser warm, keine Angst, Wasser warm, keine Angst, plappert Frau Mischek wie eine aufgezogene Puppe.

Hören Sie auf! schreie ich.

Frau Mischek stellt den Kassettenrekorder zurück auf den Tisch.

Hier wird nicht geheult, sagt sie sachlich, bevor ich noch damit anfange. Das Jenseits gibt uns keinen Grund zu heulen. Jeder ist behütet, jeder wird begleitet.

Sie steht auf. Ich lege zweihundertfünfzig Mark auf den Tisch.

Frau Mischek hüpft mir voran, zur Tür.

Rufen Sie mich wieder an, strahlt sie, und passen Sie auf Ihre Nackenwirbel auf.

Die Bäume stehen ruhig und ungerührt an der Straße. Die

Menschen gehen weiterhin ihren Geschäften nach. Die Hunde heben wie eh und je das Bein. Mein zerbeultes, mit Stickern beklebtes Auto steht immer noch auf dem Parkplatz einer Bank, der nur für Kunden reserviert ist.

Ich wanke drauf zu, und erst als ich bereits eingestiegen bin, sehe ich, daß sich ein dunkelgrüner BMW hinter mich gestellt hat, in dem ein älteres Ehepaar sitzt. Ich steige wieder aus, halte mit einem Knie meine Autotür auf und gestikuliere: Könnten Sie vielleicht freundlicherweise wegfahren?

Ein kahlköpfiger Mann in einem Lodenjackett wächst aus dem BMW wie in einem Zeichentrickfilm, er richtet sich zu seiner ganzen Größe auf und knöpft sein Lodenjackett zu.

Stumm deutet er auf das Schild, auf dem steht, daß nur Kunden der Bank hier parken dürfen.

Ja, rufe ich, zucke entschuldigend die Schultern, ich weiß.

Der Mann macht keinerlei Anstalten, seinen Wagen wegzufahren. Er wippt ein wenig auf den Zehenspitzen und starrt mich bedeutungsvoll an.

Sie können ja jetzt meinen Parkplatz haben, biete ich an, Sie müßten mich nur rauslassen.

Er schüttelt den Kopf.

Darf ich wissen, warum nicht?

Damit Sie es ein für allemal lernen, sagt er langsam.

Ich seufze. Sind Sie selbsternannter Polizist?

Kommen Sie mir bloß nicht so!

Ich schlage mit der Hand ungeduldig auf mein Autodach.

Jetzt lassen Sie mich bitte schön einfach fahren, sage ich und lächle sogar.

Er schüttelt den Kopf.

Ich habe es begriffen, ein für allemal, ich werde nie wieder hier parken, rufe ich zornig, was geht Sie das eigentlich an?

Darum geht es nicht.

Worum geht es dann?

Daß auch Sie allgemeingültige Regeln zu beachten haben.

Ich schlage die Autotür zu und gehe langsam auf ihn zu. Im Kotflügel seines blankpolierten Autos spiegeln sich die Wolken. Eine Frau mit auftoupierten Haaren und weiß geschminktem Gesicht beugt sich aus der Fahrertür.

Laß dich bloß nicht provozieren! ruft sie dem Mann in der Trachtenjacke zu.

Was wollen Sie? frage ich betont ruhig. Na los, sagen Sie es mir. Was wollen Sie wirklich? Was haben Sie für ein Problem?

Er sieht mich haßerfüllt an. Ich habe es satt, daß Leute wie Sie uns anderen auf der Nase rumtanzen, wie es ihnen Spaß macht.

Gucken Sie sich doch bloß mal an! ruft die Frau aus dem Inneren des Autos.

Ich spüre, wie ich anfange zu sieden. Noch nicht zu kochen, nur zu sieden.

Das gibt es nur in Deutschland, murmle ich.

Habe ich richtig gehört? schreit er hysterisch. Ist doch immer dasselbe, keift seine Frau, wenn euch nichts mehr einfällt, jammert ihr über Deutschland.

Nur in diesem verdammten Land passen andere Leute

drauf auf, wie man parkt! schreie ich, daß mir die Stimme überschnappt, all meine Wut, all mein Haß auf diese Welt schießt mir in den Kopf wie eine Stichflamme. Wie man parkt, wie man aussieht, wie man denkt – lauter kleine Aufpasser! Haben Sie keine anderen Probleme? Ist es Ihnen zu Hause allein mit Ihrer Frau zu langweilig?

Werden Sie nicht ausfällig, Sie unverschämtes Stück, schreit der Mann mit hochrotem Kopf. Nur weil wir so tolerant mit Leuten wie Ihnen sind –

Gesindel! keift seine Frau.

Faschisten! brülle ich.

Ich zeige Sie an! kreischt er und kommt drohend auf mich zu. Das lasse ich mir nicht bieten!

Ich gehe ein paar Schritte rückwärts, aber er schlägt mich nicht in die Flucht; in einem Riesensatz, den ich meinem Körper gar nicht zugetraut hätte, springe ich auf seine Kühlerhaube. Verschwommen sehe ich durch das dunkle Glas der Windschutzscheibe das fahle, erschrockene Gesicht seiner Frau. Sie reißt den Mund auf.

Schaut gut her, schreie ich, schaut gut her, damit Ihr was habt, was Ihr anzeigen könnt! Wie eine Irre stampfe ich mit meinen Stöckelschuhen auf der Kühlerhaube herum, daß sie bald aussieht, als sei sie in eine Maschinenpistolensalve geraten. Und noch ein Loch und noch ein Loch und noch ein Loch. Ich drehe mich, springe, stampfe wie in einem Technotanz auf dem Auto herum, ich werfe den Kopf zurück, wütende Tränen laufen über meine Wangen, der Himmel über mir ist weiß und leer.

Veit, rufe ich, verdammt noch mal, komm zurück!

Meine Freundin

Meine Freundin rief mich an, komm schnell, sagte sie. Ihr Freund Karl lag unter dem Weihnachtsbaum. Ich kann nicht anders, sagte er und grinste, die andere vögelt einfach besser, so ist es nun mal. O Gott, sagte meine Freundin zu mir, hörst du das? Hast du das gehört?

Ich war schwanger, meine Freundin verband mir die Augen und führte mich zu zwei Stühlen mit Kissen, setz dich, sagte sie, vorsichtig setzte ich mich. Sie klatschte in die Hände und rief, es wird ein Mädchen, hurra! Unter dem Kissen, auf das ich mich gesetzt habe, lag eine Schere. Unter dem anderen ein Messer.

Meine Freundin fuhr in seinem Auto an mir vorbei, sie hielt mitten auf der Straße an, sprang heraus, lief auf mich zu, ihre Augen weit aufgerissen, ihre Haare wehten hinter ihr her.

Wir heiraten! rief sie. Stell dir vor, wir heiraten!

Wir saßen zusammen auf einem Spielplatz, mein Kind grub im Sand. Ich mache jetzt eine Atemtherapie, sagte meine Freundin. Ich habe festgestellt, daß ich meine Mutter hasse.

Das weißt du doch schon lange, sagte ich und stand auf, um meinen Sohn auf die Wippe zu heben.

Ja, sagte sie, aber nicht mit dieser Heftigkeit. Wenn ich atme, fange ich ganz plötzlich an zu schluchzen, so wie in meiner Kindheit, genauso.

Was haßt du an deiner Mutter? fragte ich und zitterte beim Gedanken, daß mein Kind mich einmal so hassen könnte.

Sie hat uns einfach nicht wahrgenommen, sagte meine Freundin, es gibt Fotos von ihr, wie sie mit einer Zigarette in der Hand auf der Terrasse sitzt und in die Ferne starrt, und hinter ihr kriechen drei Kinder im Gras herum. Mit zwei Jahren bin ich aus dem Haus gelaufen, die Straße hinunter, und sie hat es erst eine Stunde später bemerkt.

Vielleicht war sie überfordert, sagte ich und trug mein Kind zur Schaukel.

Vielleicht, sagte meine Freundin, aber dann hätte sie uns nicht haben sollen. Sie ist mein eigentliches Problem, ich schätze, deshalb wollte ich mit Karl keine Kinder. Nein, eigentlich war es Karl, der keine Kinder wollte ... er wollte nicht abhängig sein, du kennst ihn ja.

Was sie weiter sagte, verstand ich nicht, denn ich mußte mein Kind auf der Schaukel anschubsen, siebenundneunzigmal. Back noch einen Kuchen, sagte ich zu meinem Kind und setzte mich neben meine Freundin auf die Bank.

Jetzt erzähl noch mal genau, sagte ich.

Ach, sagte meine Freundin, es interessiert dich ja doch nicht.

Doch, sagte ich, doch, ganz bestimmt. Als ich mich umblickte, war mein Kind verschwunden. Wir fanden es wieder im Wohnzimmer fremder Leute, es war durch die Terrassentür hereingekommen, es saß auf einer Ledercouch neben einer Frau in einem Kleid mit Sonnenblumenmuster, es wirkte glücklich.

Meine Freundin ist Schauspielerin, aber keine besonders gute. Sie spielt in Fernsehserien meistens die beste Freundin der Hauptdarstellerin, und das bekümmert sie. Sie ruft mich an, wenn sie im Fernsehen zu sehen ist, und wenn es vorbei ist, ruft sie mich wieder an.

Na? sagt sie.

Du warst gut, wie immer, sage ich.

Naja, sagt sie, es war eine beschissene Rolle.

Sie hat mir beigebracht, wie man einen Rostbraten macht und daß man schneller abnimmt, wenn man in der Früh Ananassaft trinkt.

Wir kennen uns seit fast zwanzig Jahren. Als ich sie kennenlernte, war sie immer gut gelaunt und lachte ein bißchen zu viel und zu laut. Sie trug bunte, ausgeflippte Kleider, gestreifte und gepunktete Muster zusammen, in rot und rosa, grün und blau, als es sonst noch niemand tat, sie hatte als einzige einen festen Freund. Sie wohnte allein mit Karl in einer eigenen Wohnung, als ich noch in Wohngemeinschaften hauste. Sie besaß eine Waschmaschine, einen Eßtisch und eine Salatschleuder. Sie war politisch aktiv und ich nicht. Sie demonstrierte immer noch, als es sonst niemand mehr tat.

Meine Freundin rief mich an, komm schnell, sagte sie, komm schnell.

Karl, früher ihr Freund, jetzt ihr Ehemann, saß auf der Couch, der Fernseher lief.

Es tut mir leid, sagte er, es hat halt nicht funktioniert.

Dieselbe Frau? fragte ich meine Freundin. Sie nickte.

Was wirst du tun? fragte ich ihn. Meine Freundin heulte.

Ich werde ausziehen, sagte er, gleich morgen.

Tagelang ging sie nicht ans Telefon. Ich hinterließ lange Nachrichten auf ihrem Anrufbeantworter. Er ist ein Schwein, sagte ich, er ist deiner nicht wert, er soll hingehen, wo der Pfeffer wächst, du hast das nicht nötig. Ich könnte ihn verprügeln, dieses Schwein, dieses Schwein. Was denkt er sich dabei? Das kann er mit dir nicht machen. Du wirst sehen, er kommt wieder angewinselt, wenn es ihm langweilig wird im Bett mit der andern.

Sie rief nicht mehr an. Ich ging zu dem Haus, in dem sie wohnte, die Scheiben waren schwarz zugemalt.

Nach langem Klingeln öffnete sie mir schließlich, sie trug Schwarz, die Wohnung sah aus wie ein Trümmerfeld. Mit schwarzem Autolack hatte sie alles besprüht, was ihm gehörte, seine Anzüge, seinen Fernseher, seine Bücher, selbst sein Lieblingsjoghurt im Kühlschrank, das sie noch für ihn gekauft hatte.

Er ist erst heute früh gegangen, sagte sie, er hat all deine Nachrichten auf dem Anrufbeantworter gehört.

Wir lachten hysterisch, wir fingen beide wieder an zu rauchen, obwohl wir vor Jahren aufgehört hatten.

Jetzt bin ich alt und allein, sagte sie, und er ist jung und nicht allein.

Blödsinn, sagte ich.

Dabei sind wir gleich alt, sagte sie, ist das nicht seltsam?

Als Studentin ging meine Freundin drei Monate als Au-pair-Mädchen nach England. Ich werde nie Kinder haben, schrieb sie mir, du glaubst nicht, wie *langweilig* sie sind. Sie erzählte mir von der Mutter, die ging vormittags Golfspielen, und nachmittags weinte sie hinter verschlossenen Türen.

Einmal war sie zu mir, in mein winziges Zimmer gezogen, sie hatte sich mit Karl gestritten, das war ganz am Anfang. Sie schlief, ohne sich zu bewegen, und wenn sie morgens aufwachte, war sie hellwach. Darum beneidete ich sie. In einer Ecke des Zimmers breitete sie sorgfältig die wenigen Dinge aus, die sie mitgebracht hatte, sie feilte sich jeden Tag die Nägel und cremte sie sich ein.

Meine Freundin schleppte mich mit zu ihrer Yogalehrerin, diese Frau hat mich gerettet, sagte sie zu mir, ich wüßte nicht, wo ich ohne sie wäre.

Die Yogalehrerin lächelte milde, sie war mindestens fünfundsechzig Jahre alt und trug einen weißen Bodystocking, an den Füßen selbstgehäkelte Slipper und um die Schultern ein Dreiecktuch aus dem gleichen Material.

Ich bin eine alte Frau, sagte sie zu mir, aber ich werde physisch jedes Jahr ein Jahr jünger.

Das klingt gut, sagte ich.

Yoga, sagte sie. Sie bestand nur aus Sehnen, Knochen und Haut, ein kleines Bäuchlein saß auf ihrem Mittelteil wie eine im fünften Monat steckengebliebene Schwangerschaft.

Schließen Sie die Augen, atmen Sie tief ein, bis zur Schädeldecke, bis zum Kopf, sagte sie, atmen Sie aus, was Sie dem Wesen nach sind.

Ich wußte nicht, was ich bin.

Jedes Stück Fleisch, das Sie essen, ist ein Verbrechen, sagte sie, jede Krankheit ist ein Ernährungsfehler.

Meine Freundin nickte. Sie konnte bereits den Kopfstand.

Manchmal halte ich meine Freundin für nicht besonders intelligent.

Ich sah Karl auf der Straße mit einer dünnen kleinen Frau, er schob einen Buggy, darin saß ein dickes Kind mit buntem Schnuller.

Oh, hallo, sagte er, wie geht's?

Gut, sagte ich, ich glaube, gut.

Meiner Freundin erzählte ich nichts davon.

Nach Karl verliebte sie sich nacheinander in einen deutschen Konditor, einen fünfundzwanzigjährigen italienischen Rocksänger, einen türkischen Weltmeister im Kick-Boxen.

Der Kick-Boxer gefiel mir am besten, er hatte lange, immer frisch gewaschene Haare und konnte sehr komisch sein. Er liebte meine Freundin zärtlich, aus seinem schwarzen Mercedes rief er sie von überall her an.

Sie trennte sich von ihm, weil er nicht auf ihrem intellektuellen Niveau war, wie sie sagte.

Du bist blöd, sagte ich.

Einmal war sie mit Karl zu meinem Mann und mir zum Abendessen gekommen. Die Männer schwiegen sich an, meine Freundin und ich sprachen mit hoher Stimme über Dinge, über die wir sonst nie sprachen. Die Spargel waren bitter und der Schinken zu salzig. Das erwähnte niemand.

Als ich mich mit Anfang Zwanzig unglücklich verliebt hatte, trafen wir uns jeden Vormittag bei ihr in der Wohnung, und ich weinte. Sie gab mir Tee und nichts zu essen. Sie hörte mir zu und sagte nicht: Verlaß diesen Mann. Dafür liebte ich sie.

Wir saßen an einem See und sahen meinem Sohn zu, wie er planschte. Kinder mit bunten Schwimmflügelchen umschwirrten uns wie Insekten. Ein Radio neben uns plärrte laut *Je t'aime*. Wir sangen und keuchten beide mit: »Je vais et je viens entre tes reins – viens, maintenant viens!« Wir wälzten uns vor Lachen auf unseren Handtüchern. Die Mütter neben uns pusteten Schwimmflügel auf, cremten ihre Kinder ein und blätterten in der FREUNDIN.

Ich möchte auch ein Kind, sagte meine Freundin. Dann sagte sie: Karl hat mich angerufen und mir gesagt, wie sehr er mich vermißt, vor allem unsere Gespräche ... Er hat mit ihr ein Kind, stell dir vor.

Das darf doch nicht wahr sein, sagte ich.

Und mir hat er immer erzählt, er wolle kein Kind, niemals, auf keinen Fall. Sie fing an zu weinen, stand auf und lief ins Wasser. Ich sah ihr nach, sie hat noch eine viel bessere Figur als ich, sie ist keine Mutter, dachte ich.

Wir machten zusammen Diät, als wir noch jung und schön waren. Wir aßen vier Wochen lang Spirulina, kleine grüne Pillen, die nach Moos rochen und muffig schmeckten.

Einmal verbrachte ich eine Nacht mit einem wildfremden Mann, und als ich am Morgen sein Haus verließ, lief ich sofort zu meiner Freundin und erzählte ihr von seinen wundersamen, außerordentlichen Fähigkeiten. Mein Körper glühte noch nach wie eine heiße Herdplatte. Sie ging im Bademantel frischgeduscht und kühl in der Küche auf und ab, Karl war gerade zur Arbeit gegangen, sie hörte mir abwesend zu, dann zeigte sie mir ihre neue Espressomaschine.

Ich bin keine gute Schauspielerin, sagte meine Freundin, sag mir die Wahrheit!

So ein Quatsch, sagte ich, du bist phantastisch, wirklich wahr.

Sie sah mich mißtrauisch an.

Sagst du mir auch wirklich die Wahrheit? sagte sie.

Na, hör mal.

Ich wollte nicht wissen, wer ich in einem vergangenen Leben war, aber sie redete so lange auf mich ein, bis ich schließlich mitging.

Die Hellseherin sah aus wie die verarmte Zwillingsschwester von Liz Taylor, sie hatte ihre schwarz gefärbten Haare zu einem riesigen Nest aufgetürmt, das sich bei keiner Bewegung auch nur im geringsten bewegte. Sie trug goldene Ohrringe, ein getigertes glänzendes Hemd und eine getigerte Hose. Ihr Freund, ein ägyptischer Geschäftsmann im dreiteiligen Anzug, saß auf der ebenfalls getigerten Couch. Wenn Sie wollen, geht er, sagte Liz Taylor die Zweite.

O nein, sagten meine Freundin und ich wie aus einem Munde, er stört überhaupt nicht.

Er ist eine Reinkarnation von Alexander dem Großen, sagte Liz II., deshalb ist er oft so unruhig, dann muß er wieder verreisen. Ich weiß das, und lasse ihn ziehen, darin liegt das Geheimnis einer guten Beziehung. Haben Sie etwas verloren, ein Portemonnaie, Ihre Brieftasche? fragte sie mich.

Nein, antwortete ich, um mich geht es hier nicht, sondern um meine Freundin.

Als sie meiner Freundin über ihre Reinkarnation erzählte, mußte ich das Zimmer verlassen. Alexander der Große durfte bleiben.

Ich habe Karl als meinen Freund betrachtet, sagte meine Freundin, das war ein Fehler. Vielleicht hat Sex doch nichts mit Liebe zu tun. Je fremder man sich ist, um so aufregender ist es, weil ein fremder Körper ein unschuldiger Körper ist. Wenn man den Körper des anderen ständig vor Augen hat, wird er einem peinlich in all seiner erbärmlichen Alltäglichkeit. Aber ich bin auch faul geworden. Dieser Umstand! Diese Anstrengung! Gibt es nicht statt dessen was Schönes im Fernsehen? Das habe ich oft gedacht, wirklich. Denkst du das nie?

Doch, sagte ich, doch.

Siehst du, sagte sie.

Meine Freundin ohrfeigte einen Kritiker auf offener Straße. Er hatte über sie geschrieben, sie habe keinerlei Ausstrahlung und den Sex-Appeal eines Dachgepäckträgers.

Diese Ohrfeige kostete sie über eintausend Mark Strafe und machte sie kurzfristig berühmter als all ihre Rollen.

Sie lieh mir großzügig ihre Kleider, ich ihr meine nie. Ihre Kleider rochen immer nach *Ma Griffe*, leicht und lustig.

Als Karl sie verließ, wechselte sie zu einem schweren, süßen Duft, der mich immer ein wenig an eine katholische Kirche erinnerte. Sie färbt sich die Haare nicht mehr. Ich wußte gar nicht, daß ich schon so viele graue Haare habe, sagte sie, aber oben auf dem Kopf stören sie mich nicht, wenn man erst unten grau wird, dann ist man alt. Da werde ich wieder anfangen, mir die Haare zu färben, das sage ich dir.

Einmal rief ich sie an, komm schnell, sagte ich, komm schnell, sonst verlasse ich meine Familie und komme nie mehr zurück.

Red keinen Blödsinn, sagte sie, das machst du ja doch nicht, ich komme nach meiner Atemtherapie.

Als sie dann vor der Tür stand, war scheinbar alles bereits vergessen, meine Tränen waren getrocknet, nur meine Haut im Gesicht spannte noch ein wenig. Siehst du, sagte sie.

Dafür haßte ich sie.

Meine Freundin und ich saßen an ihrem Tisch, sie hatte meinen Sohn auf dem Schoß, auf der geblümten Tischdecke Teller mit Käsekuchen, Schwarzwälder Kirsch und Mokkasahne, in der Mitte des Tisches der Schwangerschaftstest. Stumm sahen wir zu, wie der kleine Plastikstreifen sich rosa verfärbte.

Ich gratuliere dir, sagte sie und sprang auf, um mich zu umarmen.

O Gott, stöhnte ich, alles noch einmal von vorn.

Es ist nicht fair, sagte sie, du darfst zweimal und ich keinmal.

Sag das nicht, du wirst sehen . . .

Sie sah mich an und strich sich die grauen Haare mit zwei schnellen, harten Bewegungen aus dem Gesicht.

Nichts wird sein, sagte sie. Ich muß mich endlich daran gewöhnen. Nichts wird sein.

Ich nahm sie in den Arm. Sie fühlte sich weich an, weicher als früher. Glaub bloß nicht, daß ich heule, sagte sie, Liz die Zweite hat mir gesagt, ich sei die Reinkarnation eines Delphins.

Sie verliebte sich in einen Bankfilialleiter aus Bad Tölz, von da an trug sie Dirndl, ich erkannte sie kaum wieder.

Wie kannst du nur? fragte ich sie.

Die Liebe, grinste sie.

Ich weiß nicht mehr, wer du bist, beklagte ich mich.

Es ist doch bloß ein Kleid, sagte sie. Und wenn wir bei seinen Eltern sind, gehöre ich sofort dazu.

Als der Bankfilialleiter sie wegen einer Kassiererin aus der eigenen Bank sitzenließ, lud sie mich zu einem Picknick in eine Kiesgrube ein. Es gab Champagner, und wir verbrannten die Dirndl.

Auf Gomera, in den Ferien mit meinen beiden Kindern, sah ich eine Frau am Strand, sie war um die Vierzig, ihre tiefgebräunte Haut straff über ihre Knochen gespannt wie über eine Trommel, ihr Körper bereit zum Sprung. Sie trug ein zerknittertes Kleid, hatte einen zusammengerollten Schlafsack dabei und eine alte, zerfetzte Tasche. Aus kleinen

Gläsern trank sie Carlos Primero, aus ihrer Tasche holte sie eine gelbe Schwimmweste mit dem Aufdruck: *Please don't remove from aircraft*. Sie streifte die Weste über ihr Kleid und saugte abwesend an dem Luftstutzen. Sie hob den Kopf und sah über das Meer. Laut, und zu niemand Bestimmten, sagte sie: Ihr Arschlöcher! Sie erinnerte mich an meine Freundin. Dafür schämte ich mich.

Der Goldfisch

Als Lucy an einem trüben Wintermorgen neben ihrem Mann Bodo erwachte und sich ihre Ehe anfühlte wie ein altes, vertrocknetes Brötchen, kam ihr die Idee vom Goldfisch. Sie sah ihn bereits vor sich, wie er orangerot in einem runden Glas durch glitzerndes, grünes Wasser schwamm, während zwei Erwachsene und drei Kinder dieses perfekte kleine Wunder voller Glückseligkeit betrachteten, und sogleich machte sie sich an die Arbeit, um dieses Wunder geschehen zu lassen.

Philip und Ben fest in ihre Kindersitze auf dem Rücksitz geschnallt, fuhr sie voller Tatendrang gleich nach dem Frühstück zu einem Flohmarkt, wo sie tatsächlich gleich am dritten Stand das perfekte, altmodische runde Goldfischglas fand.

Und jetzt kaufen wir einen Fisch, einen richtigen lebendigen Fisch, erklärte sie den Kindern.

Warum kein Pferd? maulte Philip. Ben grinste glücklich, formte den Mund zu einem O und klappte ihn auf und zu. Ganz genauso hatte es vor ihm Philip und vor Philip Angelina gemacht, als sie noch nicht sprechen konnten. Bald würde auch Ben »Fisch« sagen können, und nie mehr wieder würde sie eins ihrer Kinder den Mund stumm auf- und zuklappen sehen.

Die Zeit mit Kindern verging schnell und langsam zugleich. Lucy sagte oft nicht wirklich im Scherz, sie fühle sich als Mutter wie im Zentrum eines schwarzen Loches, wo die Schwerkraft die Zeit verschluckt, *ihre* Zeit.

Meine doch auch, sagte dann Bodo.

Nein, sagte Lucy, deine Zeit ist eine vollkommen andere als meine.

Aha, sagte Bodo.

Der Tierhändler war ein junger Mann mit Pferdeschwanz und hellen Augen, der ihr in den Ausschnitt starrte. Sie fragte sich, was er dort sah: ein *noch* recht hübsches, straffes Dekolleté oder ein *schon* faltiges, sonnenverbranntes Stück Haut wie von einer Schlangenlederhandtasche. Sie wußte es selbst nicht. Eine Frage des Lichts und der Sympathie.

Der Mann hob den Blick und lächelte. Als sie zurücklächelte, verlagerte er seinen Blick auf Ben in ihrem Arm.

Ein Goldfisch benötigt praktisch überhaupt keine Pflege außer ein bißchen frisches Wasser und ein paar Flocken Fischfutter, sagte er und führte sie und die Kinder zu einem großen Aquarium, in dem Hunderte von winzigen Goldfischen herumzischten wie kleine rote Blitze.

Wie groß soll er denn sein? fragte der Mann.

So, daß er sich in einem altmodischen Goldfischglas wohl fühlt, erwiderte Lucy.

Dann würde ich einen kleinen nehmen, erklärte der Mann und nahm einen Kescher aus der Halterung über dem Aquarium, denn Goldfische werden nur so groß, wie ihre Umgebung es erlaubt.

Wie praktisch, lachte Lucy, das sollte man bei Menschen auch einführen und unsere Wohnungsnot wäre gelöst.

Der junge Mann sah sie irritiert an, dann lachte auch er, und Lucy sah seine auffallend rote Zunge und glänzendweiße Zähne. Sie liebte junge, gesunde Münder, die Münder ihrer Kinder, fest und rosa, die morgens nicht schlecht rochen, mit glatten, beweglichen, zum Lachen und Heulen ständig bereiten Lippen.

Klitzekleine Menschen in klitzekleinen Apartments, sagte der junge Mann jetzt zu Philip, und wenn sie umziehen in eine Fünfzimmerwohnung, werden sie plötzlich riesengroß.

Philip kicherte. Ben gluckste auf Lucys Arm, weil alle lachten.

Der junge Mann senkte den Kescher ins Aquarium. Lieber einen roten oder einen orangenen oder einen gefleckten? fragte er.

Orange, sagte Lucy, rot, sagte Philip.

Vielleicht nehmen Sie zwei, einer allein wäre sehr einsam, sagte der junge Mann und sah Lucy dabei ins Gesicht.

Sie sah ruhig zurück, bis ein Hauch von Röte über die Wangen des jungen Mannes huschte und er den Blick senkte.

Drei, rief Philip, einen für mich, einen für Ben und einen für Angelina.

Drei, sagte der junge Mann und sah wieder zu Lucy, ist meist einer zuviel.

Sie kaufte noch ein wenig Plastikgrünzeug und Fischfutter, dann nahm Philip die Plastiktüte mit zwei Goldfischen, einem roten und einem orangegoldenen, vorsichtig entgegen und trug sie stolz aus dem Laden. Der junge Mann hielt Lucy die Tür auf.

Viel Spaß, sagte er und kitzelte jetzt Ben plötzlich unter dem Kinn. Ben ließ es ausdruckslos über sich ergehen, der junge Mann ließ den Arm sinken.

Tja, sagte er, dann auf Wiedersehen. Obwohl ich nicht glaube, daß ich Sie bald wiedersehe, die Dose Fischfutter reicht für ein ganzes Jahr.

Lucy nickte und ging zu ihrem Auto.

Geben Sie ihnen nicht zuviel Futter, rief er noch hinter ihr her.

Als sie beide Kinder in ihren Sitzen verstaut hatte und sich verschwitzt aufrichtete, um die Autotür zuzuschlagen, sah sie den jungen Mann hinter dem grünen Fenster seines Geschäfts wie in einem riesigen Aquarium stehen und die Hand heben. Sie reagierte nicht, stieg ein und setzte mit Schwung zurück.

Nicht so wackeln, schrie Philip, den Fischen wird schwindlig! Mit ernster, besorgter Miene hielt er die Wassertüte mit den Fischen auf seinen Knien und wandte nicht mehr den Blick von ihnen, bis sie zu Hause ankamen. Lucy beobachtete ihn im Rückspiegel, wie er vollkommen versunken die zwei roten Punkte auf seinem Schoß anstarrte. Vielleicht erinnerst du dich einmal daran, dachte Lucy, aber wahrscheinlich bleiben dir von deiner Kindheit nur eine zeternde Mutter und ein müder Vater im Gedächtnis, alle Zirkus- und Zoobesuche, Kasperltheateraufführungen, Sandburgen, Ausflüge, alle von uns vorgelesenen Bücher, gespielten Spiele, all unser Wille, dich glücklich zu machen – vollständig gelöscht.

Ihr Herz klopfte vor Aufregung, als sie die Fische aus der Tüte in das Glas rutschen ließ. Sie schwammen mit ruckartigen Bewegungen umher, schnappten gierig nach den Flocken Fischfutter, die Philip ins Wasser streute.

Wie sollen sie heißen? fragte Lucy ihn.

Philip zuckte die Achseln. Goldfisch, sagte er, Herr und Frau Goldfisch. Damit war für ihn die Angelegenheit erledigt, und er verschwand.

Die armen Fische, sagte Angelina im Vorbeigehen, ich finde es brutal, Tiere in Gefangenschaft zu halten.

Na prima, sagte Bodo, jetzt dürfen wir in Zukunft, wenn wir wegfahren, auch noch jemanden suchen, der sich um die Fische kümmert.

Vorsichtig trug Lucy das Glas ins Wohnzimmer und stellte es dort auf den Tisch, rückte es hin und her, bis die Sonne das Wasser traf und die Schuppen der Fische glitzerten. Sie legte ihren Kopf auf den Tisch. Sie war allein. Von fern hörte sie Angelina mit Philip streiten, Bodo telefonieren, Ben mit seiner Rassel hantieren. Sie sah von unten in das Goldfischglas. Zwei bizarre rote geometrische Figuren, die sich unablässig veränderten, zogen über sie hin. Ein glotzendes Fischauge kam plötzlich dicht an sie heran und entfernte sich wieder. Helle Sonnenfunken tanzten durch das Wasser. Ein warmer Wind blähte die Vorhänge vorm Fenster.

Ein Bild fiel ihr ein: eine nackte Frau in einem blauen Zimmer. Neben ihr ein grünes Glas mit roten Goldfischen. In New York hing dieses Bild, im Museum of Modern Art, und es war auch noch nicht lange her, daß sie es gesehen hatte, letzten Winter, kurz vor Weihnachten.

Auf dem Flug noch war sie in Gedanken lange Listen durchgegangen, ob sie auch wirklich nicht vergessen hatte, ihrer Schwägerin, die eine Woche lang auf die Kinder aufpassen würde, zu erklären, wo die Fieberzäpfchen aufbewahrt wurden, daß Angelina allergisch auf Erdbeeren reagierte, auch auf gefrorene, Philip von zuviel Schokolade Verstopfung bekam, Ben erwartete, daß man ihm abends *Der Mond ist aufgegangen* vorsang, und er ohne seine Hasen nicht einschlafen konnte.

Woran denkst du? fragte Bodo.

Nicht an die Kinder, antwortete sie, denn sie hatten vereinbart, eine Woche lang nicht von den Kindern zu reden.

Aber *ich* denke an sie, sagte er, wie unterschiedlich lang diese Woche für sie sein wird. Für Ben wird sie endlos, für Philip und für Angelina viel zu kurz sein.

Ja, murmelte Lucy, wahrscheinlich. Sie preßte ihr Gesicht an die Plastikscheibe. Die Sonne ging in einem feurigen Band unter, ohne Anfang, ohne Ende. Es kam ihr absurd vor, mitten im Universum in einem nachgeahmten Vogel aus Blech zu sitzen, halbgare Hühnerschenkel zu essen und schlechte Filme zu sehen. Ein guter Freund von Bodo flog niemals, weil er es als anmaßend empfand, die Erde zu verlassen. In Wirklichkeit, meinte Lucy, hatte er Angst, seiner toten Mutter zu begegnen. Er war calvinistisch erzogen und nahm die Dinge wörtlich. Ich hätte furchtbar gern eine Affäre mit dir, hatte er ihr einmal auf einer Party zugeflüstert, aber abgesehen davon, daß du eine wahrscheinlich zutiefst treue Person bist, betrachte ich die Ehe als heilig und unantastbar.

Schade, hatte sie zurückgeflüstert.

Jetzt dachte sie an ihn, wie er im Flugzeug saß, gerade den Aludeckel von seinem Abendessen pulte, als seine Mutter im wehenden Hemd von draußen ans Fenster klopfte.

Was lachst du? fragte Bodo.

Ach nichts, sagte sie und nahm seine Hand.

Es war ihre zweite Reise ohne Kinder. Nach der ersten, noch bevor Philip geboren wurde, hatten sie sich geschworen, jedes Jahr eine Woche allein wegzufahren, aber während sie es aussprachen, wußten sie bereits, daß sie es nicht tun würden.

Als sie mit Ben und Philip am späten Nachmittag vom Spielplatz zurückkam, die Kinder verdreckt, müde und quengelig, schwamm der rote Goldfisch mit dem Bauch nach oben an der Wasseroberfläche.

Lucy zerrte die Kinder schnell in die Küche, bevor sie etwas bemerken konnten, setzte ihnen Gläser mit Apfelsaft vor und ging dann ins Wohnzimmer, um den toten Fisch aus dem Glas zu holen.

Seine Schuppen lösten sich bereits ab, an seinem weißtoten Auge knabberte der orangegoldene Kollege. Angeekelt und fasziniert zugleich, sah Lucy zu, bis sie endlich entschlossen die Hand ins Wasser steckte, den toten Fisch herausnahm und ihn für die Katze des Nachbarn in den Garten trug.

Die Katze strich um Lucys Beine, beschnüffelte den Fisch und wandte sich dann ab.

Lucy warf den Fisch ins Klo. Als sie ihn herunterspülte, der Wasserstrom ihn erfaßte und herumwirbelte, sah es aus, als lebte er noch.

Vielleicht ist das Wasser in der Sonne zu warm geworden, vielleicht hatte er auch einen Fehler... sagte der junge Mann, etwas anderes kann ich mir eigentlich nicht vorstellen. Als er an ihr vorbei zum Aquarium ging, streifte er leicht ihren Arm. Es konnte Zufall gewesen sein.

Ich habe wenig Zeit, sagte sie, es ist niemand bei den Kindern.

Er sah sie erstaunt an, als habe sie ihm ein intimes Detail verraten.

Mein Mann kommt erst später von der Arbeit, fügte sie hastig hinzu.

Er antwortete nicht, fischte mit einer schnellen, entschiedenen Bewegung einen tiefroten Goldfisch aus dem Becken, ließ ihn in eine Tüte mit Wasser plumpsen, verknotete die Tüte und gab sie ihr. Als sie nach ihrem Portemonnaie griff, winkte er ab. Das geht noch auf Garantie, sagte er.

Sie lächelte. Es entstand eine Pause. Sie hörte das Glucksen der Aquarien, das leise Rascheln der Schildkröten, ein Kanarienvogel trillerte, brach dann abrupt ab. Danke, sagte sie, das ist sehr nett von Ihnen.

Er sah sie nur stumm an, und plötzlich erkannte sie das Verlangen in seiner Brust wie einen pulsierenden, leuchtenden Fleck.

Eilig ging sie aus der Tür.

Das Hotel in New York hatte sie ausgesucht, die gesamte Reise organisiert – wie sie alles in ihrem Leben perfekt organisierte, zum Spott der gesamten Familie, die nicht begriff, daß das nicht ihnen zuliebe geschah, sondern aus reiner Selbstverteidigung.

Noch während der Page Bodo die Lichtschalter im Badezimmer zeigte, lief Lucy schon zum Telefon. Die Kinder müßten bereits im Bett sein. Ihre Schwägerin meldete sich erst nach langem Läuten, sie klang verschlafen. Oh, sagte sie, du bist es. Ich hatte gar nicht damit gerechnet, daß ihr heute noch anruft...

Ist alles in Ordnung? fragte Lucy, und ihre Stimme klang scharf.

Ihre Schwägerin gähnte. Ich bin bei Ben eingeschlafen, sagte sie, seinen Hasen wollte er nicht, er wollte mich.

Bodo stand jetzt hinter Lucy. Sie nickte, um ihm zu bedeuten, daß zu Hause alles in Ordnung sei, gab ihm dann wortlos den Hörer. Er sagte ein paarmal ja und nein und hm, dann legte er auf.

Sie saßen sich auf den beiden riesigen Betten gegenüber, müde und wach zugleich, plötzlich wie schwerelos ohne die Kinder und seltsam taub, als habe man sie in eine Gummizelle geführt. Sie sahen sich an. Sie hat eine Pause wirklich nötig, dachte er, sie sieht furchtbar aus. Er hat eine Pause wirklich nötig, dachte sie, er sieht furchtbar aus.

Sie ließ sich nach hinten aufs Bett fallen. Am liebsten würde ich jetzt schlafen, dachte sie, aber dann ist er enttäuscht. Am liebsten würde ich jetzt Basketball im Fernsehen sehen, dachte Bodo, aber dann ist sie enttäuscht.

Er ließ sich auf ihr Bett fallen wie auf ein Trampolin und begann, sie zu kitzeln. Hey, sagte er, jetzt nicht schlappmachen. So haben wir nicht gewettet, nach New York kommen und einfach schlafen. So nicht, Frau Lubowski.

Sie kicherte gehorsam und wälzte sich hin und her, aber beide spürten die Anstrengung in ihrem Spiel und richteten sich wieder auf.

Ich könnte mir vorstellen, sagte sie, daß du jetzt liebendgern ein bißchen Basketball im Fernsehen anschauen würdest... und ich würde ein kleines Nickerchen machen.

Kommt überhaupt nicht in Frage, sagte er.

In einem chinesischen Restaurant in der 53. Straße bestellte sie Lo Mein mit Shrimps, weil sie wußte, wie gern Bodo Shrimps aß, und er Ente, weil er wußte, wie gern Lucy Ente aß, obwohl sie immer behauptete, sie sei ihr zu fett. Am liebsten hätte sie ›Buddha's Delight‹, eine reine Gemüseplatte bestellt, und er hatte eigentlich gar keinen Hunger.

Sie aßen schweigend, lächelten sich dann und wann an, sie kommentierte die aus Radieschen und Karotten kunstvoll geschnitzten Blumen auf ihren Tellern, die hübschen Stäbchen, das Licht, das aus Spots direkt auf die roten Papierrosen auf dem Tisch fiel.

Warum muß sie immer alles beschreiben, was sie sieht? dachte Bodo. Dieser Gedanke über Lucy war ihm so vertraut wie Händewaschen oder Zähneputzen, daß er ihn gar nicht recht wahrnahm.

Warum fällt ihm nie etwas auf? dachte Lucy, und warum muß immer ich die Konversation in Gang halten?

Hinter Bodo saß ein salopp, aber teuer gekleidetes Paar um die Fünfzig, das sich mit auffallend großen Gesten unterhielt. Typische New Yorker, dachte Lucy, und beneidete sie um ihr interessantes Leben, ihre offensichtlich anregende und diskutierfreudige Beziehung.

Es dauerte eine Weile, bis ihr auffiel, daß die beiden beim

Reden den Mund nicht aufmachten. Ihre Hände flatterten durch die Luft, wurden schneller und schneller. Das Gesicht der Frau verdüsterte sich, sie malte Kreise in die Luft, berührte mit den Fingerspitzen ihre Lippen, tippte sich auf die Brust, warf Zeichen um Zeichen dem Mann entgegen, der mit heftigen Gesten erwiderte, bis die Frau plötzlich aufsprang, die Serviette auf den Tisch warf und aus dem Lokal stürmte. Der Mann sah ihr nach, griff dann zu seinem Bierglas und trank es in einem Zug aus.

Was denkst du? fragte Bodo.

Ach, nichts, erwiderte Lucy. Sie faßte nach seiner Hand.

Am nächsten Morgen, als sie in die Küche kam, um Kaffee für Bodo, Tee für sich selbst, Milch für Philip aufzusetzen, Carokaffee für Angelina, Kakao für Ben anzurühren, ahnte sie es bereits. Es war der neue rote Fisch, der auf der Wasseroberfläche schwamm wie ein Schnipsel buntes Papier. Lucy warf ihn in den Abfall. Es deprimierte sie so sehr, daß sie nicht imstande war, zwei anspruchslose Goldfische am Leben zu erhalten, daß ihr fast die Tränen kamen.

Vorsichtig ließ sie Wasser aus dem Glas ablaufen und füllte es mit neuem aus dem Hahn nach. Der orangegoldene Fisch schwamm kreisrunde Bahnen um den Wasserstrahl herum, er schien kräftig und gesund zu sein, das Alleinsein zu genießen. Vielleicht brachte er die anderen um? Sie stellte das Glas ganz oben auf den Schrank, damit die Kinder den fehlenden roten Fisch nicht bemerkten, obwohl sie bezweifelte, daß es ihnen überhaupt auffallen würde.

Fast hoffte sie, einen anderen Verkäufer in der Tierhandlung anzutreffen als den jungen Mann, weil sie das Gefühl hatte, er erfahre durch die toten Goldfische private Dinge über sie, die sie ihm lieber nicht erzählt hätte.

Irgend etwas mache ich falsch, sagte sie, aber ich weiß nicht was.

Der junge Mann machte eine ruckartige Bewegung auf sie zu und streckte die Hand nach ihr aus. Sie wich zurück.

Es ist nicht Ihre Schuld, sagte er, es ist ganz bestimmt nicht Ihre Schuld.

Sie fühlte sich mit einem Mal erschöpft und hätte sich gern gesetzt.

Wieder ein roter? fragte er. Sie nickte und blieb an der Theke stehen, während er mit dem Kescher im hinteren Teil des Ladens verschwand. Aus ihrem Käfig sahen Meerschweinchen sie mit unruhigen Augen an.

Bodo, das wußte sie, würde den Tag am liebsten auf einer Parkbank im Central Park verbringen, den Leuten zuschauen, einen mitgebrachten Bagel mit Lachs und Frischkäse essen, die NEW YORK POST lesen.

Lucy, das wußte er, würde gern bis zur völligen Erschöpfung in den Kaufhäusern herumlaufen und Geschenke für die ganze Familie kaufen und anschließend auch noch in ein Museum gehen.

Am Ende verbrachten sie zwei geschlagene Stunden bei eisigem Wind auf einer Parkbank, weil Lucy das angeblich so wollte, aßen pappige Bagel mit ranzigem Käse und zu salzigem Fisch, irrten dann zweieinhalb Stunden durch Bergdorf and Goodman's und Saks, weil Bodo behauptete, er brauche einen neuen Schlips. Gern wäre Lucy in die Kosmetikabteilung gegangen, tat es nicht, weil sie wußte, wie langweilig das für Bodo war, außerdem wollte sie nicht, daß er sah, wie idiotisch teuer all die Cremes und Wässerchen waren, an die keine Frau wirklich glaubte und die sie trotzdem kaufte. Fast wollte sie Bodo vorschlagen, sich für eine Stunde zu trennen, – aber war nicht der Sinn der kurzen Reise, jede Minute miteinander zu verbringen, um sich wieder näherzukommen?

Die Kaufhausluft machte sie beide mürrisch und schlapp. Anschließend konnten sie sich nicht entscheiden, wo sie Kaffee trinken wollten, schließlich landeten sie, weil Lucy dringend aufs Klo mußte, bei McDonalds, wo es heiß und überfüllt war, aber die Klos sauber und geräumig. Das war Lucy wichtig; saubere Klos, deshalb mochte sie Amerika, dachte Bodo, saubere Klos, das war für sie das Wichtigste auf der Welt, darauf konnte er sich verlassen.

Alles andere zwischen ihnen war über die Jahre zu einer Art Flimmern geworden, wo nichts mehr einfach nur das war, was es war; alles hatte seine Geschichte, jede Äußerung schien nur noch Reaktion zu sein auf das Verhalten und die vermeintlichen Gefühle des anderen.

Eine Mischung aus Verzweiflung und Erschöpfung drohte Bodo zu überwältigen, während er mit einem Kaffeebecher in der Hand im Gedränge von schwarzen Müttern und ihren Kindern stand, Jugendliche in riesigen Mänteln mit Kapuzen und dem Aufdruck ihrer Lieblingsbasketballmannschaft lärmend an ihm vorbeitänzelten.

Als Lucy aus dem Klo kam, sah sie Bodo nicht gleich in dem Getümmel, einen kurzen Moment lang hoffte sie, er sei verschwunden und sie ganz und gar allein. Sie fühlte, wie sie sich entspannte, sie sah sich bereits die Straßen entlangtreiben, ohne Ziel, ohne Plan. Sie lächelte.

Worüber lächelst du? fragte Bodo und ließ sie von seinem Kaffee trinken.

Was machen wir jetzt? fragte Lucy, immer noch lächelnd.

Oh, sagte Bodo, ich hätte, glaube ich, große Lust, im Museum ein paar Bilder anzusehen.

Stimmt doch gar nicht, sagte Lucy.

Doch, sagte Bodo, du verkennst mich.

Lucy sah ihn prüfend an, sie glaubte ihm kein Wort.

Aber nur kurz, sagte sie, meine Füße tun mir jetzt schon weh.

Das stimmte nicht, sie wußte, daß er Rückenschmerzen bekam, wenn er zu lange herumstand.

Das Himmelblau der Zimmerwände, das Türkisgrün des Wassers, die feuerroten Fische, die hellbraune Haut der nackten Frau, die hingestreckt neben dem Goldfischglas lag, das gesamte Bild war wie in ihre Netzhaut eingebrannt, während Lucy Dinge tat, die sie nie für möglich gehalten hatte.

Leg dich hin, sagte der Mann. Sie gehorchte. Er kniete hinter ihr und verband ihr die Augen mit einem dunklen Tuch. Es roch nach Staub. Öffne deine Beine, sagte der Mann leise.

Sie sah Bodo vor sich, wie er im Museum nach ihr Ausschau hielt, unruhig wie bei einem Tennismatch den Kopf von einer Seite zur anderen wandte. Der Mann legte ihre

Beine vorsichtig auf zwei Stühle, die Stuhlkanten schabten in ihren Kniekehlen. Ihr nackter Körper fing an zu zittern. Sie hörte noch das Gemurmel der Menschen im Museum, das sie erst vor wenigen Minuten verlassen hatte.

Ich sehe dich an, sagte der Mann. Ich sehe dich an.

Ein häßlicher Mann, das wußte sie noch. Groß und knochig, die Haare struppig, schwarz, die Haut zernarbt, unruhige, kleine Augen. Schmale, blasse Hände.

Ich sehe dich an, sagte die Stimme, ich sehe dich an. Seine Stimme war rauh und tief, seine Stimme gefiel ihr.

Komm mit, diese beiden Wörter hatten gereicht.

Sie hatte ihn für einen ganz normalen Museumsbesucher gehalten. Er betrachtete die Bilder im gleichen Rhythmus wie sie, folgte ihr von Raum zu Raum, bis er irgendwann gleichzeitig mit ihr vor einem Bild stand.

Bodo war weit vorausgegangen. Sie sahen sich nie zusammen Bilder an, es machte beide nervös.

Der fremde Mann starrte Lucy an, während sie dicht nebeneinander vor dem Bild mit der nackten Frau und den Goldfischen von Matisse standen.

Der Maler von Frieden und Freiheit, sagte Lucy mehr zu sich als zu ihm.

Komm mit, sagte der Mann und ging voran.

Sie folgte ihm ohne ein Wort. Aus dem Museum heraus, über die Fifth Avenue, Madison und Park bis hinüber zur Second Avenue eilte sie mit gesenktem Kopf hinter ihm her, eine gelb gestrichene, nach Desinfektionsmittel riechende Treppe hinauf in eine düstere Wohnung.

Zieh dich aus, sagte er, kaum hatte er die Tür geschlossen.

Er wartete mit gesenktem Blick, bis sie vollkommen

nackt war, dann nahm er sie bei der Hand und führte sie in ein schwach beleuchtetes Zimmer, in dem nur ein paar Stühle und ein mit einem Fell bedecktes Bett standen.

Leg dich hin.

Sie legte sich hin. Sie wußte, daß sie eigentlich Angst haben müßte, so wie man weiß, daß man eigentlich nicht bei Rot über die Straße laufen, kein altes Fleisch essen, nicht bei Nebel in die Berge gehen, nicht nachts U-Bahn fahren sollte.

Öffne die Beine, sagte der Mann. Diese drei Wörter ließen ihren Körper vor Erregung zittern. Sie hörte ihn leise pfeifen, als nächstes spürte sie kalte, weiche Tatzen auf ihrer Haut, es war ihr unmöglich zu unterscheiden, wie viele Katzen über ihren Körper wanderten, sich an sie schmiegten, mit kratzigen kleinen Zungen leckten.

Der Mann atmete lauter. Ich sehe dich an, sagte er, und seine Stimme klang heiser vor Aufregung. Du bist schön.

Sie hob den Arm und legte ihre Hand in ihren Schoß.

Ja, flüsterte er, ja.

Sie hatte das Glas aufs Fensterbrett in ihrem Schlafzimmer gestellt. Der alte orangegoldene Fisch und der dritte rote schwammen ihre Runden durch türkisgrünes Wasser zu der rauchigsüßen Stimme von Sade, während hinter ihnen der Regen blau an die Scheiben klatschte.

Hübsch, sagte Bodo, das ist wirklich hübsch, eine richtige kleine Installation.

Lucy kam im Nachthemd ins Zimmer. Wußtest du, daß Goldfische sich in ihrer Größe nach ihrer Umgebung richten? fragte sie.

Bodo legte die Arme um sie und zog sie an sich. Sein Anzug kratzte gegen ihre Haut. Sie sehen glücklich aus, sagte er, und sie hörte das Grinsen in seiner Stimme, glückliche Goldfische.

Die Kinder nennen sie Herr und Frau Goldfisch, sagte sie.

Sie sah den Mann nicht wieder. Als das Rauschen in ihren Ohren abschwoll, sich ihr Atem wieder beruhigte, war es vollkommen still im Zimmer, nur eine Katze schnurrte auf ihrem Bauch. Sie nahm die Augenbinde ab. Zwischen ihren Beinen stand ein dritter, leerer Stuhl.

Sie stand auf, die Katze sprang von ihrem Bauch. Zwei weitere strichen um ihre Beine, als sie aus dem Zimmer zur Haustür ging. Sie hob dort ihre Sachen auf, zog sich an und verließ die Wohnung.

Es hatte angefangen zu regnen. Menschen mit Schirmen strömten über die Straßen, die Autos hupten wütend im Stau, weiße Dampfwolken stiegen aus den Gullis auf. Sie ging vorsichtig ein paar Schritte wie auf Glatteis, dann blieb sie stehen. Der Regen lief ihr in den Kragen. Einige Meter von ihr entfernt hockte eine verwahrloste Frau an einer Hausecke und hielt den Passanten einen Pappbecher entgegen, ein Botenjunge schoß mit seinem Fahrrad an ihr vorbei, vier Geschäftsmänner im Trenchcoat trennten sich vor Lucy, um sie zu umgehen, redeten aber weiter miteinander. Und dann? fragte der eine. Das kannst du dir doch denken, sagte der andere. Er wurde fuchsteufelswild und warf... Den Rest konnte Lucy nicht mehr verstehen. Regungslos stand sie da und hatte das Gefühl, aus der Zeit herausgefallen zu sein, wie ein Fallschirmspringer aus einem Flugzeug. Sie wartete auf die Landung, den harten Aufprall, aber nichts geschah.

Als ihr klar wurde, daß von nun an alles geschehen konnte, daß sie in jede Richtung gehen konnte, daß nichts mehr sicher war, fing sie an zu laufen. Sie konnte sich nicht erinnern, in welcher Straße das Museum lag. Als sie es endlich erreichte, klebte ihr Haar klatschnaß am Kopf, ihre Schuhe waren durchnäßt, ihr Make-up zerlaufen. Sie hastete die Rolltreppe hoch, rannte durch die Säle, rempelte aus Versehen Leute an, entschuldigte sich, lief weiter.

Bodo war nirgendwo zu sehen.

Langsam trottete sie zurück, dem Strom der Besucher entgegen, und ließ sich vor den Seerosen von Monet auf ein breites flaches Ledersofa fallen. Sie betastete ihr Gesicht, es fühlte sich vollkommen verändert an, fremd, als käme sie gerade von einer Gesichtsoperation.

Neben ihr saß ein gutaussehender, junger Chinese in einem teuren nachtblauen Anzug. Mit konzentriertem Blick und ohne sich im geringsten zu bewegen, betrachtete er die Seerosen.

Er saß so da, bis die Besucher über Lautsprecher aufgefordert wurden, langsam zum Ausgang zu gehen, das Museum würde jetzt schließen, da stand er elastisch auf und ging fort, ohne Lucy ein einziges Mal angesehen zu haben. Voller Entsetzen bemerkte Lucy, daß sie aufstand und ihm folgte. Sie war sich absolut sicher, daß er wollte, daß sie ihm folgte.

Im Saal mit den Bildern von Matisse sah sie Bodo vor

dem Bild mit den Goldfischen stehen. Sie ging an ihm vorbei, ohne daß er sie bemerkte.

Der Chinese wurde am Ausgang von seiner Freundin abgeholt. Lucy sah ihnen nach, wie sie in ein Taxi stiegen.

Ach, hier bist du! sagte Bodo und legte ihr leicht von hinten die Hand auf die Schulter. Schluchzend fiel sie ihm um den Hals und bedeckte sein Gesicht mit Küssen.

Was hast du denn, was ist denn nur, fragte Bodo. Lange konnte sie nicht antworten. Beruhigend klopfte er ihr auf den Rücken, wie er es bei den Kindern tat. Schließlich stieß sie hervor, ich dachte, ich hätte dich verloren.

So ein Blödsinn, sagte Bodo, ich würde doch nicht einfach verschwinden. Das glaubst du doch nicht im Ernst?

Energisch wischte er ihr die Tränen aus dem Gesicht, nahm sie an der Hand und führte sie zurück ins Hotel, wo er sie gründlich liebte.

Mitten in der Nacht wachte Lucy auf. Schwer lag Bodos Arm auf ihrer Brust, vorsichtig hob sie ihn zur Seite. Leise stand sie auf.

Beide Fische waren tot. Nichts regte sich. Das Wasser im Glas war vollkommen still, bis Lucy sich, ohne Licht zu machen, an den Tisch setzte, da warf es leichte Wellen und schaukelte die Fische sanft hin und her.

Lucy rauchte eine Zigarette, was sie seit über sechs Jahren nicht mehr getan hatte. Der Tabak schmeckte scharf, und der Rauch stach in ihren Lungen. Sie rauchte die Zigarette bis zum Filter, dann stand sie auf, warf die Fische in den Abfall, goß das Wasser aus dem Glas in den Abguß und stellte das Glas hinter die Vasen oben auf dem Küchenschrank.

Mit bloßen Füßen ging sie den Gang entlang zu den Kinderzimmern. Ben schlief auf den Knien, den Kopf in seinen Schlafhasen vergraben, Philip hatte sich die Ecke eines Buches in die Backe gebohrt, Angelinas Haare lagen wie ein Heiligenschein auf ihrem Kissen.

Jedes Kind umgab sein eigener, besonderer Geruch, Ben roch nach Milch, Philip nach Erde, Angelina schwach nach Gurkencreme.

Als Lucy wieder zu Bodo ins Bett kroch, konnte sie nicht einschlafen, ein dünnes Pfeifen in seinem Ausatmen störte sie.

Schließlich paßte sie ihre eigenen Atemzüge den seinen an, drückte sich enger an ihn, atmete mit ihm zusammen ein und aus, bis sie schließlich nur noch ihren eigenen Atem hörte.

Bin ich schön?

Mein Vater hat meiner Mutter verboten zu fragen. Aber jedesmal, wenn eine Frau im Bikini an uns vorbeigeht, sehe ich, wie die Wörter sich in den Mund meiner Mutter drängen, mit aller Macht herauswollen und wie sie versucht, sie herunterzuschlucken, die Zähne zusammenbeißt und die Lippen aufeinanderpreßt.

Ich brauche dann nur noch bis zehn zu zählen, und schon höre ich meine Mutter sagen: Sagt mir die Wahrheit: ist mein Hintern so fett wie bei der da? Sind meine Beine auch so voller Dellen? Sehe ich aus wie die da? Bin ich hübscher? Oder häßlicher? Genauso? Ich will es nur wissen. Sagt es mir. Ich bin nicht beleidigt. Bestimmt nicht. Ich will nur wissen, woran ich bin.

Lucy, stöhnt mein Vater, bitte.

Meine Mutter schweigt einen Moment. Angelina, ruft sie dann, komm her, deine Schultern sind schon ganz rot.

Mit schnellen, harten Bewegungen reibt sie Sonnenmilch in meine Haut, bis ich ihr davonlaufe, runter zum Wasser, dicht vorbei an all den Mädchen in geblümten Bikinis, die mit geschlossenen Augen auf flauschigen Handtüchern liegen, in der einen Hand einen Pappbecher mit Strohhalm, in der anderen ihren Walkman. Ein Mädchen richtet sich auf und sieht mir zu, wie ich mit dem Zeh große Kreise in den

Sand male, ein Stück schneeweißer Busen quillt unter ihrem Oberteil hervor. Sie trägt eine goldene Bitex-Brille, die sich an ihre Wangenknochen anschmiegt und sie aussehen läßt wie ein gefährliches Insekt. Ich möchte auch eine Bitex-Brille.

Ich bin alt, sagt meine Mutter. Mein Vater seufzt. Versprecht mir, daß ihr mir sagt, wenn ich anfange, im Bikini unmöglich auszusehen.

Der Körper meiner Mutter ist seltsam. Sie hat schlanke Arme und Beine, aber einen dicken Bauch, der wie ein Polster auf ihr draufsitzt und nie richtig braun wird, weiße Streifen durchziehen ihn wie Flüsse. Er ist häßlich, aber manchmal würde ich ihn gern berühren, er wirkt so weich und empfindlich.

Ich hasse meinen Bauch, sagt meine Mutter. Ich kann machen, was ich will, er geht nicht weg, das hat man nun vom Kinderkriegen.

Wenn sie ihn so haßt, warum zeigt sie ihn allen Leuten? Ich frage mich, wie sie es fertigbringt, so herumzulaufen. Warum trägt sie nicht einen Badeanzug oder ein Strandkleid? Warum will sie ihren Bauch unbedingt in die Sonne halten? Jeden Tag gehen wir an den Strand, und jeden Tag sehe ich ihren Bauch.

Ah, sagt meine Mutter, schön ist es hier. Ich möchte nie mehr zurück.

Das ist das Stichwort. Ich sehe meinen Vater an, er kneift die Augen zusammen. Mein Bruder Philip stöhnt. Ben ist noch zu klein, er erinnert sich wahrscheinlich nicht. Letztes Jahr wollte sie nicht mehr aus Italien zurück, vorletztes nicht mehr aus Portugal, jetzt also nie mehr aus Florida.

Am Nachmittag sehe ich sie bereits die Immobilienanzeigen der Zeitungen durchblättern. Nur so, sagt sie, nur aus Interesse.

So fängt es immer an. Seit sie vor vier Jahren das Geld meiner Großmutter geerbt hat, hat sie die Macht, unser aller Leben zu verändern.

Bodo, sagt sie und hält meinem Vater die Annoncen unter die Nase, schau dir das an, für das Geld bekommt man zu Hause noch nicht einmal eine Garage!

Mein Vater nickt und schweigt, wie er immer schweigt, wenn es uns allen an den Kragen geht.

Stellt euch doch mal vor, wie das wäre, unter Palmen zu leben! ruft meine Mutter begeistert. Jeden Morgen aufzuwachen, und die Sonne scheint! Niemals mehr Strumpfhosen tragen zu müssen, Angelina, denk doch mal!

Ich wende mich ab.

Zieh dir ein T-Shirt an, sagt meine Mutter, dein Rücken ist schon ganz rot. Sie hält mir lächelnd mein T-Shirt entgegen, ich ziehe es über den Kopf.

Ich kann nichts sehen, als sie flüstert: Angelina, ganz woanders leben, wäre das nicht toll?

Getrocknetes Salz scheuert bei jeder Bewegung am Rükken unter dem Hemd, ich hasse das Gefühl.

Mädchen und Jungen auf rosa Vespas summen auf der Straße am Strand vorbei wie ein Schwarm Bienen. Die Mädchen lachen und haben die Münder weit aufgerissen, sie tragen silberne und goldene Bitex-Brillen, die Jungen grinsen und werfen sich heimlich Blicke zu. Sie tragen zerrissene Jeans, keine Hemden, ihre glatten braungebrannten Rükken schimmern wie Maikäferflügel in der Sonne.

Ben wirft mit Sand, Philip gräbt ein fünf Meter tiefes Loch, mein Vater starrt schweigend aufs Wasser, meine Mutter läßt die Zeitung sinken.

Sie sieht plötzlich aus, als würde sie gleich in Tränen ausbrechen, aber vielleicht habe ich mich auch geirrt, denn sie schnauft nur kurz, hebt das Kinn und klatscht in die Hände: Ist vielleicht irgend jemand hungrig?

Im Motel stehe ich in meinem hellblauen Bikini vorm Spiegel, das Oberteil liegt flach auf meinen taubeneigroßen Brüsten, eine gerade Linie geht von meinen Achseln bis zu meinen Füßen. Ich bin dünn, meine Rippen stehen hervor, die klassische Bügelbrettfigur, aber mir gefällt sie. Ich möchte nicht anders sein. Meine Haut ist weich und hellbraun wie Vollmilchschokolade. Ich streiche über meinen flachen, harten Bauch. Wenn ich mich vorbeuge, werden die dünnen Hautfältchen schwarz. Meine Beine sind lang und gerade. Ich sehe gut aus. Ich lächle mich im Spiegel an, meine Zähne leuchten weiß in meinem braungebrannten Gesicht, meine Augen wirken blauer als sonst. Hätte ich eine Bitex-Brille, wäre ich richtig schön.

Angelina, ruft meine Mutter, hilf mir gefälligst!

In den Ferien kocht sie immer dasselbe, Spaghetti und Salat, ganz gleich, in welchem Land wir uns befinden. Sie glaubt, wir Kinder sind verrückt nach Spaghetti, dabei sind wir nur wie ausgehungert nach einem Tag am Strand, wir würden alles essen. Ben darf sich nackt an den Tisch setzen und sich die Tomatensoße auf die Brust kleckern.

Ist das nicht toll? fragt meine Mutter ihn schon zum dritten Mal. Sie ist ganz begeistert, und lacht albern, wenn er mit der Soße um sich spritzt. Philip liest unter dem Tisch ein

Comic-Heft, mein Vater fordert ihn zweimal auf, es wegzulegen, aber seine Stimme klingt müde, und Philip sieht noch nicht einmal auf.

Meine Eltern sehen sich über den Tisch hinweg an.

Ich bin glücklich, sagt meine Mutter.

Gut, sagt mein Vater.

Du sollst dich nicht dauernd mit anderen vergleichen, ermahnt mich meine Mutter. Wenn alle Bitex-Brillen haben, heißt das noch lange nicht, daß du unbedingt auch eine brauchst. Frag dich, welche Wünsche wirklich aus deinem Herzen kommen, und welche dir von der Werbung eingeredet werden. Haben, haben, haben – das macht nicht glücklich.

Tief aus meinem Innern kommt der Wunsch nach einer Bitex-Brille. Mit ihr, das weiß ich, wäre ich ein anderer Mensch.

Meine Mutter und ich fahren zum Supermarkt, die ruhigen kleinen Straßen entlang, an denen die Holzhäuser mit ihren Verandas stehen, umsäumt von riesigen Hibiskusbüschen mit Blüten so groß wie Untertassen.

Ab und zu wird meine Mutter so langsam, daß die Autos hinter uns wütend hupen. Angestrengt sieht sie aus dem Seitenfenster, beugt sich weit hinaus, hält die Hand über die Augen. Beim dritten Mal kapiere ich. Immer wenn sie langsamer wird, hat sie an einem Haus ein Schild entdeckt, größer und bunter als in Italien und Portugal, aber es steht dasselbe drauf: ZU VERKAUFEN.

Warum willst du immer unbedingt woanders leben? frage ich sie.

Sie sieht mich erstaunt an, als hätte ich ihr innerstes Geheimnis erraten. Sie hält mich für ziemlich beschränkt.

Will ich ja gar nicht, sagt sie, ich will es mir nur vorstellen dürfen, ist das denn so schlimm? Man wird sich wohl doch noch etwas vorstellen dürfen, verdammt noch mal.

Sie tritt unvermittelt aufs Gas, daß der Wagen davonschießt und ich in den Sitz gedrückt werde, als würde ich in den Weltraum geschossen.

Ich stelle mir vor, daß ich eine schmale, große Frau von fünfundzwanzig bin, in einem langen schwarzen Kleid aus Chiffon, es weht bei jedem Schritt um meine Knöchel. Ich habe ein Champagnerglas in der Hand und lächle. Meine Ohrringe klingeln leicht bei jeder Bewegung, mein Lippenstift leuchtet feuerrot, ich brauche niemanden.

Als wir auf den Highway einbiegen, sehe ich den Mann mit dem Kreuz. Ich habe ihn schon einmal gesehen, kurz nach Miami, als Ben das Auto vollgekotzt hat, weil ihm zu heiß war. Der Mann ist groß und dick, seine Haare wirken schlecht gefärbt, gelb wie eine Ananas. Er trägt ein riesiges hölzernes Kreuz auf den Schultern, etwa fünf Meter lang, Rucksack und Schlafsack sind auf dem Kreuz festgeschnallt. Er geht auf dem Grünstreifen in der Mitte der Fahrbahnen, ohne rechts und links zu sehen, der Verkehr donnert an ihm vorbei.

Dieser Wahnsinnige, sagt meine Mutter und schüttelt den Kopf.

Mir gefällt er. Er tut immerhin etwas Außergewöhnliches, obwohl ich keine Ahnung habe, warum er das Kreuz durch die Gegend schleppt, und was tun wir?

Im Supermarkt liegen ganze Stapel von Bitex-Brillen in

allen Farben. Ich setze eine auf, sie sind so leicht, daß man sie kaum spürt, die Gläser sind meergrün, und der Supermarkt versinkt unter Wasser. Meine Mutter sieht mich grün an und schüttelt den Kopf.

O bitte, flehe ich sie an, aber sie sieht mich kaum an, abwesend murmelt sie etwas vor sich hin, daß sie auf keinen Fall den Joghurt für Bodo vergessen darf und daß ich sie daran erinnern soll, schon schiebt sie ihren Wagen weiter.

Ich bleibe zurück und sehe ihr nach, als würde ich Abschied nehmen, ich könnte in diesem Augenblick verlorengehen, mich von da an allein durchschlagen. Allein in Amerika.

In zehn Jahren würde ich anrufen, das spinatgrüne Telefon im Flur würde klingeln, meine Mutter würde wütend aus der Küche rufen: Warum geht denn niemand dran? Mit nassen Händen käme sie den Flur entlanggelaufen, gerade als sie nach dem Hörer greift, hört das Klingeln auf.

Sie schubst mich mit dem Einkaufswagen absichtlich in den Po, Angelina, meckert sie, steh nicht da wie ein Ölgötze, hilf mir gefälligst.

Neben dem Supermarkt entdeckt sie einen Schuhladen. Verträumt betrachtet sie ein paar dunkelblaue hochhackige Sandalen.

Nur mal reinschauen, sagt sie.

Sie trippelt in den Schuhen vor dem Spiegel auf und ab und streckt die Brust raus. Ich sehe, wie sich ihr Bauch unter dem dünnen Kleid wölbt. Sie reißt eine Schachtel auf und drückt mir ein paar rote Sandalen in die Hand. Probier doch mal, sagt sie, sind die nicht süß?

Ich schüttle den Kopf.

Jetzt will ich dir schon was schenken, sagt sie, und du ziehst nur ein Gesicht. Wütend packt sie die Sandalen wieder in die Schachtel, läuft barfuß im Laden herum und probiert ein Paar knallgelbe Stöckelschuhe an. Ihre Beine sind wirklich hübsch, sie sind wie meine. Sie sind jünger als ihr Gesicht. Sie lacht und betrachtet sich in den Schuhen, sie tänzelt auf und ab, und im Spiegel sehe ich die Frau, die ich sonst nur von alten Fotos kenne. Da ist sie jung, ihre Haut straff wie bei den Mädchen am Strand, sie trägt ein enges geblümtes Kleid und hält ein dickes Baby im Arm, mich. Als du klein warst, sagt sie manchmal zu mir, hast du mich umarmt und geküßt und mir gesagt, wie sehr du mich liebhast.

Ich kann mich an die beiden Menschen, von denen sie redet, nicht erinnern. Es ist mir unangenehm, und auch ein bißchen peinlich, wenn sie das sagt, ich fühle mich dann wie jemand, der auf den Kopf gefallen ist und alles vergessen hat.

Wie findest du diese Schuhe? fragt sie mich und dreht sich zu mir um.

Geil, sage ich, weil ich sehe, wie sehr sie ihr gefallen.

Wirklich? sagt sie und grinst. Ich nicke.

Sie kommt auf mich zu, flüstert: Sehe ich nicht bescheuert aus mit solchen Schuhen? Alte Kuh macht auf jung? Sie lächelt unsicher. Ich möchte sie umarmen und küssen und ihr sagen, wie sehr ich sie liebe. Ich zucke die Achseln und sehe weg. Es entsteht eine Pause.

Naja, sagt sie, was soll's. Sie zieht die Schuhe aus und stellt sie ordentlich weg, schlüpft in ihre alten Sandalen und geht aus dem Geschäft, ohne sich nach mir umzusehen.

Am nächsten Tag hat sie einen Termin zur Hausbesichtigung. Nur so, sagt sie, aus Interesse. Es verpflichtet uns doch zu nichts.

Mein Vater schweigt.

O Gott, ruft sie und stampft mit dem Fuß auf, ich möchte einfach nur mal so ein Haus von innen sehen, weiter nichts!

Wo sollen wir denn dann zur Schule gehen? fragt Philip.

Sie starrt ihn an. Ihr bringt mich um, schreit sie, ihr bringt mich einfach um!

Sie verschwindet in der Küche und wäscht scheppernd das Geschirr ab.

Was hat sie denn? fragt Philip. Ich zucke die Achseln. Mein Vater macht den Fernseher an.

Eine dicke schwarze Frau in einem senfgelben Kostüm hält Jugendlichen ein Mikrophon unter die Nase.

Was reden sie? frage ich meinen Vater.

Sie fragt sie, ob sie lieber attraktiv oder intelligent wären, wenn sie es sich aussuchen könnten, übersetzt er. Was würdet ihr wählen?

Attraktiv, sagen Philip und ich wie aus einem Mund.

Mein Vater seufzt und macht den Fernseher wieder aus. Lucy, ruft er, wenn du es dir aussuchen könntest, wärst du lieber attraktiv oder intelligent?

Sie kommt aus der Küche, ein Sieb auf dem Kopf, zwei Spaghetti über den Ohren, den Zeigefinger im Mund. Ich glaube, ich wäre gern intelligent, sagt sie, attraktiv bin ich schon.

Der Makler ist jung und cool. Er hat tiefschwarze, längere Haare und trägt eine blaumetallene Bitex-Brille mit silbernen Gläsern. Seine Nike-Turnschuhe stehen offen, damit macht er großen Eindruck auf Philip, nur wirklich megacoole Leute tragen seiner Meinung nach die Turnschuhe offen.

Sind Sie Frau Winter? fragt der Makler meine Mutter.

Sie trägt ihr bestes Kleid und Lippenstift. Ihr Kragen ist verkrempelt, man sieht das Etikett. Ja, flötet sie auf englisch, und das ist meine Familie.

Ich kann es nicht ausstehen, wenn sie englisch spricht.

Er drückt uns allen fest die Hand. Meine ist verschwitzt, seine auffallend kühl in der Hitze. Sein Name ist Douglas. Meine Mutter stellt uns alle vor, selbst Ben, den mein Vater auf den Schultern trägt. Angelina, wiederholt Douglas meinen Namen langsam, als lutsche er einen Bonbon.

Er schließt das Haus auf und geht voran. Es ist dunkel und riecht nach Katzenpisse und nassem Hund. Antiquitäten stehen überall herum, an den Wänden hängen Bilder von toten Hasen und düsteren Wäldern. Das Bett im Schlafzimmer ist mit grüner Seide bezogen, im Badezimmer stekken Fotos von zwei Männern mit Schnauzbärten am Spiegel, sie haben Hunde und Katzen im Arm. An einem Stück Stacheldraht hängen dutzendweise glitzernde Ohrringe. Meine Mutter geht sofort wieder hinaus, mein Vater sieht sich das Badezimmer gar nicht erst an.

Einen Moment lang bin ich allein, ich überlege, ob ich ein wie Weintrauben geformtes Paar Ohrringe in die Tasche stecken soll, aber ich könnte sie nie tragen, meine Mutter würde mich verhören wie die Polizei, wo ich die herhabe.

Douglas führt uns in den Garten. Auf einer alten, zerfetzten Couch sitzen drei Hunde, zwei große und ein winzig kleiner, und sehen fern. Sie wenden kaum die Köpfe nach uns, der kleine kläfft kurz. Es läuft eine Reklame für Tampons. Neben dem Swimming-pool liegt überall Hundescheiße.

Douglas entschuldigt sich lahm. Meine Mutter sieht keinen von uns an. Lächelnd betrachtet sie alles und nickt.

Tja, sagt sie schließlich, ich glaube, wir haben es gesehen, nicht? Sie wendet sich an meinen Vater. Er nickt stumm.

Im Flur vor der Haustür steht ein Paravent. Philip sieht hinter den Paravent und kommt nicht wieder hervor, bis ich dahinter schaue und ihn grinsend in einer schwarzen Lederschaukel sitzen sehe. Über ihm hängen an Eisenketten zwei Lederschlaufen. Jetzt schauen alle hinter den Paravent.

Hm, sagt Douglas.

Jedem Tierchen sein Pläsierchen, sagt mein Vater auf deutsch.

Philip, komm sofort da raus, sagt meine Mutter.

Wir stehen stumm vor dem Haus. Philip tritt gegen die Reifen unseres Mietwagens. Mein Vater zeigt Ben eine Biene, die an einer Hibiskusblume saugt.

Man könnte etwas aus dem Haus machen, sagt Douglas.

Bestimmt, sagt meine Mutter, aber eigentlich ist es nicht so ganz das, was wir uns vorgestellt haben. Mein Vater sieht sie von der Seite an.

Erzählen Sie mir von Ihren Vorstellungen, sagt Douglas und spielt mit seiner Bitex-Brille. Ben greift nach ihr.

Nicht, sagt meine Mutter.

Oh, sagt Douglas, lassen Sie ihn ruhig, diese Brillen sind

unzerbrechlich. Er grinst. Wir können doch offen sein: dieses Haus ist schrecklich. Meine Firma besteht darauf, daß ich es immer als erstes zeige, als Schock, sozusagen, danach wirken alle anderen Häuser hübsch und sauber.

Meine Mutter kichert. Ach so, sagt sie.

Ich würde Ben gern die Bitex-Brille aus den Fingern reißen, sie aufsetzen, davonrennen.

Das nächste Haus, sagt Douglas, hat besonders ruhige Nachbarn. Es liegt am Friedhof.

Meine Mutter strahlt ihn an. Mein Vater entwendet Ben die Brille und gibt sie Douglas zurück. Ben schreit.

Könnte ich bei Ihnen im Auto mitfahren? fragt Douglas.

Aber natürlich, ruft meine Mutter. Mein Vater zieht die Augenbrauen hoch.

Douglas sitzt neben mir, ich rieche sein zitroniges Aftershave.

Er trommelt mit den Fingern auf die Armlehne. Angelina, sagt er, was für ein hübscher Name.

Ich antworte nicht, ich spreche nicht gern Englisch. Die Wörter passen nicht in meinen Mund, und ich hasse es, Fehler zu machen. Sein Schenkel drückt leicht gegen meinen. Mit Absicht oder notgedrungen, weil es so eng ist auf dem Rücksitz? Ich atme tief ein und ziehe mein Bein einen Millimeter zurück. Eine Weile geschieht nichts, dann beugt Douglas sich vor, und sein Knie preßt hart gegen meins.

Suchen Sie ein reines Ferienhaus, oder beabsichtigen Sie, sich länger in Florida aufzuhalten? fragt er meine Eltern.

Meine Mutter macht den Mund auf. Eigentlich wollen wir ganz hierher ziehen, sagt sie, Europa wird zu einem unheimlichen Ort. Krieg und Depression überall, verstehen Sie?

Es wird still im Auto. Mein Vater sieht meine Mutter von der Seite an.

Sie reckt sich und lächelt in den Rückspiegel.

Verstehe, sagt Douglas und läßt sich in den Sitz zurückfallen, sein Oberarm drückt gegen meinen.

Sorry, sagt er, zieht seinen Oberarm wieder weg und setzt seine Bitex-Brille auf.

Wir sehen noch sieben Häuser. In dem einen hängen Babykleider unter Glas an der Wand, in einem anderen steht ein großer leerer Käfig in einem makellos sauberen Schlafzimmer. Um den Käfig herum sieht man die Staubsaugerspuren auf dem Teppich.

Was meinst du, Bodo? fragt meine Mutter in jedem Haus. Mein Vater zuckt die Achseln und lächelt geduldig.

Ich habe Durst, mault Philip.

Morgen sehen wir uns nur fünf Häuser an, sagt Douglas zu ihm.

Philip stöhnt, ich halte den Atem an. Morgen? sagt mein Vater.

Meine Mutter sieht uns lächelnd an. Bis morgen, sagt sie zu Douglas.

Er deutet eine kleine Verbeugung an. Ciao, Angelina, sagt er zu mir.

Stellt euch doch nur mal vor, sagt meine Mutter, nach der Schule könntet ihr an den Strand gehen, am Wochenende würden wir ein Boot mieten und auf dem Meer Picknick machen. Wir würden immer alle ganz braun und gesund aussehen, und nie wieder hätten wir Erkältungen. Wir würden uns selbst besser leiden können.

Wir müssen Douglas sagen, daß wir es nicht ernst meinen, sagt mein Vater.

Morgen, sagt meine Mutter, morgen sagen wir es ihm.

Im ersten Haus, das wir uns am nächsten Tag ansehen, sitzt eine alte Frau mit verschmiertem Lippenstift im Nachthemd vorm Fernseher. Ich setze mich neben sie, mein Vater gibt mir Ben auf den Schoß. Ben streckt die Hand nach der alten Frau aus, und zitternd reicht sie ihm ihre. Hunde laufen über die Mattscheibe. Wuff, sagt die alte Frau zu Ben, und Ben sieht sie nachsichtig an.

Ihre Kinder wollen das Haus verkaufen, sagt Douglas leise zu meiner Mutter, sie haben es eilig, der Preis ist günstig.

Aber meiner Mutter gefällt die Raumaufteilung nicht, und außerdem hat das Haus keine Veranda.

Die alte Frau küßt Ben zum Abschied auf den Kopf, Ben fängt an zu schreien.

Douglas hat die Autotür auf Philips Seite schon in der Hand, da überlegt er es sich anders, geht noch einmal ums Auto herum und öffnet die Tür auf meiner Seite. Er sieht mich nicht an, als er einsteigt.

Was ist schlimmer, sagt Philip, ein haariges Männerbein ablecken oder ein Kuhauge verschlucken?

Laß das, sage ich.

Was ist schlimmer, sagt er, Achselschweiß trinken oder Fußschweiß?

Philip! ruft meine Mutter vom Fahrersitz.

Was ist schlimmer, flüstert er, in Hundescheiße ausrutschen oder einen Makler küssen?

Meine Mutter liegt im Liegestuhl am Strand und blättert in Katalogen. Häuser klein wie Spielzeug sind dort abgebildet, eins neben dem anderen. Mein Vater hockt neben ihr im Sand, er spendiert nur einen Liegestuhl am Tag, sie sind unverschämt teuer, sagt er.

Ich höre meine Eltern undeutlich durch die Musik aus meinem Walkman miteinander sprechen. Die Batterien neigen sich dem Ende zu, die Musik fängt an zu leiern. Ich mache den Walkman aus, aber setze den Kopfhörer nicht ab.

Eine Palme hätte ich gern vorm Haus, eine große Palme, sagt meine Mutter.

Wie lange willst du dieses Spiel noch weiterspielen? fragt mein Vater.

Nur noch einen Tag, bitte, sagt sie.

Ich verstehe dich nicht, sagt er, warum steigerst du dich in Träume hinein, die niemals wahr werden können?

Warum eigentlich nicht? sagt sie, erklär mir das mal.

Wie stellst du dir das denn vor?

Wir könnten, wenn wir wollten, ein ganz anderes Leben führen, sagt sie und legt die Hände auf ihren Bauch.

Mein Vater wendet sich ab und stochert mit einem Stöckchen im Sand. Ich kann dich nicht glücklich machen, sagt er, steht auf und geht zum Wasser. Seine Oberschenkel und sein Rücken sind mit Sand bepudert, von hinten sieht er aus wie ein paniertes Schnitzel.

Meine Mutter blickt sich um, sie wirkt verwirrt, als hätte sie sich verlaufen. Angelina, brüllt sie dann, weil sie meint, ich könne sie nicht hören, creme dir die Schultern ein!

Ich sitze in der Schaukel auf der Veranda, alle andern sind im Haus. Es ist ein altes Haus, die Farbe bröckelt von den Holzschindeln, Küchenschaben so groß wie Frösche krabbeln über den Boden. Der Zement im Boden auf der Veranda hat große Risse, aus denen Gras wächst.

Douglas setzt sich zu mir in die Schaukel. Sein Zitronengeruch schwappt wie eine Welle über mich.

Ich lege den Kopf in den Nacken, weil ich nicht weiß, wohin ich gucken soll. Über unseren Köpfen hängen die Zweige einer tieflila Bougainvillea.

Meine Mutter tritt in die Tür.

Ich glaube, ich bin dabei, mich zu verlieben, sagt sie, habt ihr das Zimmer im ersten Stock gesehen? Sie verschwindet wieder im Haus.

Douglas balanciert die Bitex-Brille auf seinem Schenkel. Ich nehme sie und setze sie auf. Sechs Uhr, Exxon-Tankstelle, sagt er leise.

Ich sehe ihn durch seine Bitex-Brille an, seine Haut schimmert bläulich, als wäre sie kalt. Ich fühle mich selbstbewußt, erwachsen, schön.

Er nimmt die Brille von meiner Nase. Mrs. Winter, ruft er, I'm coming. Wie von einem Gummiband gezogen, gehe ich widerwillig hinter ihm her.

Ein junges Mädchen mit strohblonden Haaren sitzt im Wohnzimmer an einer Nähmaschine. Ein ebenso blonder Hund mit blauen Augen liegt zu ihren Füßen.

Es ist ein gutes Haus, sagt sie zu meiner Mutter, es hat gute Schwingungen. Menschen mit bösen Herzen halten es nicht lang hier aus. Wir hatten mal 'nen Typen hier, der machte Zettel an seine Sachen im Kühlschrank. Er blieb nur 'ne Woche. Als er ging, hat er meine Uhr geklaut. Sie seufzt, krault ihren Hund hinter den Ohren und rattert dann weiter auf ihrer Nähmaschine.

Vom Zimmer im ersten Stock aus sieht man das Meer. Douglas klettert aus dem Fenster aufs Dach und reicht erst meiner Mutter, dann mir die Hand. Er drückt meine Hand leicht, bevor er sie losläßt.

Die Dachpappe glüht unter meinen Füßen. Zwei große Palmen ratteln leicht im Wind. Unten vor der Veranda steht mein Vater. Ben spielt zu seinen Füßen mit abgefallenen Bougainvilleablüten. Das blonde Mädchen kommt aus dem Haus und schließt sein Fahrrad auf. Sie setzt Ben auf den Fahrradsitz und fährt mit ihm im Kreis. Mein Vater steht in der Mitte des Kreises, der helle Hund läuft hinter dem Fahrrad her. Von hier oben sehen sie zusammen aus wie die perfekte kleine Familie. Sie lieben sich und essen Cornflakes zum Frühstück in einem lichtdurchfluteten Zimmer, sie laufen lachend über Frühlingswiesen, ihre glänzenden Haare wehen im Wind, sie kuscheln sich in schneeweißen Bademänteln am Kaminfeuer, dicke Socken an den Füßen.

Meine Mutter hebt die Hand, um ihnen zu winken, und läßt sie wieder sinken. Stell dir doch bloß mal vor, sagt sie zu mir.

Douglas sieht mich an und leckt sich über die Lippen.

Er lehnt an der Zapfsäule von Super bleifrei, von weitem sieht er arrogant und schlecht gelaunt aus. Er hat die Arme vor der Brust verschränkt, seine Augen hinter der Bitex-Brille verborgen. Er bemerkt mich nicht. Hinter einer Reklametafel für Reisen nach Mexiko bleibe ich stehen. Der lauwarme Wind streicht mir um die Beine, fährt mir unters Kleid, bauscht den Stoff, als wäre ich schwanger. Ich habe eine frische Unterhose an, mein Bauch verkrampft sich, als hätte ich etwas Falsches gegessen.

In einer dreiviertel Stunde, bei Einbruch der Dunkelheit muß ich wieder zu Hause sein. Ich sehe jede Minute bis dorthin vor mir liegen wie die Stufen der Maja-Ruine auf dem Plakat vor mir. Sie führen geradewegs ins Nichts, in einen leeren Himmel. Es gibt keinen Grund, sie hinaufzusteigen. Man sieht von unten, was einen oben erwartet.

Ich mag Douglas noch nicht mal.

Als ich genau weiß, daß ich ihn noch nicht einmal besonders mag, beruhigt sich mein Magen. Ich bin stärker als Douglas. Ich setze mich in Bewegung.

Hi, sage ich.

Wir fahren zu einer einsamen Stelle in den Mangrovensümpfen, rechts und links vom Weg dümpelt braunes Wasser, in der Entfernung schimmert das türkisblaue Meer. Über uns fliegen die Pelikane.

Während er mich anfaßt, verfolge ich ihren Flug. Sie stürzen plötzlich ab wie abgeschossen, schießen mit dem Schnabel zuerst ins Wasser, verschwinden, dann kommen sie wieder hoch, schlucken kurz, man sieht eine Verdickung in ihren Hälsen, sie sehen sich um, als hätten sie bei einer feinen Gesellschaft heimlich die Verzierung von der Torte geklaut, lassen sich noch einen Moment auf den Wellen treiben, dann starten sie wieder, mühsam wie ein altes Flugzeug steigen sie nach oben, und das Spiel beginnt von neuem.

Seine Hand rutscht tiefer, erst spielt sie mit dem Gummiband der Unterhose, läßt sie gegen meine Haut schnippen, dann taucht sie unvermittelt in meine Unterhose hinein.

Ich halte sie mit einer blitzschnellen Bewegung fest, als wollte ich einen Fisch mit der Hand fangen.

Please, flüstert er in mein Ohr, *please. You are so beautiful. You are driving me crazy.*

Forty-eight dollars, sage ich.

Draußen fällt die Sonne wie eine Apfelsine ins Meer, im Auto ist es eiskalt, die Air-condition läuft, ich sehe die Gänsehaut auf meinem Bauch. Er legt das grüne Geld auf die Ablage, er lacht. Was kostet dein Herz? sagt er. Leg dich zurück.

Ich bezahle die Brille heimlich an der Kasse, während meine Mutter noch Milch und Joghurt holt. Ich stecke sie unter mein Hemd. Die Brille berührt meine Brust, die jetzt ein Mensch mehr kennt als gestern noch.

Als meine Mutter nicht wiederkommt, schlendere ich langsam durch die Reihen von Cornflakes und Crackers zurück in die Milchabteilung.

Sie hat die Arme auf das Regal mit den Fruchtjoghurts gestützt, ihr Kopf hängt herunter, ihr Atem bildet weiße Wölkchen in der Kälte der riesigen Kühltruhe, an ihren Beinen laufen kleine rote Rinnsale entlang.

Mama, sage ich und fühle mich so hilflos, als wäre ich drei Jahre alt. Mama.

Sie richtet sich auf, Schweißperlen stehen auf ihrer Stirn, ihr Gesicht ist weiß wie Wachs. Sie verzieht ihr Gesicht. Mist, sagt sie, auf nichts ist mehr Verlaß. Mit einem Taschentuch tupft sie sich die Beine ab, dann holt sie einen Plastikkanister Milch aus der Kühltruhe, hievt ihn in den Einkaufswagen und schiebt damit zur Kasse, als wäre nichts geschehen.

Mein Vater geht nicht mit an den Strand, er bleibt im Bett und liest die Zeitung. Philip boxt ihn zum Abschied in die Rippen.

Mein Vater sieht kurz auf. Lucy? sagt er, aber meine Mutter ist schon mit Ben samt Sandeimerchen, Schaufel, Sonnenmilch und Handtüchern aus der Tür. Ich laufe mit Philip hinter ihr her.

Am Strand zieht sie sich nicht aus, sie setzt sich im Kleid im Schneidersitz in den Sand und gräbt schweigend für Ben ein Loch.

Sehen wir uns heute keine Häuser an? frage ich.

Sie schüttelt den Kopf. Ich stehe neben ihr, mein Schatten fällt auf ihren Schoß. Mein Hals schwillt an von langen, komplizierten Sätzen, die ich ihr gern sagen würde. Mama, fange ich an.

Sie streckt die Hand aus. Guckt doch mal, sagt sie, der Mann mit dem Kreuz!

Er zieht sein Kreuz dicht am Wasser durch den Sand, vorbei an all den hübschen Mädchen in ihren geblümten Bikinis, den jungen Männern in Bermudas und mit ihren Bitex-Brillen. Er stellt sein Kreuz gegen einen Felsen und beginnt, kleine Karten zu verteilen.

Schließlich kommt er auch zu uns. Meine Mutter streckt ihm die Hand entgegen. Auf der Karte ist er selbst mit dem Kreuz auf dem Rücken abgebildet, darunter steht ›Warum?‹

Erklären Sie mir das, sagt meine Mutter und sieht ihn ernsthaft an.

Er kommt noch einen Schritt näher, geht vor ihr in die Hocke. Er fährt sich durch das ananasgelbe Haar und lächelt schüchtern.

Ich war ein Arschloch, sagt er, ein Alkoholiker und ein Arschloch. Bis mich Jesus gerufen hat. Er gab mir eine Aufgabe. 6000 Meilen bin ich für Ihn schon gegangen, bis runter nach Mexiko. Fünf Kreuze hat man mir bereits gestohlen. Ich habe nichts, aber Er sorgt für mich. Jeder Tag bringt das, was er bringt. Er verstummt.

Ich bewundere Sie, sagt meine Mutter.

Er lächelt. Ich tue nur meinen Job, sagt er. Gott segne Sie, Ma'am. Er steht auf und geht weiter.

Meine Mutter sieht ihm nach, dann wendet sie kurz den Kopf zu mir und sagt zusammenhangslos: Als du zwei Jahre alt warst, waren wir einmal in Spanien am Meer. Ich ging schwimmen, und du standest in einer rosa Badehose heulend am Strand, du wolltest mich nicht gehen lassen. Immer hast du hinter mir hergeschrien. Keinen Schritt durfte ich allein tun. Ich brauchte mich manchmal nur zu bewegen, schon fingst du an zu schreien. Länger als alle anderen Kinder hast du das gemacht, und ich wußte nicht, warum. Ich hatte dich nie allein gelassen, nie. Zwei Jahre lang habe ich dich herumgetragen, weil ich ein Buch gelesen hatte, in dem behauptet wurde, daß Kinder, die dauernd herumgetragen werden wie bei den Indiofrauen oder Afrikanerinnen, zuversichtlicher und angstfreier sind als andere Kinder.

Ich schwomm immer weiter hinaus, und draußen war alles so friedlich, der Mond stand schon am Himmel, obwohl es erst früh am Nachmittag war, ich war allein, zum erstenmal seit deiner Geburt ganz allein. Ich fühlte mich wie ein Mensch, den ich mal gut gekannt, aber dann aus den Augen verloren hatte. Es war so still und schön da draußen, daß ich immer weiter schwamm, immer weiter, wie unter Zwang. So lange, bis meine Nägel dunkelblau waren und ich vor Anstrengung zu zittern begann. Ich wollte nie mehr zurück. – Du hast das gewußt. Als ich aus dem Wasser kam, hörte ich dich weinen, und Bodo sagte, er habe dich einfach nicht beruhigen können. Alle Leute am Strand sahen mich vorwurfsvoll an.

Sie macht eine Pause und putzt Ben den Sand aus dem Gesicht.

Du hast das immer von mir gewußt, sagt sie. Aber es hat nichts mit euch zu tun, verstehst du das?

Ich fahre mit der einen Hand in meinen Rucksack und umklammere meine Bitex-Brille. Ja, sage ich, verstehe ich.

Eine Frau in einem silbernen Bikini mit einem fetten Arsch geht an uns vorbei.

Angelina, sagt meine Mutter, sag mir die Wahrheit, ist mein Hintern so dick wie der da?

In der Nacht, als alle schlafen, setze ich im Dunkeln die Brille auf. Ich lächle, und die Ränder der Gläser schaben leicht an meinen Wangen. Ich höre den schnellen Babyatem von Ben, das Schnarchen meines Vaters, Philips unruhige Bewegungen im Schlaf. Nur meine Mutter höre ich nicht. Sie schläft vollkommen geräuschlos.

Ich lege mich ins Kissen zurück, die Nacht ist golden-schwarz. Ich schließe die Augen hinter der Brille und weiß, ich werde nie wieder dieselbe sein.

Manna

Am Sonntag morgen um Viertel vor sechs ruft Lilli nach mir. Ihr Schrei trifft mich im Schlaf wie ein geschleudertes Messer. Blitze fahren durch mein Gehirn, mein Magen verkrampft sich, mein Herz flattert. Mit geschlossenen Augen warte ich auf ihren nächsten Schrei. Es vergehen Minuten, und gerade, als sich meine Muskeln entspannen und ich beginne, wieder abzutauchen in meinen weichen, dunklen Schlaf, heult sie auf wie ein Wolf. Ich rolle mich aus dem Bett, schlurfe mit immer noch geschlossenen Augen über den kalten Parkettboden in ihr Zimmer. Der süßliche Geruch von Pipi und Kinderschlaf schlägt mir entgegen. Ich öffne ein Auge. Sie steht am Geländer ihres *Paidi*-Bettes und streckt die Arme nach mir aus.

Guten Morgen, böse Hexe, sagt sie, ich bin die Goldmarie.

Ich trage sie in mein Bett. Die Wohnzimmertür steht offen. Jim liegt auf der Couch, seine nackten Arme hängen schlaff herunter. Er schläft jetzt fast immer auf der Couch. Wir haben aufgehört, darüber zu reden. Vor Lillis Geburt vor fast drei Jahren hätten wir uns nicht vorstellen können, auch nur eine Nacht in getrennten Betten zu verbringen. Vor drei Jahren haben wir uns vieles nicht vorstellen können. Unser gemeinsames Leben hat begonnen wie ein kleiner Schneeball, der nur zögernd ins Rollen kam und an dem jetzt alles klebenbleibt, jede Banalität, jeder Streit, jeder Zweifel, und der immer größer und schneller wird, bis er irgendwann als riesige Kugel alles platt walzen wird.

Abends, wenn wir beide Lilli ihren Gute-Nacht-Kuß gegeben haben, räumen wir zusammen ihre Spielsachen und die Küche auf, dann gehen wir erschöpft in verschiedene Zimmer, er sieht fern, ich lese, oft schlafe ich ein, ohne daß wir uns noch einmal sehen. Manchmal – selten – finden wir uns im Dunkeln, wie zwei Passanten, deren Wege sich zufällig kreuzen. Am besten ist es, wenn wir uns dabei fremd sind. Wenn ich sehr müde bin, denke ich auch: beeil dich, damit ich weiterschlafen kann. Früher hieß es von mir, ich dächte nur ans Essen, jetzt denke ich nur ans Schlafen.

Schlaf noch ein bißchen, sage ich zu Lilli, und sie kuschelt sich an mich. Milch, sagt sie in mein Ohr. Gleich, antworte ich.

Jetzt, sagt sie.

Warte noch ein bißchen, noch ein kleines bißchen, murmle ich schlaftrunken.

Meine Milch, schreit sie.

Ich stehe auf, stoße mir den Kopf an der Hängelampe. In der Küche schütte ich mit einem Schwung die kalte Milch in den Milchtopf und wundere mich, daß ich so genau dosieren kann, wieviel Milch in eine Milchflasche paßt. Bis auf den Tropfen genau. Man erlernt seltsame Fähigkeiten als Mutter. Ich schalte den Herd ein und stecke den Finger in die Milch, bis sie sich lauwarm anfühlt. Mit geschlossenen Augen stehe ich so da, in meinem Nachthemd mit braunen Känguruhs auf grünem Untergrund, den Finger in der Milch. Ich sehe mich in dieser Haltung als Gipsstatue in einem Museum. Auf einer kleinen Metallplatte, die an meinem linken, leicht vorgestellten Fuß befestigt ist, steht: MUTTER.

Saft, sagt Lilli, als ich mit der Milchflasche zu ihr komme, ich will Saft. Ich drücke ihr die Milchflasche in die Hand und lege mich wieder ins Bett. Sie wirft die Milchflasche quer durchs Zimmer. Sie hat Glück, die Flasche geht nicht auf.

Ich warne dich, sage ich.

Ich will Saft, brüllt sie.

Nicht in diesem Ton, sage ich und hole ihr ein Glas Saft. Sie wendet sich ab, nimmt es nicht.

Ich warne dich, wiederhole ich.

Ich will meine Milch.

Dann hol sie dir. Ich lege mich wieder ins Bett. Mein Kopf dröhnt, meine Augen schmerzen. Sie weint mir ins Ohr, wütend strampelt sie mit den Beinen und trifft mich in den Bauch. Ich fahre in die Höhe, schnappe sie, klemme sie mir unter den Arm wie eine Handtasche, trage sie zurück in ihr Bett und knalle die Tür zu. Sie tobt.

Zitternd vor Wut lege ich mich wieder ins Bett und lege mir ein Kissen über den Kopf.

Sie wird lauter. Lauter als jemals zuvor, so als habe sie gerade eben einen Trick entdeckt, wie sie ihre Stimmbänder noch besser nutzen kann.

Ich höre Jim wütend über den Flur stampfen. Er reißt Lillis Tür auf und brüllt: Was ist hier los?

Lilli schaltet blitzschnell um. Papa, schluchzt sie, Papa.

Ich weiß, daß sie jetzt flehentlich ihre Ärmchen nach ihm ausstreckt. Ich höre, wie er versucht, zu erklären, daß ich müde bin, daß er müde ist, daß man morgens, wenn alle anderen noch schlafen, nicht so schreien darf.

Warum? fragt Lilli.

Weil Sonntag ist, sagt Jim.

Aber es ist schon hell, sagt Lilli. Trotzdem, sagt Jim. Lilli brüllt.

Jim kommt zu mir und fragt mich, ob Lilli wiederkommen darf.

Aus dem Kinderzimmer schreit Lilli: Meine Milch, meine Milch!

O Gott, stöhnt Jim, wie spät ist es? Er beugt sich zu mir herab und drückt mein Bein unter der Decke.

Mein Bauch tut mir weh, schreit Lilli wütend, ich will meine Milch!

Wie ein kleines Paket liefert Jim sie bei mir ab. Wortlos dreht sie mir ihr Gesicht zu, auf ihren Backen sitzen Tränen bewegungslos wie Glasperlen. Mama, sagt sie leise, meine Milch.

Ich krieche von meinem Futon über das kalte Parkett und hole ihr die Flasche. Wenn du sie jetzt nicht trinkst, kommt sie weg, sage ich.

Wohin? fragt Lilli.

Um sechs Uhr zwölf liege ich im Wohnzimmer auf dem Teppich. Ich bin das Baby, Lilli ist meine Mutter. Jim liegt mit geschlossenen Augen auf der Couch, die eine Wange ins Kissen geknautscht, sein Gesicht geteilt in eine junge und eine alte Hälfte. Ich sehe Jim als alten, stummen Mann vor mir, ich fürchte mich und lege ihm leicht die Hand auf die Wange. Der Trick funktioniert: meine Ablehnung verwandelt sich durch diese Geste in dünne Zuneigung. So wie wir uns jetzt manchmal widerwillig umarmen und hoffen, daß in der Umarmung ein Gefühl entsteht, das wir wiedererkennen. Wir halten den Atem an und lauschen voller Furcht, als läge etwas im Sterben. Wohin wir auch blicken, um uns herum, bei all den Paaren, die wir kennen, ist es bereits tot. Sie alle haben einen Tod im Haus, sie betrachten uns wissend lächelnd und warten darauf, daß es auch bei uns stirbt.

Lilli schiebt ihr Nachthemd hoch und drückt meinen Kopf an ihre Brust. Trink, sagt sie. Ich rieche ihren zarten, leicht säuerlichen Kinderduft, und unvermutet durchströmt mich Glück wie gleißendhelles Licht.

Und jetzt wird geschlafen, sagt Lilli, geht zur Tür und knallt sie hinter sich zu. Ich weiß, daß ich jetzt weinen muß, wenn ich ihr den Spaß nicht verderben will. Ich brülle so laut ich kann. Jim stöhnt und dreht sich auf die andere Seite. Lilli öffnet die Tür einen Spalt und streckt nur ihre Hand hindurch. Siehst du meine Hand? fragt sie hinter der Tür, ich bin ja da.

Ich schreie weiter. Sie kommt zurück. Was ist jetzt schon wieder? fragt sie und stützt die Hände in die Hüften. Gleich werde ich stinkesauer, ich warne dich. Sie betont die Sätze wie ich, aber es fehlt ihr meine Wut, mein Jähzorn. Unsicher sieht sie mich an. Ich schreie weiter und strampele mit den Beinen.

Was willst du denn? fragt sie leise und streichelt mich. Sie ist ohne Zweifel die bessere Mutter.

Ich bin das Babymonster, sage ich.

Mamamonster, korrigiert sie lakonisch und setzt sich auf den Teppich.

Es ist vollkommen still im Haus, sonntagsstill. Schweigend betrachten wir den schlafenden Jim. Zwei Erwachsene und ein Kind an einem Sonntagmorgen. Ich kann mich nicht erinnern, wie ich hierhergeraten bin.

Wir wollen einen Ausflug machen, sagen wir zu Jim. Er grunzt.

Mit dir, sagt Lilli.

Eineinhalb Stunden brauchen wir, um aus der Stadt hinauszukommen. Ich singe blutrünstige Kinderlieder von Füchsen, Kuckucken und Hasen, die erschossen werden, von Negerlein, die ersticken, ertrinken, verhext und gefressen werden, lese sechsmal dasselbe *Pixi*-Buch vor und sage rund hundertmal mit einer Handpuppe guten Tag.

Ich will ein Eis, ruft Lilli.

Später, sagen Jim und ich aus einem Munde.

Ich sehe von ihm nur den Hinterkopf, die schwarzen Locken, die ihm auf den Kragen seiner Lederjacke fallen, seine zierlichen Ohren, eine kompetente Hand am Steuer. So geht es in Schnutzlputzhäusl, singe ich leiernd.

Sing schön, befiehlt Lilli.

Da singen und tanzen die Mäuse, da bellen die Schnecken im Häusl. Wir gehen Jim auf die Nerven. Ich gehe ihm auf die Nerven. Das sehe ich daran, wie er atmet: in langen kontrollierten Zügen, ein und aus und ein und aus.

Im Schneckentempo bewegen wir uns vorwärts. Ich sehe andere Mütter in anderen Autos singend die Münder aufreißen, Bonbons verteilen, auf kreischende Kinder einreden.

Die Väter sitzen am Steuer und sehen stumm und stoisch geradeaus.

Warum muß ich ›Schnutzlputzhäusl‹ singen? Ich möchte auch stumm sein und in mir versinken dürfen wie in einem Topf Honig. Warum müssen immer die Mütter reden und singen und streiten und beschwichtigen?

Sing weiter, sagt Lilli.

Wir kommen in einen Tunnel und dort in einen Stau. Jim läßt die Fenster hochfahren und schaltet den Motor aus.

Entschuldige, sage ich, dieser Ausflug war eine idiotische Idee. Er antwortet nicht.

Weiterfahren, ruft Lilli. Dann ist sie still.

Ich starre die dunklen Betonwände an, die uns umgeben. In der Entfernung brennt ein grünes Lämpchen, auf dem ein Strichmännchen dem Ausgang zurennt. Lilli sieht mich an, ihre großen Augen glänzen im Dunkeln. Jeder wartet für sich allein. Nuseum, flüstert Lilli, und nur ich weiß sofort, was sie meint: das Museum, in das wir beide an so vielen Wintersonntagen geflüchtet sind, wenn die enge Wohnung zur Hölle wurde und das Wetter noch nicht einmal einen Spaziergang zuließ.

Dort gab es eine Lichtinstallation, einen vollkommen dunklen Raum, in dem nur schwach ein grünes Licht leuchtete, das scheinbar immer stärker wurde, je länger man sich in diesem Raum aufhielt. Nach einiger Zeit erkannte man die Konturen der anderen Besucher, noch ein wenig später sogar ihre Gesichtszüge.

Ich führe es inzwischen auf diesen Raum zurück, daß ich noch mit Jim zusammen bin. In diesem Raum fing ich an zu hoffen, daß wir eines Tages aus dem Dunkel treten werden, das uns umgibt, uns als die erkennen, die wir wirklich sind, und uns dennoch lieben.

Einmal kam ein Afrikaner mit seinem deutschen Freund in das Museum. In den dunklen Raum wollte er nicht, so sehr ihm sein Freund auch zuredete. Nein, lachte er, da gehe ich nicht rein, das ist gefährlich, nein und nochmals nein.

Die Kabinentüren der Seilbahn schließen sich mit einem leisen Puffen. Die Seilbahn setzt sich in Bewegung. Die Leute murmeln erwartungsvoll. Langsam steigt die Kabine in die Höhe und gibt die Aussicht frei. Auf der rechten Seite schweben Neuschwanstein und Hohenschwangau vorbei, der Alpsee glänzt wie ein großes blaues Auge, vor uns liegen die Berge und hinter uns das Tal.

Als wir oben ankommen, wirft Lilli sich vor der Langnese-Kühltruhe des Andenkenladens auf die Erde und schreit: Ich will ein Eis.

So nicht, sagt Jim.

Ich habe Bauchschmerzen, brüllt Lilli, ich will ein Eis.

Wer Bauchschmerzen hat, bekommt kein Eis, sagt Jim betont ruhig. Ich sehe, wie seine Halsschlagader klopft.

Meine Güte, sage ich leise, kauf ihr halt ein Eis, sonst haben wir die Hölle auf Erden.

Er sieht mich böse an. Warum fällst du mir immer in den Rücken?

Das arme Kind, sagt eine alte Frau im Vorbeigehen. Jim nimmt mit einem Ruck die keifende, zappelnde Lilli vom Boden, hebt sie auf seine Schultern und schlägt schnurstracks den Weg zum Gipfelkreuz ein.

Ich will ein Eis, kreischt Lilli und hämmert Jim mit beiden Fäusten auf den Kopf.

Ich stolpere auf dem steinigen, steilen Weg hinter ihm her. Wie Erbsen in den Schuhen spüre ich Jims Verärgerung bei jedem Schritt. Ich sehe sie in den Falten seines Hemdes, an der Art, wie er den Kopf gesenkt hält, energisch den einen Fuß vor den anderen setzt.

Lustige, lachende Kinder kommen uns entgegen mit lustigen, lachenden Eltern. Kritisch beobachtet man uns, ich senke den Blick, stumm gehen wir weiter mit unserem brüllenden Kind. Das Gipfelkreuz ist weit.

Was wollen wir überhaupt da oben? frage ich leise, so leise, daß Jim beschließen könnte, mich nicht gehört zu haben.

Er bleibt stehen, sieht mich an. Über seine Stirn laufen Schweißperlen, die ich ihm abwischen würde, wenn ich ihn jetzt gerade liebte. Gut, sagt er, willst du umkehren?

Ich weiß nicht, murmle ich.

Wir schweigen.

Ich will ein Eis, jault Lilli.

Wenn wir jetzt sofort zurückfahren, kommen wir wenigstens nicht wieder in einen Stau, sage ich.

Wie du willst, sagt Jim gleichgültig. Ich wende mich ab, um ihm nicht mit der Faust ins Gesicht zu schlagen. Beide möchte ich schlagen. Ich möchte sie schlagen, bis sie sich nicht mehr rühren, nichts mehr sagen, nicht mehr zu mir gehören.

Du willst doch gar nicht wirklich auf den Gipfel, das sehe ich dir doch an, sage ich.

Er wendet den Kopf. Sein Profil vor dem blauen Himmel

sieht imposant aus. Ich weiß, daß er sich jetzt wünscht, ein Mann ohne Familie zu sein, ein Mann, der einen Berg besteigen kann, wann er mag, ein Mann allein.

War es eine falsche Entscheidung? frage ich leise.

Er wendet langsam den Kopf, hat die Frage sofort begriffen. Ich warte auf seine Antwort wie auf eine unvermeidliche Ohrfeige.

Ich weiß es nicht, Hannah, sagt er schließlich und sieht mich nachdenklich an, ich weiß es einfach nicht.

In meinen Ohren schwillt ein hoher Ton an, bis nur noch ein durchdringendes Pfeifen zu hören ist wie von einem defekten Fernseher.

Jim rührt sich nicht von der Stelle. Wie ein Pferd steht er da, bewegungslos, mit gesenktem Kopf. Er will, daß ich die Entscheidung treffe und mich schuldig mache. Schuldig an allem Unglück. Am Schicksal von drei Personen. Das Pfeifen in meinem Kopf wird höher, höher, noch höher, es ist kein Ton mehr, nur noch Schmerz.

Gut, stoße ich hervor, machen wir weiter. Immer weiter und weiter, bis nichts mehr von uns übrig ist.

Wortlos macht er auf dem Absatz kehrt und steigt weiter den schmalen Pfad hinauf. Mit gesenktem Kopf stapfe ich hinter ihm her, sehe nur die Hacken seiner Schuhe, die sich mechanisch auf und ab bewegen.

Ich habe Bauchschmerzen, ich will ein Eis, brüllt Lilli.

Sie sagt es noch siebenundsechzigmal bis zum Gipfel. Ich zähle mit, versuche ganz unbeteiligt zu sein, zähle, wie man Autos an verkehrsreichen Kreuzungen zählt oder Geld am Bankschalter. Ich bewundere ihr Durchhaltevermögen und ihre Entschlossenheit.

Plötzlich bleibt Jim stehen, daß ich fast mit ihm zusammenpralle. Ich hebe den Kopf. Wir sind oben.

In der Entfernung glitzern Gletscher. Die Luft schmeckt dünn und süß. Der Blick nimmt mir den Atem.

Vor dem Panorama, neben dem weißen Gipfelkreuz, bewegt sich eine bis zum Gürtel nackte Frau in langsamen Tanzbewegungen.

Zwei junge Männer mit verspiegelten Sonnenbrillen und Baseballmützen starren sie fassungslos an. Eine andere Frau mit eingeflochtenen Perlen im langen grauen Haar verkauft Kräuter und Kristalle, die sie auf einem Tuch ausgebreitet hat. Jim setzt Lilli ab und steckt sich eine Zigarette an. Er sieht mich nicht an.

Ich habe Bauchschmerzen, sagt Lilli, ich will ein Eis.

Entschlossen gehe ich zu der grauhaarigen Frau und frage sie, ob sie etwas gegen Bauchschmerzen hat.

Sie empfiehlt mir Manna, bricht von einer länglichen, dunkelbraun vertrockneten Schote ein kleines Stück ab, gibt es Lilli und drückt mir den Rest in die Hand. Lilli steckt es in den Mund, kaut zweimal, spuckt es aus und wirft sich heulend auf den Boden. Die grauhaarige Frau wirkt pikiert. Sie betrachtet Lilli wie ein seltsames Tier, dann deutet sie auf die barbusige Frau und sagt, ich solle doch mal Yella fragen, die mache Massagen.

Mit Lilli an der Hand nähere ich mich der Tanzenden. Ihre Brüste sind nicht so jung, wie ich von weitem dachte. Sie tanzt eine kompliziert aussehende Bewegung zu Ende, dann kommt sie auf mich zu.

Bauchschmerzen, sagt Yella und runzelt die Stirn. Dein Kind will dir etwas mitteilen.

Ja, sage ich, daß es Bauchschmerzen hat. Yella zieht die Augenbrauen hoch, ihr Ton wird geschäftsmäßig.

Leg die eine Hand auf ihr Sonnengeflecht, rät sie, und halt deine andere Hand in die Sonne.

Ich sehe sie verständnislos an. Yella geht auf Lilli zu, will an ihr vorführen, was sie meint, aber Lilli kreischt hysterisch. Statt dessen legt Yella nun mir ihre rechte Hand auf den Bauch und reckt die linke weit über den Kopf in Richtung Sonne.

Laß die Energie der Sonne in dein Kind fließen, sagt sie.

Ich will ein Eis, mault Lilli.

Für ihren Rat will Yella Geld. Wieviel? frage ich erstaunt.

So viel, wie du meinst, daß mein Rat wert ist.

Um sie nicht zu beleidigen, schlage ich zwanzig Mark vor. Yella wirkt schockiert.

Zwanzig Mark? sagt sie und schnauft indigniert. Ich drücke ihr das Geld in die Hand, greife nach Lillis Hand und flüchte.

Du hast das Manna noch nicht bezahlt, ruft die Grauhaarige hinter mir her, siebzehnfünfzig. Kochend vor Wut, bezahle ich auch noch das Manna.

Jim hat mich beobachtet. Er sitzt auf einem Stein und grinst. Ich gehe auf ihn zu, strecke ihm die vertrocknete Schote entgegen.

Hier, sage ich, Manna, himmlisches Manna. Er beißt ein Stück ab, kaut, lächelt mich an, ein leichtes, unvermutetes Lächeln, das nicht aufhört, nur größer wird, das tatsächlich mir gilt.

Ich lasse mich auf die Erde fallen, quetsche mich zwischen seine Beine, lehne meinen Kopf an seine Brust.

Manna für Hannah, sagt er und schiebt mir ein kleines Stück zwischen die Lippen. Es schmeckt wie eine uralte, verstaubte Feige. Ich schließe die Augen, orangerote Punkte tanzen durchs Schwarz.

Ich will ein Eis, höre ich Lilli.

Wenn sie es noch ein einziges Mal sagt, flüstert Jim in mein Ohr, vergesse ich mich.

Siebzig, murmle ich, das war das siebzigste Mal. Ich drücke meinen Rücken an seinen Schoß, lege den Kopf auf sein Bein, rieche das Waschpulver von seinen Jeans.

Eine dicke Frau in Shorts und T-Shirt, mit einer riesigen goldfarbenen Tasche über dem Arm erreicht schnaufend den Gipfel, bleibt neben uns stehen, wischt sich die verschwitzten Haare aus der Stirn. Das Gold ihrer Tasche funkelt und blendet, ich wende mich ab und drücke mein Gesicht an Jims Brust, schließe die Augen.

Ich will ein Eis, höre ich Lilli von weit her.

Einundsiebzig, sagt Jim. Seine Stimme vibriert an meinem Ohr.

Er streicht mir über den Nacken. Ich knöpfe sein Hemd einen Knopf weiter auf und küsse mit geschlossenen Augen seine Brust. Mein Körper schmilzt. In meinen Haaren spüre ich seinen Atem. Jim legt mir unter meinem Kleid die Hand auf die Brust. Ich spüre, wie sich sein Körper anspannt, rieche seine Haut, und dieser Geruch läßt mir unvermutet die Tränen in die Augen schießen. Kleine Rinnsale laufen aus meinen Augenwinkeln auf seine Brust. Fest, fest, fest presse ich die Augen zusammen, stürze in einen dunklen Raum. Ganz deutlich sehe ich uns drei, Jim, Lilli und mich, wie mit Blitzlicht gegen eine schwarze Wand fotografiert. Wir nehmen uns an den Händen und stürzen zusammen in ein stummes, weiches Schwarz. Immer tiefer fallen wir. Wir haben keine Angst.

Lilli stößt einen gellenden Schrei aus. Wie ein Stromschlag fährt er durch meinen Körper. Ich schieße in die Höhe.

Lilli! schreie ich, noch bevor ich die Augen aufreiße. Sie hält ein orangerotes Eis am Stiel in der Hand, es leuchtet wie eine kleine Sonne, vorsichtig streckt sie ihre Zunge danach aus.

Die dicke Frau schließt ihre goldene Tasche und nickt Lilli zu. Ein Mann mit Glatze in rotkariertem Hemd kommt keuchend auf den Gipfel und bleibt neben ihr stehen. Wortlos öffnet die dicke Frau die goldene Tasche und reicht ihm eine Bierdose, von der noch die Eistropfen rinnen. Der Mann reißt die Dose auf, trinkt, stöhnt und ruft: Ach, is det schön, so janz oben!

Doris Dörrie im Diogenes Verlag

Liebe, Schmerz und das ganze verdammte Zeug

Geschichten

Vier großartige, liebevolle, traurige, grausame Geschichten: *Mitten ins Herz, Männer, Geld, Paradies.* Geschichten von befreiender Frische.

»Doris Dörrie ist eine beneidenswert phantasiebegabte Autorin, die mit ihrer unprätentiösen, aber sehr plastischen Erzählweise den Leser sofort in den Bann ihrer Geschichten schlägt, die alle so zauberhaft zwischen Alltag und Surrealismus oszillieren. Ironische Märchen der 80er Jahre – Kino im Kopf.«
Der Kurier, Wien

»Ihre Filme entstehen aus ihren Geschichten.«
Village Voice, New York

»Was wollen Sie von mir?«

und 15 andere Geschichten

»Es ist vollkommen gleichgültig, ob Sie Doris Dörrie in der Badewanne, im Intercity-Großraumwagen, im Lehnstuhl oder in der Straßenbahn lesen, nur: Lesen Sie sie! Lassen Sie sich nicht irre machen von naserümpfenden Kritikern, diese sechzehn Short-Stories gehören durchweg in die Oberklasse dieser in Deutschland stets stiefmütterlich behandelten Gattung.« *Deutschlandfunk, Köln*

»Vor allem freut man sich, daß Doris Dörrie den eitlen Selbstbespiegelungen der neuen deutschen Weinerlichkeit eine frische, starke und sensible Prosa entgegenstellt.« *Kölnische Rundschau*

Der Mann meiner Träume

Erzählung

Doris Dörrie erzählt die Geschichte von Antonia, die den Mann ihrer Träume tatsächlich trifft. Sie erzählt eine moderne Liebesgeschichte, eine heutige Geschichte, deren Thema so alt ist wie die Weltliteratur, eine Geschichte von der Liebe.

»Ein erzählerisches Naturtalent mit einem beneidenswerten Vermögen, unkompliziert und gekonnt zu erzählen. Der Leser beendet die Lektüre mit höchst bewußtem Bedauern darüber, daß er diese kurzweilige, unprätentiöse Erzählung schon hinter sich hat.«
Frankfurter Allgemeine Zeitung

Für immer und ewig

Eine Art Reigen

Ein überschaubarer Kreis von Personen, darunter auch das Model Antonia, im ewigen Karussell des Lebens: Man begegnet sich, verliert sich wieder aus den Augen, liebt und leidet.

»Die Dörrie ist in diesem Buch auf der Höhe ihrer Männer- und Frauencharakterstudien. Ein Buch zum Lachen und zum Weinen. Zum genießerischen Wehmütigsein und zum sinnigen Nachdenken.«
Die Welt, Bonn

Love in Germany

Deutsche Paare im Gespräch
mit Doris Dörrie

»Doris Dörrie hat die *Love in Germany* erkundet – in 13 anrührenden und saukomischen Interviews mit deutschen Paaren zwischen Mittelmaß und Beziehungswahn. Ganz normale Leute, aber alle sind mit ihren Ramponiertheiten und unverwüstlichen Liebesträumen Persönlichkeiten. Aufschlußreicher als jede Statistik.« *stern, Hamburg*

Ingrid Noll im Diogenes Verlag

»Im englischen Sprachraum haben mittlerweile längst einige Damen das alte Krimimuster neu belebt, wenn man an Ruth Rendell, P. D. James oder Amanda Cross denkt. Der deutsche Kriminalroman hat mit Ingrid Noll eine ebenbürtige Schreibschwester gewonnen. Männer sollten sich also nicht nur vor mordenden Damen vorsehen, sondern auch vor schreibenden Kolleginnen, die ihnen den Rang ablaufen.«
Klaus Walther/Freie Presse, Chemnitz

»Ingrid Noll kann erzählen und versteht es zu unterhalten, was man von deutschen Autoren bekanntlich nicht oft sagen kann.«
Frankfurter Allgemeine Zeitung

»Eine fesselnd formulierende, mit viel schwarzem Humor ausgestattete Neurosen-Spezialistin in Patricia-Highsmith-Format.« *Münchner Merkur*

Der Hahn ist tot
Roman

Die Häupter meiner Lieben
Roman

Die Apothekerin
Roman

Viktorija Tokarjewa im Diogenes Verlag

Viktorija Tokarjewa, 1937 in Leningrad geboren, studierte nach kurzer Zeit als Musikpädagogin an der Moskauer Filmhochschule das Drehbuchfach. 15 Filme sind nach ihren Drehbüchern entstanden. 1964 veröffentlichte sie ihre erste Erzählung und widmete sich ab da ganz der Literatur. Sie lebt heute in Moskau.

»Ihre Geschichten sind seit jeher von großer Anmut, allesamt Kunst-Stückchen, die einem die Vorstellung von Leichthändigkeit suggerieren. Nicht jedoch von Leichtgewichtigkeit. Wenn sie uns ein Schmunzeln entlocken, dann liegt das daran, daß Viktorija Tokarjewa über einen ausgeprägten Humor verfügt und diese Gabe durchweg einsetzt. Es ist kein Humor der satirischen Art, eher eine sanfte Ironie, gewürzt mit einer Prise Traurigkeit und einem vollen Maß an mitmenschlichem Erbarmen.«
Frankfurter Allgemeine Zeitung

»Viktorija Tokarjewa erzählt ihre Liebesgeschichten mit einem solchen Witz und einer solchen Lebendigkeit, daß ich ganz entzückt davon bin.«
Elke Heidenreich

Zickzack der Liebe
Erzählungen. Aus dem Russischen von Monika Tantzscher

Mara
Erzählung
Deutsch von Angelika Schneider

Happy-End
Erzählung
Deutsch von Angelika Schneider

Lebenskünstler
und andere Erzählungen. Deutsch von Ingrid Gloede

Sag ich's oder sag ich's nicht?
Erzählungen. Deutsch von Angelika Schneider, Monika Tantzscher und Elsbeth Wolffheim

Sentimentale Reise
Erzählungen. Deutsch von Angelika Schneider

Die Diva
Zehn Geschichten über die Liebe. Deutsch von Angelika Schneider, Monika Tantzscher und Susanne Veselov